QUERVERLAG

KEVIN JUNK

FROMME WÖLFE

ROMAN

FÜR KURTI

Alle Charaktere und Handlungen in diesem Roman sind frei erfunden. Ähnlichkeiten mit lebenden und toten Personen mögen daher vorkommen, sind aber unbeabsichtigt.

Erste Auflage: März 2021

Umschlag und grafische Realisierung von Sergio Vitale.

Druck und Weiterverarbeitung: Finidr
ISBN 978-3-89656-297-5
Printed in the Czech Republic

Bitte fordern Sie unser Gesamtverzeichnis an:
Querverlag GmbH
Akazienstraße 25, 10823 Berlin
www.querverlag.de

1

„Our erotic knowledge empowers us, becomes a lens
through which we scrutinize all aspects of our existence,
forcing us to evaluate those aspects honestly
in terms of their relative meaning within our lives.“
Audre Lorde, *Uses of the Erotic*

TOM

Tom lag auf der Couch in seiner Neuköllner Wohnung, starrte die hohen Decken des Altbaus an, der Stuck zu oft übermalt und kaum noch erkennbar. Der Fernseher schallte durch das Wohnzimmer wie aus einem anderen Jahrzehnt. Er hatte einen festen Freund, lebte in einer schönen Wohnung, er hatte alles, was eine Beziehung in der Welt akzeptabel machte. Sie teilten das Bett, gingen zusammen zu Ausstellungen, aßen gemeinsam gesund zu Abend und tanzten durch das Berliner Nachtleben. Tom fehlte etwas, das Andreas nicht zu vermissen schien. In der westdeutschen kleinen Großstadt, wo sie sich kennengelernt hatten, war die Verbundenheit stärker gewesen. Man hatte sich gefunden, inmitten der austauschbaren Provinz-Schwuchteln, der anderen Schwulen, die sie gemeinsam verachteten, beide aus ihren ganz eigenen Gründen, keine davon nobel. Tom fühlte sich nie schwul genug, denn für die Schwulis war er zu seltsam, zu nerdy, zu unangepasst. Blieb ihm nur: cool sein. Von Andreas fühlte er sich gesehen, von ihm verstanden, bei ihm geborgen. Andreas war gebildet, kannte Kunstschaffende in New York, hatte eine beste Freundin in Berlin, war belesen und intelligent. Bildung war für Tom der Ausweg aus dem Gefängnis der Provinz. Noch eine Gemeinsamkeit. Gut sein in der Schule, auch wenn alle ihn mobbten. Gut sein an der Uni, auch wenn die Schule scheiße war. Und das Gutsein, das hatte ihn jetzt nach Berlin gebracht. Immer noch gut, zu gut, zu brav.

Alles, was Andreas missfiel, übergoss er mit ätzender Häme. Verachtung, gespeist aus nagendem Unverständnis, und Tom scheute sich davor zu widersprechen. Für den Mann, der ihn aus der Provinz geholt hatte, wollte er sich nicht unattraktiv machen, denn er war dankbar dafür, dass ihn jemand mit in die Großstadt genommen hatte. Alleine hätte er den Ausgang nie gefunden, er hatte ja nicht mal einen Führerschein. Die Arbeit bei einem Start-up machte Andreas' Umgang mit der Welt nur noch hämischer und bürgerlicher. Den ganzen Tag von gut designten Möbeln und gut gekleideten Menschen umgeben, in einem Büro, das allen Komfort bot, aber schlecht bezahlte, wähnte Andreas sich als Teil einer Vorhut, die die Zukunft gestaltete. „Disruption" nannte Andreas das dann, wenn er über seine Projekte dozierte. Andreas kam sich dabei cool vor, und Tom wusste nicht mal, was das war, dieses „cool", aber er war sich sicher: Andreas war es nicht. Oder vielleicht schon, aber eine Art von cool, die Tom nicht wollte. Zu viel Verachtung und Habitus lagen in dieser Coolness, sie schirmte Andreas ab, schmeckte metallen, wie ein Löffel, wenn der Joghurt schon lange leer ist.

Für Andreas waren alle, die Drogen nahmen, „Ziehmäuse". Obwohl Tom ihn in einem Club kennengelernt hatte, umgeben von Ziehmäusen, von denen Tom nie wusste, ob Andreas sie wirklich mochte oder verachtete. So war Andreas ein Schritt in die richtige Richtung und Hindernis zugleich. Auf dem Geburtstag einer dieser Ziehmäuse ging es weiter in die Richtung, aus der Tom die Sirenengesänge der süßen Gegenwart hörte. Die Ziehmaus, alle nannten sie Chrissi, denn ein Spitzname genügte hier, war aus dem Teil von Andreas' Freundeskreis, der bereits nach Berlin gezogen war. Sie war ihnen einen Schritt voraus, hatte schon Freunde und Connections in der Hauptstadt. Andreas verachtete sie für ihren Drogenkonsum, Tom schwamm hier nur in Andreas' Fahrwasser. Doch so viel sie sich über sie lustig machten, süß war sie dennoch.

Und nette Freunde hatte sie. Sehr nette sogar. Ein Freund war sogar so nett, eine fette Dosis MDMA in die Geburtstagsbowle zu mischen. Es gingen Shots herum, die Tom neugierig beäugte, als wäre er endlich in den inneren Kreis eines Kultes vorgedrungen. Als dürfte er endlich von etwas kosten, das ihm zuvor versagt gewesen war. Er wollte endlich high sein. Hier war seine Chance, in den Zaubertrank zu fallen.

„Nein, du aber nicht, oder?"

Der mütterliche Blick der Gastgeberin traf Tom schwer.

„Musste selber wissen", sagte Andreas mit väterlichem Murren.

„Ich will aber", war Toms kindliche, rollenkonforme Antwort.

Der Wohltäter mit dem MDMA war in Andreas' Alter, aber im Gegensatz zu Andreas ein durchtrainierter Muskeltyp, viel zu glatt rasiert, aber ein feistes Lächeln auf dem Gesicht, das ihn sympathisch machte. Tom spielte den Jüngling, unterhielt sich nett und war dabei so flirty, als wäre es sein eigener mit MDMA überwürzter Geburtstag. Er roch Freiheit, denn es sollte danach noch in den Club gehen. Da, wo er so oft tanzte, aber noch nie so richtig – wie sagten alle immer? – hart gefeiert hatte.

Natürlich wurde sein Mann eifersüchtig. Das war nicht geplant, aber Tom beschwichtigte weder Andreas noch den Muskeltypen. Die Situation berauschte ihn, denn die beide älteren Männer feilschten um ihn wie um ein Stück Fleisch. Tom war das bald wieder egal, denn ihm sagte jemand, der Typ, der allen hier die Haare schnitt, sei da. Alle waren so nett, ein paar schien es schlecht zu gehen. Zu viel Bowle. Er hörte, wie jemand sagte, die Leute sollten aufpassen. Wenn sie nicht wüssten, was sie machten, sollten sie halt auch nicht so viel davon nehmen. Wieso? Ist doch nur Schnaps, das sollten wir alle gelernt haben. Oh, da war noch was … dieses MD. EM-DE. EMM-DEE.

Natürlich wusste er, was MDMA war. So richtig aber dann doch nicht. Eine Droge. Ihm wurde klar, dass Drogen nicht nur schlichtweg Drogen waren, sondern dass man auch differenzieren musste. Kiffen und Saufen machte auch einen erheblichen Unterschied. Als er sich von einem Laberflash losreißen konnte, bei dem er versuchte, Leute zu beeindrucken, die nicht zu beeindrucken waren, von denen er gesehen werden wollte, die aber an ihm vorbeistarrten, stahl Tom sich aufs Klo. Schnell googeln, was MDMA macht. Das Internet war wie immer voller Weisheit und Wissen. Tom hatte Probleme, den Blick scharf zu stellen, aber was er lesen konnte, klang gut: Euphorie, Liebe, gesteigertes Sozialverhalten, allgemeine Empathie. Ecstasy-Tote waren laut Wikipedia nur eine Seltenheit. Viel trinken war wichtig, das hämmerte Tom sich sofort ein. Viel trinken. Also noch ein Shot?

Der Abend zog selbst die Handbremse. Andreas war komisch, Tom machte sich Sorgen. Andreas wurde zickig, wirkte betrunken, so kannte ihn Tom gar nicht, komplett außer Kontrolle, richtig dicht. Eifersucht – oder war da mehr? Tom dachte, Andreas ließe ihn gewähren, ohne selbst high zu werden. Andreas wollte gehen, war total durch, also musste Tom sich auch die Jacke überziehen, wusste dabei selbst nicht, wo oben und unten war. Andreas kotzte draußen, weinte, war total zerstört, wurde anhänglich. Was hatten sie ihm in den Drink gemacht? Wenn er ehrlich war, interessierte es Tom nicht wirklich, was die Party-Junkies mit Andreas getrieben hatten. Er wollte wissen, was sie mit ihm getrieben hätten, hätte er nicht das Spaßland verlassen müssen. In ein Taxi gequetscht, Andreas' Rücken durch seinen hässlichen, übergroßen Parka streichelnd. Beruhigen brachte kaum was. Zwanzig Euro später, die Tom von seinem BAföG abzwackte, waren sie daheim. Tom brachte Andreas ins Bett. Der wollte verzweifelt Sex mit Tom, wimmerte: „Fick mich. Schlaf mit mir. Bitte fick mich."

Er wusste nicht, was er mit Andreas machen sollte. Wer sagt: „Schlaf mit mir"? Das klang nach Vorabendserie, dennoch versuchte er, Andreas zu ficken, was nicht richtig funktionierte. Tom war nicht in Stimmung für Sex, und seine

Durchblutung ging auch nicht in die richtige Richtung. Andreas weinte und winselte sich in den Schlaf, wie ein Hundewelpe, irgendwann so erschöpft, dass er einfach einschlief. Tom aber hatte Bock, wollte tanzen. Seine Gedanken drehten sich um die anderen, die jetzt bestimmt schon im Club waren. Er schrieb dem Geburtstagskind Chrissi eine Nachricht, und die blauen Widerhaken verkeilten sich in Toms Selbstbewusstsein, die Nachricht blieb kurz auf „gelesen", dann tippte Chrissi. Sie antwortete, es sei gut, er solle sich Zeit lassen. Er hatte sich aber schon sein ganzes Leben Zeit gelassen. Tom lag dösend neben Andreas, der laut schnarchte. Druff wie ein Schnitzel, ohne es genießen zu können, lag er neben seinem Freund. Andreas sah süß aus, mit den kurzen Haaren, ein wenig licht schon, aber fein und zart, wenn man sie streichelte. Er wäre so gerne bei den anderen coolen Partykids dabei. Er sah sie euphorisch tanzen, sich verschwörerisch anlächeln, zusammen auf Toiletten gehen. Seine Gedanken tanzten im Kreis, so weit wie noch nie. Am nächsten Morgen ging es Andreas scheiße, aber er erinnerte sich an nichts.

„Mann, muss ich gestern viel gesoffen haben."

Genau, viel gesoffen, sonst war da nichts. Doch Tom hatte Freiheit gerochen. Spürte, dass die Häme nur ein Vorwand war, dass Andreas Angst hatte. Aber Tom verharrte weiter im goldenen Käfig, hing in der homobourgeoisen Idylle.

Sie verabschiedeten sich an der U7 direkt am Rathaus Neukölln, mitten im Geschehen, mitten unter Menschen, die sich nicht um sie scherten. Tom nutzte die Menge als willkommene Ausrede, Andreas nicht zu nahe zu kommen. Die Umarmung spürte Tom noch immer auf seinem Körper. Tom nahm Andreas' ehrliche Wehmut und das Versprechen, ihm etwas von der Reise mitzubringen, nur zögernd an – wie die Rosen eines Kavaliers, den man innerlich schon abgesägt hat. Die Erinnerung an die erste MDMA-Erfahrung ließ seinen Körper kribbeln. Flackerte auf. Elektrisierte ihn. Da war etwas Dunkles, Schönes und Verrufenes, das er wieder kosten wollte. Die Aura des Drogenkonsums, die wie okkultes Geheimwissen glänzte, zog Tom in ihren Bann. Er war angefixt, hatte Blut geleckt und wollte mehr.

Es war nicht immer alles langweilig gewesen. Eine Zeit lang hatten sie zusammen Sex in Darkrooms. Da waren sie, da waren andere, da waren mehrere Zungen an seinem Schwanz und seine Hand auf einem Arsch, so prall und weich, dass Tom sich dafür beglückwünschte, schwul zu sein. So hatte Tom sich damals in der Provinz in Andreas verliebt, dieses irgendwie nicht zu greifende Perverse. Andreas hatte ihn in eine Welt geführt, die voller radikaler Erotik war. Andreas hatte Tattoos, wenn Tom nur einen schüchternen Seemannsstern auf dem Bein hatte und einen Anker auf dem Oberarm. Andreas war auf After-Hours in New York mit queeren Fotografen, als Tom noch Klaus-Mann-Romane las und schwule Freunde nur aus dem Internet kannte. In der Großstadt war Andreas, bis auf die gelegentlichen Darkrooms, nur noch anständig. In der Großstadt hatte er ausgedient, war niemand mehr, der das unmittelbare Leben zu Tom brachte. Das musste er jetzt selbst ranschaffen.

Es war auf dem Heimweg von einer dieser artsy-queeren Vernissagen, einer dieser Veranstaltungen, wo sich immer alle zu kennen schienen. Er kannte nur Andreas, und der lag jeden Abend neben ihm im Bett und wachte meistens auch neben ihm auf. Den musste Tom nicht überschwänglich begrüßen, nur anspringen und bekuscheln wie ein ausgehungerter Hund, wenn der Hausherr nach Hause kam. Sie sprachen über Drogenkonsum.

„Irgendwann will ich das austesten", sagte Tom, dem der Alkohol es leichter machte, ehrlich zu sein. Seine tiefe Stimme kollabierte zwischen Übermut und Scham, und er musste sich räuspern.

„Ich weiß nicht …", sagte Andreas, und Tom kannte den Ton.

Sein Blick, irgendwo auf eine Kachel an den Wänden des U-Bahnhofs gerichtet, die Tom nicht ausmachen konnte, war voller Ablehnung. Tom ließ sich diesmal nicht abschrecken.

„Ernsthaft, wenn ich Zeit habe. In den Semesterferien oder zwischen Bachelor und Master. Ich will einfach wissen, wie das ist … hart feiern."

„Wenn du denkst, du müsstest da durch."

„Die anderen machen das doch auch."

„Die anderen sind mir egal. Wenn du das machst, dann bist du nicht besser als die ganzen Druffis."

Nicht besser. Nicht gut genug. Tom hatte es satt, nach Andreas' Regeln zu spielen.

In Internetforen las er Unkonkretes darüber, wie Drogen zu beschaffen sein könnten. Eine andere Lösung hatte er ohne Druffi-Freunde nicht: das Netz absuchen. Und sein eigenes Halbwissen, das zwei Möglichkeiten ergab: die Hasenheide um die Ecke und das Koks-Taxi. Koks schien ihm jedoch zu teuer. Er hatte noch nicht vom Leichtsinn gekostet, den Drogenkonsum im Umgang mit Geld entfachte. Die Nummer für den Koks-Dealer, der Drogen lieferte wie andere Pizza, hatte er von einem Bekannten bekommen. Sie kannten sich von der Uni. Er hatte ihn fast väterlich behandelt, ihn eingeladen, mit zu Ausstellungen zu kommen, zu irgendwelchen Events, die Tom nicht einordnen konnte. Es war wie ein Initiationsritus. Tom wurde abgecheckt, einsortiert und ausgetestet. Da war ein Abend im Watergate vor Weihnachten im letzten Jahr. Ein wenig gekokst hatte er in dieser Nacht. Andreas durfte niemals davon erfahren, doch Tom dachte oft an diesen Abend. Als sie auf dem Heimweg waren und der schöne Chris mit den Fingertattoos und seine Freundin, diese Juli, die aussah wie ein unnahbarer Gothic-Teenager, nur mit besserem Make-up, ihn fragten, warum er schon aussteige, hatte er erwidert: „Ich muss ins Bett."

Doch schlafen konnte er nicht. Danach hatte er nie wieder etwas vom schönen Chris gehört. Er hätte mit ihm mitgehen sollen, mit ihnen weitersaufen, weiterrauchen, weiterkoksen, weitermachen, weiter wach sein. Eine ausgeschlagene After-Hour hatte ihn den Eintritt in die Welt der Partykids gekostet.

Zeit für einen neuen Anlauf. Die Hasenheide schien ihm gefährlich, er hatte keine Lust darauf, abgezogen zu werden. Aber für das Taxi musste er ohnehin zur Bank, und die war nicht weit weg vom Park. Er beschloss, auf Risiko zu gehen, zu verlieren hatte er nichts. Nur den Respekt vor sich selbst. Nur seine Freiheit. Da war was, er wusste es. Endlich aus der Langeweile ausbrechen und in die Erotik der Realität vorstoßen, wegen der er nach Neukölln gezogen war, in dieses Berlin, von dem alle schwärmten, ohne zu wissen, warum. Er war hungrig. Er wollte teilhaben an der chemisch induzierten Elite; seine Grenzen kennenlernen und mit leuchtenden Augen davon erzählen, wie es war, wenn er mal wieder einen Höhenflug am Wochenende gehabt hatte. Dabei ging es ihm nicht um den Abfuck, sondern um den Zeitgeist, den diese Leute ausstrahlten, die ihn beeindruckten, wenn sie behände von ihren Wochenenden erzählten, die Tom sich nicht erklären konnte, von denen er in keinem Buch gelesen hatte. Die waren in einer unmittelbaren Gegenwart, in der etwas passierte, das jede Erzählung nur verklärte. Tom wollte in diese Wochenenden, von denen er immer hörte, als wären sie ein Ort, aus Zeit und aus Raum gefallen, wie ein Schiff auf einem anderen Level der Realität. Er wollte dabei sein, denn ausgeschlossen fühlte er sich schon lange genug.

KALA

Aus Gewohnheit kaufte Kala im Späti um die Ecke eine Packung Gummibärchen. Mit ihnen wollte sie die Welt ihren Erwartungen unterwerfen. Wenn sie die Schritte wie eine Choreografie genau vollführte, dann würde nichts schiefgehen. Sie musste das Ritual exakt ausführen. Es war ein OCD-Tauschgeschäft: Einmal, als sie keine Gummibärchen holte, verließ sie Alex' Wohnung mit leeren Händen. Seitdem glaubte sie fest daran, dass sie ihm ein Gelatineopfer bringen musste, um an ihre Wünsche zu kommen. Die Angst, nicht zu bekommen, wonach sie sich sehnte, war zu groß. Die Angst davor, ihre Freunde zu enttäuschen, keine Option; sie machte ihr ganzes Selbstwertgefühl von diesem Botengang abhängig. Beinahe jede Woche, erst Gummibärchen, dann Ticker. Sie war diesen Weg so gewohnt, dass sie sich im Traum wähnte, wenn sie ihn ging.

Der Späti lag genau auf der Hermannstraße, sie blieb im Ring, ging in eine Seitenstraße, nur eine Häuserwand. Neben ihr ein Abgrund aus Gleisen. Die S-Bahn fuhr neben ihr, schneller, als sie lief, und wirkte doch behäbiger als die Leute auf den Gleisen, die geschäftig aus der Bahn ausstiegen, um in die Nacht zu ziehen. Sie stand vor der Tür, atmete tief ein und aus. Sie war eine Minute zu früh, wie immer. Sie schaute auf ihr Handy, wartete, bis die digitale Uhr auf Punkt umsprang, und klingelte.

Als sie die Wohnung betrat, lag der süßliche, schwere Duft von Gras in der Luft.

„Ich hab dir wieder Gummibärchen mitgebracht."

„Geil, Kala! Danke! Komm rein, setz dich."

Auf dem Tisch ruhte ein schwarzes Buch, auf dessen Rückseite ein zu einem Röhrchen gerolltes Stück Papier und ein Häufchen kleiner Kristalle lagen. Die Wohnung selbst war nicht die typische Dealerwohnung: Dafür war sie nicht unordentlich genug. Sauber war es, aufgeräumt, die Möbel zu chic. Was Alex neben dem Ticken machte, wusste Kala nicht. Für sie war er ein Drogendealer, und das reichte aus. Mehr musste sie nicht über seine Biografie wissen, wollte seinen Lebenslauf nicht sehen. Sie war sich sicher, dass er einen anderen Job hatte. Er warf das Wort Freelancer manchmal in den Raum, doch auf sie wirkte er wie ein netter Nerd. Wie jemand, der schon mit vierzehn Playstation-Spiele illegal auf CD gebrannt hatte. Immer wenn sie in der Wohnung war, hing hier ein leicht chemischer und schwerer Geruch im Raum. Vor den Fenstern gab es dicke Rollos, die Alex noch nie oben hatte, wenn Kala bei ihm zum Einkaufen vorbeischaute. Er war vorsichtig, hatte Ängste, die nur jemand hatte, der etwas Illegales in seiner Wohnung veranstaltete.

Alex ließ sich auf sein Sofa fallen und holte einen Joint aus dem Aschenbecher, den er mit einem Streichholz anzündete.

Seit Neuestem konnte man bei ihm mit Bitcoin zahlen, aber Kala hatte weder Ahnung, wo sie die herbekommen sollte, noch wie sie die zu Alex bringen konnte. „Mach dir einfach eine Wallet“, hatte Alex mal zu ihr gesagt. Sie war zwar ein Millennial, aber manchmal hatte sie keinen Bock auf Technologie. Sie befand ihre Seele dafür als zu alt.

„Schmeckt einfach viel besser, wenn man mit Holz anzündet“, sagte er und lächelte sie breit an. „Wie kann ich dir heute helfen? Nimm erst mal einen Zug.“

„Warum nicht, danke“, sagte sie und war dabei so theatralisch höflich, dass es ihr selbst unangenehm auffiel.

Kala legte die Gummibärchen elegant auf den unaufgeräumten Tisch und zog am Joint. Alex nahm die Tüte mit Süßigkeiten an sich und öffnete sie wie ein gieriges Kind. Seine Augen strahlten, als er genüsslich auf den süßen Gelatinetierchen herumkaute. Sie blieben ihm an den Zähnen kleben, woraufhin er nervös versuchte, die Reste aus den Löchern zu pulen. Kala lächelte ihn an, Mitleid kaschierend. Es war nicht so, als wären sie Freunde, aber sie mochten einander als das, was sie füreinander waren: Dealer und Kundin. Er ließ nicht mehr jeden zu sich, das freute Kala, gab ihr das Gefühl, am richtigen Ort zu sein. Und er hatte mit Abstand die besten Drogen.

„Ich hab richtig geiles Ketamin, selbst gekocht. Willst du ’ne Line testen?“, fragte er sie mit von Gelatine belegter Stimme.

Er zeigte auf die Kristalle, die auf dem Buch thronten. Sie funkelten verführerisch, doch Kala wollte der Versuchung widerstehen. Sie konnte die Reise noch nicht so früh starten. So nannte sie die Abenteuer auf Ketamin in ihrem Kopf: Reisen. Ihr ganzes Bewusstsein reckte und streckte sich bereits, es dehnte sich, es bereitete die Pirouetten und Drehungen vor, die es vollführen musste, wenn sich Körper und Geist in die chemisch induzierten, wachen Drogenträume lehnten. Wie ein Panther schritt sie bereits das vergrößerte Territorium ab, das ihr gehörte, wenn sie erst mal high war. Aber jetzt war noch nicht die Zeit. Drogen nur dann, wenn sie angemessen waren und die Erfahrung intensivierten. Das war die Regel, die sie sich für ihren eigenen Rausch auferlegte. Den Weg von Alex nach Hause wollte sie nicht high verschwenden. Die U-Bahn war kein Ort, an dem sie gerne high war. Zu viele Menschen, Gedanken, Gefühle … der Rausch war heilig. Die U-Bahn alles andere als ein Tempel.

„Ich glaube, da muss ich passen, tut mir leid. Kochen ist aber ein gutes Stichwort."

Sie räusperte sich. Die Frage lag ihr bereits auf der Zunge, seitdem sie Alex' Wohnung betreten hatte.

„Hast du flüssiges Ketamin da? Wir wollen selbst kochen."

„Okay, also, ehrlich gesagt, eigentlich wollte ich die Ampullen nicht verkaufen. Aber bei dir mach ich eine Ausnahme, kommst auch billiger bei weg. Das ist dafür, dass du mir den Weg zum Späti heute Abend erspart hast."

Als Kala durch das Treppenhaus nach unten lief, rumpelten die kleinen Ketamin-Ampullen verräterisch in ihrer Handtasche. Jeder von Kalas Schritten brachte sie zum Klappern. Sie kramte ihr Handy hervor, um den anderen Bescheid zu sagen. Die Jagd war erfolgreich. Sie schrieb in den Gruppenchat, konnte nicht abwarten: *Backmischung ist gekauft.*

Ihre Gedanken rasten: Heute Abend würde sich ihr Bewusstsein in der Soundscape der Bässe des Clubs auflösen, und das gemeinsame Ziehen würde sie zum Wir werden lassen. Ihre Seelen würden sich einander öffnen und gemeinsam in astrale Tiefen segeln. Sie wusste, die Nacht wollte Transformation bringen. Sie schaute in den Himmel, sah den vollen Mond, schloss die Augen und sah den Mond noch immer vor ihrem inneren Auge. Heute Nacht wollte sie mit ihrem Rudel luzid träumen. Sie war verliebt in die Wahrscheinlichkeiten eines Abends, der gerade erst begonnen hatte.

VIKTOR

Er spürte etwas an seinem Hals, erst fünf Druckstellen, dann eine ganze Hand. Ein Pochen an seinem Daumen, wie warme Trommelschläge auf seiner Haut. Der Druck verstärkte sich immer mehr, mit ihm das Pochen. Keuchend versuchte er zu atmen, atmete gegen den Widerstand an. Jeder Atemzug presste sich durch einen immer kleiner werdenden Spalt. Seine Lunge konnte sich immer weniger füllen, bekam zu wenig Luft. Ekstase und Panik mischten sich in seinem Körper, der immer weniger Sauerstoff aufnahm. Je fester die Hand zudrückte, desto weniger konnte er atmen. Rhythmisch bewegte sich etwas in ihm. Jeder neue Stoß kickte sein Bewusstsein mehr in die Geilheit. Die Hand übte weiter ihren sanften, aber bestimmten Druck aus. Pochen und Stoßen fanden einen Rhythmus. Synchron übernahmen sie seinen Körper. Stoßen, Pochen, Keuchen.

Sein Atmen wurde zu einem Stöhnen. Die Panik wich dem Verlangen. Er spürte keinen Widerstand mehr. Leistete keinen Widerstand mehr.

Atemzug um Atemzug wurde er geiler. Die Stöße wurden immer härter. Jedes Mal, wenn er etwas tief in sich spürte, gab es eine kleine Klimax, die er wieder und wieder herbeisehnte – woher kam sie? Jeder Rückzug kündigte das nächste Vorstoßen an. Den nächsten Höhepunkt, das nächste Kitzeln.Der Druck erhöhte sich. Das Pochen wurde immer eindringlicher, die Stöße wurden immer heftiger. Kurz bevor er das Gefühl hatte, ohnmächtig zu werden, spürte er etwas auf seinen Lippen. Warmes, feuchtes Fleisch berührte ihn. Neugierde neckte Vertrautheit. Er hatte das Gefühl zu zerbersten. Etwas in ihm brach sich Bahn. Erleichterung und Schrecken fielen zusammen auf einen einzigen Moment, der so intensiv war, dass er das Bewusstsein verlor – und aufwachte.

Viktor schreckte hoch. Seine Augen hatten noch Mühe, sich dem Licht anzupassen. Sein Schlafzimmer erschien ihm weniger greifbar als der Traum, in dem er noch bis vor wenigen Sekunden gekeucht hatte. Er zwang seinen müden Körper aus dem Bett und ging in die Küche, stellte den Espresso-Kocher auf den Gasherd und zündete sich eine Zigarette an der blauen Flamme an. Der Geruch von verbranntem Haar stieg ihm in die Nase; an den Vollbart hatte er sich noch nicht gewöhnt. Als er im Bad den Bund seiner Unterhose nach unten zog, schwamm sein Schwanz in einem milchigen See. Der Geruch von Sperma stieg ihm in die Nase. Er rollte die Vorhaut ab und schaute zu, wie der gelbe Morgenstrahl sich den Weg durch das bahnte, was der Traum aus ihm herausgespült hatte. Bevor er sich die Hände wusch, leckte er sich kurz über die Finger. Der Geschmack des eigenen Spermas war ihm nicht neu, trotzdem schmeckte es anders. Seine Wahrnehmung hatte sich verändert. Sein Bezug zu Sperma hatte sich verändert. Aus der Küche hörte Viktor das Röcheln des Espresso-Kochers. Der starke Kaffee kickte ihn in den Tag, in einen neuen Tag in einem neuen Leben, das er noch nicht ganz verstand. Salziger war es, intensiver.

Einige Wochen waren vergangen, seit er wieder in Berlin angekommen war. Er hatte eigentlich mehr Urlaub gewollt, doch dann kam die Vorbereitung für einen neuen Dreh. Der Regisseur war ein Bekannter, der sich mit queeren Kunst-Pornos einen Namen gemacht hatte. Die Produktion hatte kein hohes Budget. Die Gage spielte aber keine Rolle; um seine Karriere musste er sich nicht mehr sorgen. Er hatte gerade erst einen großen Fernsehdreh abgeschlossen. Dass er nun in einem schwulen Art-house-Film mitspielte, auch wenn der Film es niemals über ein Screening in einer Galerie hinausschaffte, das war er sich und seinem Stolz als Künstler schuldig. Es war nicht seine erste schwule Rolle. Für die Öffentlichkeit war er der sexuell ambigue, erfolgreiche Schauspieler. Zum Glück interessierte sich der Klatsch nicht für ihn, dafür war er zu rau. Im *Tatort* hatte er mitgespielt, damit war diese Station in seiner Vita abgehakt. Er war auch in Hollywood-Produktionen dabei, hatte genug erreicht, um sich auszuruhen, auf die nächste Rolle vertrauend. Seine Karriere vereinnahmte ihn. So sexuell viele seiner Rollen waren, so beiläufig war der Sex in seinem Privatleben. Die Zeit war ohnehin knapp.

Manchmal verschwamm sein Privatleben mit den Rollen. Er vergaß, sich abzugrenzen, schwebte im Zwischenraum der Persönlichkeiten, manche ihm angetragen, andere aus ihm sprechend. Jemand anderen zu spielen war schlicht spannender, als Viktor zu sein. Er spielte an diesem zum Mittag gewordenen Morgen die Rolle eines schüchternen jungen Mannes, der nach einem feuchten Traum, den er nicht zu deuten wusste, alleine mit einem Kaffee in der Küche saß und bei einer Zigarette darüber sinnierte, was mit diesem Tag anzustellen sei. Die Rolle einer Figur, die ihre Emotionen intellektualisierte, fiel ihm dabei leicht. So viele Figuren, er wusste manchmal nicht mehr, in welchem Skript er gerade hing. Traum, Film, Realität – keine dieser Dimensionen konnte sein Geist fest greifen, sie entglitten ihm. Er war sie alle und doch keine von ihnen. Seine Persönlichkeit war im Nebel verschwunden, versteckte sich hinter Rauch und hinter dem Geschmack seines eigenen Spermas, wollte nicht in den Vordergrund und wartete doch darauf, dass sie sich austanzen und austoben durfte. Er hatte sie eingesperrt, ohne zu wissen, warum.

Therapie hätte bestimmt geholfen, aber auch dafür war gerade keine Zeit. Er hatte sich intensiv vorbereiten wollen. Stolz war er darauf, dass es bei einer schwulen Rolle nicht auf Klischees ankam, um zu überzeugen, sondern darauf, Emotionen zu transportieren. Dass es um mehr als nur um Sex, dass es um einen Menschen ging, um dessen Sehnsüchte und Wünsche. Es war ihm beim Spielen nie schwergefallen, Leidenschaft auf einen Mann zu übertragen. Als er vor Jahren neben der Schauspielschule noch in Improvisationstheatergruppen gespielt hatte, gab es immer wieder Szenen, in denen er mit Männern in Kontakt kam. Synergien ergaben sich zwischen den Figuren. Es wurde gefummelt, geküsst. Doch warum es dazu kam, hatte er nie hinterfragt. Die Freiheit der Kunst ließ er für sich unangetastet, das war seine Therapie und sollte nichts über ihn als Person aussagen. Das war wiederum Teil seines Handwerks, seines Talents, seiner Fähigkeit, sich in andere zu begeben und auf Momente einzulassen. Im echten Leben mit einer Frau zu schlafen, das war ebenfalls kein großes Kunststück für ihn. Dass er dabei die Grenzen zwischen Schauspiel und Realität verkehrte, wurde ihm erst bewusst, als er zum ersten Mal einen Schwanz im Mund hatte. Die Realität schmeckte ein wenig nach Pisse, war salzig – machte ihn hungrig auf mehr.

Viktor hatte sich eingeredet, nur der Rolle wegen ins Ficken 3000 zu gehen. Die Bar mit Darkroom im Keller, die vor der Jahrtausendwende noch Ficken 2000 geheißen hatte, schien ihm der ideale Ort, um das Flirten zu üben. Er wohnte nicht weit weg vom Ficken, es war in Laufweite gelegen, direkt auf der Urbanstraße. Er musste nur aus dem Haus stolpern, an den schönen Cafés und Bars vorbei, die es noch nicht vor dem neuen Millennium gegeben hatte, und konnte in eine Welt eintauchen, die sich weiter tapfer gegen die Logik von Dating-Apps aufbäumte: eine echte Schwulenbar. Charakter- und Milieustudie sollte das werden. Bewusst hatte er darauf verzichtet, mit Freunden loszuziehen. Er wollte sich seiner Rolle aussetzen, sich intensiv auf das vorbereiten, was er vor der Kamera zu leisten hatte. Er malte sich seine Figur aus: selbstsicherer Typ Ende zwanzig, ein wenig zu cool für die Umgebung, eingemauert und auf der Suche nach mehr, verunsichert von der Situation, in die er sich begab. Ein Cis-Macho, der mit Balzgehabe versuchte, seine Unsicherheit zu überspielen.

Im Ficken 3000 wusste niemand, wer er war; niemand wusste, dass er sich die Bar zur Bühne für ein kleines Stück zurechtmachte. Mit Menschen um ihn herum, die ihn kannten, hätte er sich nicht lösen können. Mit einem ihm unbekannten Publikum, das nichts von der Vorführung wusste, hatte er dagegen alle Freiheiten. Die Freiheit lockte die Angst an.

Verschüchtert hatte er sein Bier bestellt. Pausenlos starrte er auf die Bildschirme in den Ecken der Bar, auf denen

Pornos in Endlosschleife liefen, vermied so Blickkontakt mit anderen Gästen. Das Stöhnen mischte sich mit der Musik, mischte sich mit dem Geruch von abgestandenem Bier, mischte sich mit seinem Angstschweiß, mischte sich mit Zigarettenrauch. Mit dem Bier in der Hand setzte er sich an die Bar und schaute sich um. Es war nicht voll, hin und wieder kam jemand aus dem Darkroom nach oben und bestellte sich etwas, um dann die Treppe am Ende der Bar, hinten bei den Toiletten, hinabzusteigen wie in die Unterwelt. Ob dort ein dreiköpfiger Hund in einem Körbchen lag? Generationen prallten hier aufeinander: älteres Stammpublikum, hippe Neuköllner und das Futter zwischen den Extremen. Allen war die Abenteuerlust gemeinsam, aber die Lust aufeinander kam nicht immer zustande. Sie trugen Kleidung aus den gleichen Jahrzehnten. Die einen, weil sie die Jahre erlebt hatten, die anderen, weil sie ihre Klamotten auf Flohmärkten kauften. Der symbolische Wert war ungleich verteilt. Während die Jungen glaubten, sie wären der Ironie mächtig, konnten die Älteren nur müde lachen. Sie waren schon weiter. Der Zynismus hatte sie eingeholt – oder die Weisheit, das lag hier an der Theke nah beieinander. Viktor kannte den Darkroom nur aus Erzählungen.

„Der Darkroom im Ficken 3000 hat einen ganz besonderen Geruch. So eine Mischung aus Moder und altem Sperma. Die Luft, die du da unten einatmest, ist wahrscheinlich verseuchter als jeder Schwanz, den du da lutschen kannst", hatte ihm sein Freund Jannis lapidar erzählt. Viktor kannte sich in der schwulen Subkultur Berlins aus: Ohne dass er sie jemals selbst besuchen musste, hatte er an ihr teilgenommen. Es gab genug Freunde und Bekannte in seinem Umfeld, die ihm immer gerne Anekdoten aus ihrem streunerhaften Liebesleben auftischten. Weder sie noch Viktor hinterfragten sein Interesse an den Geschichten. Viktor hatte das Gefühl, sich etwas beweisen zu müssen – als Schauspieler und damit als Künstler. Um Liebe war es in den Anekdoten selten gegangen. Meistens hörte er von sexuellen Abenteuern in

Berliner Kellern, Parks, Wohnungen, Clubs, Toiletten … Das schüchterte ihn ein, denn auch wenn er schon lange keine Beziehung gehabt hatte, war er alleine einsam. Er wollte wissen, dass es das gab: Romantik zwischen zwei Männern, aber wahrscheinlich war das einfach keine gute Story. Höflich und schüchtern sei der Umgang in den dunklen Räumen. Niemand falle über jemanden her wie ein wildes Tier. Natürlich gebe es komische Begegnungen, aber die seien leicht abzuschütteln. Überraschend zärtlich gehe es dort zu.

„Warum gehst du nicht selbst in einen Darkroom?", hatte jemand in einer Bar ihn halb im Scherz gefragt. Die Frage blieb lange unbeantwortet.

Viktor redete sich ein, keine Angst davor zu haben, in den Darkroom hinunterzusteigen. Er hatte erwartet, ein Darkroom müsse dunkel sein. Pechschwarz ohne Licht, ein Ort des Versteckens und Vortastens. Stattdessen fand er sich in einem Labyrinth wieder, das hier und da ausgeleuchtet war. In der einen Hand das halb ausgetrunkene Bier, mit der anderen sich an den Sperrholzwänden entlangtastend, suchte er sich seinen Weg im Kellergewölbe. Es roch wirklich modrig hier. Ein Geruch, der bei jedem Einatmen in der Nase vom Süßlichen ins Brennende kippte. Als hätte der Darkroom sein ganz eigenes Mikrobiom, verwoben und gespeist aus einer Geschichte der Körperflüssigkeiten. Sein Herz schlug schneller, als er einen Schatten sah, der sich an der nächsten Abbiegung des Labyrinths bewegte. Sollte er eine Runde drehen und wieder hinausgehen? Er konnte nicht einschätzen, wie groß das dunkle Areal im Keller der Bar war. So groß wie die Bar? Größer? Gab es noch eine Ebene? Die Geschichten, die er gehört hatte, waren architektonisch wenig korrekt. Sie konnten ihm vor allem eine Frage nicht beantworten: Wer lauerte hinter der nächsten Ecke? Sein Herz raste, das Blut schoss in seinen Kopf. Seine Lunge wehrte sich dagegen, die modrige Luft einzuatmen. Viktor begann, den Ekel, den er vor diesem Ort empfand, zu genießen. Das Unheimliche an der Situation versetzte ihn in einen Rausch. Sein Körper pumpte Adrenalin durch alle seine Fasern. *Fight or flight*? Das unbekannte Territorium warf ihn auf sich zurück. Die Rolle, die er so gekonnt zu spielen glaubte, wurde immer mehr eins mit ihm.

Das Bier leerte er in einem Zug und stellte es auf dem Boden ab, beugte sich und richtete sich elegant wieder. Was danach geschah, brannte sich in sein Gedächtnis, an eine Stelle, die bisher noch unbefleckt gewesen war. Eine fremde Hand griff ihm in den Schritt, und er begriff, dass er die ganze Zeit über eine Erektion gehabt hatte; als er dem Typen die Hose aufriss und ihm den Schwanz lutschte, als hätte er das schon oft getan, war seine Rolle so anders und doch vertraut, dass er aus seiner anerzogenen Männlichkeit ausbrach und sich freispielte.

Nach dem Abend im Ficken3000 war er zum ersten Mal aus dem feuchten Traum erwacht, der ihn von da an jeden Morgen aus dem Schlaf riss.

Das Drehbuch hatte er lange nicht angefasst. E-Mails blieben unbeantwortet. Meetings verschob er, waren nicht dringend. Viktor hatte keine Lust mehr auf Fiktion, auf Schauspiel, auf Eskapismus. Er wollte selbstbestimmte Realität leben, nicht einen Film drehen. Er rasierte sich die schwarzen Haare ab. Bis auf wenige Millimeter trimmte er sie sich immer wieder herunter, sobald sie zu lang wurden. Den dunklen Bart ließ er unbeachtet wachsen. Seit er das erste Mal einen Schwanz im Mund gehabt hatte, wollte er seine Gesichtsbehaarung buschig tragen. Er trug den Bart mit Stolz. Damit ihn niemand erkannte. Damit sie ihn in einer neuen Form erinnerten: Der Bart war sein viriles Versteck. Viktor betrachtete seinen Körper im Spiegel. Mit der Hand fuhr er sich über den Kopf. Gleichzeitig liebevoll und abgestoßen von sich selbst, betastete er die sehnigen Muskeln an seinen Armen. Streichelte seine blasse Haut, die trotz des Spätsommers schon lange keine richtige Sonne mehr gesehen hatte.

Fanden ihn andere Männer attraktiv?

Fand er sich attraktiv?

Fragen, die er sich bei sexuellen Begegnungen mit Frauen nie gestellt hatte. Vielleicht, weil es keinen Vergleichspunkt gab. Oder weil es ihn einfach nicht interessierte. Die Liebe zwischen Männern, dachte er, ist immer eine Gratwanderung zwischen Narzissmus und Bewunderung. Begehren wir jene, die wir sein wollen? Über Jungs dagegen dachte er jetzt dauernd nach, war selbst Objekt geworden. Obsessiv, wie man seinem Sternzeichen nachsagte. Er war ein echter Skorpion, aber mit Schütze im Aszendenten machte er sich schnell über Jungs her. Nur sein Fischemond, der hätte sich ein wenig mehr Romantik gewünscht.

Unter dem Bett hatte er eine kleine Kiste verstaut, die in den letzten Wochen immer voller wurde. Sie enthielt Polaroids, aufgenommen in seiner Wohnung, gehütet wie ein Schatz, von dem noch keiner wusste. War vielleicht auch eher was fürs Testament und den Nachlass. Es war ein Projekt, das er schon lange im Kopf hatte. Ihm war klar, dass manche mit ihm schliefen, weil sie ihn aus Filmen kannten. Je bekannter er wurde, desto mehr Sex hatte er haben können. Zumindest dachte er das. Jedes Mal fühlte er sich alleingelassen, wenn sie gegangen waren. Er versuchte, die Regeln des Spiels zu verändern, indem er sich aus der Position des Objekts herausbewegte und zum Beobachtenden wurde. Nur eine einzige Frau war unter den Bildern in der Kiste, der Rest waren Männer. Die Begegnung mit ihr war in einer Bar in Kreuzberg passiert, beinahe beiläufig. Sie war eine Passantin in seinem Leben, er nicht viel mehr für sie. Eigentlich wollte er ihre Begleitung ficken, doch die war schon mit einem anderen Typen beschäftigt. Aus Trotz – und um sich zu beweisen, dass er vielleicht doch nur eine Phase durchlief – schlief er mit der Freundin des Typen, den er eigentlich hatte durchnehmen wollen. Der Sex war grauenvoll, auch sie schien unbeteiligt, keiner wollte kommen, und sie empfanden mehr Intimität im einvernehmlichen Abbruch als im Einander-Aufreißen. Nachdem er sie um ein Bild gebeten hatte, was die Bedingung dafür war, dass sie zu ihm sind, schien sie irritiert. Wenn er ehrlich mit sich war: zu Recht. Das Polaroid-Bild zeigte eine trunkene Schönheit, vielleicht gerade einmal zwanzig, die mehr wusste, wo sie stand, als Viktor hinter seiner Kamera. Sie nahm einen Abzug von ihm mit nach Hause, das war ihre Bedingung für das Bild. Ein Austausch. Er sah das entwickelte Bild nie, fragte sich, wie er wohl wirkte.

Die anderen Bilder fingen die Gesichter von Männern ein. Einige der Aufnahmen entstanden direkt nach dem Sex. Eine zeigte eine halbe Erektion und einen flachen Bauch voller Sperma, das auf dem Sofortbild die Textur getrockneter Farbkleckse auf einer dick bemalten Leinwand imitierte. Eine andere Aufnahme zeigte einen Typen mit vollem Bart und abrasierten Seiten von hinten, nackt an seinem Küchenfenster mit einer Zigarette in der Hand. Eine andere hatte er im Halbschlaf gemacht. Jeden Sexpartner, den er hatte, musste er dokumentieren. Es war wie eine Sucht, die er befriedigen musste. Sex nur mit Bild. Der pralle Arsch mit den blonden Härchen, der gerade dabei war, hastig in Boxershorts zu verschwinden – im flachen Fokus im Hintergrund die zunehmend verdreckte Wohnung. Es war das letzte Bild der Serie.

Sein Leben hatte sich komplett verschoben, er war wie im manischen Wahn. Sein Rhythmus: spät aufwachen, heimgesucht vom immer gleichen Traum, verkatert in der Wohnung umherlaufen, gelegentlich zum Sport gehen und danach wie ein notgeiler Zombie ein neues Abenteuer suchen. Er war in beinahe jedem Sexclub der Stadt gewesen, hatte sich verkokst in Clubs amüsiert, sich bei keinem seiner Freunde gemeldet, und mit jedem Zentimeter, den sein Bart länger wurde, verlor er ein wenig an Gewicht. Wenn er gerade niemanden nach Hause brachte, verschanzte er sich in seiner Wohnung und schaute Pornos. Er war versessen auf Vintage-Pornos: mochte ihre Ästhetik und die Schnäuzer, die Shorts, konnte sich nicht verkneifen, dass er Bock auf Bareback hatte, auch wenn der Respekt vor Safer-Sex groß genug war, keine Dummheiten einzugehen. Scrollte sich durch Grindr, als gäbe es kein Morgen, nur ein Jetzt, nur den nächsten Boy. Die Filme des Regisseurs, mit dem er zusammenarbeitete, wurden in seiner Wahrnehmung von Kunst zu reiner Pornografie. Es war wie eine neue Adoleszenz, die er durchmachte. Mit fast dreißig wurde er wieder zum Teenager. Gewissheiten gab es kaum noch, nur ein ständiges erstes Mal, das langsam von der Gewöhnung eingeholt und von der Erwartung beschwert wurde.

Alles, was er sah, egal, wo er war, waren Männer. Berlin schien ihm wie ein Ort, der nur dazu da war, schöne Männer anzuziehen, die er ausziehen wollte. Es war eine ewige Hatz nach Befriedigung, die ihm entglitt, wenn er sie mit seinen Gedanken begreifen wollte. Er konnte nur mehr und mehr Wunden schlagen, mehr und mehr fühlen, Trophäe um Trophäe reicher war seine Leidenschaft noch immer nicht gestillt. Der Jäger hatte sein eigenes Blut geleckt. Der Hunger auf Sex beherrschte all seine Gedanken. Er reflektierte sein Verhalten nicht, handelte nur noch, war nur noch Trieb.

Den immer gleichen Traum verdrängte er direkt nach dem Aufwachen, wollte ihn nicht deuten, denn er hätte es gar nicht gekonnt, selbst wenn er hätte ehrlich zu sich sein wollen.

In den letzten Wochen hatte er viele Ärsche geleckt und gefickt. Mit einigen hatte er sich unterhalten, mit anderen kaum ein Wort gewechselt. Ihre Namen hatte er schnell wieder vergessen, die einzigen Erinnerungen, die an sie blieben, waren die Polaroids in der Kiste. Fotografie gab er als seine Profession aus. Die Aussicht, vielleicht in einer Ausstellung zu landen, befriedigte den Narzissmus der meisten Männer, mit denen er schlief. Streichelte ihr Ego. Anderen musste er versprechen, das Bild privat zu halten. Die neue Frisur und der Bart verdeckten seine ohnehin nicht allzu große Bekanntheit. Wer interessierte sich in Berlin schon für deutsche Schauspieler, wenn die Stadt ein Theaterstück voller Hauptrollen war?

Viktor achtete zu sehr auf sich selbst, als dass er sich vollkommen der Zerstörung hätte hingeben können, ohne sie zumindest auf dem Weg zu genießen. Das Harz in den Rissen seiner neuen Identität war dabei auszuhärten. Wie ein Muskel hatte er sich verletzen müssen, um zu wachsen. Es war an der Zeit, aus der Unterwelt aufzutauchen. Er sehnte sich nach einem bekannten Gesicht und ehrlichen Gesprächen.

Schwänze und Ärsche gab es in Berlin genug.

Freunde dagegen nur wenige.

Für den sanften Einstieg zurück in ein geregeltes Sozialleben loggte er sich auf Facebook ein. Er klickte sich durch die Veranstaltungen, zu denen er eingeladen wurde. Darunter war die Vernissage eines hippen Fotografen, dem er versprochen hatte zu kommen. Sie waren zusammen in einer Bar abgestürzt, irgendwo in Schöneberg, beide aufgeschmissen in einer Welt, die sie nicht verstanden. Paul hieß er, er war nicht sein Typ, aber Viktor wollte an diesem Abend auch nicht alleine sein, sie wurden Saufkumpanen, sie küssten sich nicht mal. Etwas Bemühtes lag in Pauls Verhalten, das Viktor ihm gerne verzieh. Das Nervige an Paul war seine Unsicherheit, die er mit viel zu viel Ego überspielte. Einfach nur unsicher wäre er sympathischer gewesen, aber wahrscheinlich hätte ihn Viktor dann auch nicht aufgelesen. Gelangweilt klickte er sich durch die Gästeliste der Veranstaltung, die aussah wie eine Collage aus hippen Menschen mit überbelichteten Analogfotografien als Profilbild.

Viktor hatte versprochen, sich auch von Paul ablichten zu lassen. Das Versprechen hielt er nie ein, sah keinen Grund dazu, gesehen zu werden. Ein Profil in der Gästeliste ließ ihn innehalten. Er klickte auf den Namen und schaute sich die anderen Profilbilder an. Er nahm sein Handy in die Hand und tippte den Namen ein, in der Hoffnung, mehr über den Boy zu erfahren. Er fand ihn sofort. Verglich die Bilder. Gleiche Person. Scrollte sich durch Story-Highlights und den Instagram-Feed. Schaute sich markierte Bilder an, und sein Gehirn feuerte neue Bahnen zwischen Neuronen. Viktor war aufgeregt. Es war nicht die adrenalingeile Aufregung, die er von einem Hookup kannte. Antrainierte Arme, die man erst auf den zweiten Blick sah, denn das schöne Gesicht lenkte ab. Kein klassisch schönes Gesicht, eher ein Gesicht, das um seine Vorzüge nicht bemüht war. Ein Bart, der ein wenig zu lang und ausgefranst war, um nicht wilde Absicht zu sein. Auf den neueren Bildern: nur noch ein kurzer Bart, dann ein etwas längerer Schnäuzer. Mal trug er eine Brille mit goldenem Rahmen, mal trug er keine. Auf allen Bildern: dunkle Augen, deren Farbe Viktor nicht erkennen konnte, egal wie stark er mit seinen Fingern reinzuzoomen versuchte. Tätowierungen, die aussahen, als wären sie von Geburt an da gewesen. Überhaupt ein Körper, der aussah, als ob er schon immer so gewesen wäre: Sattheit, die zu viril war, um vergänglich zu sein. Männlichkeit, die zu verspielt war, um existieren zu dürfen. Viktor hatte einen digitalen Crush.

Er klickte noch mal auf die gemeinsamen Freunde. Er hatte das Gefühl, diesen Lars zu kennen. Da war was. Ein von Drogen und Stroboskop verzerrtes Gesicht. Die Körpersprache eines tanzenden jungen Gottes. Faserige Muskeln, die die Haut prall ausfüllten. Ein Ernst, wie ihn nur jemand paradierte, der glaubte, alles gesehen zu haben. Jemand, der sich auch in jungen Jahren bereits für eine alte Seele hielt. Jemand, von dem er sich verstanden fühlte, ohne dass sie einander kannten. Jemand, ihm in Tiefe ebenbürtig. Viktor hatte Lars im Club gesehen. Es war Paul, der Fotograf, der sie auf der Tanzfläche einander vorgestellt hatte. Viktor erinnerte sich an einen Handschlag, ein joviales Lächeln. Ein stumpfes Ritual, die laute Musik vereinnahmte alle Schallwellen.

„Fuck", sagte Viktor laut.

Die Erinnerung wurde fassbarer. Seine vom Alkohol und Koks aufgestaute Arroganz hatte ihn damals davon abgehalten, weiter auf Lars einzugehen. Die Anziehung zu Lars hatte er wie eine lästige Fliege weggewischt. Immer besoffener und verkokster war er an diesem Morgen geworden, bis er irgendwann nachmittags den Club verließ. Alleine. Ausgelaugt. Zu stolz, um traurig zu sein.

Nachmittag kippte in den frühen Abend. Viktor schob alle Pläne auf und begann aufzuräumen. Die letzten Wochen hatten Spuren in der Wohnung hinterlassen. Um sein Bett herum lagen Teller mit Essensresten, hier und da Flaschen, ein Aschenbecher in seinem Wohnzimmer war umgekippt und hatte die kalte Asche schon lange aufgerauchter Zigaretten auf den Boden gekotzt.

In der sauberen Wohnung fühlte Viktor sich dreckig. Auf nackten, schmutzigen Fußsohlen ging er ins Bad. Im Spiegel schaute er sich seinen zotteligen Bart an und sah, dass auch die Haare auf seinem Kopf wieder zu lang waren. Es kam ihm manieristisch vor, so abgefuckt auszusehen. Wie ein Klischee mit dem Busch im Gesicht, trauriger Künstler, zu wenig Wasser im Körper und zu viel Kaffee im Blut. Zeit, sich zu trimmen. Mit dem Aufsatz für lange Haare fuhr er sich langsam über den Hals hoch ins Gesicht. Mit der linken Hand hielt er den Rasierer, mit der rechten spannte er die Haut so an, dass die Maschine die Harre leichter aufnahm und elektrisch abtrennte. Seine Finger betasteten seinen Hals. Er spürte seinen Herzschlag. Das Vibrieren des Rasierers ließ seine Hand kribbeln. Nach und nach legte er die Konturen seines Gesichts wieder frei. Die Haare über der Oberlippe stutzte er behutsam. Auf den Vintage-Pornoschnäuzer verzichtete er. Die Lippen wieder sichtbar und mit einer Kontur im Gesicht fühlte Viktor sich frischer. Mit den abrasierten, struppigen Haaren, die in das Waschbecken rieselten, fiel auch das Gefühl von Unordnung von ihm ab. Das Gefühl von Rastlosigkeit wich einem beständigen Pochen. Wie Bass schallte es durch ihn, machte Wellen in seinem Bewusstsein. Die Erinnerung an die Nacht im Club wurde immer aufdringlicher. Viktor konnte nicht aufhören, an die Szene mit Lars zu denken. Er hoffte, je stärker er daran dachte, ein umso klareres Bild der Begegnung zeichnen zu können. Der Rausch durfte nicht zulassen, dass er die kurze Berührung vergaß, die er mit Lars ausgetauscht hatte. Der Handschlag hatte einen Abdruck in ihm hinterlassen, der zu einer Fährte wurde, die zu seiner Leidenschaft führte.

Während er sich duschte, sah er den Bartstoppeln dabei zu, wie sie im Abfluss verschwanden. Er seifte sich ein, dachte an die vielen fremden Hände, die seinen Körper in den letzten Wochen berührt hatten. Die vielen fremden Körperflüssigkeiten, die sich auf ihn ergossen hatten. Die vielen Körper, die er angefasst hatte, in die er eingedrungen war. Zynisches lag in Momenten vollkommener Intimität, in denen, um nicht unmännlich zu wirken, Zärtlichkeit nur selten aufkam oder in denen Zärtlichkeit so verzweifelt war, dass Viktor sie als unmännlich empfand. Es war eine schwierige Balance zwischen Anbiedern und Anfassen, zwischen Einander-Verletzen und Einander-Zerfleischen. Zwischen Lust und Sehnsucht. War er verliebt? Er konnte es nicht sagen. Das Gefühl in ihm war neu. Es war so viel eindringlicher als alles, was er vorher für jemanden empfunden hatte. Er musste nicht darüber nachdenken, was in ihm vorging. Fernab vom Verstand hatte er kleine Schmetterlinge im Bauch. Da war sie wieder, die Erinnerung an den jungen tanzenden Gott. Er wollte Lars wiedersehen. Die Fährte war aufgenommen.

ERIK

Eriks Augen wehrten sich, er konnte sie kaum öffnen, und das Aufwachen fiel ihm schwer. Der Schlaf konnte nicht tief gewesen sein, denn sein ganzer Körper fühlte sich brennend ausgelaugt und unendlich unerholt an. Simon lag neben ihm, dicke Ringe unter den Augen, aber ein süßes Lächeln auf dem Gesicht.

„Hast du Lust auf Frühstück?“, fragte er Erik.

„Erst mal nicht. Mann, fühl ich mich dreckig.“

„Ich auch. Passt schon. Ist gut, dass wir so lange geschlafen haben. Passiert mir selten, wenn ich druff einschlafe. Normalerweise wache ich nach ein paar Stunden wieder auf.“

Erik suchte zwischen den Zeilen nach einem Kompliment und verbuchte den für Simon wohl tiefen Schlaf für sich.

Es war die erste Nacht, die sie gemeinsam verbrachten. Seit Wochen waren sie sich immer wieder auf Partys begegnet, hatten geflirtet und geknutscht, aber waren selten lange wirklich beieinander. Simon war beim Feiern nie entspannt. Immer kam jemand auf ihn zu, der Drogen kaufen wollte. Wenn nicht, hing er auf der Toilette rum und unterhielt sich mit den anderen Dealern, bis jemand ihn ansprach. Erik flirtete mit niemand anderem mehr, knutschte nicht mit anderen, vernachlässigte seine Freunde. Alles nur, um auf den Partys bei Simon sein zu können. Es war schwer, den Dealer abzulenken, denn die dauernden Geschäfte hielten ihn fokussiert. Erst wenn alles vertickt war, wurde Simon entspannt und schoss sich und Erik mit fetten Lines ins Aus. Letzte Nacht hatte Simon Erik zu sich eingeladen.

„Endlich", hatte Erik zu Simon gesagt.

„Na, ich hab uns weit nach oben geschossen, dann können wir auch zusammen runterkommen."

So high, wie man nur mit einem Dealer werden kann, hatten sie die Party zusammen verlassen und waren zu Simon in den Wedding gefahren. Er wohnte alleine in einer großen Einzimmerwohnung. Erik war neidisch, er konnte sich gerade mal eine WG leisten. So könnten sie wenigstens laut Sex haben, ging ihm durch den Kopf. Endlich wurde aus dem Rummachen mehr. Die Versprechungen, die er sich vom Sex mit Simon gemacht hatte, wurden erfüllt. Ob es am MDMA lag oder einfach an Simon: Jede ihrer Berührungen war so intensiv, egal ob das Gefühl drogeninduziert war oder nicht. Vereinigung, wieder und wieder und wieder, doch ein Orgasmus blieb ihnen versagt, ihre Körper waren zu ausgelaugt.

Simons Wohnung war hell, hätte schön sein können, aber er hatte seit Langem nicht mehr aufgeräumt. Überall auf dem Boden lagen Flyer mit Drogenresten, waren Karten mit weißen Rändern und aufgerollte Ziehröhrchen. Simon dealte noch nicht lange, hatte er Erik erzählt. Es habe sich ergeben und sei gerade die einfachste Art, an Geld zu kommen. Solange es ihm Spaß machte, wollte er weitermachen. Eine Erklärung, nach der Erik nicht gefragt hatte. Ihm war das fürs Erste alles egal. Ihn interessierte, dass er endlich Zeit mit Simon verbringen konnte. Lebensläufe konnten sie später austauschen, wenn sie Händchen haltend durch den Görli liefen.

Erik kam aus dem Bad und rieb sich den Schwanz.

„Tut dir was weh?"

„Ja, die Harnröhre."

„Kommt bestimmt von dem ganzen MDMA. Trink Wasser. Das tut erst mal weiter weh, weil du mehr pinkeln musst, aber es spült dich auch aus."

Erik griff zu einer großen Flasche und öffnete sie.

„Stopp!", rief Simon laut.

Bevor Erik reagieren konnte, hatte er schon einen beißenden, orangeatartigen Geruch in der Nase.

„Das ist GHB, verdammte Scheiße! Trink das nicht!"

„Warum hast du das Zeug offen rumstehen?", fragte Erik angeekelt und merkte, dass er in dieser Wohnung vorsichtig sein musste. Hier konnte man kein Haustier halten, so viel war klar. Wenn hier eine Katze mal ein Stück Papier ableckte, war sie für immer druff. Oder starb an Organversagen. Erik wusste nur, dass Katzen kein THC abbauen konnten. Er wollte nicht wissen, wie Katzen mit den Chemikalien zurechtkamen, die bei Simon in jeder Staubmaus hängen mussten.

„Das hab ich geschenkt bekommen. Kommt manchmal ganz gut zum Runterkommen, wenn man keinen Bock hat, sich mit einem Joint runterzurauchen. Und man hat geilen Sex damit."

Erik war kein großer Fan von GHB. Zu viele schlimme Geschichten hatte er gehört, zu viele zugedröhnte, breitbeinig laufende Zombies gesehen. Droge war eben nicht gleich Droge. Sein erstes Mal G war noch nicht lange her, und es hatte ihm nicht gutgetan. Er wurde so rattig, dass er alle Reserviertheit über Bord warf und wild im Club auf der Tanzfläche knutschte. Jede Zunge, die sich mit seiner duellieren wollte, war ihm für eine Stunde willkommen gewesen. Dann war der Rausch zu Ende und er umgeben von angefangenen Flirts, die er mit seinem wieder nüchternen Bewusstsein nicht einordnen konnte. Danach hing er kotzend über der Toilette. Danach war Knutschen ohnehin kein Thema mehr.

In der Küche holte er sich ein Glas Leitungswasser.

„Damit bin ich jetzt aber safe, oder hast du MDMA-Kristalle in deinem Wasser?"

„Quatsch nicht."

Simon lachte, klang aber ein wenig verletzt. Erik entging keine der Modulationen in Simons Stimme. Er setzte sich neben Simon, der eine Box unter dem Bett hervorholte.

„Was machst du da?", fragte er ihn.

„Frühstück", erwiderte Simon gelassen.

Erik wusste nicht, was ihn erwartete. Simon holte eine große Plastiktüte aus der Box. Sie war gefüllt mit vielen kleinen Tütchen, die wiederum voller weißer Kristalle waren: Sie funkelten wie Diamanten.

„Keta?", fragte Erik. Das war kein Katerfrühstück.

„Hast du Lust? Ketafrühstück."

Simon lachte über seinen eigenen Dad Joke. Erik hatte Lust auf Simon, und wenn Simon Lust auf Keta hatte, hatte Erik das auch. Ein Croissant und ein Kaffee hätten es allerdings auch getan. Er war kein großer Fan der Droge. Sie verballerte ihn zu sehr. Wenn es hart auf hart kam und jemand ihm anstatt einer Line Speed aus Versehen Ketamin legte, dann kam anstatt Energie zum Tanzen jedes Mal ein massiver Trip auf ihn zu, den er dann einfach geduldig aussitzen musste. Als vergäße seine Seele, dass sie fleischgeworden war, und wunderte sich, warum sie feststeckte. Er beschwerte sich dann nicht, er machte niemandem einen Vorwurf, auch sich nicht. Er wartete einfach ab, bis das High zu einem Ende kam. Er hörte oft, man bräuchte ein paar Lines, bis man sich an den

Effekt gewöhnte. Brauchte er einfach die richtige Umgebung, um sich in die Welt der Droge einzufinden? Auch wenn er keine Lust gehabt hätte, einen Rückzieher konnte er nicht mehr machen. Würde Simon ihn dann vor die Tür setzen? Wahrscheinlich nicht, aber Erik wollte auch nicht aufs Spiel setzen, dass die Stimmung kippte. So nah war er Simon noch nie gekommen, jetzt nur nichts falsch machen.

Geschickt crushte Simon ein wenig von dem Ketamin auf einem Spiegel. Aus wenigen Kristallen wurde eine große Menge puffiges Pulver. Er legte zwei kleine Lines und zwei große.

„Wie willst du anfangen, langsam oder ohne Gnade?"

Simon fuhr mit der Hand am Bund von Eriks Unterhose entlang und massierte seinen Schwanz vorsichtig. Erik genoss die Berührung so sehr, dass ihm der kleine stechende Schmerz nichts ausmachte. Simon kochte ihn weich für einen Trip auf einer Droge, die, wenn schon nicht im Club, dann beim Sex Spaß machte. Simon reichte ihm ein silberfarbenes Ziehröhrchen, und Erik nahm eine der großen Lines. Simon machte es ihm nach. Über die Boxen lief ein Techno-Set, das sich langsam vortastete. Erik hätte lieber entspannten Ambient oder House gehört, aber er verstand, warum Simon Techno spielte. Die tiefen Frequenzen der Musik harmonierten besser mit der ketaminisierten Wahrnehmung. Dubbiger Techno klang nach Berlin in den 90ern, klang nach Basic Channel, klang nach Clubs, die schon lange geschlossen waren.

Die beiden streichelten einander zärtlich. Das Ketamin suchte sich durch die Nase seinen Weg in ihren Tastsinn. Immer empfindlicher wurden sie. Erik genoss es, nicht zu wissen, ob seine Hand gerade Simon berührte oder in ihm verschwand. Er fühlte sich wie eine energetische Wolke, die sich mit Simon vermischte. Wenn sie sich küssten, waren sie nicht nur in ihren Körpern verschlungen, sie drangen in das Unterbewusstsein des anderen vor. Mit ihren Zungen kitzelten sie ihre Seelen. Als Simon in Erik eindrang, wusste er nicht, ob es ein Finger oder ein Schwanz, mit oder ohne Gummi, war.

Sie tasteten sich an Höhepunkten entlang. Aus dem dubbigen Techno wurde harter Acid. Die beiden intensivierten ihre Berührungen. Als Simon seine Zähne in Eriks Nacken vergrub, fühlte Erik keinen Schmerz. Ihm war, als würde seine Haut das Kalzium der Zähne schmecken. Seine Nervenenden spürten der Form der Zähne nach. Feine Rillen vom Knirschen waren da in Simons Zähnen. Wie viel Zeit war inzwischen vergangen? Erik hatte kein Gefühl dafür. Es kam ihm wie eine Ewigkeit vor, seine Gedanken kreisten in Form einer Lemniskate, der Rausch wurde von Sekunde zu Sekunde intensiver.

Eriks Körper schwebte auf dem Bett, die Musik streichelte durch seine Ohren und brachte seinen Körper zum Schwingen. Die erste Line tobte noch durch ihre Gehirne. Simon ließ von Erik ab und zog die nächste Line weg. Erik drehte sich um und nahm das Röhrchen. Der süßliche Duft des Ketamins benebelte ihn noch mehr. War da Vanille? Übelkeit bäumte sich in seinem Körper auf, der dabei war, sich aufzulösen. Die Musik durchdrang jede Frequenz seines Bewusstseins, wurde von Schall zu Licht. Keiner dieser Sinneseindrücke hatte eine Referenz in seiner Erinnerung. Er fühlte sich, als würde er jede Sekunde aus dem Nichts erwachen, nur um sich dann wieder zu vergessen. Jede Sekunde ein neues Erstaunen. Die zweite Line vernichtete die Differenzierung zwischen Eriks Sinnen ganz. Die Musik, Simon und er tanzten umeinander, umgarnten einander, tauschten Energien miteinander aus. Sie schmiegten sich aneinander, wirbelten durcheinander und rissen alle Grenzen ein. Der Rhythmus diktierte ihnen leise, wie sie sich zu bewegen hatten. Die Musik übernahm ihre Körper, ihre Begegnung fühlte sich an, als prallten zwei Galaxien aufeinander, die schwarzen Löcher in ihrer Mitte keck kaschierend. Die Bassline streichelte gemeinsam mit Eriks Händen Simons Rücken. Zusammen befühlten sie die dünne Schicht Haut, die die Schulterblätter umspannte. Sie tanzten zusammen Simons Wirbelsäule hinunter, die sich so langsam bewegte wie ein Gebirge. Es dauerte Jahrtausende, bis sie den Ansatz von Simons Hintern erreichten. Beherzt griffen Eriks Hände zu und hielten Simons Po in den Händen. Knochen drückten sich durch Muskeln gegen seine Handflächen. Haut löste sich auf, und Erik betastete Simons Skelett. Er sah jeden einzelnen Knochen, jeden Teil des Gerüsts, das Simon zusammenhielt, Farbströme umkreisten sie. Sie tanzten zur Musik, alle vier Takte preschten sie nach vorne, auf jeden achten Takt hin wechselten sie die Richtung mit dem Beckenschlag. Muskelfasern erhoben sich aus den Percussions, Organe bildeten sich aus Synthesizern, das aufkommende Leben speiste sich aus der Energie der Snares. Er öffnete seine Augen, der Trip ließ sich von der Realität nicht aufhalten. Die Struktur von Simons Iris erschien Erik unendlich kostbar. Er hatte die Flecken, die das unregelmäßige Grün durchzogen, noch nie zuvor gesehen. Die schwarzen Pupillen entwickelten einen Sog, dem Erik sich zu entziehen versuchte. Er wollte weiter die Iris entlanggleiten, ihre Struktur verstehen lernen, doch er rutschte ab. Sie schlossen ihre Augen und küssten einander. Ihre Seelen tanzten einen Tanz, der immer morbider wurde. Sie entlockten einander Geheimnisse, noch nie Sprache gewesen. In beiden staute sich etwas auf. Immer intensiver wurde das Rauschen. Sie bebten ineinander, die Musik prasselte wie ein Regen auf sie herab. Die Klimax kündigte sich an, die Ruhe vor dem Sturm. Der Bass verschwand kurz, nur um wenige Takte später umso kräftiger loszudröhnen.

Der Orgasmus war kein Höhepunkt, er war das letzte Aufbäumen ihrer Synergie. Ausgelaugt und breit lagen sie nebeneinander. Die postkoitale Entspannung rieselte auf das langsam ausklingende Ketamin-High. Erik hätte Simon stundenlang so weiterstreicheln können. Jede Berührung fühlte sich an, als schwänge sie in konzentrischen Kreisen durch Simons Körper. Endlich waren sie alleine. Endlich waren sie nicht mehr im Clubland, endlich waren sie intim. Erik war glücklich. Sie dösten vor sich hin, während Simons Hände zärtlich durch das erkaltete Sperma auf Eriks weichem Bauch fuhren.

KALA

Laurence begrüßte Kala mit einem Kuss auf den Mund. Ihre Zunge streifte Kalas Lippen kurz wie die eines Frosches, der eine Fliege einfängt. Laurence' Speichel fühlte sich an wie ein Fremdkörper, den Kala schnell abwischte, sobald sie sich aus der Umarmung gelöst hatte.

„Guck mal, Kala", sagte Laurence mit ihrer aufgepitchten, aufgesetzten Kinderstimme.

„Wir checken aus, wer später zu Pauls Vernissage geht."

Mick öffnete eine Flasche Rotwein und schenkte ihnen ein. Zusammen saßen sie vor dem Laptop und scrollten durch die Liste der Zusagen.

„Wen von diesen Leuten kennt er denn wirklich?", raunte Mick.

Kala wiegelte mit dem Kopf. Sie mochte nicht, wenn Mick so bitchy war, aber irgendwie gefiel es ihr auch. Mick hatte eine gute soziale Intelligenz; sein Bullshit-Filter ließ keine Partikel durch. Aber ob er ihn gut einsetzte?

„Na ja, einige von denen hat er ja auch fotografiert. Die kommen bestimmt, um ihre Abzüge in Groß zu sehen."

„Ja, weil das alles kleine verkackte Narzissten sind. So wie Paul."

„Warum ist Paul ein Narzisst?"

„Die Frage ist doch: Was bildet Paul sich eigentlich ein?"

„Bist du jetzt sauer auf Paul oder auf deine Freunde?" Kala sprach das Wort „Freunde" bewusst gedehnt aus.

„Ach, eigentlich weder noch."

„Dann, ich weiß nicht, mecker nicht so rum", wagte Kala sich vor. Mick ignorierte ihre Zurechtweisung, war schon zu warmgebitcht.

„Erinnerst du dich noch, als er vor zwei Jahren oder so gerade nach Berlin gekommen war? Er kannte niemanden. Wir haben ihn überallhin mitgenommen. Da hat er angefangen, Kontakte zu knüpfen. Und was macht er? Plötzlich haben wir dreihundert gemeinsame Freunde auf Facebook, und er fotografiert sie. Kommt mir so vor, als würde er uns nur ausnutzen. Für ein bisschen Fame macht der doch …"

Laurence unterbrach Micks Gezeter: „Aber die Bilder sind gut. Bei Instagram geht er auch ziemlich ab."

„Das sagst du nur, weil du selbst drauf bist."

„Und du bist eifersüchtig, weil er dich nie um ein Bild gebeten hat. Und weil er mehr Follower hat als du."

Kala lachte leise, griff in ihre Handtasche und befühlte die Ketamin-Ampullen. Sie waren da, gut so, aber noch wollte sie nicht über Drogen sprechen. Gleichzeitig machte das Gespräch über Paul sie nervös. Drogen wollten den Abend über noch oft genug Thema sein, aber Micks Gezeter vermieste ihr die Stimmung. Sie mochte Paul, wie sie die meisten Menschen mochte. Sie hielt nicht viel davon, jemanden zu verachten, aber wirklich begeistert von ihm war sie auch nicht. Paul war in seiner Kontaktfreudigkeit drollig und sprach plötzlich die ganze Zeit von der „Schönheit junger Menschen", die er „einfangen" wollte. Davon, wie sehr Berlin ihn beeinflusse. Vom Moment, von der Gegenwart, von der erotischen Anziehung, die uns alle als Generation verband. Von einem Momentum, das man erleben musste, zugleich: dokumentieren. Die Großstadtromantik der Zugezogenen, Kala hatte mehr Empathie dafür als Mick. Laurence blieb indifferent, wie so oft, wenn alle krassen Standpunkte schon eingenommen waren.

„Genug gelästert."

Mick schloss das Thema selbst ab. Er hob das Glas, und sie stießen an, nippten am Wein. In der WG suchte Mick den Wein aus, es war irgendein italienischer Rotwein aus dem Bio-Laden. Ein schwerer Wein, den Kala mochte, aber niemals hätte nachkaufen können. Sie warfen sich verschwörerische Blicke zu.

„Die Backmischung hast du doch bekommen, oder?", fragte Mick Kala, der ihre Nachricht scheinbar nicht gesehen hatte. Er grinste, sie wusste, warum, und biss sich leicht auf die Oberlippe, verzieh ihm, dass er den WG-Chat nicht beachtete.

„Oje, geil. Hast du? Das ist die Backmischung?“

Laurences Stimme überschlug sich.

„Mal sehen, was die Mutti heute aus der Bäckerei mitgebracht hat …“

„Oh, aber keine Teilchen, oder?“

Kala holte die drei Ampullen aus ihrer Handtasche und stellte sie auf den Tisch. Da stand das flüssige Ketamin. Andere Ampullen lagerten gerade in Apotheken, in Rettungswagen und bei Veterinärmedizinern. Vielleicht wurden größere Mengen gerade in Weinflaschen über irgendwelche Grenzen geschmuggelt. New York in den 80ern. London ab den 90ern. Berlin der Gegenwart. Partymonster-Szenen, Placebo-Songs, Passagen bei Strobo. Sie starrten die Ampullen an: der flüssige Treibstoff ihres Eskapismus. Ketamin hatte eine ganze Kulturgeschichte hinter sich stehen, aber für die drei öffnete die Droge das Universum.

Kala hatte keine Ahnung, wo ihr Dealer Alex das Ketamin herhatte. Es war einfach da und es funktionierte, und sie war glücklich darüber, es selbst einzukochen. Alle wollten Ketamin – deswegen war die Qualität des Schwarzmarktes immer schlechter geworden. Doch Kala tischte ihren Freunden keinen Dreck auf. Sie war stolz darauf, dass sie wusste, wie sie an gutes Keta kam. Es war mehr als nur eine Sucht, eine Leidenschaft, wie sie es für sich nannte. Es war eine Droge, die ihr Bewusstsein öffnete, ihr entsprach, die sie brauchte. Das Ziehen war auch eine schöne Ausrede, um gebraucht zu werden.

Mick schüttete die erste Ampulle in die Pfanne, die Flamme auf die niedrigste Stufe gestellt. Laurence und Kala standen neben ihm und stritten sich darüber, welche Farbe die erste Fuhre bekommen sollte.

„Ich bin für Rot.“

„Quatsch, ich will anfangen! Wir tun Blau rein, Mann!“ Laurence krakelte zu laut, als dass Kala ihr den Spaß verderben wollte.

„Okay, Blau dann. Aber vorsichtig. Ich will nicht, dass wir das Zeug unziehbar machen."

Langsam tropfte Laurence etwas Farbe in die Pfanne, Mick rührte mit einem Silikonpfannenwender vorsichtig in der jetzt nicht mehr farblosen Ketamin-Lösung.

„Wie drei Hexen müssen wir aussehen", sagte Laurence in ihrem überhastigen Kinderton.

„Klar, lass uns das doch einfach auf Instagram posten. Hashtag: *instawitches*", plärrte Mick in die Runde.

Laurence lachte, während Kala weiter vorsichtig in der Pfanne herumrührte.

„Lass die andere in den Backofen tun, das hab ich bei *Party Monster* gesehen."

Auch wenn das Ketamin in der Pfanne bald bereit war, es gab drei ganze Ampullen, die, je schneller sie eingekocht waren, schneller gezogen werden konnten.

„Im Backofen? Geht das?", fragte Kala. „Nicht dass uns das verbrennt."

„Dann ist jetzt Rot dran." Laurence' Stimme krächzte.

Mick erklärte es ihnen geduldig: „Einfach in eine Auflaufform geben. Ist total krass, im Roman beschreibt er sogar ein Rezept, wie man Keta aufbacken soll. Bevor ich das gelesen hatte, wusste ich gar nicht, was die im Film nehmen. Die meisten Leute kennen das Buch nicht mal, die denken, das war nur ein Film. Und dass Keta in New York in den frühen 80ern ein Ding war, wusste ich auch nicht. Immer lieber das Buch lesen, Leute."

„Aber der Soundtrack war super. *Two hearts, hearts …*", sang Laurence.

„*That beat as one*", summte Kala mit. „Okay, Laurence, hol mal die Auflaufform. Wir testen das jetzt", kommandierte sie liebevoll. Sie liebte nichts mehr als kulturelle Referenzen zu Drogen. Mick heizte den Backofen auf 150 Grad vor, und Kala kippte das Ketamin in die Auflaufform. Behutsam tröpfelte sie etwas von der roten Farbe in die Flüssigkeit, mischte und schaute fasziniert auf die rosa Fläche, die sich in der

Form gebildet hatte. Die Flüssigkeit sollte im Backofen langsam kristallin werden. Rosa Keta.

„Prinzessinnen-Keta wird das. So wie du eine Prinzessin bist.“

Laurence' ungelenkes Kompliment flackerte in Kalas Brust. Es war dieser unbeholfene Mädchen-Macho-Charme, den sie an Laurence gernhatte. Je größer das Chaos wurde, das sie zusammen anstellten, umso mehr Geborgenheit fühlte sie, weil sie auf Laurence aufpassen musste. Sie wollte sie einfach nicht enttäuschen. Dafür waren sie schon zu lange befreundet. Dafür waren Laurence' Sonne und ihre zu polarisiert: Laurence die Zwillingsgeborene, Kala die Schützin.

Das blaue Ketamin war zuerst fertig. Sie kratzten es vorsichtig mit dem Silikonspatel aus der Pfanne und ließen es auf ein gefaltetes Stück Papier rieseln. Rosa war noch im Backofen, Grün landete nach Blau in der Pfanne.

Vorsichtig legte Mick drei kleine Lines. Das kristallisierte Ketamin war hellblau und schimmerte feucht. Kleine Pixel, der Realität entnommen, um ihren Blick zu erweitern.

„Lass uns ein bisschen was ziehen, solang's noch warm ist. Das knallt richtig.“

Kala, Laurence und Mick nahmen jeweils eine der Lines. Dabei hatte jede von ihnen eine eigene Art zu ziehen: Laurence war wie ein Staubsauger. Mick machte kaum Geräusche und zog jeweils eine halbe Line in jedes Nasenloch. Kala ging die Line entspannt entlang und warf danach den Kopf in den Nacken, lange ausatmend. Der chemisch-süßliche Geruch des Ketamins in ihrer Nase gab Kala eine tiefe Befriedigung. Ihr Leben hing nicht von der Droge ab, aber es hatte seit Langem kein ketaminfreies Wochenende mehr gegeben. Es gehörte zum Rhythmus dazu, den sie alle lebten, dem Rhythmus des Lebens, dem sie sich verschrieben hatten, es war ihre Art der Bewältigung. Die Kinder der Krise nahmen sich ihrer Privilegiertheit an und übersetzten sie in latenten Rausch, einer Zukunft entgegentaumelnd, von der sie wach träumten.

Das warme Keta kickte schneller ein, als sie es gewohnt war. Ihre Wahrnehmung verschob sich, ein neues Raster setzte ein. Als atmete ihr Gehirn auf, öffnete sich, um sich mit neuen Reizen überfluten zu lassen, die es sonst, um funktionieren zu können, unterdrückte.

„Ist irgendwie körperlich, aber auch im Kopf", sagte Kala leicht benommen.

Mick und Laurence nickten nur. Alle drei mussten sich kurz sammeln. Sie durften das andere Ketamin nicht verbrennen lassen. Wortlos dirigierte Mick die Aktion, und als alle drei Ketamin-Ampullen eingekocht waren, füllten sie jede Farbe in ein einzelnes Tütchen. Kala bekam Rosa, Laurence Blau, Mick Grün. Kala fühlte sich wie eine Priesterin aus der Zukunft, einem Kult entsprungen, der noch nicht gegründet war. Sie hatte einen Stoff mitgebracht, der sie und ihre Gefolgschaft in eine höhere Bewusstseinsebene hievte. Die Farben markierten den Besitzer. Jedes Ketamin für sich wirkte in einer anderen Klangfarbe, davon war sie überzeugt.

„Ich glaube, wir sollten die anderen auch testen. Das aus dem Backofen kommt bestimmt anders", sagte Mick.

Es war typisch für ihn, Drogen so analytisch zu betrachten. Er war wie ein Hobby-Chemiker, der genau wusste, wann welche Line wie zu wirken hatte. Sein Mischkonsum war zerstörerisch, aber seine Ratschläge waren die besten, wenn es darum ging, möglichst high zu werden, ohne dabei umzukippen.

Laurence dagegen war maßloser. Für sie gab es keine Grenzen.

„Quatsch, lass uns einfach eine fette bunte Line machen."

Sie öffnete ihr Baggie und streute ihre blauen Kristalle auf den Tisch. Kala fiel es schwer zu sprechen, sie tat ein wenig Rosa dazu.

„Überstimmt."

Mick ließ Grün in den Regenbogen rieseln. Die Kristalle mischten sich, als er sie crushte. Das Pulver war bunt, jede Line hatte eine andere Farbe. Farbverläufe zeichneten sich ab. Eine Line changierte zwischen Blau und Rosa mit wenig Grün, eine andere war fast nur grün. Laurence zog zuerst. Sie nahm die Line mit dem größten Anteil an Kalas Ketamin.

Kala grinste. Eine bewusste Geste? Auf Ketamin gab es so was nicht mehr. Das Unbewusste wurde zum Bewussten, das Bewusste verabschiedete sich. Sie zog nach Mick und seiner fast ganz blauen Line.

Die Benommenheit geradeso überwunden, machten sie sich ein paar Stunden später auf den Weg.

„Müssen wir am Alex aussteigen?", fragte Laurence entnervt. „Da ist's immer so voll, ich will da nicht druff sein."

„Ja, von da ist es echt nur Laufweite. Und es ist ganz cool da. Die haben auch einen Autoscooter im Hinterhof. Genau, Leute, ein verlassenes Gebäude am Alex, steht leer, voll mit Kunstmenschen und Ateliers, hat natürlich einen Autoscooter im Hinterhof stehen. Offensichtlich haben die einen Autoscooter im Hof stehen. Was auch sonst?", echauffierte sich Mick.

„Boah, also ich würde mich ja jetzt nicht Auto fahren lassen."

„Musst du auch nicht, Schatz, die Autoscooter-Autos sind nicht mehr drin, nur die Bahn", hakte Kala sich in das Gespräch ein. „Schon hart hip."

„Lieber druff als hip", raunte Laurence.

„Und sag nicht druff, wenn wir in der U-Bahn sind", brummte Mick und schaute sich verschwörerisch um, obwohl kaum jemand um sie herumstand.

Als sie ausstiegen, funkelten die Straßenlaternen wie kleine Sonnen; die Lichter der Autos glitzerten Sternen gleich, und die Beleuchtung der Geschäfte tänzelte wie Sprechblasen aus einem Videospiel. Leicht benommen, in kleinen Trippelschritten liefen die drei nebeneinander.

„Ich glaube, es ist da vorne", sagte Mick. Er starrte mit von den Drogen weit aufgerissenen Augen auf sein Smartphone. Die überempfindlichen Pupillen machten es ihm schwer, das Licht des Bildschirms zu verarbeiten. Es war nicht zu verfehlen, das große leer stehende Gebäude, das letzte seiner Art am Alex, der jetzt wie die Fußgängerzone einer deutschen Kleinstadt wirkte, nur größer und Hauptsache, ein Kaufhof.

Kala hielt Laurence' Hand in ihrer und streichelte sie. Sie spürte einen Energiefluss zwischen ihnen, als hielten nicht nur ihre Körper, sondern auch ihre Seelen Händchen, als verschränkten sie nicht nur ihre Finger, sondern Dimensionen, als wäre dies nicht das erste Leben, in dem sie Händchen hielten. Micks Stimme holte sie zurück in die Realität, ihr Geist sprang von der Mauer zwischen hier und drüben zurück in ihren Körper. Die kitschigen Gedanken kamen ihr immer dümmer vor; je nüchterner sie wurde, desto weniger hatte sie das Bedürfnis nach Laurence' Nähe. Ihre innere Welt war überfordert. Laurence schwieg, beruhigt von der Hand, die sie führte.

„Ja, hier irgendwo müssen wir rein."

Kala blieb stehen, Laurence ging ein paar Schritte weiter, hielt erst an, als sie merkte, dass Kala nicht weiterging. Ein handgemaltes Schild mit einem Pfeil hing am Eisengitter eines Tors und zeigte in den Hof.

„Wollen wir noch was nehmen, bevor wir uns da reintrauen?", fragte Mick in die Runde.

Kala drückte kurz Laurence' Hand, ließ sie los und öffnete den Verschluss ihrer Handtasche. Mit einem Schlüssel ihres Schlüsselbunds fuhr sie in eines der Tütchen und schaufelte einen kleinen Haufen des rosa Ketamins in Micks Nase, der sich zu ihr nach vorne beugte und mit einem Finger das linke Nasenloch zuhielt, damit er ziehen konnte. Dann fütterte Kala Laurence, die gierig schnupfte, um sich danach selbst mit einem kleinen Haufen Kristalle zu belohnen. Kala rieb sich die Kristalle in die Nase. Der klare, mit sonst nichts vergleichbare Geruch des Ketamins kündigte ihrem Gehirn den Rausch an, der mit jedem Schritt ein wenig intensiver wurde, ganz leise ihre Sinne benebelte, die ganze Welt erträglicher machte. Eine Schönheit über den Moment legte – zumindest für eine Weile. Kala seufzte. Auf in den Spaß.

TOM

In der Hasenheide war Tom schon oft nachts mit dem Rad unterwegs gewesen, doch noch nie, um Drogen zu kaufen. Er hatte gehört, hier gäbe es Cruising-Spots, mitten in Neukölln zwischen den Bäumen. Anstatt Fremden aufzulauern, wollte er jetzt aber lieber eine bestimmte Person finden, eine, die ihm Drogen verkaufen konnte. Langsam rollte er mit seinem Rad den dunklen Parkweg entlang und hielt nach Dealern Ausschau. Ein humpelnder junger Mann kam auf ihn zu und raunte ihm entgegen: „Gras? Weed?"

Tom zögerte zunächst, doch bevor er einen dummen Rückzieher machen konnte, schaute er dem Typen einfach in die Augen und nickte. Wo Gras war, war vielleicht auch mehr.

„Na, willst du Gras kaufen?"

Toms Stimme zitterte vor Aufregung: „Hast du auch was anderes da? MDMA? Ecstasy?"

„Klar, ich hab alles, Mann. Aber im Park hab ich nur Gras dabei. Ich wohn um die Ecke. Wenn du willst, gehen wir zu mir und ich hol dir, was du willst."

Seine Stimme war rauchig, seine Art jovial. Seine Stimme, die auf dem r von Gras verharrte, und seine Körperhaltung wirkten routiniert. Als hätte das Wort „Gras" für ihn schon die Bedeutung verloren, weil er es so oft sagte.

„Warum nicht?", sagte Tom und ahnte, dass das zu einfach war.

Auf einem Spielplatz im Schillerkiez sitzend, unweit seiner eigenen Wohnung, schaute Tom auf die Uhr seines Handys. Es waren bereits zehn Minuten vergangen, der Dealer hätte eigentlich schon längst zurück sein müssen, wenn er wirklich nur im Haus gegenüber die Drogen holen wollte. Er hatte drei Pillen versprochen, und Tom hatte dem Typen zehn Euro Anzahlung in die Hand gedrückt. Vertraut hatte er ihm nicht so richtig. Mit Drogen in der Tasche wäre aber der erste Schritt in die Freiheit getan. Auf einem Spielplatz auf einen Dealer zu warten, war dagegen irgendwie daneben. Immerhin hatte der Dealer seine Kappe dagelassen, als Pfand für die Drogen. Tom bewegte die Kappe in seiner Hand hin und her. Sie war komplett schwarz, auf der Vorderseite ein umgedrehter Reichsadler abgebildet, und in großen Buchstaben stand BOY geschrieben. Er kannte das Label von Bildern von Andy Warhol und Madonna aus den 80ern. Counter Culture, Punk, Provokation – das alles steckte im Subtext der Kappe, und auch ein bisschen von Londons schwuler Subkultur. Der Adler und der Schriftzug standen in einem seltsamen Dialog miteinander. Machte der BOY den Adler gefügig, unterlief er ihn, deutete ihn um? Oder bemächtigte sich der Nazi-Adler des BOYs und machte ihn zu einem kleinen Fashion-Victim-Hitler-Jungen?

Tom war klar, dass der Typ nicht mehr auftauchen würde. Er schnüffelte an der Mütze in seiner Hand. Dabei kam er sich lächerlich vor. Sie roch ein wenig nach Rauch und Parfüm. Die zehn Euro waren jedenfalls definitiv weg. Jetzt wollte er zumindest die Mütze behalten. Er setzte sie auf, veränderte die Größe am Verschluss, um sie enger zu machen. Wenn er heute wirklich noch losziehen wollte, hatte er immerhin eine Kappe. Er gefiel sich, wie er so mit seinem Rad durch Neukölln rollte. Sein Plan war weiterhin, zur Bank zu fahren, um Geld zu holen, er wollte Plan B umsetzen und das Koks-Taxi testen. Der erste Schritt ins Abenteuer war getan, diesen Rückschlag konnte er gut verkraften. Als er seine PIN in den Bankautomaten tippte, schaute er in den kleinen Spiegel auf dem Gerät. Sein Bild war verzerrt, doch da stand es in großen weißen Lettern auf seinem Kopf: BOY.

Der Schriftzug faszinierte ihn. Das Gefüge seiner Identität arrangierte sich neu, je länger er die Kappe trug. Ein Boy sein. Flirty sein. Mit anderen Jungs spielen. Drogen hatte er zwar noch keine, aber er fühlte sich schon jetzt großartig. Mehr und mehr war es ihm das verlorene Geld wert. Was er durch die Kappe gewonnen hatte, war mehr als nur ein Tütchen mit Tanzchemikalien. Es war ein neues Selbstbewusstsein. Trotzdem, er hob Geld ab, Drogen wollte er immer noch. Dem Boy war es nicht genug, einfach nur ein Boy zu sein. Andreas' Abwesenheit durfte nicht ungenutzt bleiben. Immer war er da, immer in Toms Nähe. Hatte zu allem eine Meinung, zu allem was zu sagen. Das Wochenende war für Tom nun das Zeitfenster der Freiheit. Unbeobachtet konnte er wagen, was er wollte. Konnte überhaupt erst wollen, ohne einkassiert zu werden. Und wenn er sich die Knie aufschlug, dann verarztete er sich einfach selbst.

Auf dem Sattel seines Fahrrads sitzend, stand Tom mitten auf dem Gehweg der Hermannstraße. War das hier eine gute Stelle, um ein Koks-Taxi anzurufen? Wo war denn eine gute Stelle, um ein Koks-Taxi zu rufen? Tom hatte Angst, in seiner Wohnung verließe der Mut ihn wieder. Dort konnte er hin, wenn alles schieflief, und sich in seiner Scham suhlen. Mit jedem Klingeln am anderen Ende der Leitung wurde Tom nervöser. Was sollte er sagen? Dunkel erinnerte Tom sich daran, was der schöne Chris ihm zu der Nummer gesagt hatte: „Sei entspannt, wenn du anrufst. Keine auffälligen Bemerkungen. Gib einfach durch, wo du bist, und tu so, als würdest du dich auf das Treffen freuen."

Plötzlich ging jemand ran. Tom schluckte.

„Ja?"

Die Stimme klang überraschend freundlich, aber das konnte auch pure Routine sein.

„Hi, hier ist Tom. Von Chris. Hast du heute Abend Zeit? Ich bin in Neukölln unterwegs."

„Okay. Neukölln, klar. Wo genau?"

„Leinestraße. Ecke Hermannstraße."

Es lief zu gut, das war zu einfach. Nervös wackelte Tom mit seinem Fahrrad hin und her, verlagerte das Gewicht vom einen auf den anderen Fuß. Der Druck der Kappe ließ seine Kopfhaut jucken. Er hatte einen Schweißausbruch, der nicht in die laue Sommernacht passen wollte.

„Geht klar, ich bin in fünfzehn Minuten da. Bis gleich."

Die Verbindung war weg. Tom sperrte den Screen seines Handys. Er wusste nicht, was jetzt passieren würde. Sollte er einfach hier warten, bis irgendein Auto anhielt? Um Zeit zu schinden, ging er in einen Späti, wo er sich einen kleinen Jägermeister und eine Packung Zigaretten kaufte. Er hatte lange nicht mehr geraucht, also brauchte er auch ein Feuerzeug. Das letzte Mal musste in der Nacht gewesen sein, die er mit dem schönen Chris und Gothic-Juli im Watergate verbracht hatte. Da er keine Ahnung von Zigarettenmarken hatte, kaufte er eine dieser braunen Packungen mit Tabak ohne Zusatzstoffe. Seine Eltern hatten geraucht, soweit er zurückdenken konnte. Die Mutter: Marlboro, der Vater: HB. So hatte er Geschlechternormen und Marken verinnerlicht. Marlboro würde für ihn immer mit seiner rauchenden Mutter in Verbindung stehen. HB gab es wohl mittlerweile nicht mehr.

Auf der Bierbank vor dem Späti sitzend, zündete Tom sich eine Zigarette an. Der Rauch kratzte in seinem Hals. Eigentlich war er immer stolz darauf gewesen, nicht zu rauchen, denn es war das wohlgehütete Distinktionsmerkmal gegenüber seiner Familie. Der einzige erwachsene Nichtraucher. Jetzt wurde das Rauchen selbst zum Moment der Abgrenzung. Heute würde er alles tun, was er sich sonst verbot. Die Hermannstraße donnerte neben ihm vorbei, Auto um Auto, alle unsicher, wie viele Spuren die Straße hatte.

Der Jägermeister beruhigte seinen Hals und seine Nerven.

Er war bereits angetrunken, als sein Handy vibrierte. Auf dem hochauflösenden Display stand in großen weißen Lettern KOKSTAXI. Unwillkürlich musste er laut auflachen.

„Ja?"

„Ich bin in drei Minuten am vereinbarten Treffpunkt. Werde am Anfang der Straße halten, du bist da?"

„Ja, ich warte hier."

„Bis gleich."

Mit einem letzten, großen Zug leerte Tom die kleine Jägermeister-Flasche. Zum Glück kannte ihn hier im Kiez keiner.

Ein Auto hielt an der Ecke Leinestraße-Hermannstraße. Das musste der Ticker sein. Tom nahm sich vor, kein Geld aus der Hand zu geben, bis er nicht ein Tütchen mit weißem

Pulver vor sich sähe. Im Auto konnte Tom einen moppeligen Mann erkennen, der breitbeinig am Steuer saß. Mittleren Alters wirkte er wesentlich unschuldiger als der Typ aus der Hasenheide. Dieses Mal wollte Tom kein anekdotisches Mitbringsel, dieses Mal wollte er etwas, das er vernichten konnte. Weißes Pulver, das ihn für die Abenteuer der bereits angebrochenen Nacht befeuerte. Tom trat an die Beifahrerseite des Autos heran und schnippte seine Zigarette weg, als rauchte er schon immer. Der Fahrer öffnete die Tür und grinste Tom an.

„Hi", war die beste Begrüßung, die Tom einfiel.

„Steig ein, Dicker. Lass uns 'ne Runde um den Block drehen."

Tom stieg ein. Er mochte es nicht, Dicker genannt zu werden. Die kumpelhafte Diffamierung war eines dieser Männlichkeitsrituale, die er nicht verstand. Jetzt war er nicht alleine auf einem Spielplatz, sondern in einem Auto. Keine Fluchtmöglichkeit, gefangen mit einem Unbekannten. Doch im Gegensatz zur Aktion mit dem Fahrrad in der dunklen Hasenheide fühlte er sich dieses Mal wesentlich geborgener. Er war im Kiez. Die kleinen Straßen neben dem Tempelhofer Feld konnte jemand unmöglich schnell durchfahren. Er könnte sich im schlimmsten Falle also aus dem fahrenden Auto auf die Pflastersteine werfen. Alles unter Kontrolle also.

„Okay, ich bin Achim. Wie heißt du?"

Skeptisch musterte Tom den Fahrer. Achim? Aber was hatte er erwartet, auch Dealer hatten Namen.

„Ich bin Tom. Chris hat mir deine Nummer gegeben."

„Ja, hast du schon am Telefon gesagt. Chris hat ewig nichts bei mir bestellt. War aber ein guter Kunde, hast Glück, dass ich mich erinnert habe, sonst wäre ich nicht gekommen. Man muss vorsichtig sein, weißt du."

„Kann ich mir vorstellen", entgegnete Tom. Konnte er nicht. In einem Auto durch Berlin zu kurven und Leute mit Koks zu beliefern, das klang per se nicht sicher.

„Wie viel willst du? Ich mach dir einen Kennenlern-Preis. Fünfzig Euro für ein halbes Gramm. Sei froh, dass ich dir sage, dass es ein halbes Gramm ist. Normalerweise sage ich den Leuten, es wäre ein ganzes."

„Klingt fair", hörte Tom sich sagen.

Wobei fair der falsche Begriff dafür war, dass Drogenkartelle in Mittelamerika Bauern abschlachteten, um Waffen mit dem Drogengeld zu kaufen, und dass er sich mit seinem BAföG gerade etwas gönnte, das wahrscheinlich nicht einmal eine ganze Nacht reichen würde. Wie viel Koks brauchte jemand, der noch nie selbst Drogen gekauft hatte?

„Ich nehme zwei, also eins meine ich. Ein Gramm."

„Mutig, aber es ist gutes Koks. Kein Rattengift. So was verkaufe ich nicht. Kokst du öfter?"

„Ja. Nein. Manchmal."

„Okay, pass auf, Kleiner. Mach kleine Lines. Wirklich kleine, übernimm dich nicht. Lieber ruhig anfangen. Verstanden? Ich will dich wiedersehen. Kannst mich gerne wieder anrufen. Wenn ich nicht rangehe, versuch es eine Stunde später noch mal. Wenn du mich mit Anrufen terrorisierst, dann war's das. Weißt du, ich bin eine Serviceperson. Ich will den Leuten helfen, aber wir müssen uns gegenseitig respektieren."

„Geht klar. Respekt ist wichtig."

Sie mussten das Haus, in dem Tom wohnte, bereits passiert haben. Sie waren beinahe am Tempelhofer Feld angekommen.

„Gut, also …" Der Dealer hielt an und nestelte in seinem Schritt herum.

Tom wusste nicht, was er denken sollte. Wollte der jetzt seinen Schwanz rausholen, um ihn zu vergewaltigen? Eine Knarre, um ihn wegen hundert Euro einfach umzulegen? Innerlich lachte Tom über sich. Der Dealer holte eine kleine Filmdose hervor und öffnete sie behutsam. Er gab Tom zwei kleine Baggies, gefüllt mit bröckeligem, weißem Pulver.

„Schön klein machen, okay? Und nimm keine Bankkarte, das Zeug ätzt dir die Ränder weg."

Die hundert Euro wechselten nervöse Hände, und Tom verstaute die beiden Koks-Tütchen in seinem Geldbeutel.

„Ich speicher deine Nummer, lass uns wieder ins Geschäft kommen. Und ick wünsch dir 'ne schöne Nacht, wa? Pass auf dich auf, Dicker."

Tom verließ das Auto euphorisch aufgewühlt. Als er nach Hause lief, musste er sich beherrschen, keinen Luftsprung zu machen. Die feuchte, schwüle Luft des Berliner Spätsommers füllte seine Lunge. Er atmete sie ganz tief ein, damit auch alle Lungenbläschen süßen Sauerstoff aufnehmen konnten. Es beruhigte ihn wenig. Er hatte das Ticket zur Freiheit im Geldbeutel. Sein Gang änderte sich, und als hätte er bereits eine Line von dem Koks genommen, durchströmte ihn ein neues Selbstbewusstsein. Die Welt war nicht mehr sein Feind, etwas Unbekanntes, dem er nichts entgegenzusetzen hatte. Sie wurde zu einem freien Ort, und auch er fühlte sich frei. Tom setzte den ersten Fuß zaghaft aus der Tür des goldenen Käfigs. Ihm wurde klar, was er war: ein gefangener, zahnloser Wolf, der dem Leben das Fleisch von den Knochen lutschte. Es wurde Zeit für ihn zu zahnen.

Wieder saß er zu Hause vor dem Laptop, um nach der passenden Musik zu suchen. Die erste eigene Line, sie musste gefeiert werden. Ob er sich schnell eine Playlist bauen sollte? Auf dem Tisch breitete er die Utensilien aus, die er brauchte: sein Handy, den alten Studentenausweis und einen Geldschein. Daneben lagen die beiden Tütchen mit dem Kokain. Er kannte die kleinen Plastikbeutel nur vom Schmuck-Kaufen oder von Ersatzknöpfen. Seine Assoziation war von jetzt an für immer auf Drogen gepolt.

Kleine weiße Brocken fielen langsam aus dem Tütchen auf Toms Handy. Nicht sicher über die Dosierung, aber gewillt, vorsichtig zu sein, ging er akribisch vor. Chemischer Geruch, der ihn an Benzin erinnerte, stieg Tom in die Nase. Es war nicht unangenehm, aber auch nicht vertraut. Wenn er sonst Drogen nahm, war er immer betrunken gewesen. Die Erinnerung an den Rausch war durch Rausch verzerrt. Was Aufregung, was der eigentliche Effekt war, entzog sich seiner Erinnerung. Ein großer Brocken fiel aus dem Tütchen und landete auf Toms Handy. Mit der Karte versuchte er, ihn wieder zurück in das Baggie zu tragen. Wie viel war viel? Wie viel war wenig? Vorsichtig legte er die Karte auf das Häufchen und drückte die Brocken platt. Dabei bewegte er die Karte langsam hin und her. Unter seinen Fingerkuppen spürte er den Widerstand, spürte, wie alles langsam zu Pulver wurde. Dabei schaute er sich selbst an, sein Bild auf dem Studentenausweis seiner alten Universität. Lange, lockige Haare rahmten sein Gesicht. „Studentisch" hatten seine Freunde das in der Oberstufenzeit genannt. Freunde, die immer schon auf dem Gymnasium waren und nicht wie er dorthin gewechselt hatten. Wenn man auf dem Land lebte und an einen 68er dachte, dann stimmte das wohl. Jetzt kam er sich mit den langen Haaren lächerlich vor. Sie passten nicht in sein Konzept von sich. Viel zu brav, zu indie. Es war halt nicht mehr 2008.

Die Kanten der Karte gingen auf das zerstoßene Kokain nieder. Immer feiner wurden die Drogenbrocken, immer staubiger, damit er sie sich bequem in die Nase ziehen konnte. Das Pulver tanzte auf seinem Handy. An manchen Stellen musste er es von der glatten Oberfläche abkratzen. Mit dem Finger wischte er über die Karte und tippte an seine Zungenspitze. Der chemische Geruch war auch über die Geschmacksknospen wahrzunehmen. Unbewusst leckte er sich über die Lippen, die davon taub wurden. Er hatte einmal gelesen, dass Kokain auch ein Schmerzmittel sei. Auch wenn die tauben Lippen ihn ein wenig befangen machten, es schien gut zu sein.

Sorgfältig rollte er einen Geldschein zu einem Röhrchen. Mit dem Zeigefinger hielt er sich das rechte Nasenloch zu und balancierte den Geldschein zwischen Mittelfinger und Daumen. Seine Motorik war nicht an diese Übung gewöhnt.

Seine Finger versuchten, den richtigen Druck zu finden, sodass sich der Geldschein nicht wieder aufrollte, aber auch nicht zusammengedrückt wurde. Das Zeug in die Nase zu kriegen war gar nicht so einfach. Ganz vorsichtig atmete Tom ein, als er das Röhrchen an die Line ansetzte. Nach und nach zog er das Pulver in seine Nase. Der chemische Geruch war jetzt in seinem Körper, übernahm seine Nase. Er spürte Taubheit im Rachen. Als die Line weg war, hielt er sich die Nase zu. Beinahe hätte er geniest. Der chemische Geschmack breitete sich auch in seinem Mund aus. Die Lippen immer noch taub, zündete er sich eine Zigarette an, um den Geschmack zu dämpfen. Das war sie gewesen, seine erste eigene Line. Die ersten selbst gekauften Drogen im eigenen Körper versenkt.

Er lehnte sich zurück und atmete den Rauch der Zigarette tief ein. Was würde Andreas sagen, wenn er jetzt nach Hause käme? Drogen auf dem Tisch und Tom auf der Couch, wie er in eine Tasse aschte, weil sie keinen Aschenbecher hatten. An Andreas zu denken, erzeugte in Tom ein beklemmendes Gefühl. Tom wollte sich einen Raum schaffen, in dem er alleine war, ein beziehungsloses Vakuum. Frei von den Gedanken und Anforderungen anderer, nur sich selbst genügen. Die Intuition eichen. Sich seiner selbst bewusst werden. In der Küche stand eine Flasche Rotwein, die er vor Andreas' Abfahrt mit ihm angebrochen hatte. Der Korken ploppte laut, der Wein gluckerte anders als sonst. Toms Wahrnehmung war geschärfter; seine Motorik fühlte sich eleganter an. Seine Bewegungen wurden bewusster. Der samtige Rotwein schmiegte sich an den koksigen Geschmack in seinem Rachen.

Mit den Fingern fuhr Tom sich durch die lockigen Haare und streifte die BOY-Kappe ab. Er stand im Schlafzimmer und betrachtete sein Gesicht im Spiegel. Seine Haare waren kurz an den Seiten, aber bereits wieder so lang, dass sie begannen, sich zu wellen. Zeit für einen Haarschnitt. Er streichelte sich über den Bart, der auch getrimmt werden wollte.

Mit dem Rotwein in der Hand, ging er ins Badezimmer und suchte den Rasierer. Er zog sein T-Shirt aus, damit die Stoppeln nicht daran hängen blieben. Langsam fuhr er mit dem Rasierer über seine Wangen, trimmte den hellen Bart an Kinn und Oberlippen. Nach und nach brachte er alle Haare auf eine Länge. Nach und nach gab er seinem Gesicht mehr Kontur. Die Stoppeln fielen auf seine Brust, dort hätte er sie gern gelassen, stellte sich vor, wie er mit Brustbehaarung aussähe, die ihm nicht vergönnt war. Die welligen Haare an der Seite seines Kopfes störten ihn jetzt noch mehr, kamen ihm unordentlich vor, machten ihn weich, jetzt, wo er hart war. Also setzte er mit dem Rasierer an und rasierte nach und nach die Haare ab, Welle um Welle fiel auf den Boden. Mit dem Weinglas in der Hand prostete er seinem Spiegelbild zu und nahm einen großen Schluck.

Das Handy ließ er in der Tasche. Eine Instagram-Story davon durfte er nicht posten, dann wäre Andreas ausgerastet. Zurück im Schlafzimmer setzte er sich die Kappe auf und betrachtete sich damit. Er sah, warum andere ihn attraktiv fanden. Das Kokain hatte nicht nur seine Augen verändert, die ihn weit aufgerissen aus dem Spiegel anstarrten, sondern auch den Blick auf sich selbst.

Was tun mit einem angebrochenen Abend und mit einem angebrochenen Gramm Koks?

Er tigerte durch die Wohnung; das Museum ihrer Beziehung. Im Wohnzimmer ragten zwei Bücherregale wie verfeindete Gefechtstürme aus dem Boden. Auf der einen Seite seine Bücher, auf der anderen die von Andreas. Nichts hatte sich hier durchmischt, wahrscheinlich gab es in manchen WGs weniger Gütertrennung als zwischen den beiden. Auch wenn sich ihre Geschmäcker ähnelten, gab es eigentlich kaum ein Buch, das beide besaßen. Auf seiner Seite lag André Gide. Etwas unordentlich auf Thomas Mann war ein Großteil der Klaus-Mann-Romane neben denen von Yukio Mishima aufgereiht, auf der anderen Seite kuschelte sich Michael Cunningham an Edmund White. Sorgsam aufgestellt, ohne Gebrauchsspuren, standen sie da. Die Vorliebe für schwule Literaten war ihnen gemein. Während Tom sich hin und wieder ein Buch bei Andreas aus dem Regal zog und es nur zu Hause las, damit es beim Umhertragen nicht abnutzte, hatte Andreas kaum jemals ein Buch von Tom in Betracht gezogen. Nur beim Sex tauschten sie die Rollen, wenn Andreas sich von Tom ficken ließ. Er wollte so fest und hart durchgenommen werden wie die toten Jungs in den Romanen von Dennis Cooper. Er wollte so hart durchgenommen werden, dass die Knochen in seinem speckigen Körper durch die Fasern hindurch aneinanderkrachten. In diesen Momenten fühlte Tom sich überlegen, fühlte sich, als hätte er Macht über Andreas, die er sonst im Alltag nicht hatte. Befriedigen konnte ihn das nicht. Es war lediglich ein Ventil für Toms fermentierte Wut.

Die Orgasmen ließen ihn in Leere zurück, ausgelaugt und ausgenutzt. Wenn Andreas Tom fickte, war er vorsichtig und ungelenk. Kein Streicheln, kein Beißen, kein Verschlingen. Toms Augen waren beim Sex immer geschlossen, aber nicht, weil er es genoss, sondern weil er sich nach einem anderen Schwanz sehnte. Einem Schwanz, der sich warm anfasste. Einem Schwanz, der Besitz von ihm ergriff. Keine Fleischwurst, die ihn halbherzig bearbeitete, bis beide kamen, gleichzeitig, aber nicht zusammen. Worin lag der Sinn von Sex zwischen Männern, wenn sie einander ficken und zermartern konnten, ineinander eindringen durften, dabei aber nur von innen an der Oberfläche kratzten?

Die Wirkung des Kokses ließ langsam nach. Tom bemerkte jetzt erst, wie betrunken er von dem Rotwein war. Die Klangfarbe seines Rausches wurde dumpfer, seine Abenteuerlust blieb ungebrochen. Auf seinem Telefon wartete eine ganze Line darauf, weggezogen zu werden. Schon geschickter als beim ersten Mal zog er die Droge in seine Nase, verstaute die beiden Koks-Tütchen in seinem Geldbeutel und machte sich fertig, um auszugehen. In seinen Rucksack packte er ein frisches T-Shirt, Unterwäsche und eine Sonnenbrille. Das bescheidene Überlebenspaket, sachtes Versprechen einer noch zarten Autonomie. Barfuß schlüpfte er in die Sneaker. Wenn er wirklich etwas Neues erleben wollte, musste er wieder raus in die Welt, anstatt sich überheblich durch das eigene Territorium zu bewegen.

VIKTOR

Als Anna Viktor umarmte, strömte ein Geruch in seine Nase, den er kannte, aber beinahe vergessen hatte. Als wäre der Geruch die Erinnerung an eine andere Person, die nur versehentlich in seinem Gedächtnis gelandet war.

„Schön, dich zu sehen!", sagte er und drückte sie fest.

„Dich auch, mein Lieber. Gut siehst du aus, so … viril."

Er rieb sich über den Mund, als ob dort noch die Feuchtigkeit eines Kusses kleben würde.

„Verarsch mich nicht", raunte Viktor.

Er kannte sich selbst nicht in so dünnhäutiger Verfassung und versuchte, seinen Kommentar durch ein Lächeln zu überspielen.

„Wo geht's denn hin? Was ist die ominöse ‚Hipster-Vernissage', zu der wir unbedingt müssen?"

„Wenn du das so sagst, habe ich selbst keine Lust mehr."

„Deine Worte. Deine Sprachnachricht."

Anna lächelte ihn an, aber Viktor konnte sehen, wie sie ihn mit ihren Augen vermaß. Wie das so war, wenn man sich lange nicht gesehen hatte. Wie das so war, wenn man sich gut kannte. Er fühlte sich befangen, als wäre er zu klein für seinen Körper, als stände er neben sich. Noch tapsig in seiner neuen Identität, wusste er nicht, wie er sich verhalten sollte. Der Körperkontakt verunsicherte ihn. Der Arm einer Frau in seinen eingehakt schien ihn von der neuen Wahrheit wegzuziehen, zurück in ein altes Leben, das nie wirklich ein altes Leben war. Sein Arm erinnerte sich daran, wie es sich anfühlte, Anna zu umschlingen, seine Hände erinnerten sich daran, ihre Brüste anzufassen, erinnerten sich daran, wie man einen BH öffnete. Sein Arsch erinnerte sich an Annas Hände, erinnerte sich an die Hände des Typen, dessen Schwanz er im Ficken 3000 bis tief in seinen Rachen gedrückt hatte, obwohl er dessen Gesicht nicht kannte. Sein Körper erinnerte sich an die vielen Berührungen, und weil Anna nur eine davon war, atmete Viktor tief aus. Er tätschelte ihre Hand, unbefangen, befreit von der Angst, sich wieder beugen zu müssen.

„Freut mich, dass du Zeit hattest." Viktor versuchte sich im Small Talk.

„Zeit hab ich gerade zu viel."

„Wie kommt's?" Viktor hätte sich nicht weniger dafür interessieren können.

„Hab meinen Job geschmissen und muss mich jetzt neu orientieren."

Diesen Satz hatte Viktor von Anna nicht zum ersten Mal gehört. Sie hatte keinen Job länger als ein oder zwei Jahre ausgehalten und gehörte zu den Menschen, die ihn darin bestärkten, Künstler zu sein – so lächerlich er sich bei diesem Gedanken manchmal auch vorkam, trotz des Erfolgs. Doch ihr eigenes Leben, das hatte sie noch nicht mit Sinn besetzen können. Vom Small Talk angetrieben, flanierten sie durch den Sommerabend entlang des Ufers, der Landwehrkanal bevölkert von kleinen Booten, in denen Grüppchen ausgelassen Sekt aus Plastikgläsern tranken. Anna erzählte davon, dass sie vielleicht Yogalehrerin werden könne, so wie alle in ihrem Alter, die nicht wussten, wohin mit sich. Viktor gewöhnte sich an die Körpernähe und war dankbar, eine Freundin zu sehen. Er hatte sich so sehr an frisch geschlossenen Bekanntschaften aufgerieben, dass er vergessen hatte, wie es war, mit jemandem zusammen zu sein, dem man vertraute.

„Ich bin dem Chef zwar nicht in den Arsch gekrochen, aber ich hab ihn geleckt."

Viktor lachte laut auf. Von tief unten kam das Lachen, so ehrlich hatte er lange nicht mehr gelacht. Es war eine gute Idee gewesen, sich mit Anna zu treffen.

„Weder beruflich noch persönlich ging's da weiter für mich. Wir sind noch jung genug für Veränderungen, oder?"

Viktor holte eine Packung Zigaretten aus seiner Hosentasche und bot Anna eine an.

„Sind wir. Solange wir noch rauchen und saufen, sind wir auch jung genug für Veränderungen. Wenn du mich fragst, unser Leben hat doch gerade erst angefangen."

„Gut, weil ich kam schon in den Weibchenmodus, und da hab ich mich selbst angewidert. Ich war ganz hörig und hab auf Nachrichten gewartet und neidisch auf Mütter geschaut. Und mir Gedanken darüber gemacht, was ich esse. Schlechte Vorzeichen."

„War dein Chef nicht dieser Will?"

„William. So stellt er sich immer vor."

„William", wiederholte Viktor. „Der mit dem schönen Bart?"

„Seit wann achtest du auf so was? Seit du auch Bart hast?"

Anna tätschelte ihm im Gesicht herum. Er gab ihr Feuer und antwortete nicht. Sie zog an der Zigarette und brachte ihre Spitze zum Glimmen, dann zündete Viktor mit der gleichen Flamme seine Kippe an. In der Zeit, in der sie Rauch einatmeten, das Nikotin in ihren Körper überging, während dieser gemeinsamen Übersprungshandlung an diesem lauen Sommerabend fasste Viktor den Mut zu einem ersten Schritt. Er betrachtete die schönen Häuser am Ufer und dachte daran, wie er sich selbst eine Familie vorstellte. Sein eigener Weibchenmodus sprang an. Nur dass da zwei Papas waren, die den Kinderwagen über den Markt schoben und danach noch schnell in die LPG sprangen, Aufstrich holen. Er zog an seiner Zigarette, nahm Anlauf, atmete aus und sagte: „Anna, ich bin schwul."

Anna rauchte unbescholten weiter.

„Na und?", sagte sie, fast zu salopp.

„Na und?", fragte Viktor sie geschockt. Er hatte auf eine andere Reaktion gehofft, auf ein kleines Bedauern vielleicht, zumindest mehr als das.

„Was hast du denn erwartet? Dass ich mich auf die Knie schmeiße und schreie: *nein!* Kannst du haben, aber bringt dir das was?"

„Nein."
„Siehst du."
„Was denkst du?"
„Ich freue mich für dich."
„Warum?"
„Weil manche Menschen niemals den Mut haben."
„Das ist aber sehr reflektiert."
„Willst du was Klischeehaftes hören?"
„Bitte, Anna! Mein Coming-out braucht das. Bitte!"
„Ich hab's mir zwar nicht gedacht, aber du bist so schön, du musstest schwul sein."
„Ha!" Viktor verschluckte sich am Rauch seiner Zigarette. „Endlich."
„Endlich. Warte, ich setz noch einen drauf: Immerhin hatten wir schon mal Sex. Ich hoffe, er war nicht so schlecht, dass ich dich jetzt umgepolt habe."
„Umpolen?"
„Umpolen. Jetzt hab ich alle schlechten Sprüche aus den 90ern benutzt, die mir einfallen, können wir wieder in die Gegenwart, mein schöner Viktor?"
Sie liefen weiter am Ufer entlang, mussten von außen aussehen wie ein Pärchen. Viktor atmete die laue Sommernacht ein, als wäre es der erste Sommertag, dabei wurden die Tage schon seit ein paar Wochen kürzer.

Kerzen wiesen ihnen den Weg, als sie die Treppe eines leer stehenden ehemaligen Fabrikgebäudes, nicht weit vom Alexanderplatz entfernt, nach oben stiegen. Von dort drang ein leiser Beat zu ihnen durch, durchsetzt von Gekicher. Den Geräuschen und den Kerzen folgend, erreichten sie eine grell ausgeleuchtete Etage. An den Wänden hingen große Abzüge von Porträts. Viktor schaute sich um und sah von Weitem Paul, den Fotografen, den Star des Abends, in demütiger Pose mit ein paar Leuten im Gespräch, die aussahen, als hätten sie einen Humana ausgeraubt. Viktor ging mit Anna im Arm auf die Gruppe zu und schaute dabei die Bilder an der Wand an.

„Nicht schlecht“, sagte Anna. „Er hat ein Auge für die richtigen Momente.“

„Findest du? Wir sind doch gerade erst angekommen.“

„Technisch muss es nicht perfekt sein, aber ich glaube, er schafft’s, im richtigen Moment abzudrücken. Das ist auch eine Form von Talent. “

„Musst ja nicht gleich eine Rezension schreiben“, sagt Viktor und nickte dabei.

Paul erschien ihm in neuem Licht. Seine Arbeit mit „Hipster-Vernissage“ runterzuspielen war wohl zu herablassend gewesen. Es steckte durchaus Zeitgeist in seinen Bildern, ein Einblick in ein Milieu, für das der Fotograf selbst ein wenig zu befangen schien. Er sah eine andere Ästhetik, eine andere Einstellung zum Leben in den Gesichtern, die hier zu grobkörnigen Porträts wurden. Menschen, die Rebellion nicht mehr kannten, weil die Freiheit ihnen mehr zu schaffen machte als die Vorschriften, frei von jeder Sehnsucht, weil alles, was sie wollten, vor ihnen lag – zumindest wollten sie das in ihrer privilegienverseuchten Gegenwart glauben und hatten deswegen für das Jetzt nichts mehr als einen gelangweilten Gesichtsausdruck parat. Paul musste ihn nur ablichten, schon verwandelte er die Gegenwart in Kunst. Das war Viktors ungebetene Rezension.

„Ich komme mir alt vor“, sagte Anna.

„Ich mir auch“, sagte Viktor.

„Dabei sind wir nicht so viel älter als die Kids. Immerhin bin ich schon dreißig.“

„Aber du nennst sie Kids. Und in deren Alter macht eine Woche schon viel aus.“

Sie blieben vor einem Bild stehen, das so stark vergrößert war, dass es wie ein Gemälde wirkte. Es war auf einem Leuchtkasten angebracht, hob sich von den anderen Bildern in der Umgebung ab und war eine zotige Referenz auf Fotografen aus dem letzten Jahrhundert, die sich damit der Malerei anbiederten. Darauf zu sehen waren zwei Personen, die eine blond, die andere mit braunen Haaren, die eine mit langen, die andere mit kurzen Haaren, sie waren fast gleich groß, aber doch verschieden in Körperhaltung und Körpersprache. Sie wirkten vertraut und verloren, die Arme einander um die Schultern geschlungen und dabei ein skeptischer Blick aus übergroßen, roten Augen in eine Kamera, im Hintergrund ein Brückengeländer und S-Bahn-Schienen im Morgengrauen. Durch die Vergrößerung war das Bild viel zu körnig, aber sogar die roten Augen wirkten, als wären sie ein Teil der Inszenierung. Die Klamotten waren wie aus der Zeit gefallen, älter als die Kids selbst. Viktor schluckte, als er die Figur zur Rechten mit den blonden Haaren erkannte. Auch er hatte ein Bild von ihr gemacht, das jetzt in einem Kasten unter seinem Bett lag, für niemanden als ihn bestimmt, mehr Unfall als bewusster Griff.

„Gefällt euch das Bild?“, fragte jemand hinter ihnen, und Viktor drehte sich mit Anna um.

„Ja“, sagte sie.

Ohne auf Viktors Antwort zu warten, übernahm sie das Gespräch.

„Gute Idee, das mit dem Leuchtkasten. Du bist damit viel näher am Gemälde als mit einem kleinen Abzug.“

Paul legte den Kopf verschämt zur Seite. Er schien nicht so recht zu wissen, wie er darauf antworten sollte. Viktor lachte innerlich. Anna machte sich einen Spaß daraus, Paul mit ihrem Kompliment auflaufen zu lassen. Unbeholfen beugte Paul sich zu Anna und stellte sich vor. Er gab ihr einen Wangenkuss und ging mit der gleichen Geste zu Viktor über.

„Freut mich, dass du da bist“, sagte er.

„Danke für die Einladung“, sagte Viktor.

Das betretene Schweigen zwischen den dreien wurde aufgelöst, als eine junge Person von Paul in die Gruppe hineingezogen wurde, die er als Kala vorstellte.

Sie grüßten sich mit Handschlag.

Sie war eine der Figuren aus dem Bild. Sie war schön, doch ihre Haarfarbe hatte sich geändert. Nicht mehr braun, sondern ein unnatürliches Rosa. Sie wirkte abwesend und schwebte nach dem Handschlag ätherisch weiter zu einer anderen Gruppe, mit der sie sich wispernd unterhielt. In ihren Bewegungen lag eine stille Grazie von unnatürlicher Eleganz, eine groteske Schönheit wie in Watte eingepackt, erfüllt von einer verlorenen Selbstsicherheit wie auf dem Bild von ihr auf der Warschauer Brücke. Ihre Augen nicht rot wie auf dem Abzug, sondern weiß und weit aufgerissen, mit einer schwarzen Iris, die alles Licht ungefiltert aufnahm.

Viktor schaute sich nervös im Raum um, tippte dabei gegen den Plastikbecher in seiner Hand und schwenkte den Sekt darin. Er nahm einen Schluck von dem mittlerweile abgestandenen Getränk und ging die Ausstellung ein zweites Mal ganz ab. Die Formate der Bilder wechselten von groß nach klein, es waren Polaroids dazwischen, einige Leuchtkästen, nur wenige weitere so groß wie der mit dem Porträt der beiden Frauen. Ein anderes zeigte einen jungen Mann von hinten. Alles war schwarz-weiß, aber lebendig, hatte Schatten, hatte Spiel. Er trug ein Tanktop, die Perspektive war von unten nach oben, der Kopf zur Seite geneigt, und man sah ein wenig Bart. Die Bügel einer metallenen Brille hingen über dem Ohr, ließen ihn intellektuell wirken. Die Arme antrainiert, wie eine Skulptur sah er aus. Er stand unter einer Straßenlaterne, der Leuchtkasten imitierte das künstliche Licht. Der dunkle Bart hob sich durch den Blitz vom Hintergrund ab, leuchtete auf. Die Schultern hingen nach unten, als wäre er in Traurigkeit erstarrt.

Das war Lars. Viktor hatte ihn gefunden. Zumindest seinen Abzug.

„Fast hätte er mir nicht erlaubt, das Bild aufzuhängen, dabei war alles schon fertig. Er mag sich nicht mit Brille, sagt er. Total bescheuert. Die macht ihn noch attraktiver."

Paul stand neben Viktor, ein wenig zu nah, Viktor fühlte sich bedrängt. Intuitiv ging er einen Schritt näher an das Bild.

„Das wäre schade gewesen. Ist eines deiner stärksten."

„Danke. Finde ich ehrlich gesagt auch. Ein schöner Mann halt, da muss man nicht viel dazu tun."

Viktor schwieg. Pauls Nähe war ihm gerade unangenehm; ohne Anna fehlte ihm ein Puffer. Er kam sich unter diesen Leuten fehl am Platz vor, verstand sie nicht so richtig. Genervt drehte er sich um und sah, wie Kala verträumt vor dem DJ tanzte, den Kopf in den Nacken geworfen, als wäre sie in einem Club, als wäre sie in einem geheimen Ritual, die Augen geschlossen, jedenfalls woanders, definitiv nicht hier. Viktor überkam Ekel vor diesen Menschen, vor dieser Atmosphäre, vor Kala und ihrem makabren Tanz in ihrem beinahe bodenlangen Kleid, ihrer hippen Priesterinnenrobe, vor den weißen Pulverresten um die Nasenlöcher der Gestalten auf den Bildern. Er wollte weg, schnell weg, ohne zu wissen, wohin oder warum. Die waren ihm zu druff, diese Kids. Jemand hakte sich von hinten bei ihm ein. Geschockt drehte Viktor sich um und sah Anna ins Gesicht, die ein gespieltes Lächeln aufsetzte.

„William ist hier. Wir müssen weg. Sofort", presste sie durch ihre geschlossenen Zähne.

Viktor wandte sich Paul zu, der seinem Blick in Richtung Kala gefolgt war und sie anstarrte. Ein mitleidiges Lächeln war in seinem Gesicht, eine leise Skepsis, die Viktor verstand.

„Wir verabschieden uns", sagte Viktor und drückte Paul die Schulter, empfand Wärme für ihn, jetzt, da sie wegmussten.

„Oh, wirklich? Schade! Wir wollten später noch in den Club, falls ihr auch Lust habt. Lars kommt auch."

Viktor blieb kurz stehen, aber Anna lief weiter und zog ihn mit. Er drehte sich nicht um. Sein Magen wurde flau. Er fühlte sich ertappt, fühlte sich verletzlich. War das ein Hinweis?

„Was machen wir jetzt?", fragte Anna unten angekommen. „Nach Hause will ich noch nicht."

„Ich auch nicht. Weitertrinken? Es gibt eine Bar am Kotti, auf die ich Lust hätte. Und dann könnten wir ja mal schauen, was der Abend noch so bringt."

ERIK

Als das Handy klingelte, sprang Simon auf. „Sorry, ich glaube, das ist wichtig."

Erik überkam ein Frösteln. Ohne Simons warmen Körper neben sich fühlte er sich alleine. Hatte er sich eben noch gewünscht, nie wieder nüchtern zu werden, wünschte er sich jetzt, er könnte das High einfach mit einem Gegengift brechen.

„Hast du Bock auf einen kleinen Spaziergang?", fragte Simon Erik, nachdem er aufgelegt hatte.

„Wohin?"

„Ich muss noch Pillen holen gehen. Der Club wird heute Nacht voll."

Simon sagte das, als wäre es die logische Folge eines kurzen Telefonats.

„Du willst wieder feiern gehen?"

Erik war bemüht, nicht enttäuscht zu klingen. Was hätte er anderes erwarten sollen? Wenn man mit einem Dealer am Wochenende abhing, konnte man nicht davon ausgehen, einen ruhigen Abend zu schieben. Der Ticker war im Dienst. Erik zwang sich dazu, Gefallen an der Idee zu finden. Heute Nacht würde er also sehen, was ein Ticker vor dem Club machte. Er bemühte sich, von Simon nicht als Dealer zu denken. Es waren Dienstleister; sie spielten eine wichtige Rolle in der Clubökologie. Bei Simon konnte Erik jetzt langsam hinter die Fassade blicken.

„Erik, ich will nicht, ich muss. Komm schon. Ist schon spät. Wir laufen kurz nach Mitte zum Alex und kommen danach wieder her. Was denkst du?"

„Darum geht's nicht. Ich bin total platt von gestern Abend."

„Ich päpple uns mit einer Line Speed auf, und dann geht's in die Nacht. Das wird lustig. Ist ein Spaziergang, aber wenn es nicht mehr geht, dann springen wir halt in ein Uber."

Erik blieb nichts anderes übrig, als mitzuziehen. Das Speed war beinahe rosa, ein Zeichen für seine Reinheit. Einer der Vorteile, wenn man mit einem Dealer abhing: Die Drogen hatten eine bessere Qualität. Je näher man der Produktion kam, desto weniger Streckungsmittel lagen zwischen der eigenen Nase und der reinen Substanz. Die Lines, die Simon legte, waren dick und unordentlich. Er machte sich nicht die Mühe, das Speed klein zu hacken. Er hatte genug davon, um mehrere Reinkarnationen lang wach zu bleiben. Es brannte in Eriks Nase, doch der Schmerz störte ihn nicht. Der beißende Geruch von verbranntem Gummi und der Schmerz gehörten dazu. Der Kampf gegen den Schlaf begann. Amphetamin gegen Körper. Euphorie, Wachheit, Konzentrationsvermögen ersetzten die träge Stimmung, die Schläfrigkeit und den Hunger. Ohne den Körper an die Grenzen zu bringen, gab es kein Abenteuer. Mit aufgeputschtem System war Erik jetzt zu allem bereit. Hunger hatte er erst mal für eine Weile auch nicht mehr.

Speed war die erste Droge, die Erik jemals genommen hatte. Als er noch in Stockholm gelebt hatte, hatten Freunde von ihm es manchmal geschafft, Speed zu besorgen. In einem Land, in dem es schwer war, nachts Alkohol ranzuschaffen, und in dem man schon als Junkie galt, wenn man Gras rauchte, war das eine große Leistung. Die Nützlichkeit von Speed hatte er aber erst in Berlin erkannt. In Stockholm, wie eigentlich auch im Rest von Europa, musste man nicht lange wach bleiben, denn die Partys endeten früh. In Berlin dagegen gab es keinen guten Tag, um zu schlafen. Das Wochenende begann am Freitag auf einer kleinen Party. Samstagabend konnte man sich für den großen Club fertig machen. Zwischen den Partys gab es immer irgendwo eine Pre- oder After-Hour. Runterkommen, hochkommen, alles war hier jederzeit möglich. Der Underground war nichts anderes als ein Strang der Realität, eingewoben in jeden Tag der Woche, jedes Wohnhaus und jede U-Bahn. Überall konnte er aufblitzen. Wir können Helden sein, zumindest für einen Tag. Der Partykalender glich einer Reihe von Möglichkeiten, die wie überreife Früchte an einem Baum hingen. Man konnte abpflücken, wo man wollte.

Als Erik nach Berlin kam, waren die ersten Leute, die er kennenlernte, Schweden. Die anderen, die bereits als erste Moosflechten das raue Neuland belebbar machten, führten die gerade Angekommenen in die lokalen Gepflogenheiten ein. Zum Glück brauchte er kein Visum, die Ausländerbehörde kannte er aus Erzählungen, dafür aber das Bürgeramt und seine bürokratische Feierlichkeit. Wann man auf einer Party aufzutauchen hat, was wo wann geht, das war informelles Wissen. Teilweise kannte er die Leute, mit denen er abhing, noch aus der Schulzeit. Berlin hatte sie verändert. Während er in Schweden sofort nach der Schule gejobbt hatte, waren sie ins Ausland gegangen. Ihr Hunger auf Freiheit, der lockere Umgang mit Drogen und die niemals endenden Partys waren wie Therapie für junge Schweden, die es in der Heimat nicht mehr aushielten. Viele blieben für ein, zwei Jahre in der Stadt, um die Zeit zu vertrödeln, in der sie sich nicht für einen Platz im System entscheiden konnten. Sobald sie an einer Universität angenommen wurden, verließen sie die Stadt. Sie zehrten von den Erfahrungen, die sie in Berlin gemacht hatten, und gingen als erwachsenere Menschen zurück in ihre spießige Lebenswelt. Die deutsche Hauptstadt war nichts mehr als ein Spielplatz für sie. Auch wenn sie vielleicht einfacher als andere hätten Deutsch lernen können, schlugen sich die meisten mit Englisch durch. Deutschkurse waren etwas, das man nur auf dem Papier besuchte, um die Eltern zufriedenzustellen oder das eigene Gewissen zu beruhigen.

Erik konnte das nicht verstehen. Deutsch gefiel ihm als Sprache. Er mochte, was es mit seiner Zunge machte. Doch seine Mutter war deutsch, sie hatte seit seiner Kindheit – wenn auch nicht immer – Deutsch mit ihm gesprochen. Es war wie eine weniger melodische Version seiner Muttersprache. Die Härte, zu der er seinen Sprechapparat zwingen musste, gefiel ihm. Er fand es sogar sexy, wenn jemand deutsch sprach. Gleichzeitig erinnerte es ihn an seine Mutter. In Deutschland geboren, sah sie nicht deutsch aus, wie sie immer sagte, ihre Haut zu braun, um als bio-deutsch zu gelten. Ihre Geschichte konnte man an Eriks Augen sehen, wenn man genau hinschaute und ihn genetisch auseinandernahm. Seine libanesischen Vorfahren kamen ihm selten in den Kopf. In einer gerechten Welt wäre es kein Thema, dass sein Vater halb Däne, halb Schwede war, dass seine Großeltern mit seiner Mutter aus dem Libanon nach Deutschland zogen, als sie noch nicht geboren war. Dass seine Mutter deutsch war. Er gemischt war, aber halt in Schweden aufwuchs, weswegen er, wenn jemand ihn fragte, einfach sagte: Ich komme aus Schweden. Es fühlte sich gelogen an, war aber auch einfacher. Niemand wollte die Geschichte der Migration der letzten zwei Generationen hören. Das war den meisten bio-nationalen Menschen zu kompliziert.

Mit jemandem zu ficken, der in Berlin geboren war, fiel Erik schwer. Manchmal glaubte Erik, es gäbe kaum Berliner in Berlin. Lauter zugezogene Deutsche und gefühlt noch mehr Zugezogene aus dem – wie seine deutschen Freunde sagten – Ausland. Berlin war für sie die Insel inmitten einer immer gefährlichen und ernster werdenden Welt. In Zeiten der Krise begaben sie sich in eine Stadt, die selbst eine offene Wunde war. Erik hatte aufgeschnappt, das Sternzeichen von Berlin sei Skorpion – das Zeichen der Transformation. Er musste lachen, als er das hörte. Der Skorpion lag seinem Sternzeichen genau gegenüber: Er war ein Stier, Venus seine Herrscherin. Die Stadt, beherrscht von Pluto und Mars, war ein Möglichkeitsraum, in dem man künstliche Gefahren erleben und sich selbst zugrunde richten konnte, sodass die Welt außerhalb des Berliner Party-Biotops keine Herausforderung mehr darzustellen schien. Je schneller und heftiger man seine Jugend hier verfeierte, desto erwachsener ging man aus der Stadt hervor. Der Rave war eine Technologie des Selbst. Jeder wollte ein bisschen von der Magie mitnehmen, die das letzte Reservat des gut konservierten Hedonismus versprach, ohne dabei zuzugeben, dass die Magie selbst auf dem Rückzug war. Der Eskapismus verflüchtigte sich, als erwachte die Stadt aus einem Traum, den sie seit kurz vor der Wende träumte. Die Stadt war dabei, zur Ware zu werden. Die Stadt war ein Glitch, ein Fehler in der Matrix, eine Wunde. Und er wollte seinen Finger dareinlegen und sich damit infizieren.

Der exzessive Dauerkonsum seines Umfelds schreckte ihn ab. Er hatte gesehen, wie aus strahlenden Persönlichkeiten glanzlose Zombies geworden waren. Zerschossen vom MDMA, war ihr Hirn kaum noch in der Lage, Glück zu empfinden. Aufgefressen vom Speed waren sie immer weiter abgemagert, die Haut pickelig geworden. Und jetzt wurde Ketamin immer beliebter. Im Internet hatte er gelesen, dass sich die Kristalle in der Blase ablagern konnten. Erst kam die Infektion, dann kamen die Geschwüre und dann im schlimmsten Fall die operative Entfernung der Blase. Allerdings: Wenn man irgendwas im Internet suchte, was mit Gesundheit zu tun hatte, endete man immer im Krankenhaus und bei operativen Entfernungen. Einfach nicht googeln.

Die Stadt mochte an der Oberfläche ihres Untergrunds ein verspielter Ort sein, aber das war nur die Tarnung für die Gefahr, die dahinter lauerte. Drogen waren verfügbar, erschwinglich, akzeptiert, und man konnte exzessiv und lange feiern. Aber auch wenn man in einer Gruppe war und sich gegenseitig versprach, aufeinander aufzupassen, die Rechnung war hoch.

Erik erinnerte sich an seinen ersten Come-down von den Drogen. Drei Tage lag er im Bett. Konnte sich nicht bewegen. Duschte nicht. Aß, was noch im Kühlschrank war. Alles überforderte ihn. Dann googelte er „Come-down“: die Zeit, die das Hirn brauchte, um die Rezeptoren wieder aufzufüllen. Sein Gehirn musste nicht operativ entfernt werden; die Depression war lediglich chemisch induziert, das Nervensystem hatte die Sprache verloren, mit der es Glück kommunizieren konnte. Drogen gaben und nahmen gleichzeitig, das lernte Erik schneller als andere. Das Glück, das man jetzt empfinden konnte, würde es in der nahen Zukunft erst einmal nicht geben. Der Kredit musste im Hirn abgezahlt werden. Wie in einem Rollenspiel musste sich die Energieleiste wieder erholen.

Die Erfahrungen, die Drogen in sein Leben brachten, gingen tiefer als alles, was er sonst erlebt hatte. Der Sex auf Ketamin sprengte seinen Horizont. Die synästhetische Erfahrung, der Trip, das verdaute er nur langsam. Es gab mehr, als das Alltagsbewusstsein verarbeiten konnte. Es ging ganz tief hinein in eine Welt, die die Frage aufwarf: Wie weit konnten die Drogen ihn in seiner Wahrnehmung betrügen? Erik dachte an die Berührungen, die er mit Simon austauschte, wenn er auf MDMA war. Intensivierte die Droge das Gefühl? Amplifizierte sie es? Oder löste sie es aus? Er wollte den Gedanken nicht zu Ende denken; seine Gefühle für Simon zu analysieren war gefährlich. Anstatt über ihn nachzudenken, wollte er ihn erleben. Der Geist war zum Denken gemacht, aber was er fühlte, vernebelten die Gedanken nur.

Ihre Beziehung war seltsam. Wenn sie sich auf Partys sahen, waren sie zusammen unterwegs. *Partners in crime*, wie zwei umeinanderkreisende Partikel, auch die Distanz verschränkt. Auch wenn Simon mit Verticken beschäftigt war, er kam immer wieder zu Erik und tanzte mit ihm, küsste ihn, gab ihm eine Line aus. Erik mochte diese Spannung. Sie spielten einander eine Vertrautheit vor, kokettierten mit Intimität. Die Möglichkeit einer Beziehung stand im Raum. Sie sahen cute zusammen aus. In der letzten Nacht hatten sie sich wieder zufällig getroffen, auf einer Synthie-Party mit trashigen Kostümen. Wo sich alle ungestraft in ihre queersten Outfits schmeißen durften. Wo sich alle aufdonnerten. Wo es mal nicht um coole Outfits ging und darum, was gerade cool war. Wo es mal um Zeitreise ging. Wo alle aussehen wollten wie Klaus Nomi. Die Musik war klirrend kalt, die Synthesizer erzählten bereits musealisiertes Drama. Die Musik hatte ihre Ära hinter sich, jetzt war nur die Séance auf der Tanzfläche geblieben. Und Erik landete dort nur, weil er hoffte, Simon zu sehen.

Er hatte sich von der Art Freunde, mit denen man sich traf, weil niemand sonst Zeit hatte und man gleichzeitig mal wieder vorbeischauen musste, noch nicht vollständig verabschiedet. Sie waren meist zwischen neunzehn und Anfang zwanzig, Erik kam sich mit seinen vierundzwanzig älter vor. Der kleine Altersunterschied legte genug Lebenserfahrung zwischen sie, um Erik das Gefühl zu geben, überlegen zu sein. Dennoch war er eingeschüchtert: Die Berliner Wohnung war eine Eigentumswohnung, die der Vater von Kajsa und Olivia vor Jahren gekauft hatte. Die beiden Töchter wohnten dort umsonst, ihre Mitbewohnerin Hanne zahlte eine symbolische Miete. Erik, der sich durch einen Job als Verkäufer in einem Laden für skandinavisches Design verdingte, lehnte Geld von seinen Eltern vehement ab und konnte sich nicht verkneifen, die Mädels-WG zu belächeln. Sein Lifestyle konnte nicht mit dem der WG mithalten, aber der Rabatt, den er im Laden bekam, sorgte dafür, dass er sich so anziehen konnte, wie er wollte – und dazugehörte, ohne adoptiert zu wirken. Er hätte mehr vom Leben haben können, aber er wollte nicht mehr. Die Flasche Prosecco, die er im Späti geholt hatte, kam ihm schäbig vor, als er sah, was die Mädels besorgt hatten. Ecstasy-Pillen lagen wie Smarties in einer kleinen Schale. Niemals konnten sie so viele Teile schmeißen. Daneben waren Cupcakes mit einer rosa Glasur, die chemisch roch, als Erik sie vor der Nase hatte.

„Was ist da drin?", fragte er skeptisch.

Er konnte den Geruch nicht näher definieren, auch wenn er ihm bekannt vorkam. Er war versucht, an Drogen zu denken, aber Drogen im Dessert?

„Beiß rein, du wirst's schon rausschmecken."

Olivia war sichtlich stolz auf die Cupcakes, die sie für den Abend gebacken hatte. Erik biss hinein, und ein bitterer Geschmack überlagerte die Süße, die Erik von einer Glasur erwartet hätte. Etwas davon verhedderte sich in seinem frisch gestutzten Oberlippenbart. Der Bart war neu, damit gefiel er sich besser. Als er sich mit der Zunge die Reste aus dem Schnäuzer leckte: eine salzige Bitterkeit, die subtil den Speichel aus dem Mund verjagte und die Zähne aufschreien ließ.

„MDMA?“

„Gut geraten.“

„Schmeckt man sofort.“

„Wir wollten noch Pillen drauftun, aber dachten, das wäre übertrieben.“

„Ja, das wäre dann übertrieben.“

Erik spülte sich den Geschmack mit dem Prosecco aus dem Mund. Er hatte nicht vor, jetzt schon high zu werden, aber es wäre auch dumm gewesen, den Cupcake nicht aufzuessen. Während die drei Mädels in wechselnden Outfits zwischen ihren Zimmern und dem Wohnzimmer hin und her liefen, wurden sie immer aufgedrehter. Je higher sie wurden, desto schwerer war es für sie, sich für etwas zu entscheiden. Oder ein sinnvolles Gespräch zu führen. Erik war schnell zu breit für alles. Der Muffin brachte ihn an den Rand einer Überdosis. Seine Gedanken kreisten in immer kleineren Bahnen durch seinen Kopf, Stille stellte sich ein. Übelkeit überkam ihn. Er versuchte, den Geschmack aufkommender Kotze mit dem Prosecco zu vertreiben, und griff zu einem der Gläser, die auf dem Tisch standen. Seine Koordination wurde immer schlechter. Der Prosecco schmeckte widerlich. Da war wieder dieser bittere, salzige Nachklang. Hatte jemand MDMA in den Wein getan?

Danach: keine Erinnerung verfügbar, der Ordner leer. Komplettes Blackout.

Hanne hielt seine Hand und tätschelte ihm den Nacken. Ihre Hand fühlte sich angenehm kühl an.

„Wo bin ich?“, fragte er sie.

Sie lächelte mütterlich und drückte seine Hand fester. Er orientierte sich, sie mussten in Kreuzberg sein. Neben ihnen war die Hochbahn, ragte auf wie eine noch immer befahrene Ruine. Sie hatten es nicht mehr weit bis zum Wasser. Trotz der lauen Sommernacht fröstelte Erik, sein Körper unschlüssig darüber, was das war, dieses Am-Leben-Sein.

„Okay, gut. Du bist wieder da.“

„Fuck, der Cupcake hat mich total abgeschossen. Geht's dir gut?"

„Ich habe nur einen Bissen gehabt, die anderen beiden haben alles aufgenascht."

„Scheiße. Wo sind Olivia und Kajsa?"

„Komm erst mal klar. Hast du noch Lust, zu Blitz zu gehen?"

Auf die Party hatte er keine Lust. Er hatte auf nichts Lust. Seine Muskeln waren müde, leer gefressen von der Droge. So high und doch so schlapp. Was war passiert, seit er in der Wohnung ein bisschen zu viel von den gespikten Cupcakes genascht hatte?

„Simon …", sagte er.

Das Sprechen fiel ihm schwer, sein Mund war ausgetrocknet. Auf Simon hatte er Lust. Den wollte er sehen. Hanne lachte laut auf und kraulte im Gehen mit ihren langen Fingernägeln seinen Nacken. Ihre Bewegungen waren hastig, die Highness setzte sich in ihrer Motorik fort. Sie gingen zu einem Späti, Hanne holte Wasser. Die Lichter des Spätkaufs bewegten sich, flirrten in seinem Gesichtsfeld. Er war ziemlich durch und leerte die Flasche in einem Zug, ein halber Liter spülte sich durch seine krampfigen Gedärme. Die Kühle tat ihm gut, erfrischte seine von der Highness überladenen Nervenbahnen. So high war er noch nie gewesen, die Grenze zur Überdosis vermied er sonst. Zu viel MDMA frisst den Muskeln die Mineralstoffe weg, die sie zum Funktionieren brauchen, sagte er sich im Kopf vor. Zusammengegoogeltes Halbwissen half ihm über den Damm. Doch es konnte die Abwertung nicht verdrängen, die sagte: Was soll der Scheiß, Junge? Stellst du dir dein Leben so vor?

Sie setzten sich in einen Hauseingang, damit Hanne einen Joint drehen konnte. Mit dem, was die Highness von ihrer Geschicklichkeit noch über ließ, bröselte sie kleine Haschkrümel von einem Brocken ab und tat sie auf das Longpaper. Sie legte mit angestrengter Geduld den Tabak auf das Papier, während Erik aus einem Stück Pappe einen Filter drehte.

„Hast du keine Angst, da jetzt Hasch reinzumischen?“, fragte Erik, den Filter im Mundwinkel.

„Ist doch lustig, wenn man aus Versehen stoned wird.“

Er war zu genügsam, um Hanne zu verurteilen. Von den dreien aus der Clique war sie ihm die Nächste. Im Gegensatz zu den Geschwistern war sie weitaus weniger prätentiös; etwas Mütterliches lag in ihrer Ausstrahlung. Erik fühlte sich bei Hanne gerade unheimlich geborgen. Er legte den Kopf auf ihre Schulter und musste aufstoßen.

„Alles gut?“, fragte sie ihn.

„Mein Magen ist übersäuert.“

„Solange du nicht wieder kotzt ...“

Wieder? Erik konnte sich nicht daran erinnern, gekotzt zu haben. Während sie den Joint rauchten, erzählte Hanne von dem Drama, das sich in der Wohnung abgespielt hatte. Kajsa, Olivia und Hanne hatten angefangen, sich fertig zu machen, und wurden immer higher, Erik war da schon auf der Couch versackt. Sie beschlossen, ihn in Ruhe zu lassen, weil sie wussten, dass eine Überdosis am besten im Sitzen auszuhalten war. Keine Reize, ein bisschen Musik und vor allem keine Bewegung für die überforderten Muskeln. Irgendwann klingelten die Handys von Kajsa und Olivia abwechselnd. Keine der beiden merkte es, bis Hanne sie darauf aufmerksam machte. Es war der Vater der beiden, der hatte beschlossen, mit ihrer Mutter am nächsten Tag spontan nach Berlin zu kommen, um bei seinen Töchtern nach dem Rechten zu sehen. Nur so, eine Stippvisite.

„Letztes Mal hat er einen aufgerauchten Joint im Aschenbecher gefunden und den beiden gedroht, sie müssten zurück nach Schweden, wenn sie jemals wieder harte Drogen nehmen.“

Hanne zuckte mit den Schultern, das Hasch verstärkte ihre Gleichgültigkeit gegenüber den künstlichen Problemen der Trust-Fund-Girls. Eriks Muskeln beruhigten sich langsam. Angespannt kaute er auf einem Kaugummi, der bereits dabei war, sich aufzulösen. Es half ihm, das Zucken seiner Gesichtsmuskeln unter Kontrolle zu bringen. Sein Körper war noch immer von der Droge wach geputscht, aber er nahm es mit Humor. Dafür gab es ein Wort auf Deutsch: Gesichtsgulasch. Deutlicher ging's nicht mehr.

Die Nachricht brachte die beiden Schwestern komplett zum Austicken. Sie fingen an, die Wohnung aufzuräumen, durchsuchten ihre Zimmer nach Drogenresten, leerten alle Aschenbecher und baten auch Hanne, ihr Zimmer zu durchsuchen. Sie war angepisst, weil sie sich auf die Party gefreut hatte. Sie mochte das Auftakeln, wollte mit ihren queeren Boys rumhängen, mit Julius kokettieren, der höhere Heels trug, als sie jemals konnte, wollte mit Jacky Pillen teilen und ihm die Perücke klauen, wollte in den Morgen hinein zu Synthie-Musik tanzen. After-Hour war auch eine Option. Erik hatte in der Zwischenzeit in der Küche gestanden und nach Papiertüten gesucht.

„Du hast angefangen zu halluzinieren. Du hast gedacht, wir wären Kunden, und wolltest uns etwas verkaufen. Die Klamotten, die überall rumlagen, wolltest du wieder aufhängen. In der Küche hast du die Kasse gesucht und wolltest unsere Sachen verpacken. Total gruselig eigentlich, aber das habe ich schon öfter gesehen, dass Leute dachten, sie wären auf der Arbeit, wenn sie zu viel MDMA genommen haben. Zum Glück bist du kein Metzger."

Erik war zu verwirrt, um den schlechten Witz zu verstehen.

„Na ja und dann hast du angefangen, nach Simon zu suchen. Das ist dein Dealer-Boy, oder?"

„Mein was? Ey, komm mal runter."

„Das ist er doch, oder? Der süße Dealer, der immer im Panne-Bar-Klo abhängt. Kein schlechter Fang, der ist cute, komm du doch runter."

„Simon …" Mehr konnte Erik nicht sagen.

Er vermisste ihn. Hoffentlich war er auf der Party, sonst war der ganze Abfuck umsonst.

„Kajsa und Olivia beruhigten sich irgendwann. Ich habe ihnen einen dicken Joint gebaut, damit sie sich vom MD runterrauchen können, und hoffe, die beiden pennen jetzt. Die Pillen und den Rest MD haben wir jetzt dabei, du kannst die Hälfte haben, wenn du willst. Die beiden sind jetzt erst mal clean, bis Papi wieder weg ist."

Erik war froh, das Drama im Delirium verbracht zu haben. Auf verzogene Töchter im Ecstasy-Wahn hatte er keine Lust. Und an diesem Abend ging er das erste Mal mit Simon nach Hause.

Ihre Hände streiften sich immer wieder im Vorbeilaufen. Erik wusste nicht, ob das Absicht war oder ob Simon überhaupt seine Hand greifen wollte. Waren sie zu alt für Händchenhalten? Erik knabberte sich auf der Unterlippe, war nervöser, als er es sich zunächst eingestehen wollte. Neben Simon fühlte er sich wohl. Wollte gesehen werden. Hey, schaut mal, wie süß wir zusammen aussehen!, wollte er durch die Straßen rufen, als sie an Sneakershops und kleinen Restaurants vorbeischlenderten.

„Darf ich dir was sagen?", fragte Simon, die Stille durchbrechend. „Wenn ich durch bin, werde ich immer ganz kitschig", sagte Simon.

„Kitschig finde ich gut. Bei mir ist heute auch nicht mehr viel zu holen", erwiderte Erik. „Genau mein Niveau."

„Ich bin froh, dass du mit mir um die Häuser ziehst", sagte Simon.

Erik legte die Hand um Simons Schulter. Er musste lachen. Simon lachte mit ihm.

„Wir sind *partners in crime*, Hübscher."

Egal, wohin Simon ihn heute Abend schleppen würde, Erik folgte ihm. Die Stadt war nichts als die Kulisse für ihr welpenhaftes Verliebtsein.

LARS

Als Lars laut an die Tür klopfte, verstummte die Musik. Er rückte sich die Brille zurecht, wie um sich für das vorzubereiten, was hinter der Tür auf ihn wartete. Er ließ sein Handy wieder in die Tasche sinken und zog die Hose zurecht – dabei war es egal, wie er hier aufschlug. Die grölenden Stimmen wichen einem zu plötzlichen Schweigen. Die Tür wurde geöffnet, eine Person mit kurzen, blondierten Haaren öffnete. Sie schloss ihre weit aufgerissenen, trüben Augen vor Erleichterung und legte sich die Hand theatralisch auf die Brust.

„Ich dachte schon, es wären Nachbarn oder noch schlimmer: die Bullerei", sagte sie. Kathleen hatte die Angewohnheit, in einer unnatürlich hohen Stimmlage zu sprechen, als wäre sie in einer Rolle. Je höher ihre Stimme, desto sicherer war Lars sich: Die ist schon wieder richtig gut dabei.

„Du wusstest doch, dass ich komme."

„Weiß ich doch, Schatz, aber die Zeiten hier in Neukölln haben sich geändert."

Ach ja, seit wann ist Krach okay?, dachte Lars, aber sprach es nicht aus.

Während sie durch den Flur der Wohnung liefen, schaute Lars sich die vielen Berghain-Flyer an, die an der Wand hingen. Wie Trophäen zeigten sich hier die Line-ups der Jahre auf geduldigem, dickem Papier. Musikgeschichte, Monat um Monat neu geschrieben, bis der nächste Club zur Legende wurde, das Berghain ein Museum. Ob Kathleen die wohl verkaufen könnte? Lars hatte keinen Sinn für Memorabilia, er hätte sie auf eBay verscherbelt, oder weggeschmissen.

„Sobald einer von den alten Hausbewohnern stirbt, ziehen so 'ne jungen Spießer ein und beschweren sich über die laute Musik. Musst du dir mal vorstellen!"

Lars nickte eifrig. Muss man sich mal vorstellen!

„Irgendwelche zugezogenen Tussis stehen dann mittags vor meiner Tür und erzählen mir, dass sie für eine Prüfung lernen müssen! Sind wir hier in Friedrichshain? Ich glaub, es hackt, echt, Mann, lasst mich durch, mein Papa ist Arzt oder was?“

Kat, so nannte sie sich selbst gerne, führte ihn in das Wohnzimmer. Es gab Pflanzen, doch die ließen die Blätter hängen, und der schöne Dielenboden war schon lange nicht mehr von einem Staubsauger liebkost worden. In der Mitte standen ein großer Glastisch, ein Sessel und eine abgegriffene Ledercouch. Darauf lag ein kuschelndes Pärchen, zwei Typen mit kritzeligen Tattoos, die einander den Bart kraulten, kicherten, gluckten. Neben ihnen saß jemand und kratzte mit gummibehandschuhten Händen und einem Löffel pampige Amphetaminepaste aus einer großen Plastiktüte. Sie hatte eine Brille an und kniff die Augen beim Auskratzen zusammen. Wenn ihr das Zeug auf die Haut gekommen wäre, hätte es sie zwar nicht sofort verätzt, aber Handschuhe waren dennoch eine gute Maßnahme, denn auch die Haut konnte Drogen aufsaugen. Lars konnte den gummireifigen Geruch des Speeds auf die Distanz riechen. Klein schlechtes Zeug, das war nicht hart gestreckt, aber auch ein untrügliches Zeichen für blutende Nasenscheidewände. Pfeffer-Speed.

Die blonde Hausherrin drückte auf einem MP3-Player herum, der an die Anlage angeschlossen war, und Techno surrte wieder über die Lautsprecher. Gerade so leise, dass die Nachbarn sich nicht beschwerten. Wer hatte noch so ein Teil? Nutz dein Smartphone doch mal für was anderes als fürs Ziehen, dachte Lars.

„Hast du die Pillen für mich da?“, fragte er und beäugte das bärtige Pärchen aus dem Augenwinkel. Einer der beiden griff nach einer braunen Pipetten-Flasche auf dem Tisch, spritzte sich, ohne die Dosis abzumessen, die Flüssigkeit in den Rachen und spülte mit Saft aus einer Discounter-Verpackung nach. Lars wurde schlecht. So unvorsichtig ballern, das war eine ganz andere Liga. Geld für Drogen, aber sich nicht mal einen guten Saft leisten wollen, dachte er abfällig.

„Ja, hab ich. Ist aber kein Eigenbedarf, oder?“, sagte Kat.

„Nein, ich tue jemandem einen Gefallen.“

„Will ich dir diesen Gefallen denn tun?“

„Willst du mir diesen Gefallen denn tun?“ Er schaute ihr herausfordernd in die Augen.

„Kommt ganz darauf an, was das hier wird. Ich hab einen Ruf zu verlieren.“

„Keine Angst, ich mach dir deinen Ruf als Drogenkönigin vom Rathaus Neukölln nicht madig.“

„Tickst du wieder oder was?“

„Nein. Wie gesagt, das ist für wen anders.“

„Dann kommt er nächstes Mal selbst zu mir.“

Sie saßen nebeneinander auf der Couch, die Helferin wog weiter Speed ab und schickte Küsse durch die Luft an ihre Freundin.

„Wo sind denn die Pillen, verdammt? Du … kleine Nudel.“

„Hier, Schatz.“

Eine Gummihand reichte Kat eine große Tüte mit Druckverschluss. Darin war eine unübersichtliche Menge gleichfarbiger Pillen, so viele, dass Lars Angst hatte, sie könnte platzen. Einmal hatte er zur Silvester-Party im Club einen großen Deal machen wollen. Er wusste, Silvester war eine gute Nacht, alle waren pillenhungrig. Bei keiner anderen Party wurde so heftig und ausdauernd konsumiert, also wollte er vorbereitet sein. Damals waren Kat und er noch zusammen auf der Straße unterwegs. So nannten sie es, wenn sie im Club Drogen vertickten. Mittelschicht-Kids, die sich krass fühlen wollten. Vom Drogenhandel auf der Straße waren sie weit entfernt. Zusammen bestellten sie beim Großdealer eine riesige Charge Pillen, die der extra aus Amsterdam geordert hatte. Gute Teile waren das, Lars erinnerte sich gerne an sie. Kleine Äffchen, wie Comiczeichnungen, in einem satten Gelb. Die Teile konnten einen richtig verschicken, aber ohne dass der Körper davon breit oder matschig wurde. Ein gutes Teil ist halt ein gutes Teil.

Um den in Pillenform gepressten Spaß in den Club zu kriegen, mussten sie sich an Silvester ganz besonders gut wappnen. Die ohnehin schon strenge Tür achtete noch stärker auf versteckte Drogen. Also hatten sie keine andere Möglichkeit, als sich die Teile sonst wohin zu stecken. Mit je über hundert Pillen in einem Tütchen, das in einem Kondom hauste, das verknotet in Kathleens Vagina und in Lars' Arsch verstaut war, standen sie in der Schlange vor dem Club und zitterten in der Kälte. Lars fühlte sich, als hätte er Durchfall. Kathleen zog es vor, das Thema Körpergefühl während der ganzen Aktion einfach auszublenden. Wäre das Kondom in ihrem Körper geplatzt, sie wären beide bestimmt an einer Überdosis gestorben. Oder zumindest gut verklatscht gewesen.

„Und du bist dir sicher, dass ich ihn zu dir schicken kann?"

„Klar. Wer ist's denn? Kennt man den?"

„Simon heißt er. Kann man kennen."

„Sagt mir nichts."

„So ein kleiner Berliner. Hübsch, aber niemand, der groß auffällt."

„Klein, sagst du?"

„Klein, sag ich. Eher blond. Kann dir gerade gar nicht sagen, mit wem der so rumhängt."

„Ach, der kleine Simon. Ja, klar. Der ist korrekt. Kann er machen."

Lars lächelte gespielt. Ihm war nicht wohl dabei, jemandem in der halbseidenen Welt der Gramme, Pillen und Baggies neue Ressourcen zu erschließen. Dealer sein war zwar kein staatlich geprüftes Handwerk, aber auch kein kleiner Nebenjob. Man musste schon risikobereit sein und Stress aushalten können. Und man musste den Absprung schaffen. Lars war froh, dass er Kat nur noch gelegentlich sah. Aus ihrer verfeierten Freundschaft wurde ein Geschäftsdeal, wurde eine Bekanntschaft, irgendwann dann eine Erinnerung. Der Dauerkonsum hatte bei ihr Spuren hinterlassen. Immer von Zeug umgeben zu sein, das konnte Lars nicht mit ansehen. Und dann auch noch die Satelliten-Junkies in ihrer Wohnung.

„Hab gehört, der Simon macht jetzt viel im Club, muss aber aufpassen, der Kleine. Nicht dass die ihn hochnehmen.

Hat er einen Kontakt? Die anderen haben's erzählt. Dass da jetzt wer Neues ist. Er integriert sich gut, aber ist halt … ist halt nicht einfach, ne. Wenn er dich schon losschicken muss. Den großen Lars. Netter Bart übrigens, steht dir, so kurz."

Während sie das sagte, zercrushte sie einen dicken Haufen Ketamin mit einer Karte in kreisenden Bewegungen auf einer Marmorplatte. Hin und her fuhr sie mit der Karte, bis alle Kristalle zersprungen waren. Der Geruch von Amphetaminen machte Lars' Rachen zu schaffen.

„Was meinst du?", sagte er aus seinem trockenen Hals heraus.

„Jemand, der bei mir einkauft, hatte Stress mit ihm. Wegen GHB. Simon hat wohl beim Ticken überdosiert. Du weißt, dass das nicht gut kommt. Stell dir mal vor, der kippt um und die merken, dass der ein Ticker ist?"

Lars verzog das Gesicht. Im Clubland gab es eigene Regeln, raue Regeln, eine Parallelgesellschaft. Da wurde nicht nur geballert. Das Rave-Biotop besetzte eine Nische, die nicht legal, aber so weit geduldet war, solange sie nicht zu offensichtlich am System vorbei Geld machte. Hier wurde so viel Energie in den Rave gesteckt, dass man das Gefühl hatte, die Revolution sei schon passiert, der Kapitalismus umgangen. Das Leben eine Utopie des Begehrens, dabei bedingten sie sich gegenseitig. Bis wieder einer hochgenommen wurde. Bis jemand in eine Polizeikontrolle geriet. Bis jemand Hausverbot bekam. Dann merkte man, dass es doch noch Gesetze waren, die man da brach. Dass der Widerstand sich nicht ziehen ließ. Dass sie, wenn sie wirklich was zu sagen hätten, andere Formen des Ausdrucks finden müssten. Doch jetzt erst mal eine Line.

„Wie sind die Teile denn?", fragte Lars, um das Thema zu wechseln.

Die Sache mit dem GHB war ihm unangenehm. Das ganze Thema war ihm unangenehm. GHB war die einzige Droge, die er kannte, die jemanden in den sicheren Tod schickte. Die Anwesenheit des Todes im Rausch, im Spaß, im Exzess nahm er zwar billigend in Kauf, sah darin aber nichts mehr als eine entfernte Möglichkeit. Überdosis: weg. Alkohol: weg. Mal am Bier genippt, zu früh nachgelegt, schon zu druff: weg. GHB verhielt sich wie Alkohol, eine Droge, die die Risikobereitschaft erhöhte. Weg. Er kannte genug Leute, die jetzt weg waren. Einfach so. Weg. Einige davon Selbstmord. Doch manche waren ein Versehen, zumindest wollte er das glauben. Aber manchmal imitierte das Ballern auch einfach nur versuchten Selbstmord, schlecht gespieltes russisches Roulette auf Raten. Lars fehlte beim GHB das Metaphysische. Dem Universum kam man mit G nicht näher, höchstens dem inneren Tier. Das war ihm zuwider. Er strebte nach Ästhetik, nach Überhöhung, nach Kosmologie. Er wollte mehr. Deswegen das Keta.

„Siehst du die beiden Liebesbärchen?"

Kat zeigte auf die andere Couch. Lars folgte ihrem Finger, beobachtete die beiden Typen, die einander die Bärte kraulten, sich in die Augen schauten, schmatzend knutschten, als wären sie alleine, unbescholten voneinander gefangen. Jede ihrer Berührungen musste auf der Haut prickeln, als schlüge sie Funken. Zu gerne hätte Lars sich zu ihnen gesellt, aber zugleich war er sich dafür auch zu schade.

„Das beantwortet meine Frage."

„Das beantwortet deine Frage. Wann habe ich dir denn schon mal Scheiße angedreht?"

„Verkoster finden sich ja offensichtlich immer."

Lars verließ die Wohnung mit einem flauen Gefühl in der Magengegend. Die Erinnerung an eine Zeit, in der er dachte, er müsste sein letztes Geld in Drogen investieren, um sie dann zu verkaufen, nagte an ihm, wollte raus, aber er ließ sie nicht zu, drückte sie ins Unterbewusste, kam ihr nicht zu nahe, wollte sie nicht wahr werden lassen, sonst hätte ihn das schlechte Gewissen gepackt und er hätte die Pillen wieder zurückgebracht. Auf dem Weg nach draußen nahm er aus dem Augenwinkel wahr, dass die Taste des Türöffners sich verhakt hatte. Im Vorbeigehen drückte er darauf, ruckelte kurz am verkanteten Plastik, und als der Knopf aus seiner verkeilten Position sprang, befriedigte ihn das. Die Welt ins Lot zu bringen, das besänftigte seine innere Selbstüberhöhung. Er wollte doch nur helfen.

Simons Stimme am anderen Ende der Leitung klang durch, sie war gepresst, fast benommen. Die Idee, sich am Kotti zu treffen, verwarf Lars schnell wieder. Zu voll war es dort, zu auffällig wäre der Deal gewesen. Dabei hätte er jetzt gerne in der Olfe gesessen, mit einem Drink, alleine am Tresen, hätte sich gerne ein paar Hotboys angeschaut. Er sehnte sich nach Einsamkeit inmitten von Menschen, er sehnte sich nach pathetischen Gesten und zelebrierter Arroganz. Die Begegnung mit Kathleen erinnerte ihn an wildere, freiere Zeiten, machte ihm Angst vor seiner eigenen Vergangenheit. Was hatte er sich damals gedacht? Nicht viel. Dieses Nicht-viel-Denken hatte er verloren und gegen einen angebrühten Zynismus getauscht, mit dem er sich gerade viel besser fühlte. Noch nicht in einem neuen Leben ohne Drogen, ohne Club angekommen, aber auch nicht mehr ganz Vollblut-Raver. Das Leben zog seine eigenen Bahnen.

Er schwang sich auf sein schlankes Rennrad und fuhr die Einbahnstraße in die entgegengesetzte Richtung, sicher, dass kein Auto vor ihm sein konnte. Die Dämmerung setzte ein, hüllte Neukölln in ein dramatisches Licht. Da war das Pathos, das er wollte. Hier auf dem Rad könnte er auch einsam sein, einsam in seinem Tempo, auf seinem hohen Ross sitzend auf die Welt hinabschauen. Der Mond war voll. Jetzt wusste Lars: Diese Nacht war nicht zum Schlafen da. Wer keine Albträume wollte, der musste im Wachen träumen und tanzen. Die Olfe am Kotti streifte er, war versucht, auf einen Schnaps reinzuspringen, aber dann fuhr er den schon fast verblühten Flieder entlang, zum Alex, zu seiner Verabredung. Heute Abend gab es noch ein bisschen was zu tun.

TOM

Sein Rad stand noch vor dem Späti. Während er das Schloss öffnete, fühlte er, wie seine Bewegungen hektischer wurden. Die zweite Line kickte ein. Klarheit in den Gedanken, Zittern in den Fingern. Alleine an einem Samstagabend mit Drogen in der Tasche durch die Stadt zu ziehen, kam ihm – mit der zweiten Line im System – wie die beste Idee vor, die er haben konnte. Er fühlte sich wie die beste Version seiner selbst. Übermutig schwang er sich auf sein Fahrrad, kreuzte die Gegenfahrbahn auf der Hermannstraße und radelte in Richtung Norden. Er wollte raus aus Neukölln, raus aus der Nachbarschaft, raus aus der Comfort Zone. Er trat heftig in die Pedale. Tritt um Tritt nahm er mehr Fahrt auf. Der Fahrtwind umspielte seinen Körper, kitzelte an den bloßen Knöcheln. Er drang durch seine dünne Jacke, ließ sie flattern wie den Umhang eines gerade gekrönten Königs. Überall waren Menschen, denen Tom mit dem Blick folgte, beinahe seinen eigenen Kurs in die junge Nacht vergessend. Wo die schönen Menschen auf der Straße wohl hinwollten? Was sie heute Abend noch vorhatten? Sonst betrachtete Tom sie mit Neid. Die gingen irgendwohin, die waren wer, die hatten Freunde, hatten was vor, hatten einen Plan. Jetzt war er nicht mehr eingeschüchtert.

Ohne zu wissen, wohin, spürte er die heutige Nacht auf der Haut und genoss es, am Leben zu sein. Die Schönheit der nächtlichen Radtour geriet zum Selbstzweck. Einfach geradeaus in Richtung Norden zu fahren, fühlte sich gerade richtig an, und nichts anderes war wichtig. Die Weserstraße lockte ihn heute Abend nicht. Wohin hätte er gehen sollen? Das Silver Future wäre eine Möglichkeit, doch das war ein Ort, den man mit Freunden besuchte. Keine Bar zum Flirten, sondern um gemeinsam ein Bier zu trinken und sich queer und politisch zu fühlen. Dort war er mit anderen Studierenden, mit Menschen, deren Ideologie er attraktiv fand. Er wollte aber nicht diskutieren, er wollte saufen, und er wollte sich vergessen, nicht weiter nachdenken müssen. Das Stück Radweg hinter dem Hermannplatz, das ihn über einen Schlenker auf den Bürgersteig auf den Kottbusser Damm führte, mochte er – mochte die komische Kurve, mochte das Brautmodengeschäft mit den ausladenden Kleidern, überlegte manchmal, ob ihm das stehen konnte, doch den Gedanken verwarf er schnell wieder mit dem flirrenden Fahrtwind.

Vor ein paar Tagen hatte er es nicht mehr ausgehalten, über seiner Hausarbeit zu sitzen und eingesperrt zu sein. Eine Runde mit dem Rad über das Tempelhofer Feld zu fahren, half ihm in solchen Momenten. Bewegung, frische Luft und die Weite, die der Park inmitten der Stadt erlaubte. Der ehemalige Flughafen war weitgehend baumlos. Wie er wohl als Wald aussähe?, fragte sich Tom. Als er mit dem Rad über die Landebahn fuhr, konnten seine Augen sich nicht an der Weite sattsehen. Eingesperrt im Berliner Moloch, war hier ein Ort der Freiheit. Seine Augen atmeten durch. Endlich mal auf Ferne stellen. Er vermisste die Kindheit auf dem Dorf, die Spaziergänge im Wald mit seiner Mutter, vermisste den Familienhund, wie er gefühlte Kilometer weit weg irgendwo über das Feld hetzte.

Den Regen roch Tom, noch bevor der seine Haut berührte. Modrig-warmer Wind wehte ihm entgegen und ließ ihn stärker in die Pedale treten. Der Rost auf dem Lenker fraß sich ungeniert weiter ins Metall. Um ihn herum gab es nichts, wo er sich hätte unterstellen können. Die Leute auf dem Feld joggten schneller oder rasten mit ihren Rennrädern an ihm vorbei. Neben der Landebahn lief ihm ein Mann entgegen. Regenjacke, Rucksack, Eile. Er huschte über die Wiese, die Arme wie ein Jogger angewinkelt, lief barfuß. Tom beobachtete den Mann, der durch den offenen Mund atmete. Schwarzer Bart, der wohl beim Küssen kratzte. Ob die Wiese auch so warm war wie der warme Wind? Der Typ musste es wissen, an seinen nassen Füßen musste er den Boden spüren, das schneidende Gras, die feuchte Erde und den fallenden Regen. Tom starrte in die Richtung des Mannes.

Der Lenker scherte aus und riss ihn aus seiner Träumerei. Das wohlige Gefühl, die Idee des Sommerregens – sie verdarben, als er fast die Kontrolle über sein Rad verlor. Auf den Asphalt krachen, nass oder trocken, war nicht angenehm. Er fuhr schneller, nicht um schneller zu sein, sondern um seine Aufmerksamkeit auf das Fahren zu lenken. Nicht hinfallen, Balance halten. Gerne wäre er barfuß über die Wiese mitgelaufen. Treten. Laufen. Sommerregen.

Er wollte einem schönen Mann verfallen. Sich verlieben: in der U-Bahn, beim Einkaufen, überall, egal wo, schöne Männer. Wahrscheinlich bin ich selbst schuld, dachte sich Tom. Sobald er das Haus verließ, schrie jede seiner Gesten: Ich bin jung! Ich bin da! Erkenn mich! Sieh mich! Nimm mich wahr! Mach was mit mir! Aber der Schrei verhallte zumeist, zumindest hatte er keine Konsequenzen. Seit er in Berlin lebte, war jede Bahnfahrt ein Flirt für ihn. Als hätte sich über all die Jahre in heteronormativen Räumen plötzlich ein Tor in eine subversive Parallelwelt aufgetan. Es gab immer jemanden, der süß war, der interessant aussah, der sich fixieren ließ. Von dem er ein wenig besessen sein konnte. Ich muss aufhören zu beobachten, hämmerte Tom sich ein. Aber ich bin doch nur ein schüchterner Fische-Boy, sagte er sich dann gleich wieder selbst, Astrologie als willkommene Ausrede nutzend. Er wollte mit cuten Männern tanzen, ihre Haut riechen, ihre Bärte kraulen und sich mit ihnen raufen. Wollte in die Erotik eintauchen, nicht in der Pornografie verharren. Also fuhr er weiter geradeaus bis zum Kotti. Dahin, wo die bundesdeutschen Medien sich hinfantasierten, wenn sie vom entarteten Berlin redeten. Wo sich Menschenmengen aus drei U-Bahn-Linien pressten, um durch Bars zu ziehen. Wo Heroinsüchtige noch immer hier und da zu sehen waren, ihre Spritzen wie Grußkarten auf dem Boden lassend, wo Drogendealer lungerten, wo türkische Menschen bis vor wenigen Generationen ins Ghetto gezwungen wurden, nur um jetzt weggentrifiziert zu werden. Und da, wo die Möbel Olfe war: das Hauptquartier der Menschen, die Tom hot fand.

Es war noch eine halbe Stunde bis Mitternacht. Donnerstags war die Bar immer brechend voll, ein fester Termin im Kalender der schwulen coolen Stadt. Samstags war es angenehmer. Tom setzte sich auf einen Hocker an der Theke, ohne sich durch eine Menge von Männern quetschen zu müssen. Er atmete tief ein und aus. Sein Herz raste, die Pulsadern pochten in einem wilden Takt. Durch das Koks hatte er schneller in die Pedale getreten als sonst. Er war angespannt, hatte noch nie alleine an einer Theke gesessen. Er hatte in Bars gearbeitet, hinter dem Tresen gestanden, aber das war eine ganz andere Machtdynamik: Jetzt war er ausgeliefert. Wie Wasser, das überall seinen Weg findet, schlängelte sich Schüchternheit durch seine verkokste Gefühlswelt. Feinädrig verteilte sie sich in Tom. Zeit für einen Schnaps, um die Unsicherheit zu verwässern.

Er bestellte einen Wodka mit Honig auf Eis. Doppelt, damit er lange daran nippen konnte. Intuitiv hatte er sich auf einen der Hocker gesetzt, die eine Säule hinter sich hatten. Er lehnte mit dem Rücken an der Säule, die Beine übereinandergeschlagen, und trank in kleinen Schlucken vom Wodka. Zu hastig, um entspannt zu wirken. Zu eilig, um genießen zu können. Aus dem Augenwinkel beobachtete er die Bedienungen. Ein Typ mit schönen Armen und sehnigem Körperbau fiel ihm ins Auge. Mit blauer Wollmütze auf dem Kopf und einem großen Anker auf dem Arm sah er aus wie ein Seemann. Mit dem Seemann im Blick fühlte er sich besser, hatte Gesellschaft. So verharrte er zwei weitere Runden Wodka auf dem Barhocker, die Welt um sich herum kalt sezierend, bis ihn ein Typ von der Seite ansprach.

„Hey, ich glaub, ich kenn dich aus der Panne."

Tom schreckte auf. Das war ein Satz, der in der Olfe immer funktionierte. Das Stammpublikum von Panorama Bar und Möbel Olfe überschnitt sich zu stark. Eine Plattitüde in dieser Kneipe – für Tom war die Anmache wie ein Ritterschlag.

„Oh, kann sein."

Benebelt vom Alkohol, nur noch Überreste des Kokses in seinem Bewusstsein, war er wieder schüchtern geworden. Er musterte den Typen, der neben ihm stand. Tom kannte ihn auch. Immer wieder sonntags hatte er ihn im Club gesehen, immer in der Nähe des DJ-Pults. Er tanzte im Rhythmus, halbkreisförmige Bewegungen mit angewinkelten Armen, wie die ganze Berliner House-Aristokratie eben tanzte. Ein stets amüsierter Move, der jedem Track schmeichelte und den jeder mit ein wenig Rhythmusgefühl stundenlang tanzen konnte.

„Kann sogar sehr gut sein, du hast doch immer diesen kleinen Kerl dabei."

„Oh, ja."

Tom wurde verlegen. Auch wenn er noch so weit mit dem Rad fuhr, noch so viel kokste, noch so viel trank, dem goldenen Käfig entkam er nicht, wenn er ihn nicht freiwillig verließ.

„Darf ich eine Kippe haben?"

„Klar, bedien dich."

Mit Schwung hielt Tom seinem Flirt die Zigarettenschachtel hin. Als meinte es die Physik gut mit ihm, rutschte eine der Kippen nach vorne. Die Eleganz des Moments ließ Tom lächeln.

„Danke. Schön, dass du auch mal lachst. Ich bin übrigens Robert."

„Tom, freut mich."

Robert lachte auf.

„So förmlich. Aber freut mich auch. Was machst du so alleine in der Olfe?"

„Mir die Zeit vertreiben. Und du?"

„Mir die Zeit vertreiben."

Tom war sich nicht sicher, ob Robert ihn imitierte.

„Feuer?"

„Danke."

Robert zündete sich die Zigarette an und kniff die Augen zusammen. Jetzt traute Tom sich, das Gesicht, das er schon so oft gesehen hatte, genauer anzuschauen. Roberts Kopf wirkte rund, was die Kappe auf dem Hinterkopf verstärkte. Die Haut ein wenig unrein, rote Punkte hier und da. Tom wusste, dass das von Drogen kommen konnte. Der kleine Makel lud ihn zum Verweilen ein. Robert war der Botschafter des Milieus, in das Tom unbedingt hineinwollte.

„Du bist hübsch. Wie du immer in der Ecke in der Panne tanzt, gefällt mir. Aber in der Olfe hab ich dich noch nie gesehen …"

„Bin nicht so oft hier. Dachte aber, heute wäre ein guter Abend."

„Ja, alleine sein unter Menschen. Braucht man manchmal."

„Das trifft's wohl."

„Und manchmal lernt man dann neue Leute kennen."

„So wie jetzt."

„Was machst du später?"

„Keine Ahnung. Du?"

„Ich kam auf einen Absacker nach der Arbeit rum. Jetzt bist du erst mal mein Plan."

Das grobschlächtige Kompliment ließ Tom kurz zusammenzucken. Es schmeichelte ihm in all seiner Plumpheit.

„Wo arbeitest du denn?"

„Ich bin selbstständig. Eine kleine Agentur. War kurz im Büro, und dann wurde es ein bisschen länger. Wie das halt so ist. Selbst und ständig. Kann den Witz schon nicht mehr hören, so alt ist der."

Auch wenn Roberts Macho-Taktik durchsichtig war, die Eloquenz verließ Tom dennoch. Eine kleine peinliche Pause entstand zwischen ihnen. Robert fing sie nonchalant auf.

„Was trinkst du denn?"

„Honigwodka auf Eis."

„Der hübsche Boy will's wissen, wa?"

Unwillkürlich fasste sich Tom an die Kappe. Daran, „Boy" genannt zu werden, hatte er sich noch nicht gewöhnt, ans Boy-Sein dagegen schon. Robert bestellte zwei Wodka auf Eis, und sie stießen an. Die Scham fiel von Tom ab. Je länger sie sich unterhielten, desto eher glaubte er daran, dass Robert wirklich an ihm interessiert war. Die Bar war voller Leute, hin und wieder begrüßte Robert einen Bekannten, doch er blieb stets im Gespräch mit Tom. Auch als sein Handy klingelte, ließ er nicht von Tom ab. Mit seinem Blick fixierte er ihn. Was faszinierte Robert an ihm? Die falsche Frage, hämmerte Tom sich ein. Frag dich lieber, was dich an ihm interessiert, an deinem Panne-Crush, der jetzt mit dir spricht.

„Geh ruhig ran."

„Quatsch, ist nur eine Freundin. Eigentlich ist sie meine Geschäftspartnerin, aber es ist Samstagabend. Die hängt bestimmt mit ihrer Bären-Clique ab und will mich auf irgendein Dinner und dann in den Club zerren."

„Bären-Clique?" Tom musste laut auflachen. „Und was ist sie? Die Bären-Mutti?"

„So in etwa. Eigentlich genau das. Eine Bären-Mutti ist sie."

„Klingt lustig. Eine Frau, umgeben von starken Männern."

„Das wollen wir doch alle."

„Eine Frau unter schwulen Männern sein? Manchmal glaube ich, das ist eine der glücklichsten Formen der Existenz."

„Laura ist vor allem eine starke Frau, die sich gerne mit bärigen Männern umgibt. Kennst sie bestimmt vom Sehen, wenn du öfter im Club bist. Sie tanzt immer unten vor dem Darkroom und hat meistens eher weniger als mehr an."

Roberts Beschreibung passte auf eine Figur, die für Tom nur auf der Tanzfläche existierte. Eine Figur, die so künstlich, so anders war als alles, was er in der Realität gesehen hatte. Wie konnte diese Person eine Agentur haben? Ein Leben?

„Warte mal, trägt sie manchmal einfach nur eine schwarze Hose und einen Nerz über ihren Brüsten? So über die Schultern, und links und rechts verdeckt er die Nippel?"

Robert nickte verschwörerisch.

„Ja, das ist Laura. Sie arbeitet hart, und dann feiert sie hart. Nur so geht's. Sagt sie."

Leute wie Robert und Laura waren so etwas wie das Pantheon. Persönlichkeiten, die ihm Respekt einflößten: cool, erhaben, erwachsen. Menschen, die eine Aura hatten, die das Chaos nicht verneinte. Es war etwas Gefährliches um sie herum, aber auch etwas so unendlich Ernstes in ihrem Spaß. Als wäre der Rave die einzige Möglichkeit, die Selbstausbeutung im Kapitalismus zu überleben, ihr Weg, nicht am System zu kranken. Als bedingten sie einander in ihrer Härte. Das war, was Tom sich zusammenreimte. Ein bisschen Mysterium blieb, auch wenn er jetzt in Roberts Augen versank: tiefblau, wie wenn du im Meer ein Stück zu weit weg vom Strand geschwommen bist.

Robert verabschiedete sich kurz, um zur Toilette zu gehen. Tom schaute ihm hinterher, sah, wie sich einige der Gäste nach Robert umdrehten. Wann auch immer jemand den Raum durchquerte, zog er Aufmerksamkeit auf sich. Überall saßen Grüppchen, lachten und tranken zusammen. Gelegentlich wurden Blicke ausgetauscht. Während er sich umsah, blieb sein Blick hin und wieder hängen. Obwohl alle in ihren Gruppen waren, brachen sie unauffällig aus den Gesprächen aus und checkten einander ab. Die Olfe war wie ein Fleischmarkt, auf dem man Gebote aufeinander abgab. Je intensiver der Blick, desto höher das Gebot. Eine Frau stellte sich neben Tom und bestellte zwei Bier. Mehr als jeder der vielen Männer im Raum zog sie seine Aufmerksamkeit auf sich. Es waren grundsätzlich wenige Frauen hier. Sie war attraktiv: eine typische Mitte-Person, mit langen Haaren, dunklen Klamotten und viel zu sauberen Sneakern an den Füßen. Ihre Ausstrahlung war tough, ihre Gestik feminin, aber weil sie es wollte, nicht weil sie es musste.

Tom riss die Augen auf, als er merkte, wen er gerade anstarrte. Anna, eine ehemalige Kollegin von Andreas. Tom erinnerte sich an irgendeine Büroäffäre. Andreas erzählte wenig von seinem Arbeitsalltag, doch wenn, dann waren es meistens lustige Geschichten und Lästereien, zu denen Tom meistens nur nickte. Erkannte sie ihn? Sie hatten sich auf Partys gesehen, er hatte sie immer sympathisch gefunden. Gesprochen hatten sie nie wirklich miteinander.

„Bist du nicht Tom? Andreas' Freund?"

Tom wurde schlagartig schlecht. Der Wodka vertrug sich nicht gut mit dem Schock. Er fühlte sich ertappt.

„Ja." Tom versuchte, locker zu wirken.

Sein Gehirn kratzte Selbstbewusstseinskrumen aus dem Koks in seinem Körper. Seine Stimme bebte, ob sie das hörte?

„Du bist Anna, oder? Wie geht's dir?"

„Gut. Gut. Hab einen Abstecher in die Olfe gemacht."

„Offensichtlich."

Tom grinste schelmisch und überspielte die Verlegenheit forsch. Anna brabbelte einfach weiter, als wäre sie selbst nicht ganz bei sich.

„Ich halte einem Freund Händchen, der mir eigentlich das Händchen halten sollte."

Sie schaute an das große Fenster auf der anderen Seite des Raumes zu ihrer Begleitung. Tom folgte ihrem Blick, die kryptische Anmerkung ließ er unkommentiert. Da saß ein großer, sehniger Typ mit geschorenen Haaren und getrimmtem Bart. Er war heiß, anders heiß als Robert. Sein Gesicht wirkte ausgemergelt. Für eine Bar, in die Leute zum Aufreißen gingen, schaute er zu grimmig, die Augen starr auf sein Telefon gerichtet. Sein Blick traf sich mit dem von niemandem. Er entzog sich dem Fleischmarkt. Was wollte er denn hier? Robert kam von der Toilette und schaute in die Richtung von Annas Begleitung. Ihre Blicke trafen sich, und nach kurzem Zögern begrüßten sie einander.

„Da sagte er mir, er wäre gerade geoutet, und schon kennt er die halbe Bar."

Sie zischte durch die Zähne und schnaubte. Tom wusste nicht, wie er Annas Kommentar einordnen sollte. Aus dem Augenwinkel beobachtete er, wie Robert und Annas Freund sich unterhielten.

„In der Olfe kennt man sich halt", sagte Tom.

Er kam sich dabei so altklug vor, dass es ihm peinlich war. Wen kannte er hier schon? Wer war er, in diesem Haufen gestandener Kerle? Sie zuckte mit den Schultern und nippte an ihrem Longdrink, als wollte sie sagen: „Bring mich nicht in Schwulitäten."

Der Typ und Robert winkten vom Tisch zur Bar. Anna und Tom schauten einander an.

„Die meinen uns, glaube ich."

Tom zwickte die Eifersucht in die Seite. Woher kamen die Besitzansprüche gegenüber Robert? Das war nicht die Freiheit, die er wollte: „Mach dich frei", sagte er leise zu sich.

Er schaute sich in der Bar um. Menschen bewegten sich durch die Menge, Typen gierten nach Typen, lächelten einander an. Wenn Tom sich kurz von seinem Hocker löste, dann sah er Verletzlichkeit und Zartheit. Er sah verstohlene Blicke und Liebkosungen, kleine Gesten mit den Händen und herzliches Lachen.

„Na, dann lass uns mal rübergehen", sagte Anna und klang dabei künstlich genervt.

„Ein Dorf, dieser Laden."

„Oh Boy, ich hoffe, Viktor ist in einer größeren Runde weniger anstrengend."

„Ist was passiert?"

„Ich sag nur: Wir müssen den jungen Mann mal eine Runde aufmuntern."

„Hat jemand Liebeskummer?", fragte Tom verlegen.

Er wollte nicht in einer offenen Wunde herumstochern, aber Annas Kommentare ließen sie weit vor ihm aufklaffen. Der Rest war Intuition. Ohne ein weiteres Wort von Anna gingen sie rüber zu Robert und Viktor und stellten einander vor. Im Laufe des Gesprächs verlor Anna kein Wort mehr über Andreas. Tom hatte kein Rezept für richtiges Verhalten in einer Situation so absurd wie die, in die er sich gerade hineinmanövriert hatte. Mit einer Ex-Kollegin von Andreas, einem Typen, den er vom Sehen kannte, und seinem Flirt an einem Tisch zu sitzen, verunsicherte ihn. Das war sie also, die abenteuerliche Realität, nach der er sich gesehnt hatte. Eine offene Beziehung war eine realistische Möglichkeit, aber nur wenn Tom sich die Situation schönreden wollte. Derweil lag zwischen Viktor und Robert eine seltsame Spannung in der Luft. Während Robert übertrieben gelöst war, wirkte Viktor angespannt. Tom sympathisierte mit ihm. Dabei kam Anna ihm vor wie eine Bombe, deren Zünder er bereits gedrückt hielt. Wenn er nicht aufpasste und ihm der Finger verrutschte, würde sie detonieren und Andreas auf den Tisch bringen.

„Ich mag die Kappe, steht dir", sagte Viktor zu Tom.

Es war das erste Mal, dass er sich an ihn wandte.

„Danke", sagte Tom. „Ist neu."

„Wo hast du die her? Ich glaube, ich kenne das Label. Die haben gerade einen Relaunch hinter sich. Irgendein größeres Label hat die Rechte an der Marke gekauft und die Kappen wieder aufgelegt. War das nicht ein Ding, so in den 80ern?" Annas Frage war mehr eine Erklärung.

„Ganz komische Geschichte, das mit der Kappe."

Tom war sich nicht sicher, ob er mit der Wahrheit kommen konnte. War es peinlich, von der Begegnung mit dem Dealer in der Hasenheide zu erzählen? Was hatte er schon zu verlieren? Es war das erste Mal an diesem Abend, dass er so lange sprach.

„Eigentlich wollte ich nur wissen, wie das funktioniert: im Park Drogen kaufen."

Er genoss es, die Aufmerksamkeit auf sich zu ziehen. Nach jedem Satz schaute er in ein anderes Gesicht, versicherte sich, dass sie noch zuhörten und sich nicht langweilten.

„Na ja, und dann kam er nicht mehr, die zehn Euro waren weg, und ich dachte: Scheiß drauf, ist eigentlich eine coole Kappe."

„Ein hübscher Boy ist er, oder?"

Roberts Kompliment machte Tom verlegen. Anna lachte ein wenig zu laut auf. Die Balzrituale in der Olfe schienen sie zu amüsieren.

„Ja, der Adler ist schon krass. Aber so ein bisschen faschistoide Ästhetik ist schon sexy." Viktor stieg in den Ring.

Anna konterte: „Na, jetzt macht aus dem Boy keinen Hitlerjungen. Musst du immer so plump sein?"

„Will jemand noch was trinken?"

Tom wollte der Situation entfliehen. Er verstand nicht mehr, wer an wem wie interessiert war, und fühlte sich in der Erwachsenenrunde unterlegen. Alle hier waren älter als er, das merkte er schnell und musste mehr trinken, um mitzuhalten.

„Lass uns noch eine Runde Wodka kippen, ich helfe dir tragen."

Tom und Robert gingen zusammen zur Theke. Robert bestellte beim Barmann, der eigentlich ein Seemann war, und spielte mit den zehn Euro für die Schnäpse, die er zwischen den Fingern hin und her schob.

„So, und danach? Hast du noch was aufgetrieben?"

„Wieso?" Tom hatte das Koks komplett vergessen.

„Ich sehe doch, wie deine Nase manchmal wackelt und du mit dem Finger dran reibst. Du willst mir nicht sagen, du hättest heute Abend nichts gezogen."

„Erwischt. Willst du 'ne Line Koks?"

„Nach dem Schnaps würde ich nicht Nein sagen. Danke für die Einladung, Kleiner." Robert legte die Hand auf Toms Hinterkopf, was Tom als Aufforderung zu einem Kuss auffasste. Er näherte sich Roberts Lippen.

„Ich hätte dich schüchterner eingeschätzt."

Bevor Tom einen Rückzieher machen konnte, drückte Robert Toms Gesicht auf seins. Ihre Lippen berührten sich. Robert küsste eindringlicher und schneller, als Tom es gewohnt war. Seine Lippen waren weich, seine Zunge entspannt. Die Küsse mit Andreas waren angestrengter. Dünne Lippen, eine Zunge, die so angespannt war, als wäre sie schon leichenstarr. Sie lösten den Kuss auf, als der Typ hinter der Bar sich bemerkbar machte: „Ist schön, euch zuzuschauen, aber euer Wodka wird warm. Der geht kalt besser runter."

Warme Worte verloren Berliner Barleute nur selten. Zurück am Tisch war Tom sich nicht sicher, ob er verlegen oder stolz sein sollte. Robert lächelte nur zufrieden. Das Revier war markiert.

„Bevor wir anstoßen, eine Frage: Küsst der Boy gut?" Viktor warf die Frage mit schlecht kaschierter Häme in die Runde.

„Ach, halt die Fresse", mischte Anna sich ein.

„Alter, geht's noch?"

Das „Alter" schien gar nicht zu Viktor zu passen. Anna stierte ihn an, ihre Augen schon leicht rot vom Suff.

„Karten auf den Tisch: Viktor, wir wissen beide, dass du es gar nicht abwarten kannst, in den Club zu gehen und deinen Traum-Boy wiederzufinden."

„Anna!" Viktor war hörbar angepisst.

„Haltet einfach alle die Fresse und stoßt an."

Anna schürzte die Lippen und zwinkerte Tom zu. Der kam sich jetzt erwachsen vor.

„Club also …", sagte Robert. „Hab gehört, das Line-up soll gut sein. Eine Freundin von mir wollte mich auch dahin schleppen."

„Ein Freund von mir schleppt mich auch heute Abend dahin."

Annas Blick richtete sich hämisch auf Viktor. Bevor er sie wieder anfahren konnte, tätschelte sie ihm das Gesicht. Den Wechsel von Distanz und Nähe zwischen den beiden konnte Tom nicht einordnen. Eben noch am Keifen, jetzt schon wieder am Tätscheln.

Robert legte seinen Arm um Toms Hüfte. Der Alkohol machte alle unbefangener, trotz der Aggression, die im kleinen Wodkaglas schlummerte. Impulsivität lag in der Luft.

„Was meinst du, Boy? Lust, heute Abend tanzen zu gehen?" Roberts Einladung freute Tom. In den Club. Vom goldenen Käfig in den Betonbunker. Es war halb drei, und die Olfe wurde immer leerer. Die Musik wechselte von schnellem Italo-Disco zu öligen Balladen. Rausschmeißermusik, sie tat ihre Wirkung.

Robert und Tom verabschiedeten sich vor der Bar von Viktor und Anna, umarmten sich herzlich. Viktor und Robert klopften sich auf die Schultern wie zwei Kumpel. Tom kamen sie dabei hölzern vor. Anna verlor kein Wort mehr über Andreas. Sie war von der Bekannten seines Freundes zum Teil einer kleinen Verschwörung geworden. Die vier hatten verabredet, sich später im Club zu treffen. Ja, der Boy hatte Lust zu tanzen. Der Boy hatte Blut geleckt.

VIKTOR

Die Olfe war leerer als an Donnerstagabenden. Es gab kein Gedrängel, aber es war voll genug, um bei allen Töpfchen die Hoffnung zu wecken, sie könnten ein Deckelchen für die Nacht finden. Nur für heute. Wäre Viktor in der Stimmung gewesen, jemanden aufzureißen, hier hätte er sich wie ein hungriger Wolf austoben können. Seine Gedanken aber galten dem schönen Lars. Auch wenn er es sich nicht gerne eingestand, er hoffte, ihn heute Abend noch zu finden. Er setzte sich mit Anna ans Fenster, und sie reichte Viktor eine Zigarette. Den Weg von Mitte ans Kotti hatten sie mit dem Taxi zurückgelegt, ihm war noch ein wenig schlecht von der Fahrt und der Aufregung. Schon lange war er nicht mehr in Begleitung durch die Nacht gezogen. Annas Nähe tat ihm gut: Da war jemand, auf den er sich verlassen konnte.

„Siehst du den Typen mit der BOY-Kappe, der da an der Bar sitzt? Hinter dem Typen mit dem Beanie?"

„Sind heftig am Flirten. Süß irgendwie."

„Mich triggert der Laden. Als ich was mit Will hatte, waren wir immer hier. Der hat sich hier immer donnerstags zugesoffen."

„Der hatte die Triggerwarnung doch auf der Stirn stehen."

„Na, das hättest du mir damals gleich sagen können."

Viktor verzog das Gesicht.

„Hab ich versucht, seit wann hörst du auf andere? Mir kam Will eh immer irgendwie zu sehr vor wie Plastik. Greifen konnte ich den nie."

Noch nicht lange mit Pressemitteilung schwul, aber er wusste nur zu gut: Bei manchen Typen war das Toleranzgehabe eine überzeichnete Kompensation ihrer eigenen stillen Begierden. Oder einfach nur kulturelle Aneignung. Die Grenzen waren fließend.

„Dabei wollte er sich nur von Männern begrapschen lassen, um sich hinterher gekünstelt darüber aufzuregen."

„Sorry, dass ich das jetzt so klischiert raushaue, aber als Fag Hag machst du dich ganz gut."

„Steile Karriere. Gestern hatten wir noch Gelegenheitssex, heute reißen wir zusammen Kerle auf. Ich komm mir vor wie in einer amerikanischen Sitcom."

„Dramedy wird uns nicht gerecht."

„Der Typ kommt mir bekannt vor."

„Wieso? Der ist doch erst in die Stadt gekommen, so wie er dasitzt. Ist doch eingeschüchtert von dem Typen neben ihm. Seh ich doch von hier, der wird nach allen Regeln der Kunst aufgerissen."

„Jetzt trägst du aber dick auf. Komm mal runter."

Viktor hörte ihr schon nicht mehr richtig zu.

„Ey!" Anna schnipste mit den Fingern vor seinem Gesicht rum.

Viktor suchte mit seinem Blick die gesamte Bar bereits nach Lars ab, doch der war nicht hier. Enttäuschung machte sich breit. Als er vorgeschlagen hatte, hierherzukommen, schwang da auch die leise Hoffnung mit, ihn in der Olfe zu sehen. Der Vorschlag war ihm ganz einfach über die Lippen geglitten, doch alle Spontaneität war gespielt. Das Einzige, was er wollte, war herauszufinden, wo Lars war. Wo konnte sich sein Hipster-Crush denn bitte verstecken?

„Ach, irgendwie – und das wird mir erst jetzt klar – dachte ich, Lars könnte hier sein."

„Dich hat's echt erwischt. Wie ein kleiner Teenie hast du dich in ein Profilbild verknallt. Du hast einen dicken Insta-Crush."

„Jetzt komm mal klar."

„Okay. Tick nicht aus. Warum schreibst du ihn nicht einfach an? Du hast ihn schon auf Social Media gefunden.

Schreib ihm. Schick ihm ein paar dumme Emojis als Antwort auf eine Story."

„Nein … Das geht nicht. Das ist mir zu direkt."

„Oder: Er hängt die ganze Zeit vor dem Computer und fragt sich, wer der hotte Typ ist, der für diese lahme Hipster-Vernissage zugesagt hat. Der hat dich doch bestimmt auch schon gestalkt. Schade, dass es noch keinen Starschnitt von dir in der *Bravo* gab."

„Wenn du das nicht ernst nehmen kannst, können wir auch gerne das Thema wechseln."

„Ich halt mich schon zurück. Männern beim Balzen zuschauen ist so viel lustiger, als von ihnen bezirzt zu werden."

Viktor antwortete nicht, hatte Anna nicht hören wollen, denn seine Gedanken suchten nach einer Lösung. Wie konnte er sich an ihn heranpirschen? Ihn direkt anzuschreiben wäre zu einfach. Er musste die Arroganz brechen, die ihm im Weg stand. Aber dazu musste er Lars zuerst auf Augenhöhe begegnen. Biederte er sich einfach so an, käme er sich schmierig vor. Das Letzte, was er wollte, war, sich wieder in einen schnellen Fick verwickeln zu lassen und danach wegzulaufen. Oder einfach nur eine dumme Nachricht per Messenger rausschicken. Er wollte Lars im echten Leben sehen.

„Warum …" Viktor zögerte, der Abend nahm in seinem Kopf eine ganz neue Wendung. „Warum gehen wir nicht einfach in den Club?" Paul sagte doch, dass er mit Lars später noch dahin wollte.

„Damit du die ganze Nacht da rumlaufen kannst, um die Techno-Ballerina zu suchen?"

„Er tanzt nicht wie eine Ballerina."

„Wie auch immer er tanzt, dein Techno-Boy."

„Richtig dark, der Techno-Boy. Der muss in den Club gehen."

„Sicher, dass dein Plan aufgeht? Und wenn er nicht da ist? Am Ende muss ich dich da rausschleppen, weil du dir vor lauter Stolz selbst das Herz brichst."

„Ach, komm, du hast doch auch Lust, feiern zu gehen. Das tut dir gut, das ist doch das Beste, was du machen kannst. Besser, als die ganze Zeit über William herzuziehen."

„Erst mal habe ich Lust zu saufen. Das hilft bekanntermaßen auch. Aber ich behalt's im Hinterkopf."

Anna ging zur Bar, um neue Drinks zu holen. Das verschaffte Viktor endlich einen ruhigen Moment, um einen Blick auf sein Handy zu werfen. Nichts los. Er öffnete die Facebook-App und aktualisierte die Nachrichten, auch hier: nichts. Kein Fehler im digitalen Nimbus. Er rief Lars' Profil auf und klickte sich durch die Bilder. Lars schien befreit von aller Attitüde, die nichts weiter als ein überkommener Versuch des Widerstands gegen eine homophobe Gesellschaft war. Lars wirkte auf Viktor wie ein Mann, der Männer liebte. Selbstbewusst und zugleich, das konnte er nicht verstecken, ein klein wenig gebrochen. Die Eleganz seiner Bewegungen hatte sich in Viktors Gedächtnis gebrannt. Viktor wollte jetzt gerade niemanden mehr sehen als den tanzenden Halbgott.

„Viktor? Na, alles gut bei dir?"

Er schreckte hoch und schaute Robert ins Gesicht. Der Typ vom Tresen. Er hätte es gleich wissen können. Es war nicht lange her, da wollte er Robert abschleppen, doch der hatte keinen Grund gesehen, zu Viktor zu gehen. Es war schwer für ihn, Robert, der um die Ecke wohnte, davon zu überzeugen, dass es eine gute Idee sei, bis zur Urbanstraße zu laufen. Sie verkeilten sich. Robert wollte im Kiez bleiben, Viktor wollte in seinen. Dass er auch noch andere Pläne hatte, ein Foto von Robert machen wollte, ja musste, das konnte er noch nicht preisgeben. Am Ende war die Luft raus gewesen; ein fader Nachgeschmack blieb. War Viktor für ihn jetzt so ein Weirdo? Verdenken konnte er es ihm nicht.

„Hi, Robert. Klar, und bei dir?"

„Gut. Ich kam nach der Arbeit auf ein Bier rum und hab mich festgequatscht."

Es lag spürbar Spannung zwischen den beiden. Die Lust aufeinander war verflogen, aber der Sex, den sie nicht gehabt hatten, stand zwischen ihnen. Ein Knoten in ihrer Verbindung, den sie nicht mehr lösen konnten. Das Zeitfenster für einen Fick war abgelaufen. Sie waren bereits weitergezogen.

„Mit dem Boy?"

Robert lachte.

„Ja, ist ein ganz Süßer, oder?"

Viktor und Robert schauten zur Theke. Anna stand neben dem Boy und quatschte mit ihm. Kannte sie ihn tatsächlich? Alles verstrickt hier, alles miteinander verbunden. Die Blicke von Anna und Viktor, Robert und seinem Boy trafen sich. Robert und Viktor winkten die beiden zu sich herüber. Viktor spürte, dass der Boy, der sich als Tom vorstellte, eifersüchtig war. Scheinbar war ihm die Spannung zwischen Robert und Viktor nicht entgangen. Die soziale Intelligenz imponierte ihm. Viktor beschloss, ihn auflaufen zu lassen, indem er ihm ein Kompliment machte.

„Ich mag die Kappe, steht dir."

„Danke. Ist neu."

Das schelmische Grinsen auf Toms Gesicht überspielte seine offensichtliche Nervosität. In der Runde wirkte er noch angespannter als vorher an der Bar. Wenn Anna mit ihm sprach, folgte er ihren Worten sehr vorsichtig. Als Robert mit Tom zur Bar ging, um eine Runde Wodka zu holen, rutschte Anna näher an Viktor.

„Ich hab da was, das dich aufmuntern wird. Lust auf Gossip?"

„Du kennst Tom?"

„Er ist der Freund von Andreas. So ein Typ, der mit mir arbeitet."

„Gearbeitet hat."

„Ach, fuck, daran muss ich mich noch gewöhnen. Wie auch immer, Andreas ist im Urlaub, soweit ich weiß. Und jetzt sitzt sein zehn Jahre jüngerer Boy hier in einer Bar und lässt sich aufreißen."

„Na, aber so richtig."

Viktor zeigte in Richtung Tresen. Robert und Tom steckten sich gerade gegenseitig die Zungen in die Hälse.

„Oh, fuck. Gut, dass ich nicht mehr in dem Scheißladen arbeite. Die Story könnte ich Montag nicht für mich behalten. Andreas ist so ein rundlicher Typ mit Stock im Arsch, eigentlich ganz nett, aber der hat so was Verkrampftes. Ist vor ein paar Jahren aus der Provinz gekommen. Ich glaube, da war er schon dreißig."

„Und du meinst, sein Leben war dann schon vorbei?"

„Gar nicht, aber er gibt mir immer das Gefühl, dass er zu spät herkam. Der hat immer so einen Frust drauf. Als hätte er gerne seine Jugend wieder, um in Berlin einen draufzumachen. Kann er doch jetzt auch noch, Jesus."

„Die Küchentischpsychologin spricht. Tom ist ja eher nicht so spießig."

„Die Story mit dem Dealer war lustig, wenn sie denn wahr ist."

„Aber er wirkt nicht wie jemand, der Geschichten erfindet, um sich interessant zu machen."

„Recht hast du. Wenn ich mit Andreas zusammen wäre, würde ich auch bei der erstbesten Gelegenheit ausbüxen."

Als die beiden zurückkamen, konnte sich Viktor eine kleine Provokation nicht verkneifen, die Vorlage war zu gut: „Bevor wir anstoßen, eine Frage: Küsst der Boy gut?"

Als er die Frage ausgesprochen hatte, merkte er, wie passiv-aggressiv sie klingen musste. Auf vertrackte Art und Weise beneidete er Robert und Tom. Die spontane Intimität des Kusses in einem öffentlichen Raum – sie verletzte ihn. Sie war ihm zu einfach. Björk erhob ihre Stimme in seinem Kopf.

I'm a hunter. I'll bring back the goods.

ERIK

Den Weg vom Wedding nach Mitte legten sie zu Fuß zurück. Erik wurde dabei klar, wie wenig er eigentlich über Simon wusste. Endlich hatten sie die Gelegenheit, einander von all dem Werden zu erzählen, von all den Abenteuern, von all den Geschichten, die sie zu den Menschen machten, die gerade dabei waren, sich ineinander zu verlieben und damit unweigerlich zu verändern. Sie schütteten einander die Herzen aus, machten Geschichte aus Geschichten und ein Ich aus Erlebnissen, das Wir werden wollte.

Simon war zwanzig, das erste Mal war er mit sechzehn in einen Club gegangen. Es war der Geburtstag der Schwester einer Freundin gewesen, die bereits seit Jahren im Hain zu Gast war. Sie hatte sie mitgenommen, an den Türstehern vorbeigeschleust, und dann waren sie drin. In einem Club, der damals noch eine härtere Tür hatte und noch nicht zum besten Club der Welt gewählt worden war. Es war ein anderer Club als der, den Erik kannte, das wurde ihm aus Simons Erzählung bewusst. Wie jedes soziale Experiment war auch der Club Veränderungen unterworfen. Damals schloss die Panne noch am Sonntagabend, nicht am Montag, und der untere Floor noch vor Mittag. Ein Rhythmus, den sich die Techno-Kids von heute nicht mehr vorstellen konnten, wenn sie ihren dunklen Marsch im Bassgewitter begannen, wie Simon ihm darlegte.

Erik glaubte, Wehmut heraushören zu können, als Simon davon erzählte, wie er zum ersten Mal die Treppe hochstieg. Mit jedem Schritt wurde der Bass klarer, die Musik lauter und die Luft stickiger. Vorher hätte er sich nicht wirklich für Techno interessiert, sein Musikgeschmack sei noch in der „Entwicklung“ gewesen, wie er sagte. Doch im Club hätte er zum ersten Mal verstanden, was Techno eigentlich bedeutete. Simon dozierte über die Anordnung der Boxen, das Soundsystem, die Architektur – sie alle zusammen führten zu einem Klangerlebnis, das die Musik in einen dreidimensionalen Raum überführte, den man auch ohne Drogen körperlich spüren konnte. Der Sound war so komprimiert, dass er sogar einen Effekt auf Quantenebene haben sollte, aber Simon war sich nicht mehr sicher, warum genau.

„Meine erste Line habe ich vor einem Jahr gezogen, nach dem Abi. Ich war mit ein paar Freunden im Hain, um unseren Abschluss zu feiern. Nach drei Jahren Club wollte ich mir die Drogenerfahrung für den Moment aufheben, an dem ich keine Verpflichtungen mehr hatte. Mir war klar, dass ich sonst nicht durchs Abi käme.“

In einer Stadt aufzuwachsen, in die Menschen aus der ganzen Welt kommen, um zu feiern, hatte seine Tücken, dachte Erik. Er war dagegen behütet groß geworden. Zugleich respektierte er Simon für seine Konsequenz. Simon hatte einen starken Geist, die Welt teilte er in Konzepte auf, machte sie so für sich selbst verständlich. Erik hätte Simon für immer zuhören können, und auch wenn er ihm nicht bei allem zustimmte, musste er sich nicht dazu äußern. Simons Monologe imponierten ihm, weil sie aus Simon herauskamen. Sonst sprachen sie fast nie, knutschten nur.

„Du bist lieber in der Panne, oder?“, fragte Simon und knuffte Erik in die Seite.

„Eigentlich schon. Der Floor unten kann so deprimierend sein, finde ich. Wenn ich feiern gehe, will ich Spaß haben. Unten bekomme ich immer das Gefühl, ich müsste mein Leben überdenken und große Antworten auf große Fragen bringen.“

„Schon okay. Ich mag die Panne manchmal auch. Auch wenn es oberflächlich zugeht, macht sich da keiner was vor. Feiern auf Drogen ist einfach oberflächlich. Irgendwie. Aber auch deep. Und so weiß ich immer, wo ich dich finden kann.“

In Eriks Vorstellung liefen größere Geschäfte mit Drogen in dreckigen Wohnungen mit bekifften Dealern ab, die das Haus nicht verließen. Er hatte von Dealern gehört, die wie ein Supermarkt funktionierten: Ware nur in großen Mengen, dafür mit Rabatt. Die Idee, auf eine Ausstellung in einem verlassenen Gebäude am Alex zu gehen und da jemanden zu treffen, der Drogen gegen Geld eintauschte, kam ihm absurd vor. Waren am Alex überhaupt noch verlassene Gebäude? Absurd und schlau. Zweifel an der Aktion hatte er kaum. Was sollte schon passieren? Wer sollte schon merken, was dort gedreht wurde? Es war nur eine Tüte voller Süßigkeiten. Die Ausstellung selbst ein Umschlagplatz für Eitelkeiten, nicht nur Drogen.

In einem leer stehenden Industriebau, auf einer ganzen Etage, hell ausgeleuchtet zum White Cube, hingen Bilder an den Wänden, manche so groß wie Gemälde, andere nur Polaroids, unachtsam wie mit Tesa an die Wand geklebt. Wie ein Mosaik fügten sie sich zu einem Gesamtbild zusammen. Die nächste Mall nur einen Steinwurf entfernt, hätte Erik so ein Stück Fläche und Freiraum hier gar nicht vermutet.

Erik lief die Wand entlang, betrachtete die Polaroids. Jedes von ihnen entriss einen hauchdünnen Schnitt aus einem ewig gedehnten Moment. Aufgedonnerte Jungs mit Make-up, in theatralischen Gesten, irgendwie, irgendwo in der Nacht, auf High Heels, auf dem Weg zu sein. Sie hatten Outfits an, um die Erik sie beneidete. Sie hatten *sass* und waren *fab* auf eine Art, die Erik sich nicht traute. Sie stülpten ihre Seele nach außen, aber das, was zum Vorschein kam, war so viel bunter und radikaler und ehrlich und schöner als alles, was Erik sich selbst zutraute. Ein bisschen wollte er sein wie sie. Und allein schon, weil er das dachte, war er das. Manche der Menschen kannte er, ohne zu wissen, woher. Persönlichkeiten wie Sedimente des Berliner Untergrunds, die ranzige Speerspitze des Spaßkommandos. Genderbendende Körper, zu Fratzen verzogene Gesichter. Waren die alle high? Sie alle waren schön. Augen voller Hoffnung, aber leer. Augen voll mit Tränen, die nicht weinen wollten.

Erik merkte gar nicht, dass Simon weg war. Sein restdruffer Kopf machte ihm zu schaffen. Die Bilder kamen ihm wie ein Spiegel seines eigenen Zustands vor – und doch war der Zustand dieser Menschen so weit von ihm weg, wie er künstlich war. Er hatte nur noch Augen für die weit aufklaffenden Pupillen, die ihn anstarrten, die gebannt waren, die ihn in den Abgrund zogen, in den er ihnen freiwillig folgte, weil er wusste: Dort war was zu holen. Erik war sich nicht sicher, ob er die Bilder mochte oder ob sie ihn abstießen. Er empfand Eifersucht auf diese Nächte, weil sie analog fotografiert so viel cooler wirkten, als sie eigentlich waren. Zu Kunst stilisiert und zu Symbolen verkommen, ihrem Kontext enthoben und ausgestellt.

Erik wandte sich ab und schaute auf der Suche nach Simon durch den Raum. Er sah ein paar bekannte Gesichter, fühlte sich verloren. Seine sozialen Skills waren durch den wenig erholsamen Schlaf, die vielen Drogen und das Verliebtsein gedämpft. Er war noch immer in der kleinen Blase, die er und Simon nur für sich hatten, trug noch immer Spuren von Simons warmem Körper auf seinem, vermisste seine Nähe.

„Hallo! Cool, dass du da bist!"

Ein Typ kam ihm entgegen. Erik erinnerte sich vage. Das musste Paul, der Fotograf, sein. Leicht bärtiges Gesicht, gespieltes Lächeln, überraschend rundlich für jemanden, der in Berlin feiern ging. Hier waren alle dünn oder muskulös, das Körperbild normiert. Das Hüftgold schmolz durch die Feierdiät: immer wach, niemals hungrig. Erik ertappte sich bei diesen Gedanken und schämte sich gleich.

„Hey", sagte Erik und lächelte aus der Scham heraus.

„Man weiß ja nie, ob die Leute auch ihre Facebook-Einladungen ernst nehmen."

„Klar, ich bin gerne gekommen. Ich hab Facebook noch."

„Bist du alleine da?" Pauls Stimme klang zu neugierig.

„Bin mit Simon hier."

Paul nickte, als ob er gerade in seinem Kopf in einer Tabelle eine Eintragung machte. Erik kratzte sich verlegen am Ohr.

„Ich mag deine Arbeiten", sagte er pflichtbewusst.

Paul lächelte verlegen wie ein Junge, der sich geschmeichelt fühlte, aber es war die Attitüde eines Kindes, das zu oft gelobt und zu selten kritisiert wurde. Paul hatte etwas Verzogenes an sich, das Erik sich nicht schönreden konnte. Erik war genervt. Dann kam Simon, legte einen Arm um seine Schulter. Erleichtert neigte er den Kopf zur Seite, rieb den Bart an Simons Arm. Paul nickte grüßend.

„Hast du mit Lars gesprochen?", fragte er.

„Ja. Danke."

Simon war kurz angebunden, er hatte es wohl eilig.
„Hast du die Ausstellung gesehen?"
„Ja, im Vorbeigehen. Coole Bilder. Wir müssen leider los."
„Geht ihr später noch in den Club?", fragte Paul gehetzt.
„Wir werden da sein."
Erik nickte, Simons Satz klang in seinen Ohren nach. Wir …

„Coole Aktion", sagte Erik bewundernd.
Sie liefen zurück in den Wedding, tingelten weg vom Alex, flipperten durch Mitte vorbei an den vielen Ladengeschäften, jetzt geschlossen, es waren wenig Menschen auf den Bürgersteigen unterwegs. Sie liefen durch die Seitenstraßen. Simon wollte es vermeiden, in ein Polizeiauto zu rennen.
„Was meinst du?"
„Na, du gehst einfach in eine Ausstellung, ich seh dich nicht mehr, und schon hast du Pillen."
„Schrei doch gleich, damit alle hören, was wir gerade gemacht haben."
„Tut mir leid."
„Passt schon, Kleiner. Mach's halt nicht wieder."
Auch wenn Erik älter war als Simon, „Kleiner" genannt zu werden gefiel ihm, denn der Kosename fing die Fragilität ihrer Beziehung ein. Erik war es, der immer wieder sein Interesse an Simon zum Ausdruck gebracht hatte. Im Club ständig nach Simon zu suchen, ohne dabei die Distanz zu verlieren, war ein schwieriger Balanceakt für ihn. Seine Freunde hatten ihm immer wieder gesagt, er solle es sich selbst mehr wert sein, nicht auf jemanden warten. Er verdiene jemanden, der ihm sofort die Aufmerksamkeit schenkte, die er selbst zu geben bereit war. Sie hatten ihm gesagt, es sei nicht cool, die ganze Zeit auf Simon zu warten. Dass Erik gar nicht mehr bei ihnen war. Was er sich davon erhoffen würde, wenn sie doch die ganze Zeit nur rumknutschten, aber nie Sex hatten?
Was Erik sich von der Verknalltheit erhoffte, war eine Chance, hinter Simons Fassade zu blicken. Aber die kom-

mende Woche konnte hart werden, wenn sie ihren Konsumpegel weiterhin hielten. Der Absturz am Montag nach einer Party am Wochenende war schon groß genug. Ein ganzes Wochenende lang zu feiern, vergrößerte nur die Rechnung, die er abzutragen hatte. Erik schob den Gedanken an den bevorstehenden suizidalen Kater beiseite. Alles, was er jetzt wollte, war, bei Simon zu sein. Im Flow des Moments, sich treiben zu lassen, mit Simon in der Gegenwart, die sich ausdehnte, als gäbe es nur diesen einen Moment der puren Zuneigung und Zärtlichkeit. Als ob er wegen dummer Zweifel dieses romantische Abenteuer einfach verlassen würde. Er schaute zum ersten Mal, seit er aufgewacht war, auf sein Handy. Hanne hatte ihm eine Nachricht geschrieben: *Wie ist es mit deinem Boy? Die Mädels sind mit Papi beim Abendessen und spielen brav. Hoffe, dir geht's gut. Puss puss.*

Die Nachricht tat gut. Es war schön, dass da jemand war, dem er die Geschichte dieses Wochenendes hinterher erzählen konnte. Egal, was passierte, egal, wie sehr er sich an Simon die Finger verbrannte, am Ende war das alles im schlimmsten Fall nichts als eine Geschichte, die er Hanne erzählen konnte. Was würde Hanne jetzt sagen? Wahrscheinlich würde sie ihm raten, die Klappe zu halten, nicht so viel nachzudenken und die Situation zu genießen. Ein gebrochenes Herz konnte man doch wieder zusammenflicken. Seit wann war Angst ein guter Ratgeber?

„Was wollte Paul von dir?", fragte Simon und unterbrach Eriks stillen Gedankenstrom. Ganz versteckt hoffte Erik, Eifersucht aus der Intonation herauszuhören.

„Er hat sich gefreut, dass ich da bin. Scheinbar hat er mich auf Facebook eingeladen. Ich wusste nicht mal, dass wir Freunde sind."

„Klingt nach ihm. Der hat schon halb Party-Berlin auf Instagram, ohne jemanden zu kennen, nur um die Leute vor die Kamera zu holen. Ist ein bisschen anstrengend mit seiner Attitüde. Manche Sachen gehören nicht in die Öffentlichkeit, finde ich. Er hat mal auf einer After-Hour die Leute beim

Ziehen fotografiert. Stell dir mal vor, du siehst nicht mehr geradeaus, und dann bist du irgendwann in einem Bildband von Taschen."

„Die Leute auf den Bildern sahen auch nicht undruff aus."

„Undruff? Das ist süß gesagt."

„Du weißt, was ich meine."

„Ich weiß, dass ich seine Bilder nicht mag und dass ich nicht drauf sein will."

„Was ist denn bei der After-Hour passiert?"

„Irgendjemand ist ausgerastet und hat die Kamera weggeworfen. Würde mich nicht wundern, wenn Paul auch versucht, eine Kamera mit in den Club zu nehmen. Es gibt schon einen Grund dafür, dass man da keine Bilder machen darf."

„Du glaubst, das ist mehr als nur ein Marketing-Gag?"

„Klar. Der Rave funktioniert nicht mehr, wenn er dokumentiert wird. Nur wenn wir den Alltag hinter uns lassen und nichts als die verzerrte Erinnerung an die Nacht im Club haben, können wir uns entspannen."

„Du denkst viel über das Feiern nach, oder? Das hast du dir jetzt nicht spontan zusammengereimt."

„Kann schon sein … Feiern in Berlin ist was ganz Besonderes. Das ist eine Einstellung. Wir sind keine große Familie, das ist Hippie-Scheiße. Gut, die gibt's auch. Die Bar25 war früher so. Für die Leute, die die Bar25 mochten, wenn du mich fragst. Aber alle Leute, die in Berlin feiern gehen, ich meine, so richtig hart feiern, die haben doch was gemeinsam. Was glaubst du, warum die schwule Subkultur so einen großen Teil ausmacht?"

„Wir … wie du das sagst, ist sexy."

„Wir waren schon in den 90ern diejenigen, die die Pillen besorgt haben. Wir haben in New York gefeiert, kamen nach Berlin zurück und haben hier Infrastrukturen aufgebaut. Wir haben Faxe nach New York geschickt und Platten bestellt, damit die hier aufgelegt werden konnten. Die Welt, in der wir groß werden, die Gesellschaft, die uns erzieht, entspricht nicht dem, was wir fühlen. Entweder wir passen uns an und spielen uns und der Welt die ganze Zeit etwas vor, oder wir schaffen uns unsere eigene Realität. Natürlich greifen wir dann zu Drogen, natürlich haben wir eine niedrigere Hemmschwelle. Warum auch nicht? Wir wissen, dass die Welt komplexer ist als das, was uns erzählt wird. Wir wissen, da ist mehr. Wir wissen einfach, dass es mehr gibt. Mehr als Mann und Frau, mehr als bürgerliche Scheiße."

„Woher weißt du so was? Die ganzen historischen Sachen, meine ich. Du warst doch nicht dabei."

Simon ignorierte die Frage, machte einfach weiter: „Das heißt nicht, dass jeder Schwule so feiert oder dass alle, die feiern, schwul sind. Aber alle, die nachts zusammenkommen und Spaß haben wollen, wissen, dass der Ernst, den man uns anerzieht, für den Arsch ist. Nichts als Repression. Ich glaube, der Eskapismus ist keine Flucht vor der Realität. Wir machen uns einfach klar, dass die Realität nur ein Abkommen ist, das uns alle dazu zwingt, nach den gleichen Regeln zu spielen, weil das System sonst zusammenbrechen könnte. Wir finden einen Ausweg, und der geht steil in die Highness."

Erik schwieg. Er wusste nicht, was er davon halten sollte, dass Simon mit Wörtern wie „System" und „Realität" jonglierte. Er konnte weder zustimmen noch widersprechen. Es war etwas Faszinierendes an Simons Sichtweise, aber auch etwas Gefährliches – es war zu radikal für Erik, zu konzeptuell, so wütend. Zu viel Monolog. Er war zu kirre, um einzusteigen, wollte nur kuscheln.

„Ihr kommt alle nach Berlin, bleibt für ein paar Jahre und geht wieder. Ihr kommt in die Stadt und saugt sie aus. Dass ihr der Stadt damit etwas wegnehmt, merkt ihr gar nicht."

„Ihr? Was meinst du damit? Kotzt du jetzt auf Ausländer ab?"

„Wenn du Ausländer sagst, klingt das so plump. Das mein ich gar nicht so."

Erik war angepisst. Die Rede über den Eskapismus konnte er unkommentiert lassen, aber jetzt fühlte er sich persönlich angegriffen.

„Ihr Berliner wollt doch immer alles beschützen. Je geheimer, desto besser, niemand darf von irgendwas wissen, entweder man ist in der Gruppe oder nicht. Cool oder nicht. Drin oder nicht. Druff oder eben nicht."

„Dich meinte ich gar nicht, tut mir leid. Nicht alle sind so. Aber du musst zugeben, dass es Leute gibt, die einfach herkommen, sich eine geile Zeit machen und wieder abhauen. Dann erzählen sie zu Hause allen davon, wie geil Berlin ist, wie viel Spaß man hier haben kann, und es kommt ein neuer Schwung Leute aus irgendeinem Land her, die denken, Berlin sei nichts als die Spaßzentrale der Welt."

Erik musste an Olivia und Kajsa denken. Simon hatte nicht unrecht. Ihre Zeit in Berlin war wie ein Kindergeburtstag, bis die Eltern kamen, um sie zurechtzuweisen. Ihre Freiheit eine Illusion; ihre Autonomie zeitlich begrenzt.

„Was ist mit dir? Du gehst doch bestimmt auch bald zurück nach Schweden und lebst ein spießiges Leben. Die Jahre in Berlin sind dann nur eine kleine Jugendsünde."

„So eine Scheiße, das stimmt überhaupt nicht. Muss ich mich jetzt rechtfertigen, weil ich hier lebe?"

Simon schwieg, was Erik als Zugeständnis auffasste. Dass er mit einer deutschen Mutter aufwuchs, ließ er unerwähnt. Es ging ihm jetzt ums Prinzip.

„Ich bin in der Stadt, weil ich die Stadt mag. Nicht weil die Partys geil sind."

„Aber du kriegst doch bestimmt immer noch Taschengeld von Mami und Papi, oder? In deinem Geldbeutel ist doch bestimmt eine Notfallkreditkarte."

„So eine Scheiße. Was ist das jetzt? Klassismus? Wir haben beide ziemlich viele Privilegien."

„Wirklich? Klassismus? Kommst du mir jetzt so?"

Simon senkte den Blick. Er hatte einen wunden Punkt bei Erik getroffen. Eriks Mutter hatte Migrationserfahrung. Er war weiß lesbar, aber er mochte es nicht, komplett in die Privilegienecke gestellt zu werden.

„Schau mal, wir sind beide auf verschiedene Art privilegiert. Und offensichtlich intelligent oder von mir aus auch eloquent genug, um das zu diskutieren. Warum gehen wir uns jetzt gegenseitig an die Gurgel? Mir ist egal, was dein Hintergrund ist, mir ist egal, was dich cool macht. Ich mag dich so, wie du bist, und deswegen habe ich die ganze fucking Zeit versucht, mit dir abzuhängen."

Der Schlafmangel legte Eriks Nerven blank. Manchmal ging ihm die Berliner Arroganz auf den Sack. Sie freuten sich über ihren internationalen Freundeskreis, gleichzeitig konnten sie sich nicht vorstellen, dass jemand ernsthaft in Berlin leben wollte. Es war nicht das erste Mal, dass Erik sich fühlte wie ein bunter Streusel, ein cooler Token.

„Um ehrlich zu sein …" Simon antwortete zögerlich. „Am Anfang dachte ich, du kommst im Club immer zu mir, weil du Drogen schnorren willst. Ich bin großzügig, gar kein Ding, aber du wolltest nie irgendwas. Wenn ich dir was anbiete, bist du dabei, aber du fragst nie nach einer Line oder einem Dip. Das hat mich beeindruckt. Du warst einfach immer da. Irgendwie hatte ich das Gefühl, dass du mich anders behandelst als andere Leute."

„Weil du für mich nicht nur ein Dealer bist."

„Aber wir haben uns übers Ticken kennengelernt."

Er war auf einer Party gewesen und auf der Suche nach Drogen für einen Freund, der ihn aus Schweden besuchte. Erik wollte ein guter Gastgeber sein, hatte aber vor der Party nichts auftreiben können. Normalerweise war es kein Problem, auf der Party etwas zu besorgen. An diesem Abend wurde es jedoch zu einem Problem. Eriks Freund ließ ihm keine Ruhe, wie ein Kind, das ins Fenster eines Süßigkeitenladens schaut und nicht versteht, dass der Laden schon geschlossen ist. Erik war irgendwann so genervt, dass er beschloss, einfach irgendjemanden zu fragen. Er schaute sich auf der Party um und sah Simon und seine Clique. Er kannte die Jungs aus dem Hain. Lars war auch dabei gewesen. Es war eine imposante Gruppe. Schöne Boys mit Verve. Erik war eingeschüchtert von der Distanz, die sie allen Menschen entgegenbrachten, die sie nicht als Teil ihrer Peergroup identifizierten. Nicht Teil des Rudels, also gleich unten durch, was willst du eigentlich? Ihr Gehabe war attraktiv. Aber wie wurde man dann Teil des Rudels?

Erik ging einfach auf Simon zu und fragte ihn direkt, ob er wüsste, wo man etwas herbekommen könnte. Simon sagte, er könne helfen. Auf der Toilette unterhielten sie sich, schnackten vor sich hin, beide nervös. Simon sagte, er sei in Berlin geboren. Das gefiel Erik, der einen Tick für deutsche Jungs hatte. Er zögerte. Beugte sich nach vorne. Schaute Simon in die grünen, verschlafenen Augen. Das dunkelblonde Haar war gerade so lang, dass es nicht mehr kurz war. Dann küsste er Simon, der den Kuss erwiderte, die verschlafenen Augen schließend. Simon schmeckte süß, schmeckte sanft, war weich, als Erik ihm die Hand an die Wange legte. Die beiden Pillen schenkte Simon ihm danach. Eriks Freund – glücklich über die Drogen – nahm gleich eine ganze Pille, auch wenn Erik ihn davor warnte. Higher als high tanzte er die ganze Nacht in der gleichen Ecke und wollte auch nicht aufhören, als die Musik ausging. Simon und Erik küssten sich immer wieder, tanzten zusammen und streichelten einander, neckten einander die Ohrläppchen, zahlten sich eine karmische Schuld in kleinen Raten der Zärtlichkeit ab. Sie wollten sich wiedersehen, verabredeten sich für die nächste Party, küssten sich dort wieder pfirsischsanft und verabredeten sich für die nächste Party.

„Ich weiß nicht, warum wir es erst jetzt geschafft haben, zusammen nach Hause zu gehen", sagte Erik.

Simon blieb stehen und schaute ihm tief in die Augen. Ihre Pupillen waren vom Speed weit aufgerissen, sahen dennoch verschlafen aus.

„Irgendwie musste ich erst wissen, ob ich dir trauen kann. Man muss vorsichtig sein als Dealer. Außerdem wollte ich mir das Herz nicht von einem jungen, schönen Prinzen aus Schweden brechen lassen, der bald wieder weggeht."

„Aber ich geh nicht bald wieder weg. Versprochen. Ich habe noch ein paar Sünden, die ich mit dir in meiner Jugend begehen will."

Der Mond strahlte weiß und rund am Himmel. Im Spaß jaulte Simon Erik an, immer lauter, so laut, dass es die kleine Straße irgendwo hinter dem Rosenthaler entlanghallte. Hier war niemand, irgendwo zwischen Wedding und Mitte, irgendwo, wo gerade kein Späti war, irgendwo, wo mal die Mauer verlief.

„Ich dachte, du willst keine Aufmerksamkeit."

„Ich buhle um dich."

„Du buhlst um den Mond."

„Wir buhlen beide um dich."

LARS

„Und, wer hat sich bisher so blicken lassen?", fragte Lars, nippte an seinem Getränk.

„Die üblichen Verdächtigen", antwortete Paul und zog nervös an seiner Zigarette. Die Packung hielt er in der Hand, knisterte mit dem Plastik.

„Warum rauchst du denn bitte Marlboro Light?"

„Jetzt zieh mich nicht auf, Lars." Paul aschte auf den kaputten Boden.

„Schon gut, tut mir leid."

Manchmal vergaß Lars, dass er Paul nicht zu sehr triezen durfte. Er war ein guter Freund. Die Art von Freund, der man viel aufhalsen konnte. Die Art von Freund, mit der man auch mal launisch sein durfte. Die Art von Freund, die Lars' Art aushielt, sich nicht von ihm abwandte, auch wenn er manchmal keifte. Sie vertrauten einander.

„Willst du deinen Rucksack nicht ablegen? Es gibt einen absperrbaren Raum, wenn du willst."

„Nee, passt schon."

„Sicher?"

„Nee, passt wirklich. Da sind Wertgegenstände drin."

Paul musste nicht wissen, dass Lars Drogen im Einkaufswert eines Hartz-IV-Satzes mit sich herumschleppte. Zum einen, weil er sich nicht rechtfertigen wollte, und zum anderen, weil er Simons Dealerei nicht noch offensichtlicher machen musste. Weder Hehler noch Stehler wollte er sein. Das war ihm zu tragisch. Oder noch schlimmer: trashig.

„Und wenn ich dir sage, dass im Hinterzimmer Koks liegt und wir uns eine Bahn genehmigen können?"

Lars schaute Paul skeptisch an. Paul nahm nicht oft Drogen.

„Koks?"

„Mensch, ja, Koks."

„Du hast dir für deine Vernissage Koks geholt?"

„Ja, und ich rauche Marlboro Light. Kannst du dir vorstellen, wie nervös ich bin."

„Ach, Hase", sagte Lars in einer für ihn seltenen Zärtlichkeit.

„Auf dem Abi-Ball von Kala hast *du* uns Koks geholt, erinnerst du dich?"

Lars erinnerte sich nur zu gut. In einer Turnhalle in Mitte hatten sie Kala zu ihrer Abi-Feier begleitet. Spießige Eltern, schön deutsch hergerichtet, saßen an runden Tischen. Kala hatte neben ihrer Mutter auch Lars, Paul und Laurence eingeladen. Auf dem großen Klo hatten sie gestanden und dicke Lines Koks gelegt. Am Buffet bedienten sie sich am Sekt. Sie hielten sich zurück, tanzten nicht, pöbelten niemanden an, aber ihre bloße Anwesenheit hatte eine ganz eigene Wirkung auf die Umstehenden. Die vier waren zurechtgemacht, aber keiner konnte sie einordnen. Paul und Lars kamen im Anzug, noch am gleichen Tag secondhand zusammengekauft. Kala trug eine Perücke, die sie aussehen ließ wie Elizabeth Taylor als Kleopatra – nur mit roten Haaren. Sie trug ein Kleid voller Pailletten, als ginge sie nicht zum Abi-Ball, sondern zu einer Filmpreisverleihung. Sie war die Königin des Rudels, und so genoss sie die Situation. Der Schule zeigte sie den Mittelfinger, während ihre Freunde sie auf den Schultern trugen. Auf den Fotos hatten sie riesige rote Augen, weil der Blitz in zu weit geöffnete Pupillen fiel. An diesem verkoksten, verrotzten Abend hatten sie alle gemerkt: Mit uns hat keiner gerechnet, aber wir sind trotzdem hier und machen unser Ding.

„Also gut. Auf dich, Paulchen."

Paul legte Lines auf seinem Telefon. Lars spielte gelangweilt mit seinem Handy und surfte auf Facebook. Paul schaute herüber und fragte: „Was machst du?"

„Surfen?"

„Du surfst nie auf deinem Handy. Lieber starrst du stoisch gegen die Wand und belästigst die Welt mit deinem guten Aussehen."

Lars lachte: „Was ist das denn bitte schön für ein Abfuck von Kompliment?"

Paul zog eine Line durch die Nase und atmete heftig aus. Mit einem Finger hielt er sich die Nase zu und sprach näselnd: „Keine Ahnung. Ich bin gestresst, nimm mich nicht ernst, bis die Line wirkt."

Lars nahm den gerollten Geldschein und zog die zweite Line vom Handy weg. Er rollte den Geldschein wieder auf, strich über die Papierfläche und pustete das weiße Pulver weg.

„Das bringt Glück. Vielleicht kauft heute Abend jemand eins deiner Bilder."

Paul seufzte.

„Das wäre natürlich cool. Aber darum geht's nicht. Ich will den Leuten zeigen, wie schön sie sind. Viele Leute wissen das gar nicht. Die Kamera soll kein Spiegel sein, sie ist mein Blick auf die Menschen. Ich finde die Menschen schön."

„Sicher, dass das Koks ist?"

„Ach, Lars. Das ist mein Ernst."

„Ich weiß, aber ich kann nicht anders."

Er fand Paul manchmal wirklich zu naiv. Auch wenn seine Motive edel waren, ein paar verrückte junge Druffis beim Feiern zu fotografieren, das hatte für Lars wenig mit Schönheit zu tun. Vielleicht mit Voyeurismus. Vielleicht war es auch Pauls Art, dabei zu sein, bei den coolen Kids.

„Du bist natürlich der Schönste von allen", säuselte Paul und hielt Lars das leere Display des iPhones hin. „Schön und narzisstisch. Das Koks wirkt doch, wa?"

„Ach, jetzt komm mal wieder runter. Wir holen dir was zu saufen. Das wird mir hier alles zu seicht."

Paul zuckte mit den Achseln.

„Also, was hast du eben auf deinem Handy gesucht?"

„Nichts."

„Das stimmt nicht. Gibt's da jemanden, von dem ich wissen sollte?"

Ohne Kontext hätte Pauls Kommentar nach Eifersucht geklungen, aber er war von so einer sanften Wärme, dass Lars sich bemuttert fühlte.

„Ach, Daddy", sagte er, „du kennst mich zu gut."

Paul schien sich wirklich Sorgen zu machen. Wenn Lars jemanden mochte, dann war es mit großer Sicherheit ein Arschloch. Sein Männergeschmack war so schlecht, dass Lars sich manchmal fragte, ob er überhaupt noch mit jemandem mehr als nur ficken sollte und stattdessen alle Liebe auf seine platonischen Beziehungen wälzen konnte. Jeder Versuch ging grundsätzlich nach hinten los. Alles Projekte. Depressive Projekte.

„Da ist wirklich jemand. Ich hab eben eins seiner Bilder auf Instagram gelikt. Und er folgt mir nicht zurück. Und er schreibt mir nicht."

„Und das findest du natürlich scheiße."

„Was soll denn der Scheiß? Er soll mir schreiben."

„Du hast ja nur einen Like dagelassen."

„Aber er folgt mir nicht zurück."

Paul schnalzte mit der Zunge, sein Mund klang hörbar trocken.

Lars nervte sich selbst, und noch mehr nervte ihn das Internet. Im Gegensatz zu Paul, dessen Instagram für jeden offen war, der Instagram als sein persönliches Propaganda-Tool nutzte, war Lars weder oft online noch darauf erpicht, viele Freunde im Internet zu haben. Er nutzte nicht mal Dating-Apps, weil er die zu anstrengend fand. Wie sollte er jemanden einschätzen, wenn er weder die Körpersprache noch das Auftreten sofort sehen konnte? Jemanden online kennenzulernen widerte ihn an. Das Internet hatte eine bestimmte Funktion, und in diesen Schranken sollte es funktionieren. Im Internet suchte er Informationen, nicht soziale Bestätigung.

„Wer ist's denn?", fragte Paul. Im Raum stand ein Kühlschrank, den er öffnete. Darin lagerten Sektflaschen und Bier. Darauf ein paar Pappbecher. „Kannst du?", fragte er Lars und reichte ihm eine Sektflasche.

Lars nahm die Flasche und drehte den gezwirbelten Verschluss langsam auf. Der Korken bewegte sich langsam aus der Flasche.

„Viktor!", sagte er einen Tick zu laut.

Es knallte. Der Korken flog durch den Raum. Paul musste lachen.

„Na, das war aber sogar für deine Verhältnisse dramatisch."

Lars ging nicht darauf ein. „Du hast uns vorgestellt."

Paul füllte den Sekt in zwei Plastikbecher. Sie waren voller Schaum, trotzdem stießen sie an und nippten daran.

„Hm, ja, hab ich. Im Hain. Stimmt."

„Stimmt."

„Wieso hast du ihn gestalkt?"

„Keine Ahnung, Instagram hat ihn als Freund vorgeschlagen."

„Das ist doch gar nicht deine Art. Jemandem so hinterherzusurfen. Bist du etwa verknallt?"

Lars nahm einen großen Schluck Sekt. Paul riss die Augen auf und fing an, sich zu entschuldigen.

„Tut mir leid! Tut mir leid!"

Lars nahm die Sektflasche und schenkte nur sich nach.

„Ist er halt attraktiv, na und?"

„Das ist er. Ich meine ja nur, du redest selten so über Typen. Und du bist nicht die Art von Person, die irgendwelche Hotboys auf Instagram ausstalkt."

Lars trank den nächsten schaumigen Becher auf ex weg, ohne zu antworten.

TOM

Roberts Wohnung lag in einem Hinterhaus in der Reichenberger Straße. Tom mochte die Reichenberger: Eine lange Straße für Berlin, sie war so lang und alles war schön. Sie hatte die richtige Mischung aus Spätis und guten Läden. Sie war zu schön, um nicht gentrifiziert zu werden. Das Kapital konnte ihr nicht widerstehen. Roberts Loft unterteilte sich in einen Arbeits- und einen Wohnbereich. Tom staunte, sein Altbau in Neukölln kam ihm dagegen schäbig vor. So wohnten also Erwachsene.

„Als du meintest, du kamst von der Arbeit, hättest du auch sagen können, du kamst von zu Hause, oder?"

„Na ja, ich kam aus dem Büro hier drüben, ohne rüber zu mir zu gehen. Streng genommen kam ich von der Arbeit. Aber dahin will ich jetzt nicht zurück …"

Tom setzte sich an den Küchentisch, der nach Designer aussah. Robert schenkte ihnen Wodka auf Eis ein und setzte sich Tom gegenüber. Robert reichte mit seinen nackten Füßen zu Tom herüber, dessen Fußrücken sich über die intime Begegnung freute. Er bekam Gänsehaut.

„Du hast schöne Füße", sagte Tom.

Große Adern waren auf Roberts Fußrücken, sie wirkten gepflegt.

„Danke. Du auch."

Sie füßelten und tranken den Wodka langsam, als ob sie ihm so mehr Aromen als Alkohol entlocken könnten. Robert schaute Tom in die Augen und ließ nicht davon ab, ihn zu fixieren. Tom konnte sich nicht daran erinnern, jemals jemandem so lange in die Augen geschaut zu haben. Normalerweise vermied er Blickkontakt, wenn es möglich war. Er schämte sich für seine Augen, die er zu klein fand.

„Hast du Bock auf eine Line Koks vor dem Sex?"

Roberts Frage schockierte Tom. Es war also klar, dass sie Sex haben würden. Natürlich war klar, dass sie Sex haben würden. Sogar Anna und Viktor wussten, dass Robert und Tom ficken wollten, bevor sie sich wieder im Hain trafen. Das ganze „Wir machen uns noch mal frisch bei Anna", „Jaja, wir auch" war höfliches Geplänkel.

„Klar. Warum nicht?"

„Hattest du schon mal Sex auf Koks?"

„Nein."

„Na dann wird's Zeit, Boy."

Tom nestelte eines der Baggies aus seinem Geldbeutel. Er reichte es Robert, der einen Spiegel brachte. Einen kleinen Spiegel, ganz glatt, sehr sauber. Wofür war der sonst? War das ein Drogenspiegel? Hatten Leute Drogenspiegel? Mit einer Karte fischte Robert einen Brocken aus dem Baggie und platzierte ihn auf dem Drogenspiegel. Er klopfte die Karte ab und bearbeitete den Koksbrocken geschickt mit einer Rasiermesserklinge. Tom staunte. Scheinbar hatte jeder eine eigene Art, Lines zu machen. Die von Robert waren lang und dünn. Tom fand es sexy, wie Robert das machte. Wie beim Kochen spiegelte die zur Schau gestellte Motorik seine Persönlichkeit wider. Einen Geldschein rollte er erst gar nicht, sondern reichte Tom einen abgeschnittenen Strohhalm.

„*Boys first.* Such dir eine aus."

Tom wollte nicht ungeschickt sein. Er hatte große Angst, die Lines wegzupusten. Elegant führt er den Strohhalm die Linie entlang. Das Pulver kitzelte keck in seiner Nase. Robert zog die Bahn in einem weg, schnell und unkompliziert.

„Gutes Zeug. Wo hast du das her? Aus 'nem Park bestimmt nicht …"

„Ein Taxi, die Nummer kam von einem Bekannten. Ist das erste Mal, dass ich da was geholt hab."

„Behalt die Nummer. Die brauchst du bestimmt noch öfter."

Robert leerte den Wodka in einem Zug, Tom tat es ihm nach. Mit dem Fuß massierte Robert Toms Erektion durch die Hose. Tom lehnte sich zurück und genoss den Druck. Langsam streichelte er die Adern auf Roberts Fußrücken entlang, dabei bewegten sich feine Haare unter seinen Fingern. Der Wodka setzte seinem Bewusstsein zu; irgendwo dämmerte das Koks. Es glimmte auf, ganz langsam, wurde immer stärker. Der Rausch bäumte sich auf und vermischte sich mit ihrer Geilheit. Tom nahm Roberts Fuß und schubste ihn weg, dann stand er auf und setzte sich auf Roberts Schoß. Robert hatte kurze Haare, aber sie waren weich und an den Schläfen ein wenig lichter. Tom wusste nicht, wie alt Robert war, und wollte es auch gar nicht wissen. Irgendwas über dreißig, schätzte er. Seine blauen Augen waren nahbar und sanft. Sein dunkler Bart gerade so lang, dass er als Bart durchging, aber getrimmt, dass Tom wusste, Robert konnte sich einen guten Rasierer leisten. Sie küssten sich. Ihre Zähne knallten unbeholfen aufeinander, abgeprallt von der Taubheit ihres Rauschs. Der Kuss war wilder als der in der Bar. Tom achtete nicht darauf, ob er schmatzende Geräusche machte. Er gab sich Roberts Zunge hin, spannte die Muskeln an, die Robert abtasteten, und vergrub sich in Roberts Haaren. Etwas bewegte sich um Tom, er hielt die Augen geschlossen. Robert war aufgestanden und hielt Tom fest. Er trug ihn ins Schlafzimmer und warf sich mit Tom auf das niedrige Bett. Ihr Kuss löste sich für keine Sekunde. Taubheit machte sich in ihren Mündern breit. Tom war so, als könnte er beim Küssen das Koks aus Roberts Nase riechen. Ungeduldiges Zerren, wildes Reißen, rattige Ungeduld. Als Tom sich die Kappe ausziehen wollte, hielt Robert ihn davon ab.

„Bleib doch noch ein bisschen Boy, das finde ich sexy."

Sie zogen einander aus, die Kappe blieb, wo sie war. Tom spürte die Hitze, ertastete mit seinen Fingern, dass auch Robert ohne Mütze schwitzte. Ihr Küssen wurde Beißen, ihre Haut prallte aufeinander, und Tom wusste nicht, wann er jemals so sehr gefickt werden wollte. Mit gespreizten Beinen lag er auf dem Rücken. Roberts Schwanz drückte sich gegen ihn, geschickt bewegten sie im Rhythmus ihre Hüften. Tom wollte alle Vorsicht sein lassen, wollte einfach nur, dass Robert sich in die Hände spuckte und in ihm war. Es war wie ein Tanz, ein Verhandeln, ein Grenzen-Brechen. Aus einer Box, die neben dem Bett stand, holte Robert ein Kondom und zog es sich über. Der Tanz wurde immer enger. Das kühle Gleitgeil tat Tom gut. Er genoss, wie Robert es auf und in ihm verteilte, zuckte zusammen, als ein Finger seine Prostata begrüßte. Hiernach musste er definitiv erst mal duschen.

VIKTOR

„Die vögeln sich jetzt bestimmt gerade die Mützchen vom Kopf."

„Gefällt dir die Vorstellung?", neckte Viktor Anna.

„Du hast doch gesehen, wie rattig die waren. Bin mal gespannt, ob wir die später im Club sehen."

Die lose Verabredung mit Tom und Robert war ein Gentlemen's Agreement. Es ging um die Ehre bei so viel Ego. Die Runde aus der Olfe wollte sich im Club wiedersehen. Niemand verabredete sich zum Club und tauchte am Ende nicht auf. Dafür ging zu viel Gravitation von diesem Ort aus. Alles, was man im Bett tun konnte, konnte man dort auch tun. Und noch mehr.

Der Weg zu Annas Wohnung ließ sich zu Fuß schnell zurücklegen. Sie schlenderten am Landwehrkanal entlang. Die Nacht roch nach Sommer. Viktor ließ das Wasser auf sich wirken, sah Schwäne, ahnte Ratten. Er mochte die Fähigkeit der Stadt, sich in einem Tempo zu verändern, das noch subtil genug war, um die Brüche erkennbar werden zu lassen. Erst wenn es zu spät war, eine Entwicklung unumkehrbar, begriff man hier, dass etwas unumgänglich eine Veränderung vollzogen hatte. Ständige Metamorphose. Was für die Stadt galt, funktionierte auch für ihre Bewohner. Ohne zu wissen, wie ihm geschah, hatte Viktor sein Leben auf den Kopf gestellt.

Hatte sich etwas in ihm verändert, oder war es sein Verhalten, das sich seinem Befinden angepasst hatte?

Viktor erinnerte sich gut an das Treppenhaus. Oft stolperte er mit Anna hier hoch. Der Sex in ihrer Wohnung war immer Trost für die beiden gewesen. Er kam gelegen, wenn sie Nähe suchten. So wie heute. Nur dass sie keinen Sex haben würden. Der Abend brachte bei Weitem mehr Intimität als ihre lockere Affäre. Ihr Vertrauen kippte leise und ohne viel Aufhebens in eine Freundschaft.

Als Anna ihre Wohnungstür aufschloss, stieg Viktor ein bekannter Geruch in die Nase. Es roch nach Annas Parfüm. Immer wenn sie die Wohnung verließ, griff sie zum Flacon und benetzte ihre Haut mit einem holzigen Unisex-Duft. Annas Geruch in seiner Nase ließ Erinnerungen hochkommen, als schaute er sich einen Film an, den er lange nicht gesehen hatte. Einen Film, an dem er mitgewirkt hatte. Seine Rolle war die des Fickfreundes gewesen. Viktor sah sich in Annas Wohnzimmer um. Ihre Einrichtung war die einer erwachsen gewordenen Prinzessin. Sie hatte die Allüren aufgegeben und gelernt, sich auf das Wesentliche zu beschränken. Seit er zum letzten Mal hier gewesen war, hatte sich wenig verändert. Ein Tisch voller Magazine, ein Regal voller Bücher, alles ein Archiv für verlebte Trends und intellektuelle Ansprüche.

Anna war gerade in der Küche, um Wasser zu holen. Viktor setzte sich auf die Couch. Hier hatte er nach dem Sex immer geschlafen. Die Vorstellung, nach dem Sex mit Anna weiter intim zu sein, nackt neben ihr zu liegen, hatte ihn immer abgeschreckt. Offiziell schlief er hier, weil er vorgab, zu laut zu schnarchen. Seine Füße stießen gegen etwas, das unter der Couch stand. Er beugte sich nach unten und tastete mit der Hand, bis er eine kleine Holzbox fand. Kitschige Gravuren schmückten das Holz, ein kleiner metallener Verschluss zierte die Vorderseite. Er schüttelte sie vorsichtig. Etwas rollte in ihr hin und her. Was hatte Anna hier versteckt?

„Die kannst du ruhig aufmachen. Das ist genau das, was wir jetzt brauchen."

Anna stellte zwei Gläser mit Wasser auf den Tisch, daneben platzierte sie einen kleinen Jägermeister, auf dem noch das neonfarbene Preisschild vom Spätkauf klebte.

Viktor klappte den Verschluss nach oben und hob den Deckel vorsichtig an. Die Box war von innen mit rotem Stoff ausgekleidet. Eine kleine, hässliche Schmuckschatulle vom Flohmarkt. Darin, nebeneinander aufgereiht, drei lange, perfekt gedrehte Joints. In einem anderen Fach lagen zwei Pillen nebeneinander und daneben ein kleines Drogentütchen.

„Was ist das denn? Deine Hausapotheke?"

„Das sind meine Trostjoints. Der Rest ist noch von Will. Ritalin und Koks."

Viktor schaute Anna entsetzt an.

„Ich dachte, aus dem Alter wären wir raus. Koks und Ritalin, damit komm ich klar. Aber kiffen?"

„Eine Freundin hat die für mich gedreht. Ich kann's selbst nicht. Glaub mir, wenn dein Herz gebrochen ist, tut so ein Joint ganz gut."

„Ich dachte, nur Teenager kiffen."

„Viktor, deine Mutter kifft."

Viktor verzog das Gesicht. Anna hatte recht, auch wenn er sich nicht daran erinnern konnte, ihr davon erzählt zu haben, dass er mit einer Mutter aufgewachsen war, die ihr Gras privat anbauen ließ. Für das Kind einer Hippie-Frau kam er sich ziemlich spießig vor. Vielleicht fand er den Joint gerade deswegen so pubertär, weil er ihn an seine eigene Pubertät erinnerte.

Anna ging in die Küche, um einen Aschenbecher und Streichhölzer zu holen. Sie setzte sich neben Viktor und nahm ihm die Box aus der Hand. Ungeschickt klemmte sie den Joint in ihren Mundwinkel und zündete ihn an. Ihre Muskeln waren nicht an das Gewicht gewöhnt, der Joint war doppelt so groß wie eine Zigarette. Sie inhalierte den Rauch tief, darin hatte sie offensichtlich mehr Übung. Dann reichte sie den Joint Viktor. Der kräutrige Geruch von Gras stieg in seine Nase. Er sah seine Mutter vor sich, der er noch erzählen musste, dass er schwul war. Sie würde sich freuen. Ihm gratulieren. Falls sie „endlich" sagte, würde er das Gespräch abbrechen. Er nahm einen tiefen Zug und versuchte, den Rauch nicht zu lange in der Lunge zu halten.

Das THC konnte noch gar nicht wirken, trotzdem lehnten beide sich entspannt zurück. Ohne viel zu sprechen, rauchten sie den Joint. Nachdenklichkeit hatte beide überkommen. Viktor genoss es, neben Anna zu schweigen. Aus ihrem kleinen Mac kam leise Popmusik, in deren Melodien sich seine Gedanken einhakten. Sein Körper fühlte sich unendlich träge an, die einzige Bewegung, die beide machten, war das Hin- und Herreichen des Joints. Viktor dachte über Anna nach. Sie war eine schöne Frau. Ihr blondes Haar wirkte beinahe gefärbt. Anna sagte immer, das sei einfach das Kokosöl, das sie immer wieder zur Pflege benutzte. Viktor hätte es nicht gewundert, wenn Anna heimlich färbte. Was ihm an ihr gefiel, war, wie sie mit ihrer Weiblichkeit umging. Sie diente als Kostüm für sie, das sie an ihren Charakter angepasst hatte. Als wäre die gelernte Modedesignerin mit den Normen nicht zufrieden gewesen und hätte den Schnitt einfach angepasst. Viktor bewunderte Anna für ihren Schneid. Dann dachte er über Lars nach, die kurze Begegnung im Club kam ihm wieder in den Sinn. Wieder sah er das blitzende Stroboskop. Der Bass der Musik im Hintergrund ging in den Bass des brachialen Techno über. Lars musste unheimlich high sein, denn er hatte den wütenden Gesichtsausdruck von jemandem, der die Zähne zusammenbeißt, um die Spasmen zu unterdrücken, die MDMA verursachte. Hin und wieder brach die Fassade, immer wieder verzerrte sich sein Gesicht im Stroboskop. Er verschwand im Rauch, tauchte wieder auf. Die Arme in die Luft gerissen, tanzte er, als marschierte er für eine Revolution, die zuerst eine innere, dann eine äußere wurde. Viktor dämmerte immer weiter weg. Mit geschlossenen Augen lag er auf Annas Couch. Etwas bewegte sich neben ihm, Anna musste aufgestanden sein.

„Ich geh kurz duschen, rauch du den Joint ruhig auf. Danach mach ich uns Kaffee."

Sie flüsterte leise und verschwand. Viktor nahm den Joint in die Hand und zündete ihn wieder an. Er nahm einen Zug, schmeckte nur Tabak. Er nahm einen weiteren Zug, und jetzt rollte ihm der Geschmack von Gras entgegen. Er füllte seine Lunge, benebelte sein Bewusstsein.

Viktor stellte sich vor, er berühre Lars' Gesicht, um die kleinen Spasmen abzufedern, die seine Muskeln zum Zucken brachten, nachdem er eine Pille geschmissen hatte. Er stellte sich vor, seine Brust zu berühren, mit den wenigen, aber schön drapierten Haaren, mit den Händen seinen angespannten Hals entlangzufahren. Seine Hand legte sich um seinen Hals, zog ihn zu sich heran, wie Robert Tom in der Olfe zu sich gezogen hatte. Mit den Fingern spürte er Lars' sehnigen Hals, mit der anderen Hand eine Erektion durch den Jeansstoff. Der Wolf verbiss sich immer tiefer in der Angst, zerriss ihre Fasern mit seinen Fängen. Die Angst heulte laut auf, schrie und spannte sich an. Der Wolf wurde immer geiler und wütete weiter. Er drückte fester und fester zu. Viktor schreckte auf, er hatte das Gefühl zu ersticken. Etwas schnürte ihm die Luft ab. Er versuchte zu husten, röchelte, der Joint hatte seinen Rachen aufgeraut. Sein ganzer Körper war angespannt. Seine linke Hand hatte sich um seinen Hals gelegt, die rechte massierte seinen erigierten Schwanz durch die Hose.

Anna rief ihm aus dem Bad zu: „Alles gut bei dir?"

„Ja, keine Sorge. Ich hab mich an dem Joint verschluckt."

Viktor griff zur Jägermeisterflasche, die auf dem Tisch stand, und leerte sie in einem Zug. Der Schnaps beruhigte seinen Hals. 2,95 Euro stand auf dem kleinen Preisschild. Ein moderater Preis, um die Angst zu betäuben. Viktor wusste nicht, wohin mit seinen Händen. Sie fühlten sich fremd an. Nervös spielte er mit dem Glas, und je mehr er seine Hände zu Übersprungshandlungen zwang, desto mehr fühlten sie sich wieder an wie seine eigenen.

Anna kam, begleitet von dem Duft frisch gewaschener Haare und frischen Kaffees, zurück in Viktors Welt. Der Kaffee rettete ihn aus seinem Tief. Das Ritalin aus der Box zerstieß Anna mit einer Tasse und legte Lines damit auf ihrem Tisch.

„Hast du das schon mal gezogen?“, fragte Viktor sie skeptisch.

„Ja, ein paarmal. Ist wie Speed. Wenn du Angst hast, musst du nicht mitmachen. Aber wenn du deinen Boy heute Abend im Club sehen willst, musst du fit sein. Der hat bestimmt eine gute Kondition.“

„Gutes Speed, meinst du?“

Mit Ritalin in der Nase und Kaffee in der Hand atmeten Anna und Viktor tief durch. Kleine Brocken flogen aus Viktors Nase in seinen Bart. Anna säuberte ihm den Schnäuzer und schnalzte dabei übertrieben laut. Er lachte und schüttelte den Kopf. Sie verließen die Wohnung beschwingter, aufgeputscht, die Nachdenklichkeit verflogen. Wie oft waren sie schon zusammen um die Häuser gezogen? Wie lange würden sie das noch machen? Sie waren kaum dreißig, und schon wussten sie, dass das wilde Leben nicht auf Dauer gestellt werden wollte. Sie hatten beide Aufgaben im Leben. Aber heute Nacht war jetzt, und alles andere war egal. Sie hatten Bock, und die laue Sommernacht machte sie trunken, die Drogen taten den Rest. Am Kottbusser Damm winkten sie sich ein Taxi aus dem Verkehr. Der Taxifahrer war schweigsam. Anna zog ihren Lippenstift immer wieder nach. Beide waren nervös geworden, das Ritalin kickte gut.

„Nie wieder schmink ich mich in so einem Zustand“, sagte sie und versuchte, im dämmrigen Licht etwas im Spiegel zu sehen. „Aber genau in diesen Zuständen brauch ich dieses scheiß Malzeug am meisten“, murmelte sie vor sich hin, ohne dass Viktor ihren Monolog unterbrach.

Viktor merkte, dass der Taxifahrer ihn durch den Spiegel anstarrte. Immer wieder schnalzte er mit der Zunge, als würde er etwas sagen wollen. Es dauerte bis zum Ostbahnhof, bis das Schnalzen endlich in ein Gespräch überging: „Ich kenn Sie doch, oder?"

„Kann sein."

Viktor wusste, worauf das hinauslief.

„Sind Sie Schauspieler?"

„Ja."

„*Tatort?* Sie waren mal in einem *Tatort,* oder?"

„Ja, mehrmals."

Viktor lachte charmant und schaute aus dem Fenster. Er hatte keine Lust auf eines dieser Gespräche. Das Letzte, woran er jetzt denken wollte, war sein Beruf. Das Skript kam ihm wieder in den Sinn; in wenigen Wochen fing der Dreh an. Es schien ihm so weit weg, vor der Kamera zu stehen, war er doch jetzt gerade in einer der Hauptrollen seines Lebens. Vielleicht sollte er nach diesem Wochenende einfach selbst ein Drehbuch schreiben. Doch was wäre ohne diese Rolle passiert? Er glaubte nicht an Schicksal, glaubte nicht an Fügung. Aber ohne dieses Angebot, ohne die Vorbereitung wäre er nie im Ficken 3000 gelandet, hätte dort keinen Schwanz im Mund gehabt. Wäre er Lars trotzdem begegnet? Vielleicht. Würde er wegen eines Boys jetzt in einem Taxi sitzen und mit einer ehemaligen Affäre in den Club sprinten? Eher nicht.

„Ist schön, mal wieder Prominenz im Taxi zu haben. So viele berühmte Leute gibt es in Berlin nicht mehr. Oder die fahren einfach kein Taxi mehr und ham jetzt alle 'nen Fahrer."

Sie erreichten den Ostbahnhof, fuhren in Richtung Club. Ab hier war Baumarkt und Metro, war bald Schlange, war kein Wohngebiet, inmitten der Stadt. Der Taxifahrer wünschte ihnen einen schönen Abend. Viktor gab ihm aus Verlegenheit viel Trinkgeld. Als das Taxi wegfuhr, entfernte sich mit ihm auch die Realität. Es ging nicht darum, wer er war, sondern darum, wen er wollte. Alle seine Sinne sehnten sich nach Lars.

„Der hat bestimmt nie einen Film mit dir gesehen", sagte Anna.

„Aber hat eine Liste aller Nebenrollen vom *Tatort* im Kopf?“

„Ja, freu dich doch, du wirst erkannt.“

„Willst du beim Feiern über die Arbeit reden?“ Viktor zog drohend die Augenbrauen hoch. Anna hakte sich, ohne zu kontern, bei ihm ein.

Sie stellten sich an das Ende der langen Schlange. Mit jedem Schritt kam der scheppernde Bass der Panorama Bar näher, der aus dem neoklassizistischen Gebäude klang. Die Eleganz seiner Fassade faszinierte Viktor, er konnte es nur schwer von sich weisen: Der Blick von der Schlange auf die Fassade war beeindruckend. Das musste er dem Club lassen. Doch der Weg bis zur Tür war noch weit. Was, wenn sie nicht reinkamen? Viktors Halsschlagader bebte. Anna kramte einen Jägermeister aus ihrer Handtasche, schraubte ihn auf, setzte an und nahm einen großen Schluck.

„Hier, der Rest ist für dich. Den anderen hast du daheim ja schon plattgemacht.“

„Ich geb dir drin was aus.“

„Heb dein Schauspieler-Taschengeld lieber für den Boy auf.“

ERIK

Ihr Spaziergang hatte lange gedauert, es war lange nach Mitternacht, als sie sich auf Simons niedrigem Bett niederließen und noch mehr kratzige Amphetamine in ihre Nasen pumpten. Während Simon seine Drogen packte, nahm Erik sich Zeit, das Bücherregal zu durchwühlen. Es war voller Bildbände und Magazine. Es gab eine Ecke mit Büchern, die noch aus Simons Schulzeit stammen mussten. Erik nahm einen dünnen Band aus dem Regal. Sein Deutsch war nicht gut genug, um Goethe oder Schiller lesen zu können.

Laut las er eine Stelle aus *Die Leiden des jungen Werthers* vor: „Die meisten verarbeiten den größten Teil der Zeit, um zu leben, und das bisschen, das ihnen von der Freiheit übrigbleibt, ängstigt sie so, dass sie alle Mittel aufsuchen, um es los zu werden.“

Simon lachte laut auf.

„Wo hast du das denn her?"

„Goethe."

„Ist niedlich, wie dein Akzent stärker wird, wenn du etwas vorliest. Verstehst du das Zitat?"

„Ich glaube schon."

„Hast du Angst vor der Freiheit?"

Eine unerwartete Frage. Woher nahm Simon den Gedanken? In ihm steckte so viel mehr als nur ein Dealer. Und in Eriks Vorurteilen steckte viel mehr Hemmung, als er sich eingestand. Simon war nicht nur ein schöner Junge, er hatte auch einen schönen Geist.

„Jetzt gerade nicht. Ich glaube, ich habe mich noch nie so frei gefühlt. Mir ist egal, was gleich passiert."

„Du bist im Hier und Jetzt."

„Woanders will ich nicht sein."

„Geht's dir gut?"

Eine Frage, die so viel simpler war als die davor.

„*Bra*", sagte Erik.

„Bitte? Oh, Schwedisch."

„Versuch es selbst: *bra*."

„*Brrra.*" Simon rollte das r nicht, sondern ließ es aus dem Rachen kommen wie ein deutsches r.

„Roll das r ein bisschen mehr, nicht wie im Deutschen. *Brrrra.*"

Simon versuchte, ihn nachzuahmen. Mit jedem Mal wurde es ein wenig besser.

„Versprichst du, mir in Zukunft mehr Schwedisch beizubringen?"

„Klar, gerne. Und du verbesserst mein Deutsch."

„Da gibt es nicht viel zu verbessern, Kleiner."

Da war er wieder, der niedliche Besitzanspruch. Sobald Simon ein wenig die Dominanz verlor, sagte er „Kleiner". Als müsste er sich versichern, dass Erik keine Macht über ihn hatte. Als müsste er das Gefälle zwischen ihnen nachzeichnen, um zu wissen, wo sie standen. Erik setzte sich neben

Simon und streichelte seinen Rücken. Da war wieder das Gebirge aus Knochen, das mit zarter Haut überspannt war. Es zeichneten sich kaum Muskeln ab. Der Sex zwischen ihnen war wie das Kräftemessen zweier junger Wölfe. Am Ende kamen sie, die Arme umeinandergeschlungen. Sie hätten stundenlang ficken können, das Speed hätte den Orgasmus bis in den Morgen hinausgezögert. Doch sie mussten los, langsam füllte sich der Club. Simons Schicht begann, und das Pflichtbewusstsein war stärker als die Lust. Erik bemühte sich, nicht genervt zu sein. Sie behandelten einander wie Liebende, doch wer war er, von Simon zu erwarten, ein Wochenende auszusetzen?

Sie fuhren mit dem Taxi zu Eriks Wohnung unweit des Clubs, direkt an der Warschauer Straße. Er wohnte über einem Fahrradladen. Es war geschäftig hier, gerade in Friedrichshain, unweit von Kreuzberg. Simon hatte ihm das Versprechen abgerungen, Drogen bei ihm lagern zu dürfen. Im Taxi kam es zum Streit: „Ich weiß nicht, ob es cool ist, das Zeug bei mir zu haben. Meine Mitbewohnerin …“ Erik wusste nicht, wie er das Gespräch über Drogen, die in seinem Kühlschrank lagern sollten, vor dem Taxifahrer verstecken könnte.

„Sie ist laktoseintolerant.“

„Aber wenn sie ohnehin keine Milch essen kann, wird sie bestimmt nicht den ganzen Käse auffuttern.“

„Sie ist empfindlich.“

„Komm schon, sie merkt gar nicht, dass ihr Käse im Kühlschrank habt. Der stinkt nicht.“

Erik dachte an das Speed. Konnte man es riechen, auch wenn es verpackt war? Konnte er es jetzt riechen? Er schnüffelte. Nichts. Er rieb sich die Nase. Sie juckte. Ein weißer Klumpen blieb an seinem Finger kleben. Er schaute in den Rückspiegel, der Taxifahrer wippte zur Musik im Radio und schien nicht zu merken, wie Erik den Popel unauffällig an die Autotür schmierte. Simon hatte ihn beobachtet und kicherte.

In Eriks Wohnung brannte kein Licht, niemand war zu Hause. Erik seufzte erleichtert. In der Küche lag ein Zettel auf dem Küchentisch. Sie war spontan zu ihren Eltern gefahren und wünschte ihm ein schönes Wochenende. Schicksal? Sarah nahm nichts. Sie rauchte nicht einmal, und wenn sie mal besoffen war und mutig wurde, dann zog sie an einem Joint und kotzte davon. Noch nie hatte Erik in seiner Wohnung Drogen konsumiert, sie war eine drogenfreie Zone. Die lockere Freundschaft zu seiner Mitbewohnerin war für ihn wie eine Brücke in eine bessere, drogenfreie Welt. Und jetzt wollte Simon mehr Drogen in seinem Kühlschrank lagern, als er je in seinem Leben genommen hatte.

„Bist du sicher, dass es okay ist?“ Simons Stimmlage verriet, dass er die Frage eher aus Höflichkeit stellte.

„Nein.“

„Wieso jetzt plötzlich wieder nein? Das Zeug bleibt nicht lange hier, aber es ist sicherer für mich, wenn ich nicht alles mitnehme. So viel kann ich gar nicht reinschmuggeln. Was ist dir lieber: dass wir uns beide die Unterwäsche mit Drogen vollstopfen oder ein bisschen was in den Kühlschrank tun und zwischendurch holen gehen?“

Erik wurde gereizt. Er hatte Spaß an Drogen, aber wollte nicht die ganze Zeit über sie sprechen. Wenn ihn das „Wir“ gegenüber Paul noch gefreut hatte, war das „Wir“ in dem Sinne, in dem Simon es jetzt benutzte, gar nicht das, was er sich vorgestellt hatte.

„Wir schmuggeln? Wir gehen holen? Willst du mich jetzt in deine Geschäfte mit einbeziehen?“

„Komm, *partners in crime*, oder? Ich lad dich auch zum Essen ein. Und du kannst die ganze Nacht umsonst ballern.“

„Ich muss mir kein Essen damit verdienen, Drogen zu verticken.“

„Oh, jetzt machst du es dir aber ganz einfach. Du denkst also, ich wäre ein räudiger Dealer? Wo sollen die Drogen denn sonst herkommen? Das ist ein verdammt gefährlicher Job. Ich hab’s satt, die ganze Zeit scheiße behandelt zu werden, nur weil ich Drogen verkaufe. Ihr wollt euch alle wegsprengen, und das am liebsten umsonst. Ich reiß mir den Arsch auf. Natürlich geht's mir auch um die Kohle, aber vor allem geht's mir darum, dafür zu sorgen, dass die Leute mit guten Drogen ihren Spaß haben, sonst kaufen sie irgendeine Scheiße bei irgendeinem Dealer."

„Jetzt stilisierst du dich auch noch zum Helden?"

„Ja, im Ernst, wo soll's denn herkommen?! Ich hab das Gefühl, dass mich keiner mehr ernst nimmt, seit ich ticke."

„Simon, so war das nicht gemeint …"

Erik war überrascht, so wütend wollte er Simon nicht sehen. Alles, was er wollte, war, nicht mit hineingezogen zu werden. Hinein in die Scheiße. Simon hatte recht. Erik hatte Vorurteile gegenüber Dealern und gegenüber seinem eigenen Konsum, den er nicht ehrlich reflektierte. Er dachte an die Gespräche, die schönen Momente, die sie in den letzten Stunden gemeinsam gehabt hatten. Waren das die Drogen oder war das wirklich? Das konnte nur ein Dienstag beantworten. Ein Zeitpunkt, der nicht Wochenende war.

„Ich weiß genau, wie das gemeint war."

Erik sah Simon in seiner ganzen Verletzlichkeit. Er wirkte sonst so stark, so distanziert, so behände im Umgang mit seinem Leben. Doch auch er brauchte Zuspruch, auch er brauchte Zuwendung. Die Distanz zwischen ihnen, die Simon so lange aufrechterhalten hatte, fungierte als Schutzmechanismus. Erik war auf dem besten Weg, wieder aus Simons Vertrauen hinausgekickt zu werden. Die Wochen der Geduld, die Zuneigung, das Insistieren – wenn er jetzt weiter in der Wunde herumstocherte, war's das.

„Denkst du, ich habe mich die ganze Zeit an dich rangehängt, weil ich dich für einen dreckigen Dealer halte? Denkst du, ich würde mit dir abhängen, wenn ich dich kacke fände? Du hast selbst gesagt: Es geht mir nicht um Drogen. Es geht mir um dich."

Simon schwieg. Erik merkte, dass Worte nicht weiterhelfen würden. Er ging einen Schritt auf Simon zu, berührte ihn an der Wange. Simon reagierte nicht. Sein Bart rieb sich an Simons weicher, glatter Haut.

„Hör auf, das kitzelt."

Er hörte nicht auf, kitzelte ihn weiter mit seinem Bart. Er roch an Simons Ohr, küsste seine geschlossenen Augen und legte den Finger auf seinen Mund.

„Du bist nicht räudig, du bist kein Dealer, für mich bist du Simon. Der schöne Junge, der mich zu Abenteuern anstiftet. Der mir die Angst vor der Freiheit nimmt. Der Berliner, der mir die coolen Ecken seiner Stadt zeigt."

Unsicher lächelte Simon. Erik umarmte ihn fest, und zum ersten Mal überkamen Erik Zweifel. Ein Teil von ihm wollte Spaß mit Simon haben, eine gute Zeit mit ihm verbringen und dann, wie so oft schon, weiterziehen. Der Simon, den er in den letzten Stunden kennengelernt hatte, war neu. Er wollte Simon helfen, ihn retten. Er wollte Simon zeigen, was für ein wunderbarer Mensch er eigentlich sein konnte. Er musste keine Drogen verkaufen. Erik verdrängte die Zweifel. Er wollte Simon nicht weiter aufregen, aber er konnte sehen, dass auch Simon Zweifel haben musste. Er hätte nicht so empfindlich auf Eriks Kommentar reagiert, wäre er vollkommen von dem überzeugt, was er tat. Auch Simon musste Zweifel haben, da war Erik sich sicher. Wie auch nicht? Sie waren alle Anfang zwanzig und schmierten sich die Gesichter mit Chemie zu, für die sie easy ins Gefängnis kommen konnten. Bei aller Sorglosigkeit: Etwas musste auf ihrem Gewissen lasten.

„Ich weiß, wo ich dich finde. Und wenn wir zu dir gehen, dann will ich Zeit mit dir verbringen. Lass uns einen kurzen Break haben irgendwann, in Ordnung? Wir holen den Rest und atmen kurz durch."

Danach gab Simon ihm ein kleines Baggie mit einem Stück Papier darin.

„Das ist für nach dem Club. Wenn wir durch sind, nehmen wir die Pappe LSD zusammen und schauen uns den Sonnenaufgang an. Das ist mein Dankeschön für alles. Ein Trip mit dir. Was sagst du?"

Erik wollte sagen, dass er am Montag arbeiten musste. Er konnte sich krankmelden, aber auch das blieb ungesagt. Stattdessen sagte er nichts, nickte nur. Das LSD tat er in seinen Geldbeutel, spielte mit.

„Ich werde darauf aufpassen."

Beim Gedanken an die Pappe wurde ihm schlecht.

KALA

Das Ketamin war schon lange abgeklungen, als Kala mit Lars und Paul von der Warschauer Straße zum Club lief. Auf der Ausstellung hatte Mick sie und Laurence dazu aufgestachelt, noch mehr nachzulegen. Aus Übermut nahmen sie zu viel. Bei Mick wirkte das Keta so enthemmend, dass er anfing, mit Leuten zu reden, die er sonst nicht beachtet hätte. Er schwebte durch die Ausstellung, von Gespräch zu Gespräch. Kala dagegen haute die Line fast um. Sie stellte sich vor den DJ und tanzte verträumt, um den Rausch ertragen zu können, eingefangen in einer Bubble aus warmen Gedanken und verspulten Bewegungen. Die Musik klang wie Feldaufnahmen aus einer anderen Dimension, gab ihr Sicherheit. Was die anderen dachten, scherte sie nicht. Sie wollte nur nicht in ein Gespräch verwickelt werden, an dem sie weder teilhaben noch einen klaren Gedanken hinzufügen konnte. Sie war nicht in der Laune für Small Talk. Ihr Geist flog über die Flächen, streifte die Gedanken der Menschen um sie herum und genoss die Kälte des verlassenen Gebäudes, das für heute Abend eine Galerie sein durfte. Ihre Schuhe knirschten leise auf dem staubigen Boden. Von diesem luziden Traum blieb nur noch der Afterglow, der alles um sie herum funkeln ließ. Der verschobene Blick hielt bis zu einem Tag nach dem Konsum an und war einer von Kalas Lieblingseffekten.

„Ich wünschte, ihr könntet sehen, was ich gerade sehe", sagte sie und betrachtete eine Straßenlaterne. Sie kamen am Aldi vorbei, dessen Eingang vor sich hin leuchtete. Das Neonlicht flackerte. Ob sie hier Montag vorbeistolperten, wenn sie aus dem Club kamen? Paul schwieg betreten. Er war kein

Freund von Ketamin, es irritierte ihn. Er verstand die anderen nicht, das wusste Kala nur zu gut.

Lars entgegnete: „Ich weiß, was du meinst, alles strahlt, oder?“

„Ist superschön. Klingt bestimmt wie Druffi-Geschwätz, aber ich mein das ernst. Ist wirklich schön. Als ob die Welt auf Keta mehr wäre. Mehr verästelt. Als ob das Licht mit mir spricht, die Pflanzen mich grüßen, sogar das Unkraut hier, mitten in der Nacht.“

Sie zeigte auf Pflanzen, die eine Mauer entlangwuchsen, ruppig und wild.

„Hast du nicht das Gefühl, ihr zwei übertreibt langsam ein bisschen?“

Sorge schwang in Pauls Stimme mit.

„Mit dem Keta?“, fragte Kala, die Stimme einen Tick zu laut für ihre Persönlichkeit.

Lars räusperte sich, und Kala schaute ihn an. Er zog die Augenbrauen hoch und holte Luft: „Mal im Ernst, du ziehst doch eh gleich mit oder schmeißt dir irgend'ne verdreckte Pille rein. Wir können uns nach dem Wochenende darüber unterhalten, was wir uns antun. Aber wenn wir uns jetzt mit so einer Einstellung ins Hain begeben und reflektieren, was wir machen, haben wir gar nichts davon. Wir sind jung, was soll uns schon passieren?“

Lars legte nach. „Außerdem: Reue ist räudig und gehört nicht in unser Vokabular.“

Paul zuckte mit den Schultern.

„Wer sagt denn noch räudig?“, murmelte er in sich hinein. Weder Lars noch Kala gingen darauf ein. Sie hakten sich beieinander unter und ließen Paul schmollen. Als sie auf der brachen Fläche neben dem Club liefen, konnten sie den gewaltigen Bass von innen hören. Automatisch begann sich der Schritt von Lars zu verändern. Er tänzelte leicht, die Schultern rhythmisch bewegend, während Kala verträumt mit ihren Händen spielte. Die Schlange sahen sie nur von der Seite, sie gingen gleich zur Tür. Zu dritt kamen sie damit durch. Die Türsteher fragten sie, ob sie auf der Liste ständen. Kala verneinte, Lars verzog keine Miene. Sie kannten dieses Spiel bereits. Wenn sie einfach so taten, als wäre es das Natürlichste der Welt, dass sie da jetzt reingehen, kamen sie auch ohne Gästeliste rein. Die Türsteher tauschten Blickkontakt aus und winkten die drei in den Club. Kala seufzte. Ein so banaler Auftakt für ein Ritual, größer als ihr Bewusstsein.

TOM

Es war halb fünf, als Tom und Robert im Taxi saßen. Nach dem Sex hatten sie noch eine Line gezogen und sich in Eile fertig gemacht. Die Fahrt von Kreuzberg zum Club dauerte nicht lange. Draußen lief die Stadt in schnellen Lichtern an Tom vorbei, seine Hand auf Roberts Oberschenkel, den Rucksack auf dem Schoß. Robert zahlte das Taxi. Als Tom die Schlange sah, war er geschockt. Sie würden mindestens drei Stunden warten müssen. Er hatte es bisher immer geschafft, in den Club zu kommen, aber immer mit Andreas. Alleine oder mit jemand anderem war er noch nie hier gewesen. Auch wenn das Kokain sein Selbstbewusstsein anstachelte, die Überforderung konnte er nicht kaschieren. Komm schon, du kannst das, sagte er sich selbst Mut zusprechend.

Robert lachte über Toms erstauntes Gesicht.

„Keine Angst, wir müssen nicht warten."

„Was?"

„Wir stellen uns nicht an."

„Was sollen wir sonst tun?"

Dann wurde Tom klar, wie dumm er war. Robert klopfte Tom auf den Arsch und ging rechts an der Schlange vorbei. Tom konnte die Blicke der Wartenden spüren. Er hörte das scheppernde Dröhnen der Panne. Sonst hatte er immer gewartet; in der Schlange hatte die Vorfreude Zeit, sich zu steigern. So metallen das Scheppern der Panne war, so vielversprechend war der Bass, der durch die Fassade drang. Sie mussten da jetzt rein, es gab keine andere Lösung. Als sie vor den Türstehern standen, begrüßte Robert sie jovial. Einer der Türsteher nickte ihm zu.

„Seid ihr zu zweit?“

Tom hatte Angst, aber er ließ es sich nicht anmerken.

„Der gehört zu mir.“

„Kein Ding, kommt rein.“

So schnell war Tom noch nie im Club gewesen. Sie wurden nur oberflächlich durchsucht und gingen dann weiter zur Kasse. Die Kassiererin fragte erst gar nicht, ob Robert auf der Liste stand. Sie lächelte ihn an und haute ihm einen Stempel auf den Unterarm. Tom holte seinen Geldbeutel raus und suchte nach Geld. Die Kassiererin fuhr ihn an.

„Lass ma stecken, du gehst auf mich.“

Tom wusste nicht, wie er reagieren sollte. Zögerlich hielt er seinen Unterarm hin.

„DRIN“ stand auf dem tiefblauen Stempel, der auf seine Haut geknallt wurde. So machte der Club-Adel das also. Er lief am Pöbel vorbei und zahlte keinen Ablass. Aus dem Taxi ohne Umwege in die Sünde.

VIKTOR

Sie standen bereits seit einer Stunde in der Schlange. Die Zeit vertrieben sie sich damit, über die enttäuschten Gesichter zu spotten, die nach der Abweisung verschämt an den Wartenden vorbeizogen. Partytouristen, die nicht verstanden, warum heute nicht die Nacht ihres Lebens sein sollte. Das Immunsystem des Clubs funktionierte wie eine Membran: Es filterte alles, was den Club belasten konnte, heraus. Eine Gruppe kam von der rechten Seite aus der Richtung Warschauer Straße. Sie ging sofort zu den Türstehern. Anna reichte Viktor gerade eine Zigarette, doch der reagierte nicht. Da war eine Anführerin mit rosafarbenen Haaren, die eine Dreiergruppe auf den Club zunavigierte. Sie schwebte vor den anderen. Und da war ein Junge, es musste Paul sein, der die Hände um die Hüfte eines anderen Jungen gelegt hatte. Von hinten konnte Viktor den schönen Schwung der

Wangenknochen sehen. Die Schulterblätter zeichneten sich durch das T-Shirt ab. Der Ausschnitt gab den Blick auf ein Tattoo frei, das Viktor vorher schon einmal gesehen hatte. Es waren Weinreben, die sich an einem Stock entlangwanden. Er stand erhaben vor dem Tor zur Hölle, wippte mit seinem Spielbein im Takt des schallenden Basses.

„Alter, deine Kippe. Wo starrst du denn die ganze Zeit hin?"

„Lars", sagte Viktor leise.

„Wer?"

„Der Crush. Steht da vorne, mit seiner Truppe."

„Echt? Den gibt's also wirklich?"

„Anna!"

„Ja, mein Gott, was soll ich denn sagen? Hätte ja sein können."

Viktor starrte weiter nach vorne. Die Anführerin sprach mit den Türstehern. Sie baten sie, zur Seite zu treten, damit die Abgewiesenen an ihr vorbeilaufen konnten. Ein anderer Türsteher kam aus der Tür getreten und schaute die Anführerin an. Viktor war wie gebannt von der Szene. Er hoffte darauf, dass Lars sich umdrehte. Ohne Probleme erhielten die drei Einlass und verschwanden im Eingangsbereich.

Viktor atmete tief aus. Er trampelte hin und her. Anna streichelte ihm über den unteren Rücken und reichte ihm die Zigarette noch mal: „Hör mal zu. Jetzt rauchst du die Kippe und atmest mit dem Teer in der Lunge tief durch. Wir kommen da jetzt rein, und dann machst du diesen Typen einfach klar."

ERIK

Den Club betraten sie kurz vor der Dämmerung. Die Schlange war noch immer so lang, dass sie Stunden hätten warten müssen, wenn sie angestanden hätten. Da sie beide Stammgäste waren, gingen sie galant an der Seite vorbei zu den Türstehern und wurden hineingewinkt. Sonst trafen sie sich immer drinnen, jetzt wurden sie einfach aufgesogen. Erik dachte an Simons Geschichten über die Ahnen, die Menschen, die vor ihnen geravt hatten. Heute Abend wollte er die Treppen zum ersten Floor so bewusst hinaufsteigen wie möglich. Er wollte den Bass spüren, das Stroboskop erleben und den Schweiß riechen, als wäre es sein erstes Mal im Club. Heute Abend wollte er tanzen und die ganze Klaviatur an Gefühlen spielen. Die Angst vor der Freiheit war ihm genommen. Er war verliebt in das Leben, wölfisch die Realität neckend.

2

„So sah er aus wie ein Tänzer, der seinen Leib noch einmal ganz anspannt, ganz sammelt, ehe er ihn festlich losläßt zum Tanze – zum großen Tanze durch diese fremden Zimmer, durch diese fremden Meere, durch diese fremde Welt."
Klaus Mann, *Der fromme Tanz*

06.00 UHR

Es war genau sechs Uhr, als sie die DJ-Booth betrat. Am Ende des großen Floors stand sie in ihrer Kanzel, die den Blick auf das Publikum freigab. Ihre Vorgänger bereiteten die Landung ihres Sets vor. Sie umarmten sich kumpelhaft, eine Geste, die sie sich schon vor Langem angewöhnt hatten. Die nächsten Stunden würde sie hier stehen; wie lange, das wusste sie noch nicht. Sie war ausgeschlafen und vorbereitet, so lange zu spielen, wie die Leute gewillt waren, ihr mit ihren Körpern zuzuhören. Sie erwartete viel von sich, wollte überraschen. In den letzten Jahren war die Masse im Club darauf trainiert, immer länger zu tanzen. Mit so einer Crowd als Grundlage spielte es sich ganz anders als in einem normalen Club. Die musikalischen Möglichkeiten, die ein Set bot, das länger als die üblichen drei oder vier Stunden dauerte, waren unendlich größer. Der Rave so viel ausgedehnter. Das Ritual so viel tiefer. Sie wollte eine große Erzählung durch die Anlage jagen, die bis in den Abend dauern sollte. Episch sollte es werden. Sie hatte sich Eckpunkte gesetzt, doch was genau sie spielen würde, wusste sie noch nicht. Bei der Vorbereitung hatte sie so viele Platten eingepackt wie noch nie. Wie lange waren acht Stunden? Wie lange zwölf? Der Floor war gefüllt, die Vorfreude des Publikums auf ihr Set spürbar. Im Notfall gab es noch einen USB-Stick, vollgepackt mit noch mehr Musik.

Die Masse sollte ihre Hoffnungen und Ängste in die Musik werfen. Sie wollte einen Scheiterhaufen anzünden, der den Tanzenden die Chance gab, sich zu befreien und alle Ängste zu verbrennen. Unter zwölf Stunden wollte sie sich nicht geschlagen geben. Es war das letzte Set einer Nacht, die bis in den Anbruch der nächsten Nacht reichen sollte. Sie wollte den Tag zum Plateau machen. Die Menschen aufrütteln, sie sensibilisieren, durch Vibrationen zum Staunen bringen, ihre Potenziale wachkitzeln.

Der Sommer war fast zu Ende, der Herbst kündigte sich an, Wolken sollten heute den Himmel verhängen. Die Stimmungen mäanderten, als der erste Track sich erhob. Das Klatschen verstummte. Niemand pfiff, nur ehrfürchtige Stille. Der Track war wie ein Bannspruch. Die Masse bewegte sich langsam im Rhythmus. Die Luft knisterte. Wenn so viele Körper sich gemeinsam bewegten, elektrisierte es die Umgebung. Mit Gänsehaut am ganzen Körper setzte sie sich die Kopfhörer auf und atmete tief aus. Der Track begann, simpel seine Kreise zu ziehen. Jetzt nur Melodie, bald Bass, dann rauschender Rave. Sie mischte die zweite Platte rein, nahm die Tiefen raus, drehte die Höhen höher.

Simon wurde ungeduldig, denn er hatte sich im Preis für ein Tütchen Ketamin runterhandeln lassen und im Gegenzug eine Line davon verlangt. Das Timing war gut, das letzte Set des Abends musste bereits begonnen haben. Robert mischte ein wenig Koks unter das Ketamin. Tom wäre nie auf die Idee gekommen, dass man Drogen auch mischen könnte.

„Dauert's noch lange?", fragte Simon.

Die Drogen hatte er bereits wieder in seiner Unterhose verstaut. Er wollte zumindest den Anfang des Sets mit Erik sehen, und den musste er davor noch in der Panorama Bar abholen.

„Komm schon, erst verkaufst du uns dein überteuertes Keta, willst eine Line aus dem Baggie, und jetzt machst du Stress, obwohl wir noch ein bisschen Koks drauflegen. Ich bin gleich fertig."

Die Ansage imponierte Tom. Den Club mit jemandem zu besuchen, der nicht nur Zaun-, sondern Stammgast war, unterschied sich stark von dem Club, den er zu kennen glaubte. Und auch dieser Simon war eine neue Figur in seinem Club-Kosmos, wirkte gar nicht wie ein Dealer. Er meinte, ihn vom Sehen zu kennen, aber er kannte hier Leute sowieso nur vom Sehen, als wäre er bis heute durch eine Membran von ihnen getrennt gewesen. Endlich hatte er sie durchstochen, aber für einen Dealer hätte er Simon nie gehalten. Vielleicht sollte er sich das Gesicht merken. Besser, als sich im Park beklauen zu lassen, war das allemal. Attraktiv war Simon auch noch, auf seine Art.

„Tut mir leid, Jungs, aber das letzte Set fängt unten an. Das will ich nicht verpassen. Wenn man den Anfang verpasst, versteht man das ganze Set nicht."

Simon fiel das Sprechen immer schwerer, er hatte gerade erst mit Erik eine Line Ketamin genommen, weil er sich so auf das Set vorbereiten wollte. Gut geballert ist halb getanzt, sagte er sich. Erik war danach in die Panorama Bar gezogen und hatte versprochen, dort auf ihn zu warten.

„Alles gut bei dir?", fragte Simon Tom.

„Ja, klar. Bei dir auch?"

Simon musste lachen. Da war jemand nicht an den Toiletten-Small-Talk gewöhnt.

„Klar", sagte er, als ob es ironisch wäre, dass es jemandem im Club gut geht.

Er musterte Tom, der in Verlegenheit geriet, und grinste.

„Ich glaube, ich kenne dich vom Sehen. Bist du öfter hier?"

Die Plattitüde imponierte Tom. Er genoss das Zeichen der Anerkennung. Bevor er antworten konnte, ging Robert dazwischen.

„So, die Lines sind fertig. Nicht quatschen, ziehen."

Robert hielt Tom das Telefon hin, und Simon reichte ihm ein silbernes Ziehröhrchen, das er sonst nur mit engen Freunden teilte, denn es gab zu viele gesundheitliche Risiken. Zusammen durch ein Röhrchen zu ziehen, war anfällig für Krankheiten – Hepatitis nur eine davon. Tom warf Anstand und Hygiene über Bord, um endlich tanzen gehen zu können. Robert hatte Tom nicht gefragt, ob er wusste, was er da zog. Er hatte wohl einfach gedacht, es wäre klar, dass „eine Runde Keta-Koks“ eine gute Idee sei. Ohne sein Zögern zeigen zu wollen, machte Tom die Line platt. Ohne zu wissen, wie die Droge wirkte, ihre Nebenwirkungen zu kennen oder die Kontrolle über seinen Rausch zu haben, machte er einfach mit, wollte nicht schon wieder an sich selbst scheitern. Der ihm lieb gewordene Kokaingeruch mischte sich mit einem neuen Gefühl: süßer Chemie, die seine Rezeptoren in eine Richtung stimulierte, die keine Referenz in seiner Erinnerung hatte. Ein Geruch, so fremd, dass er ihn erst erlernen musste, um ihn zuordnen zu können. Robert und Simon vernichteten die anderen beiden Lines. Nach dem Ziehen verdrehte Simon die Augen.

„Das wird lustig. Sind alle bereit?“ Er nuschelte, und das „bereit“ klang mehr wie ein „breit“.

Robert nickte, Tom schaute Simon neugierig an. Immer greller kam Simon ihm vor. Sein Blick verharrte, er verharrte, ohne es zu wollen. Sein Geworden-Sein löste sich im Raum auf. Tom erschauderte ein wenig vor der brachialen Gewalt, mit der der Rausch alles aus den gewohnten Bahnen kickte. Sein Handy war wieder in seiner Hosentasche, doch sein Tastsinn, der war nicht mehr lange verfügbar.

Sie verließen die Toilette, und Tom war, als beträte er eine neue Dimension. Als wäre er aus dem Klo durch ein Stargate gestolpert. Robert nahm seine Hand. Simon war bereits verschwunden. Zusammen quetschten sie sich durch die wartende und schwitzende Menge, die sich im Panorama-Bar-Klo versammelt hatte. Sie paradierten wie Siegende: Ihr Werk war vollbracht, die Highness aufgefrischt.

Wie selbstverständlich ging Robert zurück in die Panorama Bar. Tom schwamm mit den Snares flirtend hinter ihm. Sie tanzten wie selbstverständlich vor dem DJ-Pult. Vor ein paar Wochen hätte er sich so einen Move niemals getraut. Neben ihm tanzte ein junger Typ, der sich als Erik vorstellte. Waren hier eigentlich alle schön?, fragte Tom sich. Da waren so viele Menschen, die Robert in der kurzen Zeit, die sie erst hier waren, begrüßte. Die letzte Stunde war ein ständiges Händeschütteln, Herumlaufen, Anlächeln und Küsschen-Austauschen. Jeder Begrüßung wohnte eine rituelle Höflichkeit inne. Das Hofzeremoniell der House-Aristokratie war ein geschickter Tanz, voller bunter Eitelkeiten, die mit jeder Line noch bunter wurden. Tom vermisste die Anonymität, die Clubbing sonst für ihn so einfach gemacht hatte. Als Beobachter hatte er sich unsichtbar fühlen dürfen, jetzt war er im Zentrum einer ständig umherspringenden Aufmerksamkeit. Die Panne Bar kam ihm oberflächlicher vor – jetzt, wo er in ihre Tiefe vordrang.

Viktor und Anna, die er vor wenigen Stunden in der Olfe gesehen hatte, waren noch nicht da. Wahrscheinlich mussten sie anstehen. Das Arrangement kam ihm immer absurder vor. Mit einer ehemaligen Kollegin des Mannes, mit dem er Wohnung und Leben teilte, im Hain zu sein: Nichts in dieser Gleichung machte Sinn. Der ganze Abend kam Tom vor wie ein Film. Zu schön war alles, was er bisher erlebt hatte. So einfach und gesellig kannte er das Leben nicht. Über Konsequenzen konnte er sich später Gedanken machen. Der Abend hatte gerade erst angefangen, wie schon seit Stunden.

Robert und Erik gingen so behände mit diesem Ort um, als kümmerte es sie kein bisschen, was die anderen von ihnen dachten. Sie tanzten dort, wo sie jeder sehen konnte, in einem Rhythmus, der nicht aufdringlich, aber auffällig war. Beiden gemein war eine zärtliche, verspielte Männlichkeit, die Tom so für sich nicht zu beanspruchen glaubte. Robert wirkte attraktiv in seinem abgeschnittenen Karohemd, wie ein feuchter schwuler Traum, und das wusste er, da war Tom sich sicher. Erik dagegen gab sich geschliffener, gehörte schon einer anderen Generation an, ging anders mit sich und seiner Männlichkeit um. Überall waren Menschen, so viele Menschen, und Tom wollte sie alle kennenlernen.

Die Tanzfläche begrüßte ihn wie ein Meer der Möglichkeiten, schöne Menschen überall. Jeder Blick durfte Flirt sein, ein Lächeln konnte in Sekunden ein Kuss werden. Jeder kleine Flirt war wie eine Wiedergutmachung, jeder Augenaufschlag eine Umarmung, die sagte: Hier sind wir unter uns. Eine kleine Truppe von Personen mit Perücken, alle trugen Kleider; sie tanzten sich neben Tom durch, das Plastikhaar streifte seinen Arm. Eine der Personen küsste Tom auf die Wange und flüsterte ihm ins Ohr: „*Oh, babe, you're gorgeous!*" und verschwand einfach wieder in der Menge, das Plastikhaar wippend. Tom wusste nicht, wie ihm geschah, und lachte einfach. Noch nie hatte ihn jemand *gorgeous* genannt. Die Anspannung, die das Koksen in ihm aufgebaut hatte, löste sich langsam. Die Musik wurde lauter. Seine Wahrnehmung intensivierte sich. Es wurde bassiger um ihn herum. Gleichzeitig wurde er mutiger, er legte eine Hand an Roberts tanzende Hüfte und passte sich seinem Rhythmus an. Ihre Körper begannen, sich zu synchronisieren. Tom schloss die Augen. Der Bass und Robert diktierten ihm die Bewegungen. Als er die Augen öffnete, war Erik verschwunden. Robert drehte sich zu ihm um und küsste ihn, doch der Kuss fühlte sich anders an. Roberts Zunge kitzelte seine Zunge. Da war mehr als nur Körper. Wärme, Prickeln, Eitelkeiten. Tom riss Grenzen ein, die körperlich kaum zu begreifen waren. Wo war Tom, wo war Robert? Das Ketamin kickte ein, Dimensionen neckend.

Erik wollte auf dem gleichen Trip sein wie Simon. Der war jedoch bereits weiter, seine Highness hatte sich verästelt, ohne dass Erik die Chance hatte aufzuholen. Das konnte nur kippen, dachte er sich und wurde von Simon wortlos ins Hain hinuntergezogen. Auch wenn Simons überdosierter

Rausch Erik unangenehm war, gefiel ihm das Unumwundene von Simons Haltung. Die Art, wie er Eriks Hand hielt, war herrisch und verloren zugleich, es war Befehl und Hilferuf. Erik folgte beidem bereitwillig, nicht wissend, ob er darin selbst Erlösung oder Verderben finden wollte.

Wo eben noch getanzt wurde, als gäbe es was zu feiern, änderte sich die Wetterlage auf der unteren Tanzfläche. Auch wenn sie in der ersten Etage des Gebäudes waren, sie hätten sich genauso gut in einer Höhle befinden können. Keine Fenster. Nur Gewölbe. Angehoben und vertieft zugleich, schwebte der Floor im Raum. Sie gingen die Treppe hinunter und tauchten in einen Ozean aus Sound ein. Jede ihrer Bewegungen schlug Wellen, verscheuchte tanzende Menschen wie Partikel, veränderte die Struktur des Raums. Als sie in der Mitte des Floors standen, war der Sound so klar, dass Erik nicht wusste, ob die Drogen gerade noch mal kickten. Er erinnerte sich an Simons Ausführungen über die Architektur der Tanzfläche.

In der Mitte war der Klang am ausbalanciertesten. Alle Vibrationen kamen an diesem Ort zusammen, kulminierten hier, hörbar für seine Ohren, die ein ganzer Körper wurden. Inmitten der Menge, umgeben von Menschen, die er nicht zählen konnte, wusste er: Nirgendwo anders wollte er gerade sein. Hier war er jetzt richtig. Hier musste er tanzen. Hier gehörte er her. Zu seiner Rechten tanzten alle oben ohne, vergruben sich Hände in Brusthaaren, glaubte er, einen Schwanz aufblitzen zu sehen. Zu seiner Linken eine Gruppe von Menschen, die aussahen wie eine Großbestellung aus dem Gothic-Katalog. Die Gleichzeitigkeit der Ausdrucksformen machte Erik schwindelig. Wo war er in dieser Aufreihung? Er fasste sich in die Haare und versuchte, eine kurze Strähne hinter das Ohr zu schieben, war sich unsicher, atmete aus. Er war bei Simon. Der schloss die Augen, sah entspannt aus. Als holte er Luft, bevor er in die Tiefen tauchte, um Oktopoden die vielen Hände zu schütteln. Erik konnte es ihm nur gleichtun und hoffen, dass ihre Trips kollidierten, so wie ihre Seelen bereits beim Sex kollidiert waren, das Schicksal des anderen liebkosend.

Kala, Lars und Paul verbrachten die erste halbe Stunde im Club auf einer übergroßen Schaukel, die wie ein hängendes Lederbett allen Platz bot, die sich nicht bewegen wollten. Sie befand sich im Seitenflügel neben der Bar und war so groß, dass hier eine ganze Orgie Platz hatte. Manchmal war das Schaukeln schön, wie ein Fötus, der im Mutterleib schwimmt. Manchmal wurde man hier seekrank, wenn die Drogen im Blut zu sehr überkochten.

„Warum sitzen wir jetzt die ganze Zeit schon hier rum?", fragte Paul wie ein nöliges Kind.

„Entspann dich mal, wir warten auf das nächste Set."

Anstatt sich zu verausgaben, wollte Lars seine Energie aufsparen. Wer vierundzwanzig Stunden lang raven wollte, durfte sich nicht zu früh auspowern. Paul konnte das nicht nachvollziehen. Er konnte den Übergang von einem zum anderen DJ nicht unterscheiden. Solange Musik gespielt wurde, tanzte er. Auch fair, fand Lars, aber das war er nicht, er wollte Musik, und deswegen war er hier. Kala schenkte Paul ein verständnisvolles Lächeln. Ihre Arme bewegten sich gedankenverloren zur Musik, die bis hierher nur gedämpft durchdrang. Zwischen der Bar und der Tanzfläche war eine große Wand aus Glas, wie komplett zum Kirchenfenster geworden, nur dass es kein Drinnen und Draußen gab, alles war innen. Die großen, von Metall eingefassten Fenster vibrierten vom Bass.

Auch mit geschlossenen Augen hätte Kala dieses Geräusch verorten können. Sie war so oft hier, dass sie den Club auch mit einem Sinnesorgan weniger kartografieren konnte, als bewegte sie sich hier nicht nur durch den Raum, sondern auch durch andere, nicht durch ihre Sinne erfassbare Dimensionen. Paul ging nicht auf ihr Angebot ein und saß weiter schmollend herum; jeden Typen, der vorbeilief, mit einem Seitenblick taxierend, als suchte er nach einer Aufgabe. Lange hielt er es nicht mehr bei den beiden aus.

Mit jedem Schritt, den sie die Metalltreppe nach unten stiegen, wurde die Musik leiser, verlor ihre Konturen, nur noch die scheppernden und tiefen Frequenzen drangen in ihre Ohren. Sie tauchten ab, um aufgefrischt wieder in die nasse, im Sound badende Manege zu treten. Die Toiletten neben der Garderobe im Erdgeschoss waren zwar weit weg, aber hier konnten Kala und Lars verschnaufen und frische Luft schnappen, bevor sie sich in das letzte Set der Nacht und das einzige Set ihrer Party stürzten. Lars streckte sich. Das Rumsitzen auf der Schaukel war ihm irgendwann doch zu langweilig, er wollte endlich tanzen. Sich in seinem Körper verlieren, die Augen geschlossen, der Musik nachspüren. Dafür war er hier. Seine Beine juckten, seine Hüften wurden ungeduldig, seine Schultern kribbelten. Kala war froh darüber, sitzen zu können, ihre ketaminschwangere Wahrnehmung brauchte mehr Zeit, um sich an den Club zu gewöhnen. High kam sie sich hier zwar besser vor, als alleine auf einer Vernissage zu tanzen, aber trotzdem musste sie sich langsam fallen lassen. Sie würden heute noch lange genug tanzen, auf eine halbe Stunde kam es ihr dabei nicht an. Das war der Trick: alles in kleinen Dosen.

„Hast du schon was von Mick oder Laurence gehört?"

„Nichts. Die sind bestimmt daheim eingeschlafen. Ich hab erst mal genug Keta für uns beide …"

„Darum geht's mir doch gar nicht. Bin froh, dass du es wenigstens geschafft hast."

„Ja, klar, wir hatten das Set doch schon länger auf dem Schirm."

„Mit Paul bringt das alles nichts."

„Was meinst du, Schatz?"

Da war es wieder, das Überdrehte in ihrer Stimme. Lars wollte lieber schnell auf ihr Level kommen, damit er sich nüchtern nicht an seiner highen Freundin störte.

„Musikalisch. Er ist ein großartiger Kumpel, aber zum Feiern bist du mir die Liebste."

„Oh, Lars." Kala freute sich sichtlich.

Sie konnten sich über die Musik austauschen. Sie pushten einander beim Tanzen so sehr, dass sie die Drogenschlacht zwischendurch vergessen konnten, während die anderen aus ihrem Netz aus Feierfreunden immer und immer wieder zur Toilette liefen, bis sie so high waren, dass aus Tanzen fast Spasmen wurden. Lars gab Kala sein Telefon, damit sie die Lines darauf legte. Während sie in ihrer Tasche nach ihren Drogen suchte, holte Lars bereits eine Karte aus dem Geldbeutel, die ausschließlich für Drogen gedacht war – eine schwarze Geschenkkarte, die er nicht eingelöst hatte. Mit dem Finger fuhr er über die Ränder. Teilweise löste sich die Folie schon. Eine Weile würde er die Karte noch benutzen können, aber die Drogen hatten bereits angefangen, ihren Verfall einzuleiten. Lars erinnerte sich an eine Line, die er mit dieser Karte gehackt hatte. Letztes Mal im Club, Simon hatte ihn gebeten, ihm eine Line Speed zu legen. Er wollte Erik nicht fragen, weil der nicht wissen sollte, dass er zu viel GHB genommen hatte. Geheimnisse vertuschen, das tat er nicht gerne, konnte aber auch nicht in anderer Leute Affären herumstochern.

„Warum hast du denn damit angefangen?", hatte Lars Simon auf der gleichen Toilette hier im Erdgeschoss des Clubs gefragt. GHB war in vielen Teilen der Szene verschrien. Die Grenze zur Überdosis war so schmal, ein Tropfen Alkohol auf den G-Rausch, und eine Atemdepression könnte eintreten und tödlich enden. Andere wiederum pfiffen auf die Gefahr, ballerten sich damit zu, wollten den Dopamin-Rausch, um ihre internalisierten Ängste zu überkommen. Ballern war einfacher als Therapie, nur dass die Krankenkasse es nicht bezahlte.

„Ach, die anderen Sachen kicken nicht mehr so richtig. Auf Pillen hab ich keine Lust mehr, und die ganze Zeit nur Keta verballert mich zu viel. Das macht mich wach und hält mich fokussiert. Dealen ist kein einfacher Job. Das weißt du selbst."

In jener Nacht hatte Lars dem nichts Schlaues entgegenzusetzen. Was hätte er sagen sollen? Simon hätte ohnehin nicht auf ihn gehört. Es war ein Zeichen von Simons Vertrauen, dass Lars ihm die Line legen sollte. Zum Dank schenkte Simon ihm eine Pille, die er sofort ganz einwarf. Und nur eine Stunde später hatte Paul ihm Viktor vorgestellt. Als wäre Simon vor dem G-Koma zu retten nur ein notwendiger Schritt gewesen in diesem Drama mit unbekannt vielen Akten. Die Erinnerung an den warmen Handschlag blieb hängen. Lars war sich klar darüber, dass das MDMA die Gefühle verstärkte. Aus Sympathie konnte schnell ein chemisch induziertes Verliebtsein werden, das nach dem Rausch nur langsam ausklang. Hätte er nur die Pille nicht eingeworfen. Oder war genau das ihm zugutegekommen? MD-Crushes waren eine Wissenschaft für sich. Viktor blieb hängen. Ob Lars das wollte oder nicht. Ob er jetzt ein Crush war, ohne Halt in der Realität, oder eben nicht. Viktor ging ihm jedenfalls nicht aus dem Kopf, mit seinen klassischen schönen Gesichtszügen und den hageren Bewegungen. Sehnig und dabei so verdammt hot: Lars wollte wissen, wie seine Haut schmeckte. Wie er hinter den Ohren roch. Wie seine Haare sich zwischen seinen Fingern anfühlten.

„Hier, endlich! Ich hab's."

Kala hielt eine kleine Tüte in der Hand, voller rosa Kristalle. Lars starrte sie ungläubig an.

„Was ist das denn? Puderzucker?"

„Prinzessinnen-Keta." Kala kicherte.

„Ihr habt das Zeug gefärbt? Ihr seid ja lustig."

„Laurence hat Blau, Mick hat Grün. Irgendwie haben wir zu Hause übermütig eine bunte Line gelegt und uns damit fast ins K-Hole geschossen. Was man halt so vor einer Vernissage macht. Ist gutes Keta, mach uns kleine Lines."

„Damit hätte ich mich auch aus Versehen abgeschossen, das sieht ja aus wie Zucker."

„Beim Ziehen geht's halt auch um Ästhetik."

Lars baute die Lines, und Kala schrieb in den Gruppenchat der WG: *Rosa an Blau und Grün. Der Regenbogen muss heute Nacht zusammenkommen. Meldet euch, wenn ihr auf dem Weg seid.*

Sie donnerte die Nachricht mit Regenbogen-Emojis voll. Lars drückte so fest zu, dass die Struktur der Droge aufbrach und die Kristalle zu puffigen rosa Wolken wurden.

„Ist das zu viel? Du weißt, wie stark das Zeug ist."

Kala schaute skeptisch auf Lars' Telefon.

„Das ist jetzt nicht wenig ..."

„Keine Mittelmäßigkeit hier, gelegt ist gelegt. Die Nacht hat erst angefangen, wir haben noch eine halbe Ewigkeit zum Ausnüchtern."

Kala rollte einen Geldschein zu einem perfekten Ziehröhrchen. Die Schichten des Papiers lagen fest aufeinander, kein bisschen Prinzessinnen-Pulver blieb hängen. Die Line war so puffig, dass sie sie mit einem Happs in die Nase ziehen konnten. Aus Kristallen waren kleine Wolken geworden, die ihr Bewusstsein angenehm vernebelten. Nach der Line drehten sich beide eine Zigarette von Kalas Tabak. Sie wollten kurz auf der Toilette chillen, bis das Keta anrollte, schon klopfte jemand gegen die Toilettentür. Lars verdrehte die Augen, Kala zuckte mit den Schultern.

Gegen die Tür zu klopfen widersprach den Höflichkeitskonventionen hier. Wer vor der Toilette stand, konnte nicht verstehen, warum jemand so lange brauchte, während man in der Toilette jedes Zeitgefühl verlor. Je öfter jemand klopfte, desto länger musste er warten. Reflexartig drückte Kala die Spülung, Lars öffnete die Tür. Er schaute den Typen an, der gegen die Tür geklopft hatte. Voller Verachtung schaute er ihm in die Augen, und noch bevor Lars sich wieder ignorant abwenden konnte, sagte Viktor: „Hi."

Die Verachtung wich einem breiten Grinsen. Lars fuhr mit der Hand über Viktors gestutzten Bart und sagte: „Steht dir."

Kala folgte ihm, so elegant es ihr im Rausch möglich war. Angeschallert verließen sie die Toilette.

„Wer war das denn?", fragte Kala, als sie glaubte, außer Hörweite zu sein.

Lars antwortete nicht, noch benommen von seinem eigenen Mut. Er nahm ihre Hand und drückte sie.

„Ist egal, wir tanzen jetzt erst mal eine Runde. Das Keta macht mich schon wuschig."

Viktor stand wie angewurzelt da. Anna schubste ihn in die Toilette.

„Was war das denn?", fragte Viktor. Sie schloss die Tür, schob Viktor beiseite und zog ihre Hose herunter.

„Frag mich nicht, ich muss schon pissen, seit wir den Jägermeister in der Schlange weggekippt haben."

„Du hast schon verstanden, dass das gerade Lars mit seiner artsy Freundin war?"

Anna verzog nur das Gesicht. Die Musik schepperte aus der Etage über ihnen, und der Urinstrahl, der sich in die Toilette ergoss, klimperte wie ein Glockenspiel gegen das Metall. Der Strahl stoppte, plätscherte wieder und stoppte ganz. Annas Gesicht entspannte sich. Sie nahm ein Stück Klopapier, wischte sich ab und zog die Hose wieder hoch.

„So. Der Crush ist hier. Freu dich halt."

„Wir haben ihn reingehen sehen."

„Touché."

„Ich bin mir nicht sicher, ob das gerade ein Beweis deines Vertrauens oder pure Verachtung war. Du kannst doch nicht einfach pissen, während ich mit dir rede."

„Chill mal, wir sind im Club. Du bist doch ohnehin nicht zurechnungsfähig, atme 'ne Runde durch und überleg dir, wie du dich da jetzt ranmachst."

„Er hat mich getätschelt."

„Forsch."

„Hot."

„Valide."

Annas Pragmatismus entsprach nicht Viktors Teenager-Gefühlen. Sein Herz schlug schnell, sein Magen wurde flau. Die Fährte, die ihn durch die Nacht hinweg ins Club-Gelände gelockt hatte, war richtig gewesen. Die Beute vor Augen, verließ den Wolf der Mut.

„Lass uns erst mal in die Panne Bar gehen", sagte Anna. „Vielleicht finden wir ja die Olfe-Boys. Wette, die tanzen ganz bummsbesoffen vor sich hin."

Erik schaute zu Simon hinüber, der die Augen noch immer nicht geöffnet hatte. Er tanzte ein wenig zu schnell für den Beat. Vorfreude oder Rausch? Erik versuchte, sich nicht weiter daran zu stören, und akzeptierte, dass sie nicht immer auf einer Wellenlänge sein konnten. Die Harmonie, die er vor dem Club mit Simon erlebt hatte, war seit dem Streit angeknackst. Wieder kamen in ihm leise Zweifel auf. Im Grunde genommen hatte er Simon noch nie nüchtern gesehen. Zum ersten Mal tanzten sie gemeinsam, ohne dass Erik auf MDMA war. Er fühlte sich high, aber nicht künstlich happy. Die Drogen verschoben seine verschallerte Wahrnehmung, aber das Ketamin hielt es ehrlich, säuselte ihm keine romantischen Obsessionen ins Ohr. So hatte jede Droge ihre eigene Stimmlage.

Simon öffnete die Augen, der nächste Track hob seine Bassline, die Höhen schallten künstlich hochgepitcht über ihnen. Ihre Handflächen trafen sich in der Luft. Simon gab die Bewegungen vor, Erik ließ sich treiben. Takt für Takt fühlte er Simon mehr, jede Bewegung übertrug ein wenig mehr Musik in seinen Körper. Er tanzte immer schneller. Sein Tanzstil bröckelte ab, und die Reserviertheit seiner Bewegungen löste sich auf. Seine körperlichen und motorischen Reaktionen auf die aufeinandergeschichteten Elemente der Musik wurden komplizierter. Es wurde immer schwieriger für Erik, die richtigen Bewegungen zu finden. Gleichzeitig eichte er seine Intuition, konnte Veränderungen voraussagen, wusste, wie er zu zählen hatte, bis ein neuer Sound dazukam oder ein anderer wegfiel. Er schloss die Augen. Jetzt gab es nur noch die Musik und die Verbindung zu Simon über die Handflächen. Warm, weich, metallen.

Zwei Flammen tanzten im leeren Raum. Ihr Flackern veränderte sich mit der Musik. Erik sah in den Flammen Wölfe, wild und tobend, dann wieder sanft und zahm, zahnlose Mäuler fletschend. Aus ihrem Zahnfleisch wuchs langsam ein Gebiss. Zahn um Zahn brannte aus ihrem Zahnfleisch heraus. Ihre Augen loderten immer aggressiver. Sie fletschten die jetzt ausgewachsenen Fänge. Simon legte seine Finger um Eriks Hand. Die Wölfe schnappten wie tollende Welpen nacheinander. Simon kam näher an Erik heran, sie umarmten sich, die Köpfe auf den Schultern des anderen abgelegt. Die Wölfe durchstießen einander, jeder Zusammenprall wie ein Gefühl, das weder Schmerz noch Euphorie sein durfte. Es kitzelte an einer Stelle in Eriks Unterbewusstsein, von deren Existenz er nüchtern nicht hätte wissen können. Die Wölfte tanzten, keiften und bissen, knappten und sprangen. Sie brannten, aber dennoch waren sie kalt.

Lars führte Kala an ihren Stammplatz, rechts neben der Mitte der Tanzfläche. Bestimmt, aber nicht brutal zwängte er sich durch die Menge. Das Ende des Eröffnungstracks hatten sie auf der Treppe gehört.

„Dachte ich mir doch, dass sie mit DVS1 aufmacht“, sagte Kala.

Lars nickte: „*Pressure* ist halt einfach ein guter Track.“

„Ja, so minimalistisch und doch passiert so viel. Hoffe, der wird nie alt.“

Das Ketamin wirkte immer stärker und verschob ihre Wahrnehmung weg aus dem Körper, hin zu ihren Sinnen. Die Lichter intensiver, ihr Blick glasiger, die Zunge schwerer, der Geist wacher. Alles wurde schöner – und doch blasser. Pastellsterne gingen am Himmel auf, irgendwo trabten Tiger in astralen Dschungeln. Aus dem Augenwinkel sah Lars, wie Simon und Erik miteinander tanzten. Ihre Bewegungen waren so aufeinander abgestimmt, so harmonisch, wie nur der Rausch vereint. Was von Kala übrig geblieben war, entglitt auch ihr. Wie Brausetabletten tanzten sie in der Musik, aufgeputscht von den Blasen, die sie bei ihrer Zersetzung warf. Immer weiter lösten sie sich auf, gaben sich der Musik hin und verschwanden in der Masse, verschwanden in sich, wurden Rausch, wurden Menge, wurden tanzende Kosmologien.

Der Club füllte sich immer mehr. Die Gravitation des Clubs war in dieser Nacht besonders stark. Wer nicht da war, kam noch vorbei. Nachrichten gingen hin und her, Freunde suchten nach Freunden, um sie zuerst aufs Klo, aber spätestens danach auf die Tanzfläche zu zerren. Die großen Töne, die epische Weite, die heroische Süße, die die Musik in den Betontempel wehte, erzählte davon, dass heute Nacht Geschichte geschrieben wurde. Mal wieder. Entweder man war dabei oder nicht. Es gab keine Pornografie, kein Erzählen, keinen Film, keinen Roman, der diese Stimmung greifen konnte. Jede Erzählung musste scheitern. Heute gab es nur die Erotik des Ravens, einen Tanz, den man mittanzen musste, nicht auf YouTube nachschauen.

Erik und Simon schlossen zu Lars und Kala auf. Alle tanzten so, wie die eigene Körpersprache die Musik übersetzte. Keine Konventionen, nur Gefühle, nur gelöste Blockaden und weggetanzte Traumata – und doch war die Sprache ihrer Körper in einer aufeinander abgestimmten Grammatik verfasst. Wippende Hüften, fliegende Hände, verdrehte Augen und in den Nacken geworfen Köpfe. Sie bleckten die Fänge, waren fromm in ihrem Tanz.

08.00 UHR

*Die ersten zwei Stunden ihres Sets liefen schnell durch, die Menge tanzte konsistent. Ein softer Start für die Kondition. Atmosphären bauend, astrale Ebenen erkundend. Die Übergänge blieben weich, aber die Gangart wurde härter. Sie ging von Minimalausläufern und Dubtechno über zu den ersten Rave-Sounds. Sie hatte Musikgeschichte eingepackt und brachte Freund*innen mit. Alle waren sie auf Platte, egal, ob 1999 oder jetzt. Alle waren hier willkommen, Zeit und Raum nur eine zu überkommende Illusion. Sie wollte jene willkommen heißen, die es erst jetzt zu ihr geschafft hatten – und gleich auf der Tanzfläche behalten. Sie war eine Hexe, eine Priesterin, eine* bruja. *Wie ein Phönix musste sie erst brennen, bevor sie sich von Neuem erheben durfte.*

Tom träumte, dass er zum ersten Mal in seinem Leben high in der Panorama Bar tanzte. Er materialisierte sich genau in diesem Moment. Erinnerungen konstituierten sein Traumbewusstsein. Er tanzte mit einem Typen namens Robert, der ihn wieder und wieder küsste. Wie lange hatte er niemand anderen als Andreas geküsst? Die Küsse schmeckten süß und saftig. Neben ihm tanzte ein großer, schöner Mann. Im Gegensatz zu sonst, wenn er hier war, unterhielten sie sich, weil sie sich kannten. Er war ein Schauspieler, der mit einer guten Freundin in der Panorama Bar war. Der Traum wurde noch absurder: Die Freundin war eine ehemalige Kollegin von Andreas. So was konnte auch nur in einem Traum passieren, konnte sich sein Bewusstsein nur in einer anderen Realität erlauben.

Glücklich tanzte das Rudel in der Panorama Bar einträchtig zu einem mittelmäßigen House-Set. Die Stimmung war gelassen, der Samstagabend zu einem Sonntagmorgen ausgewachsen. Die Partygäste der Nacht verschwanden nach und nach, und das Stammpublikum schlug allmählich auf. Die Jalousien ließen immer wieder während eines dramatischen Moments Licht auf die von wogenden Körpern befüllte Tanzfläche. Niemand wusste, warum. Es gab das Gerücht, die Jalousien machten das automatisch, der frenetische Jubel der Menge dann nur eine süße Illusion. Selbstbewusst bewegte sich Tom in der Menge zur Musik, war ganz Herr seines Körpers, spürte jeden Zeh, jeden Herzschlag, atmete tief und gleichmäßig. Er tauschte Blicke mit fremden Menschen aus, die doch Freunde waren. Andreas tangierte ihn hier nicht. In seinem luziden Traum gerann die Freiheit sofort in verstohlene Küsse, die Lippen vertraut in ihrer weichen Wärme. Der Geschmack von Körpern und fremden Mikrobiomen machte ihn immer traumtrunkener. Ein Allmachtsgefühl überkam ihn, betäubte seine Gedanken und schärfte seine Sinne. Sie umarmten sich, betasteten einander, gingen im Tanzen in die Hocke und rieben sich aneinander. Sonst fand Tom diese Art zu tanzen zu übertrieben. Im Mittelpunkt fühlt er sich nie wohl, er war ein Randkind, nicht gewollt, aber dennoch hier. Jemand tanzte ihn von hinten an. Er drehte sich um und schaute dem Jungen, der ihn angetanzt hatte, in die Augen. Er hatte ein schönes Lächeln, doch die Anmache fand Tom zu aggressiv. Er lächelte höflich und drehte sich wieder um. Der Junge tanzte ihn weiter an. Tom wünschte sich, der Typ verschwände einfach von der Tanzfläche. Ganz fest dachte er daran. Die Kräfte, die ihm der Traumtanz verlieh, waren leider nicht stark genug. Robert nahm seine Hand und verschwand mit ihm von der Tanzfläche.

Viktor und Anna kauften sich zwei große Ginfizz und setzten sich an die Bar in der Panne. Hinter ihnen war eine Couch, so lang wie die Wand, ein Wolfgang Tillmans hing hier irgendwo. War es noch ein Arsch oder schon ein Rachen? Es dauerte ewig, bis sie bedient wurden. Die ostentative Ignoranz der Bedienungen war Teil des Spiels, auf das man sich im Club einließ. Eine freundliche Bedienung hätte dem Laden eine Wärme verpasst, die hier nicht hergehörte. Oder es war die anstrengende Arbeit mit druffen Fressen vor der Nase, die sich kaum noch zu artikulieren wussten, die die Freundlichkeit aus dem Barpersonal vertrieb. Hatte man es endlich geschafft zu bestellen, schmeckte der Drink besser, weil man ihn sich erkämpft hatte. Die Thekenkräfte boten ihren Service nicht an, sie waren so gnädig, ihre Arbeit auch für dich zu tun, Ziehnäschen.

Viktor glaubte zu wissen, wo er Lars finden könnte. Bestimmt tanzte er unten mit seinen Partymonster-Freunden. Beim Gedanken an die kurze Begegnung auf der Toilette war er so irritiert, dass er das Gefühl hatte, die Regeln des Spiels, das er und Lars spielten, nicht zu verstehen. Anna sprach ihm Mut zu.

„Okay, du bist verknallt. Und ja, der Junge ist schön. Sehr schön sogar. Aber mal ganz ehrlich: Piss dir nicht die Hosen voll. Wir tanzen uns warm, der kocht sich selbst mit Drogen weich, und in ein, zwei Stunden gehen wir runter in die Hölle. Dann ist er leichte Beute. Wenn er noch geradeaus gucken kann."

Er selbst war zu gelähmt, um zu denken. Der Jäger wartete, bis seine Beute so sediert war, dass er sie einfach erlegen konnte. Das Narkosemittel verabreichte die Beute sich selbst. Zack – zuschnappen. Warum war das so verdammt schwer? Wenn sie einander mochten, konnten sie doch mal einen Kaffee trinken gehen. Warum mussten sie sich zu gottlosen Uhrzeiten in einem alten DDR-Gebäude mit chemischen Drogen vollballern?

Auf der Tanzfläche trafen sie auf Robert und Tom, beide waren hart aufgeputscht. Tom verhielt sich in seiner Highness zu niedlich, als dass Viktor ihn hätte belächeln wollen, taumelte er doch selbst vom Gin. Paul kreuzte auf und machte Tom Avancen. Viktor hoffte, dass auch Lars bald auftauchte, da er bei Paul war, doch vom schönen Lars keine Spur. Bevor Paul ihn in Small Talk verwickeln konnte, zog Robert die Reißleine und schleppte die vier auf die Toilette. Und wieder ziehen.

„Da wollte dir jemand den Boy streitig machen", sagte Viktor zu Robert, während sie auf eine freie Kabine warteten.

„Der kann ruhig seinen Spaß haben. Wir hier hatten aber noch keine Willkommens-Line. Wenn wir schon einen Pakt schließen, dann müssen wir den auch durchziehen."

Tom hielt grinsend Annas Hand und starrte Löcher in die Luft.

„Was habt ihr denn genommen?", fragte sie Robert und drückte Toms Hand.

„Ein bisschen CK."

„CK?" Viktor verstand nicht, wovon Robert sprach. „Eine Pille mit Calvin-Klein-Logo?"

„*Cocaine* und Ketamin", sagte Anna dozierend. Das *cocaine* sprach sie betont britisch aus.

„Okay. Verstehe."

Viktor verstand nicht. Von Ketamin hatte er gehört, den Effekt der Droge kannte er aber nicht. Mischkonsum mit harten Drogen war nicht sein Ding, er bevorzugte Alkohol und Kokain. Manchmal warf er ein Teil, aber er konnte sich an jedes Mal erinnern. War Ketamin nicht dieses Pferdebetäubungsmittel? Für jemanden, der schon lange in Berlin unterwegs war, kam er sich gerade ziemlich blauäugig vor.

Eine Kabine öffnete sich, und ein großer, muskelbepackter Typ im Tanktop kam herausgestolpert, dann noch einer, noch einer und noch einer. Tom schaute ihnen hinterher, als wollte er ihnen folgen. Anna lachte und drückte seine Hand ein wenig fester, sagte damit: Bleib mal schön hier.

„Wer will Koks?", fragte Anna und holte ihr Telefon aus der Hosentasche.

„Wer will Keta?", fragte Robert zurück.

Viktor schaute zu Tom, der benommen in der Ecke stand. Er sah glücklich aus mit seinem Trip, aber er war so unkommunikativ, dass Viktor ihn nicht weiter stressen wollte. Was, wenn er sich ins Aus schoss? Wie Tom einfach nur in der Ecke stand, kaum fähig, sich zu artikulieren? Er war hier nicht zum Spaß. Er wollte seine Sinne beisammen behalten.

Anna roch Viktors Skepsis: „Ich glaube, wir setzen aus. Tom vielleicht besser auch."

Tom glaubte, seinen Namen gehört zu haben, und nickte.

„Gut, dann koksen wir uns klar." Robert tätschelte Toms Kopf.

Anna entging nicht, wie liebevoll Robert dabei war. Wie seine großen Hände mit den schönen Haaren auf dem Handrücken Tom am Hinterkopf anfassten. Ihr entging nicht, wie selten sie Männer dabei beobachtete, zärtlich zueinander zu sein.

Jemand hielt Tom eine Line Kokain vor die Nase, er zog sie weg. Der Geruch kitzelte ihn in seinem drogeninduzierten Traum. Das luzide Allmachtsgefühl verschwand, doch die Betäubung blieb. Er wurde aus der Kabine gespült, geführt von einer weichen, beringten Hand, die ihn am Waschbecken verließ. Er wusch sich das Gesicht, trocknete es an seinem T-Shirt ab und ging, ohne zu wissen, wohin, an einen Ort, der ihm Ruhe bot. Erst mal weg vom Krach und weg von diesen ganzen Menschen, war das Einzige, was sein Kopf zu denken imstande war. Wo war er?

Der Anbau war ein symmetrischer Glaskasten, der sich widerwillig in die Architektur des Clubs eingliederte. Von innen heraus waren die Glasscheiben wie die Wände eines Aquariums. Die Welt draußen wurde zu einem Ort, den man betrachten konnte wie ein Zoobesucher die Tiere in einer Unterwasserwelt. Die S-Bahnen fuhren von der Warschauer Straße zum Ostbahnhof und umgekehrt. Vom Ostbahnhof aus ging es zur Jannowitzbrücke. Dort konnte man in die U8 umsteigen und nach Neukölln fahren. Nach fünfzehn Minuten Fahrt konnte man aussteigen und zu Fuß zu Toms Wohnung laufen, wo eine leere Weinflasche neben einer vollgeaschten Tasse im Wohnzimmer stand. Es musste dort noch immer nach Rauch riechen. Das Waschbecken im Bad war noch immer voller Haare, jetzt vielleicht sogar schon im Abfluss eingetrocknet. Wie sollte er die da wieder rausbekommen? Tom fuhr sich mit der Hand über die Seiten. Die kurzen Haare kratzten an seinen Fingern, die BOY-Mütze auf seinem Kopf wog schwer. Er stellte sich näher an das Fenster. Seine Hand berührte das kalte Glas. Das Licht der Morgensonne von dunklen Wolken gedämpft.

Er hatte den Impuls, eine Zigarette rauchen zu wollen. In seiner Hosentasche klemmte eine halb volle Packung, die er betrachtete, als sähe er sie zum ersten Mal. Die fehlenden Zigaretten erzählten die Geschichte eines Abends, der ihm vorkam, als wäre das hier alles ein Film, bei dem er in der Mitte eingeschlafen war. Was war passiert?

Als Tom die erste Zigarette aus dieser Packung rauchte, krachte etwas in seinem Schicksalsgefüge. Die Parameter seiner Realität verschoben sich. Etwas in den Gegebenheiten wurde flüssiger, Möglichkeiten lagen vor ihm, die nur ergriffen werden wollten, um ihn auf eine Achterbahnfahrt in ein neues Leben mitzunehmen. Alles fügte sich wie ein perfekt durchkomponiertes Set, ein Track schmolz in den nächsten. Er zündete sich eine Zigarette an und ging die Treppe hinunter, die auf die zweite Ebene des Raucherraumes führte. Der Bass wurde lauter. Er passierte die quatschenden Gruppen, ohne ihnen Beachtung zu schenken. Am Ende des Raums war ein dunkler Eingang, aus dem es laut schepperte. Dahinter lag das Hain selbst.

Seit er im Gebäude war, hatte er nur in der Panorama Bar getanzt. In der Gruppe hatte er sich wohlgefühlt, sich zu House-Musik amüsiert. Leise summte er einen unbestimmten Beat. Tom machte sein eigener Mut zur Freiheit Angst. Der Drang, alleine zu sein, wurde immer stärker, seine Nerven schrien überreizt, die vielen Drogen war er nicht gewohnt. So lange unter Menschen zu sein, war er nicht gewohnt. Er sehnte sich nach Einsamkeit und folgte dem stumpfen Versprechen aus Bass. Wann hatte er zum letzten Mal geschlafen? Nur langsam gewöhnten sich seine Augen an die Dunkelheit. Das aufblitzende Stroboskop befeuerte ein Ritual, das Konzept „Club" schien Tom nie schlüssiger: Wo sonst gab es die Möglichkeit für eine große Gruppe von Menschen zusammenzukommen? Menschen waren Rudeltiere. Der Arzt tanzte neben der Grafikerin, neben dem Friseur, neben dem Studenten, neben hartzenden Rave-Kids. Ob es nun Trommeln oder Drum Machines waren, die Menschen zusammenbrachten: Der Rausch einte die Seelen.

Tom besann sich auf seinen Atem, spürte, wie sein Bauch sich bewegte, die Lunge sich füllte. Er bahnte sich seinen Weg durch die Menge, umgeben von so vielen Menschen, dass er zugleich wieder alleine war. Alleine, ohne sich zu verlieren; verbunden, ohne zu suchen. Mit geschlossenen Augen stand er still da, der Bass hallte in seinem luftgefüllten Brustkorb wider, der Sound baute eine Landschaft um ihn herum auf. Immer wieder stießen verschwitzte Körper gegen ihn. Es gab nur noch einen Gedanken, der immer wieder, immer wieder kam und ging, wie eine Welle: TOM. TOM. TOM.

Langsam bewegte er seinen Körper, zuerst die Beine, mit den Füßen wippte er im Takt. Seine Hüften folgten unauffällig, die Arme ließ er herunterhängen. Sein Unterkörper forderte seinen Oberkörper auf mitzumachen, und ganz langsam schmiegte er sich an die Musik, die ihn willkommen hieß. Toms Körper und die Musik umgarnten einander wie alte Freunde, die sich lange nicht gesehen hatten. Die Atmosphäre kippte: Die alten Freunde hatten noch eine Rechnung miteinander offen, und die Musik intensivierte ihre Liebkosungen. Toms Körper gab sich ihr willenlos hin, er wurde zu einer Marionette, die nur vorgab, an Fäden zu hängen. Hin und wieder durchbrach er die Muster seiner Bewegungen, um sich seiner Autorität über sich selbst zu vergewissern. Er tanzte langsamer als die anderen, um ihren Enthusiasmus ins Lächerliche zu ziehen. Er tanzte schneller als die anderen, um ihre Zurückhaltung bloßzustellen. Tom bewegte sich an einem vertrauten Ort zu vertrauten Klängen in vertrauten Mustern, doch der Tom, der hier tanzte, war neu. Der goldene Käfig stand leer. Tom tanzte. Endlich.

Die Priesterin hangelte sich an den Energien entlang, die sie umgaben, spürte den Linien nach, die durch die Luft flirrten, selbst nur Wellen, selbst nur Liebe. Ihr Körper übersetzte die Musik. Mit ihren Händen zeichnete sie magische Sigille in die Luft, die wie Bannsprüche flatterten und wieder verflogen. Kala wusste, dass ihre Art zu tanzen „besonders" war, wie Lars es mit einer Mischung aus Zuneigung und Scham nannte. Weder genoss sie es, noch lehnte sie es ab. Als Priesterin spiegelte sie die Blicke. Sie fing sie auf, warf sie zurück und entließ sie so zurück in die Menge. Das Wort Hedonismus klang banal in ihren Ohren. Reiner Spaß? Sie wollte in die Abgründe der Seele eintauchen. Das Leben versprach Freiheit, doch es nährte die Angst. Das Leben gierte nach Sex, doch es lockte mit dem Tod. Sie warf die Erwartungen auf den Scheiterhaufen der Musik und setzte die Sehnsucht an deren Stelle. Sonntags wollte sie nicht denken, sie wollte einfach nur fühlen. Und dieses Gefühl wollte sie mit anderen teilen. Frei von allen Vorurteilen war es die Leidenschaft für die Musik, der Rhythmus der Bewegungen, der hier über Sympathien entschied. Sonntags erträumte sie sich eine uranische Zukunft. Ihr Blick kreuzte sich mit dem von Lars. Sie zwinkerten einander zu. Es war wieder an der Zeit nachzulegen, denn die Magie ebbte schon wieder ab.

10.00 UHR

Die soziale Architektur des Floors ergab sich aus den räumlichen Gegebenheiten. Auf der rechten Seite, in direkter Linie mit der DJ, standen die Techno-Kids. Sie brauchten den Zugang zur Bühne zwischen den Boxen, um ihre Highness vor den Augen aller in Rudeln auszutanzen. Vor der in die Wand eingelassenen DJ-Booth tanzten die Groupies und Fans, die versuchten, einen Blick auf die Platten zu erhaschen. Einen Track wünschte sich hier niemand. In der Mitte standen die Soundaffinen. Hier war der Klang am besten. Rechts war die Bärenecke, strategisch günstig neben dem Darkroom gelegen. Wer sich hier hindurchschlängelte, prallte auf muskelbepacktes, verschwitztes Fleisch. Inmitten der Bären tanzte eine Frau in einem schwarzen, durchsichtigen Kleid, einen Schleier über dem Gesicht, breitbeinig und schwungvoll. Ihre Nippel tanzten neben den nackten Nippeln der Bären. Man erzählte sich, sie sei die Königin der Bären – und dass ihre Tattoos sich von selbst bewegten, wenn sie das wollte.

Erik hatte noch nie so lange im Hain getanzt. Es war seine Art, Simon zu vermissen, obwohl er im gleichen Gebäude war. Irgendwo musste er gerade in einer Toilette stehen, Geld gegen Drogen tauschen, immer darauf bedacht, nicht erwischt zu werden. Auch wenn sie räumlich nicht weit voneinander entfernt sein konnten, trennten sie zwei Sphären. Was für Erik Spaß war, war für Simon Arbeit. Erik wollte für ihn tanzen, damit er ihm später von der Musik berichten konnte. Er wollte das für Simon fühlen, was er ihm so sehr gönnte. Wenn sie schon nicht zusammen sein konnten, sollte wenigstens einer von ihnen das Marathon-Set durchtanzen, auf das Simon sich so sehr gefreut hatte. Bevor Simon gegangen war, hatte er Erik ein kleines Überlebenspaket geschnürt.

„Ich will nichts, mir geht's gut", hatte Erik erwidert.

Simon ließ ihm das nicht durchgehen.

„Du brauchst Drogen, Kleiner. Ich will nicht, dass du wegen einer Line Speed angelaufen kommen musst."

Erik spürte, dass das Simon wichtig war. Er wollte Verantwortung zeigen, indem er Erik mit Drogen ausstattete. Das Hain war ein Kampf gegen die eigenen Bedürfnisse, denn eine Gefahr schwebte über allem: Müdigkeit. Niemand musste nach Hause gehen, es gab immer jemanden, der Amphetamine teilte. Am Ende verabschiedeten sie sich. Erik hatte jetzt zwei Pillen, ein Gramm Speed und ein angebrochenes Gramm Ketamin in der Tasche. Er wusste nicht, was er mit den ganzen Drogen anfangen sollte. So high wollte er nicht werden. Eine Pille hätte es auch getan. Hungrige Nasen für eine große Runde fanden sich immer. Und dann war da noch die Pappe, der Acid-Trip, den er mit Simon nach dem Berghain einwerfen wollte.

„Pass auf das LSD auf. Wir nehmen das, wenn wir hier fertig sind. Das ist eine Erfahrung, die ich mit dir zusammen machen will. Das wird schön."

Simons Vorstellungen von einem romantischen Wochenendtrip waren weit weg von dem, was Erik sich ausmalte. Der Sex auf Ketamin war eine Erfahrung gewesen, die Erik ohne Simon niemals gemacht hätte. Bei LSD als finalem Rausch für ein Wochenende voller Highness hatte er vielleicht auch recht. Doch Erik sah sich nicht auf LSD, sah sich nicht nach so viel Geballer noch eine Pappe einwerfen. Er musste Simon nur irgendwann erklären, dass er es bis zum nächsten Sonnenaufgang hier nicht aushielt.

Neben ihm tanzte ein Junge, der Erik an Simon erinnerte. Äußerlich waren sie sich nicht ähnlich, aber in ihrer Art zu tanzen lag eine stille Eleganz, eine niedliche Tiefe, die Eriks Beschützerinstinkt weckte. Auf seiner Kappe stand in großen weißen Lettern BOY. Erik mochte den Boy. Er fand ihn sympathisch, wollte ihm näherkommen. Er tanzte neben ihm. Die Leute um sie herum waren gezwungen, sich neu zu arrangieren. Jedes Mal, wenn jemand auf der Tanzfläche den Ort wechselte, ordnete sich das Gefüge der tanzenden Körper neu. Es war ein fragiles System, das davon abhing, dass alle Beteiligten sich darauf einließen, gekonnt Abstand zu halten. Wie konnten so viele Menschen hier so nah sein, ohne die Namen der anderen zu kennen? Auf Abstand war Erik nicht aus. Der Boy flüchtete in eine Lücke, die sich vor ihm auftat. Seine Bewegungen waren verträumt, und sein Körper flirtete mit der Musik, kokettierte mit ihr, war nur für die Musik da, als ob kein Mensch dieses getanzte Zwiegespräch stören dürfte. Der Boy drehte sich und schaute Erik in die Augen. Er lächelte, aber im nächsten Moment wurde er wieder ernst. Der Rausch erforderte seine volle Aufmerksamkeit. Er war konzentriert high. Das Lächeln ein kurzes, herzliches Aufblitzen, das den meditativen Tanz durchbrach. Erik lächelte sanft zurück. Sie imitierten die Bewegungen des anderen, zeigten einander so tiefe Traumtäler aus ihrem Unbewussten, zärtlich und tapsig.

„Hast du Bock auf eine Line?“, fragte Erik. Dabei hielt er den Daumen ans Ohr des Boys, sodass er ihn besser verstehen konnte. Der Boy nickte.

Die Berührung kam unerwartet. Zunächst verstand Tom den Finger an seinem Ohr nicht. Als er den Typen, dessen Namen er nicht einmal kannte, beinahe klar verstehen konnte, merkte er, dass da jemand einen Trick anwandte, den nur erfahrene Club-Kids kennen konnten. Er nickte. Der Exzess schien ihm eine gute Lösung für das Chaos in ihm zu sein. Die Dosis macht das Gift. Heute vertrug er eine hohe Dosis. Er fühlte sich wohl.

Die Musik in der Panorama Bar hatte einen Durchhänger. Der Beat konnte Viktor nicht mehr von den Schmerzen ablenken, die seine Füße an sein Gehirn kommunizierten. Er schleppte Anna zur Bar, um einen Shot zu trinken. Der Alkohol beruhigte seine Nerven, das Sitzen tat seinen Füßen gut.

„Warum machen wir das eigentlich nicht öfter?“, fragte Anna und boxte Viktor in die Seite.

„Feiern gehen?“

„Ja, schau mal: Wir sind im besten Alter dafür. Haben ein Leben. Wissen, wie's geht."

„Ich habe nicht das Gefühl, dass ich weiß, wie irgendwas geht."

„Du hast eine Schauspielkarriere, die dich ernährt. Du hast coole Freunde, die mit dir um die Häuser ziehen."

„Du hast einen Job, der dich glücklich macht?"

„Okay, *I know*, das ist nicht der Punkt. Wir sind mehr als unser kreatives oder materielles Leben, verstanden – verstanden. Aber ernsthaft. Bockt mit dir."

Viktor schaute Anna von der Seite an. Sein Selbstbewusstsein war so angefressen, dass er Annas unumwundenes Kompliment nicht annehmen konnte. Sie schaute sich im Club um, scannte die Leute. Er betrachtete sie weiter und atmete tief aus. So stand er sich nur selbst im Weg. Wenn er so versessen auf diesen Typen war, wie unsexy war das?

„Mach dich mal locker, Viktor", sagte Anna, als wäre sie seinen Gedanken gefolgt. „Wir sind jetzt hier und ganz ehrlich: Wenn irgendwas scheiße läuft, auf mich kannst du zählen. Wir kiffen uns einfach die Birne weg, bis das Herz nicht mehr wehtut. Oder bingen so lange Serien, bis wir nicht mehr wissen, wie wir heißen. Es gibt immer einen Weg."

„Und wenn der Weg bedeutet, dass ich mich auf dem Weg verletzen kann? Was, wenn ich mir wehtue?"

„Dann weißt du wenigstens, dass du noch am Leben bist."

Dem hatte Viktor nichts entgegenzusetzen.

Als Paul im Hain auftauchte, grinste er wie ein kleiner Junge, der etwas angestellt hatte. Kala und Lars wollten gerade die Tanzfläche verlassen, um das Ketamin aufzufrischen. Wie ein Raucher, der bei fallendem Nikotinspiegel intuitiv zu einer Zigarette greift, wussten die beiden, dass es an der Zeit war, ein bisschen mehr Rauschmittel in ihre Blutbahnen zu pumpen. Paul folgte den beiden zur nächsten Toilette.

„Also", setzte er an.

Lars verzog die Augenbrauen skeptisch, die Lippen schmal. Er erwartete eine dumme Ansage, die aus Pauls schlecht versteckter Spießigkeit stammte. Die Standpauke ging in eine andere Richtung.

„Viktor ist in der Panorama Bar, und du tanzt ruhig hier vor dich hin?"

„Hab ihn schon gesehen. Eben, auf der Toilette."

Lars reagierte trotzig, doch etwas in ihm regte sich. Der erste Tanz war getanzt, klar konnte er weitertanzen, aber es war gut, auch mal zwischendurch andere Aktivitäten einzulegen. Niemand kann zwölf Stunden Musik verarbeiten. Jetzt wäre eine gute Zeit, um einen Spaziergang zu machen oder die Beine hochzulegen.

„Bist du dir sicher, dass du noch eine Line willst? Jetzt?"

Kala wiegte den Kopf.

„Ach, eine kleine. Wieso? Wer ist denn Viktor?"

„Lars hat sich …"

„So ein …"

Paul und Lars fielen sich gegenseitig ins Wort. Kala schaltete selbst.

„Oh, ist das der Typ, den wir gesehen haben, als wir unten waren? Der dunkle große?"

„Lars' Crush."

„Mein was? Ach, halt die Fresse."

Kala kicherte. „Das sah aber nicht nach ‚Halt die Fresse' aus."

Zugleich rang Lars' Stolz mit seiner Neugierde. Viktor schien ihm nicht wie jemand, den man einfach so klarmachte. Jemand, auf den man zuging und der einen mit offenen Armen empfing. Er mochte das Spiel mit der Begierde, mochte die Unsicherheit, die aus der Gewissheit entsteht, einander zu wollen. Wenn man mehr als einen einfachen Fick wollte, durfte man es sich nicht zu einfach machen. Die Neugierde gewann, der Stolz gab sich vorerst geschlagen. Der Stolz zog sich zurück, um neue Kräfte zu sammeln. Die Schlacht war verloren, der Krieg noch nicht. Paul und Lars ließen Kala alleine. Sie wolle sich ohnehin auffrischen, hatte sie ihnen gesagt.

Als sie die Toilette betrat, genoss sie die Einsamkeit. Sie zog ihr langes Kleid nach oben und ging in die Hocke. Die Muskeln in ihren Oberschenkeln zitterten, die Hände drückte sie gegen die nassen Steinwände. Als sie pinkelte, schmerzte es leicht. Den Schmerz kannte sie, wollte ihn nicht googeln. Wahrscheinlich war sie einfach dehydriert.

Nachdem sie fertig war, spülte sie ihren Urin und die Zweifel weg. Es war einfach, sich im Club zu fragen, alleine auf der Toilette: Was mache ich hier eigentlich? Momente wie diese konnten an zu vielen oder zu wenigen Drogen liegen, aber sie gehörten dazu. Eine Party, die vom Tag in die Nacht in den Tag in die Nacht in den Tag gehen konnte, war nicht einfach für das Bewusstsein, erst recht nicht nüchtern. Der Schlafentzug war nur einer der vielen Stressfaktoren. Die goldene Regel war: immer schön Wasser trinken. Doch vor dem Wasser wollte Kala nachlegen.

Sie schaute auf ihr Handy. Eine neue Nachricht blinkte auf dem Display: *Der Regenbogen strahlt bald, machen uns gerade fertig. Laurence ist ein bisschen pissig, weil du schon los bist. Ich bring sie runter, bis wir da sind. Schieß dich nicht ohne uns ab!*

Mick umging den Gruppenchat, schrieb ihr direkt. Kala lachte alleine auf der Toilette. Das Lachen hallte, war ihr unangenehm, doch sie freute sich auf ihre Mitbewohner. Jeder hatte so seinen Rhythmus, aber in den Club kamen sie sonntags irgendwann alle.

Im gläsernen Aquarium rauchten Tom und Erik zusammen eine Zigarette, bevor sie sich auf die Toilette wagten. Sie setzten sich auf die Treppe.

„Hab dich eben schon in der Panne gesehen, du kennst Robert, oder?“ Tom betonte den Namen, die Verbindung sollte unumstößlich klar sein. Sie hatten einen gemeinsamen Bekannten.

„Was heißt schon kennen? Wir kennen uns von hier. Wie gut kennt man seine Feierbekanntschaften schon?“

Etwas Weiches, Süßes lag in Eriks Deutsch, das als Akzent kaum wahrnehmbar war.

„Wo kommst du her?“, fragte Tom. Erik kannte diese Frage zu gut. Es war der typische Club-Small-Talk.

„Aus Schweden, aber meine Mutter ist aus dem Libanon … und ach, egal, das ist kompliziert, ich lebe seit zwei Jahren in Berlin.“

„Gar nicht kompliziert. Ich finde das interessant. Ist ja auch eigentlich eine bescheuerte Frage, das ‚Wo kommst du her?‘.“

„Kommst du aus Berlin?“

Tom hasste diese Frage. Er wäre gerne aus Berlin, seine Herkunft war nicht der Rede wert.

„Aus Westdeutschland“ war ein langweiliger Herkunftsort.

„Wie lange bist du schon hier?“ Erik beschloss, den Club-Small-Talk-Ritualen Tribut zu zollen. Die Verlegenheit ließ nicht mehr zu.

„In Berlin? Ein paar Jahre.“

Das typische Missverständnis. Erik führte dieses Gespräch nicht zum ersten Mal.

„Im Club, meine ich.“

„Oh, ach so. Ich kann mich nicht genau erinnern, um ehrlich zu sein. Irgendwann vor sechs. Und du?“

„Ich auch, halb sechs oder so.“

Beide ließen unerwähnt, mit wem sie gekommen waren. Aus dem „Wir“ war ein „Ich“ geworden. Sie begegneten einander als Individuen, nicht als halbgare Pärchen. Erik merkte, dass Tom nervös war. Er wirkte, als wollte er sich entweder auskotzen oder so sehr abschießen, dass das Vergessen ihm leichter fiel. Die goldene Regel Nummer eins, „Drogen nur dann konsumieren, wenn es einem gut geht“, wurde von Regel Nummer zwei überstimmt: „Wenn es einem wirklich gut geht, hat man keine Lust auf Drogen.“

„Geht's dir gut?“, fragte Erik ihn so ehrlich, wie er selten im Club nach jemandes Wohlbefinden fragte. Die Antworten waren ohnehin austauschbar. Ja, klar, gut, wollen wir was nehmen?, das wäre der Standard gewesen. Tom antwortete nicht in Klischees sprechend, sagte nicht, worauf er gerade war, fasste nicht zusammen, was er schon alles genommen hatte. Er sagte einfach nur: „Ja, sehr gut eigentlich. Und dir?"

Erik lächelte und tätschelte Toms Kopf. Die Kappe verrutschte, Tom richtete sie wieder.

„Gut, mir auch."

„Wenn ich ehrlich bin, ein bisschen melancholisch fühl ich mich schon."

„Weltschmerz? Zu viele Drogen? Zu wenig Drogen?", fragte Erik und schaute durch das Fenster des Raucherbereichs auf die Außenwelt, als wäre sie der eigentlich unheimliche Teil der Situation. Als wäre sein vom Drogenrausch zerschossenes Bewusstsein näher an der Wahrheit als die eintönige Welt der Philister auf der anderen Seite.

„Ja. Also Weltschmerz. Aber das ist eine gute Basis fürs Feiern, oder?"

Erik lächelte wehmütig und zog an seiner Zigarette. Der Tabak war beinahe aufgeraucht, nur noch wenige vorsichtige Züge konnte er von ihr abnagen. Ohne ein Wort zu sagen, drückten sie ihre Zigaretten auf dem geriffelten Metallboden aus, gingen zur Toilette und quetschten sich durch die quasselnde Menge. Die Geräusch-Melange, die ihnen entgegenschwirrte, war ein von der Highness verzerrtes Sprachgewirr, das es nur hier gab. Gruselig und süßlich zugleich kitzelte es ihre Ohren. Sie gingen ans Ende des Raumes, um auf eine der hinteren Toiletten zu warten, und setzten sich auf die Couch. Die Melancholie versiegte ganz langsam in den Ritzen der siffigen Polster. Ohne die Welt vor Augen haben zu müssen, gab es auch keinen Schmerz mehr. Erik schaute sich nicht nach Simon um. Ihn jetzt im Stress zu sehen, hätte ohnehin keinen Sinn gemacht. Jetzt war er mit dem Boy unterwegs. Sie sprachen nicht viel, doch ihre Ellbogen berührten sich zögerlich.

Paul schleppte Lars auf die oberste Ebene. Auf der Couchlandschaft wurden Joints gedreht, sich ausgeruht, nach Longpapers gesucht und ausgespannt. Sie gingen auf den Balkon, der den Blick auf die obere Tanzfläche ermöglichte. Aus der Vogelperspektive wirkte der Raum überschaubar. Während man von der Menge aus die Panorama Bar als Meer rhythmisch tanzender Körper wahrnahm, sah sie von oben aus wie ein Aquarium exotischer Fische.

„Da unten, siehst du, da ist Viktor, schiebt sich gerade durch die Menge."

Paul zeigte nach unten. Lars hoffte, Viktor drehte sich nicht um und sah, wie Paul den Finger auf ihn richtete. Dennoch war er beeindruckt davon, wie schnell Paul Viktor ausfindig gemacht hatte.

„Er sieht gut aus. Viel gepflegter ohne den ruppigen Bart."

Lars nickte anerkennend. Das schwarze T-Shirt und die dunkle Jeans ließen ihn aussehen wie einen klischierten Bohemien. Dass er sich nicht an die Club-Mode anpasste, gefiel Lars. Er selbst trug ein an den Armen abgeschnittenes Shirt: seine Club-Uniform. Immer dasselbe Shirt zu tragen, wenn er feiern war, half ihm, seine Club-Persona einzunehmen. Viele der Leute, die er hier regelmäßig sah, kannte er, Sommer wie Winter, in nur wenigen Outfits.

Ein Club-Outfit musste ganz bestimmte Anforderungen erfüllen. Es musste luftig genug sein, um sich beim Tanzen nicht zu Tode zu schwitzen. Die Luftigkeit ging mit Freizügigkeit einher, die Armfreiheit erleichterte das Tanzen. Gender-Performance wurde im Club nach anderen Regeln verhandelt als draußen. Die Hypermaskulinität kokettierte mit Eleganz, High Heels trafen auf Bärte, Jockstraps auf verschwommene Tattoos. BHs wurden auf Toiletten verbrannt und gegen Harnesse eingetauscht. Andere kamen im Pyjama, weil sie einfach Bock hatten. Wie oft war Kala hier in einem neuen Kleid aufgetaucht, das sie bei Humana geklaut hatte? Sie machte sich schick für die Kirche. Es war ihre Art der Uniform. Indem sie sich aus dem Kleidungscode ausschrieb, war sie tief in ihn eingeschrieben. Ihre persönliche Uniform war dennoch eine Uniform. Lars beobachtete, wie Viktor sich mit seiner Begleitung an die Bar setzte und einen Shot bestellte. Die beiden kippten den Schnaps in einem Zug weg.

„Und jetzt?", fragte Lars Paul ein wenig hilflos.

Wenn Paul schon bis hierher den Kuppler gespielt hatte, war es wohl eine gute Idee, ihn weiter in der Rolle zu benutzen, die er sich selbst aufgedrängt hatte.

„Ich wette, die gehen gleich noch mal eine Runde aufs Klo. Lass uns einfach runtergehen und da auf sie warten."

Wann auch immer man jemanden im Club verlor, auf der Toilette, das war stets sicher, traf man sich wieder.

Anna und Viktor verließen die Bar, um den Schnaps mit einer Line Koks aufzufangen. Das Zeug erwies sich als ergiebig. Viktor begann, sich zu langweilen. Die Musik wurde schlechter, sein Körper zeigte die ersten Anzeichen von Müdigkeit. Nur Annas ständiges Genecke hielt ihn am Ball – und ein bisschen grumpy, das war er immer von Koks.

„Wo ist Tom eigentlich? Seit wir auf dem Klo waren, hab ich ihn nicht mehr gesehen. Bei Robert in der Panne war er auch nicht", fragte Anna zu besorgt, um beiläufig zu klingen.

„Der kommt schon klar. Sei mal nicht so gluckig."

„Gluckig? Sind wir jetzt schon in dem Alter, dass wir uns gluckig verhalten müssen?"

„So war das nicht gemeint."

Viktor interessierte sich nicht für den Olfe-Boy. Er fragte sich, ob Anna sich wirklich Sorgen machte oder ob sie da in etwas rumstocherte, das sie nichts anging. Ob es ihn was anging, dass es sie nichts anging? Irgendwie waren hier zwar alle am Feiern, aber auch auf der Flucht, dachte er bei sich, wollte es aber nicht aussprechen. Er hatte keinen Bock auf Widerrede. Sollte Anna doch dem Boy hinterherspionieren, der der Freund eines alten Arbeitskollegen war und mit irgendwelchen Ravern rumknutschte. Drama war nicht sein Geschmack.

Die Toiletten waren so überfüllt, als wären sie eine eigene Tanzfläche. Hier wurde gedealt, geflirtet, ausgeharrt und gesucht. Hier wurde aufeinander aufgepasst und einander verloren. Es war wie ein wilder Marktplatz, auf dem man sich nebenbei noch schnell die Handgelenke mit kaltem Wasser kühlte, bevor die Pille einkickte. Paul und Lars quetschten sich durch die Menge. Lars begrüßte flüchtige Bekannte. Er wollte sich nicht mit Small Talk aufhalten. Sein Ziel war die Heizung am Ende der Toilette, denn sie war der richtige Punkt, um auf Viktor zu lauern. Der Hochsitz, von dem aus er bequem auf die Jagd gehen konnte, ohne sich zu bewegen.

Paul tauchte aus der brabbelnden Menschenmenge auf und hatte einen Jungen im Schlepptau, der aussah wie das perfekte Club-Klischee: hot und gleichzeitig so sehr von sich überzeugt, dass er nicht mehr nahbar war.

„Habt ihr Lust auf eine Line?", fragte Erik von der Couch aus.

Lars überlegte. Er wollte nicht jedem erklären müssen, dass er eigentlich auf der Suche nach Viktor war. Eine gute Ausrede fiel ihm nicht ein. Paul schwieg.

„Warum nicht?", sagte Lars.

Der Stolz gewann diesmal. Auf Drogen zu verzichten, nur um Viktor nicht zu verpassen, kam ihm schäbig vor.

Tom fühlte sich unwohl. Er hatte gerade begonnen, sich an Erik zu gewöhnen. Er wollte sich öffnen. Jemandem von der ganzen Geschichte seines Abends erzählen. Jemandem das vor die Füße kotzen, wofür er sich zu schämen weigerte. Er kam sich unehrlich vor, brauchte einen Spiegel, in einem Club, der keine an den Wänden hatte. Paul stellte sich ihm gegenüber, lehnte sich an die Toilette und zwinkerte Tom zu. Die Begegnung in der Panne war noch nicht vergessen. Lars stand angespannt neben ihm.

Scheinbar haben alle hier ihr Päckchen zu tragen, dachte Tom. Lars' unnahbares Gehabe machte ihn nur noch attraktiver für Tom.

Bornierte Bohemiens, hot, dachte sich Tom.

„Wie war euer Abend noch?“, fragte Lars an Erik gewandt. „Ihr saht ziemlich durch aus, als wir uns in Mitte getroffen haben.“

Erik verzog den Mund und zeigte ein schiefes Grinsen.

„Wir waren bci Simon.“

„Wo ist der jetzt eigentlich?“

„Gute Frage. Irgendwo hier? Habe ihn schon länger nicht gesehen.“

Lars wollte Erik von der Geschichte mit dem GHB erzählen. Er wollte ihn eindringlich darauf hinweisen, auf Simon aufzupassen. Aber wer war er, Erik das aufzudrücken? Er wusste nicht, wie die beiden zueinander standen. Außerdem könnte Simon gleich um die Ecke sein.

Die vielen Menschen um ihn herum nervten Viktor. Das routinierte Tanzen, Trinken, Ziehen – und alles wieder von vorn – langweilte ihn. Der Eskapismus, den er durch Sex hatte erreichen können, war nichts im Vergleich zum kollektiven Eskapismus, den ein Club bot. Mit jeder Stunde kamen ihm die Leute um ihn herum higher und leerer vor. Er fühlte sich gefangen. Die Idee, Lars in einem Club aufzulauern und ihn anzusprechen, sie gefiel ihm immer weniger. Er hätte ihn einfach anschreiben können. Mehr insistieren. Viktors Stimmung kippte. Blind für die Menschen um ihn herum, folgte er Anna von der Panorama Bar zur Toilette und legte sich Ausreden zurecht, warum er nach dieser Line gehen wollte. Den Rest des Sonntags konnte er verschlafen, vielleicht wollte sie auch gehen und sie konnten noch zusammen frühstücken. Aber hier im Club zu bleiben, kam ihm immer wahnsinniger vor. Er hatte ein Leben zu leben, auch wenn er gerade nicht wirklich wusste, wie. Das hier war es jedenfalls nicht.

Anna machte Tom am Ende der Toilette auf der siffigen Couch ausfindig. Er stand auf und umarmte sie, auch Viktor begrüßte Tom mit einer Umarmung. Er empfand immer mehr Zuneigung für den Boy, er spiegelte sich in dessen Verlorenheit. Sie waren einander vertraut geworden in diesem übervollen Chaos.

Der Moment, in dem er merkte, wer gerade neben ihm stand, versetzte Viktor einen Schlag in die Magengrube, der jeden Zweifel darüber, wo er gerade sein wollte, hinwegfegte. Paul winkte ihm zu. Lars lächelte ihn an – verstohlen, fast schüchtern. Die Tür einer großen Kabine öffnete sich. Erik sprang auf, Tom folgte ihm und zog Anna mit. Paul trottete hinterher. Lars wartete ab. Mit der Hand bedeutete er Viktor, in die Kabine zu treten. Als Lars die Tür hinter sich verschloss, standen sechs Leute auf engstem Raum in schummrigem Licht zusammen und wussten nicht, was sie tun oder ziehen sollten.

Noch nie war Tom mit so vielen Menschen in einer Kabine gewesen. Sie standen eng aneinander, ihre Körper berührten sich in erzwungener Intimität: Da grinste Anna, für die er immer mehr Sympathie, dafür immer weniger Bewunderung aufbrachte. Da stand dieser Viktor, den er nicht einordnen konnte, mit seinen schönen Augen und den dunklen Haaren, groß und sehnig. Da war Erik, mit den blonden Haaren, dessen Lippen so weich wirkten, dass Tom sich fragte, wie er wohl küsste. Da stand Lars, den er in seinem Kopf nur hot nannte, wissend, dass sie sich niemals kreuzen würden. Tom landete jetzt endlich in einem dieser Klos, die er immer sah, in die er aber nie eingeladen war. Er mittendrin in diesem wilden Leben, dieser wilden Stadt, von der er immer träumte. Er spürte ein Kribbeln im Unterbauch, nicht wie Geilheit, sondern wie Teilhabe. Mit Andreas war der Club ein ganz anderer Ort, war ritualisiert wie ein Porno: vorhersehbar bis zum Cumshot. Sie tanzten an den immer gleichen Stellen, tranken zwischendurch eine Club-Mate mit Wodka, um dann wieder zu tanzen. Sie verbrachten keine Zeit in der Raucher-Lounge, weil sie nicht rauchten. Die Toiletten besuchten sie nur am Urinal, weil sie hier nicht scheißen mussten und die Schlangen zu lang waren, um auf eine Kabine zu warten, um lediglich zu pinkeln.

Lars verschränkte die Arme, er wusste nicht, wohin mit seinen Händen. Die Enge der Kabine verleitete ihn beinahe dazu, Viktor anzufassen, nur um sich seiner Existenz zu versichern. Er fühlte Distanz, die mit Nähe im Zwist lag. Zugleich war Viktor so weit weg wie sonst niemand hier. Ihre Körper vibrierten neugierig aufeinander.

Kala zelebrierte es, wenn sie alleine in der Kabine war. Andere fanden das pathetisch, aber sie war hier ganz bei sich, ganz Priesterin, ganz Herrin über ihr Ritual. Vor allem große Gruppen konnten anstrengend sein. Wenn sich viele Menschen auf engem Raum zusammenquetschten und jemand versuchte, mit der letzten Feinmotorik in den Muskeln Lines für alle zu legen, war Kala schnell genervt. Sie genoss die Privatheit ihrer kleinen Toilette, denn hier durften ihre gestressten Sinne kurz verschnaufen und sich an die verschobene Wahrnehmung gewöhnen. In einem Club voller enthemmter Menschen mit schlechter Motorik war es wie ein kleiner Luxus, kurz für sich zu sein. Kala wertete eine Toilette nur für sich als ein Zeichen der Souveränität gegenüber dem Konsum. Das war das bisschen Self-Care, das sie sich im Club gönnte. Sie fühlte sich stärker als die Drogen, weil sie die Gruppe nicht brauchte, um sich den Konsum zu erlauben. Süße Vorfreude auf die Line kitzelte ihren ganzen Körper. Sie wusste, dass sie Gefahr lief, in eine Abhängigkeit zu geraten, doch sie genoss diesen Zustand. Ketamin erzeugte keine körperliche Abhängigkeit, nur eine psychische – wie schlimm konnte das schon werden? Wenn das der Preis für die Höhenflüge war, für besser als eine latente Depression befand sie den Dauerkonsum allemal. Sie erkaufte sich dadurch einen Blick auf die Welt, den nur wenige teilten, den andere als verrückt abstempelten. Eine kleine Line sollte es werden. Die Priesterin wusste am besten, was gut war, um das Ritual zu befeuern. Sie war Anhängerin, Hexe, Priesterin, *bruja*, Geweihte zugleich.

Erik fühlte sich verantwortlich für die Runde, weil er Tom eingeladen hatte. Selten war er der Gastgeber einer chemischen Audienz. Niemand hatte wohl genug Drogen dabei, um sechs Nasen zufriedenzustellen, ohne ein Baggie leer zu machen. Das Ketamin von Simon kam ihm in den Sinn. Verwendung hatte er dafür keine, warum es also nicht einfach plattmachen?

„Was tun wir jetzt?“, fragte Paul in die Runde.

„Ich hab Keta, reicht für alle“, sagte Erik selbstbewusst.

Lars wollte sich an der Diskussion um die Line nicht beteiligen. Er war auf die Toilette gekommen, um Viktor zu finden. Jetzt, wo sie aneinandergepfercht dastanden, verließ ihn die Verve, mit der er vorher noch Viktors Bart getätschelt hatte. Der Drang, Viktor zu küssen, über ihn herzufallen, jede seiner Fasern abzutasten, ihn zu erkunden wie eine neue Stadt, das alles war noch immer da. Der Club erlaubte diese Grenzüberschreitung, das wusste Lars, er wusste nur nicht, wie. Er küsste niemanden einfach so. Es war ein körperlicher Ort. Dort, wo Schweiß die Luftfeuchtigkeit ins Tropische steigen ließ, lag Sex wortwörtlich in der Luft. Hormone überall. Die vielen Darkrooms boten die Möglichkeit, sich den Weg ins Bett zu sparen. Jemanden aufzureißen und zu vernaschen war eine Sache von Minuten. Genau das war es, was er nicht wollte. Er wollte das vorsichtige Spiel zweier Maskulinitäten genießen, die einander umwarben. Eine Hand an seinen Rippen. Jemand fuhr mit den Fingern die Außenlinien seiner Tätowierung entlang. Die Narben, die die Nadel beim Einstechen der Farbe in der Haut hinterlassen hatte, prickelten. Die Berührung war sanft und von einer Neugierde, unschuldig und zugleich fordernd. Lars bekam eine Gänsehaut, die seinen ganzen Körper erschaudern ließ. Zärtlichkeit verhüllte das Begehren.

Die feinen Linien auf Lars’ Haut, die von der Muskulatur in seine Rippen übergingen, schienen Viktor so plastisch, dass er nicht anders konnte, als sie zu berühren. Wie ein neugieriger Junge, der keine Ahnung von Höflichkeit und Distanz hatte, betastete er sie. Lars' Haut war weich, die Muskeln sehnig. Die Farbe bildete eine spürbare Narbe. Eine Weinrebe schlang sich um einen Stock, der nicht mehr als ein grafisches Element sein durfte. Die fein ausgearbeiteten Reben hatte jemand so gut gestochen, dass Viktor sich fragte, warum der Rebstock selbst so plump dort saß. Er war ein dicker schwarzer Strich, dessen Flächigkeit die Details der Weinblätter herausforderte. Die Gänsehaut, die Lars' Haut sich auf Viktors Berührung hin aufbäumen ließ, veränderte die Struktur der Linien. Die Zartheit der Haut durchbrechend, fuhren Viktors Finger über eine raue Oberfläche. Sie kitzelte seine Fingerspitzen. Die Gänsehaut übertrug sich auf ihn, sein ganzer Rücken knisterte. Der Wolf attackierte die Angst so stark, dass sie kaum Zeit hatte, sich aufzuraffen. Seine Fänge bissen immer fester zu. Er schaffte es, ihr ein Stück Fleisch zu entreißen, das nicht nachwachsen konnte. Die Angst war nicht besiegt, aber sie hatte einen so großen Fetzen ihrer Substanz verloren, dass der Wolf sich beruhigt zurückzog.

„Schönes Motiv", sagte Viktor.

„Danke", sagte Lars.

Schüchternheit kannte er nicht von sich. Seine Antwort klang forscher, als sie gemeint war. Die Spannung zwischen den beiden war für alle im Raum spürbar, aber die Diskussion um die Drogen band die Aufmerksamkeit der anderen. So war die Spannung nicht mehr als ein kleiner Blitz in ihrer Wahrnehmung, die gebannt auf den Rausch wartete. Erik faltete einen Geldschein, knickte die Ecken an den Seiten ein und gab ihn Tom. Der hielt ihn fest, als trüge er eine Monstranz in Händen. Erik nahm ein Tütchen aus seinem Geldbeutel und öffnete es. Es war voller kleiner weißer Kristalle, die funkelten, als wären sie ein seltener Rohstoff von einem fremden Planeten. Er schüttete den ganzen Inhalt auf den Geldschein und warf das Tütchen weg, die große Runde ließ ihn mutig werden. Der Gastgeber wollte nicht knauserig sein. Tom erinnerte sich an die Mischung, die Robert gemacht hatte. Sollte er einsteigen und eines der Koks-Tütchen leer machen?

„Das wird mir zu viel, ich hab noch Koks. Das machen wir auch leer." Anna kam ihm zuvor.

„Ich hab auch noch was", sagte Tom schüchtern.

Anna lehnte ab: „Das Koks hier ist wertlos. Ich bin froh, wenn's weg ist."

„Dann bekommst du später was von meinem. Okay?"

„Ich komm auf dein Angebot zurück, wenn's brenzlig wird."

Anna kramte ein kleines Stück Plastik aus ihrem Geldbeutel, dessen verzwirbelte Enden verbrannt waren, um es zu versiegeln. Sie riss es über dem Geldschein auf und ließ das Kokain auf das Ketamin rieseln. Die Strukturen waren so unterschiedlich wie die Wirkungen. Das Kokain war matt, das Ketamin glitzernd. Das eine bestand aus Kristallen, das andere fiel herunter wie kleine Asteroiden.

„Also, wenn ihr wollt … Ich könnte noch was beisteuern."

Lars erwachte aus seinem von Viktors Berührungen induzierten Paralleluniversum. Neugierig schaute er auf Paul. Paul hatte sonst nie Drogen. Er schnorrte sich durch, zog mit, aber pushte niemanden.

„Jemand Lust auf Mephedron?"

Die Reaktionen waren gemischt. Tom hatte keine Ahnung, was Mephedron war. Anna atmete hörbar tief ein und aus, als wäre unabwendbar, was jetzt kommen würde. Lars grinste anerkennend, Viktor schaute auf Lars' Grinsen. Erik nahm Tom den gefalteten Geldschein mit dem Haufen Drogen aus der Hand und hielt ihn Paul hin.

„Tu was rein, aber nicht zu viel."

Vorsichtig streute er etwas von dem leicht gelblichen Pulver in die Mischung. Der Geruch breitete sich sofort in der ganzen Toilette aus, es roch nach altem Sperma und Chemie.

„Ich weiß noch, als das legal war …", sagte Anna. „Das haben wir uns immer aus London mitgebracht. Badesalz hieß das. Komisches Zeug, aber geil. Keine Ahnung, wie das in so einer Mischung wirkt. Aber das hat früher schon immer mal wieder gebockt."

Viktor hatte sie noch nie wie einen Junkie sprechen hören. Lars sah die Skepsis in Viktors Augen, ließ die Arme unschuldig herunterhängen und griff Viktors Hand. Vorsichtig drückte er sie, als wollte er sagen: Wird schon. Sein Daumen streichelte über die großen Venen und die kleinen Haare. Ihr Atem stockte kurz, bevor er sich entspannt verlangsamte.

Der Geldschein war wie ein Altar, auf dem ihr kleiner Kult ein Opfer darbot. Erik faltete ihn und klopfte mit seinem Telefon gegen das Papier, um den Inhalt zu zerbröseln. Danach wischte er mit einer Karte hin und her, bis alles zu Staub geworden war, was in ihren Nasen landen sollte. Er machte eine große Line, die den ganzen Schein durchzog. Immer wieder mischte er das Pulver, schob es hin und her, fuhr mit der Karte durch den Schein, klopfte die Karte ab und mischte erneut. Dann trennte er sechs kleine Häufchen ab. Anna hatte zwischenzeitlich einen Geldschein gerollt und hielt ihn Erik hin. Tom war als Erster an der Reihe. Ehrfürchtig schaute er den kleinen Berg an, den er in seiner Nase versenken sollte.

In aller Ruhe holte Kala ihren Personalausweis hervor und streute ein wenig Ketamin darauf. Sie schaute den Haufen von der Seite an. Was von oben aussah wie eine kleine Line, war von der Seite ein riesiger rosa Berg, den sie zu gerne besteigen wollte, um von dort die Aussicht zu genießen. Mit einer Karte zerdrückte sie die Kristalle. Eine Line legte sie erst gar nicht, sondern zog das Ketamin einfach so in ihre Nase. Der intensive Geruch überlagerte all ihre Sinneseindrücke. Die Vorfreude auf den massiven Trip aus rosa Astralwolken ließ ihr Herz höherschlagen.

Der Geruch in Toms Nase war ein Potpourri der chemischen Köstlichkeiten. Das Kokain war ihm vertraut, Ketamin hatte er heute auch schon gekostet. Das ranzig-süßliche Odeur des Mephedrons war ihm neu. Sie verbanden sich zu einem olfaktorischen Schauspiel, das nichts Gutes verheißen sollte. Viel Rausch hilft viel. Auch die anderen zogen die Line mit

Zurückhaltung, niemand wollte einen Rückzieher machen. Sie teilten gerade mehr als nur Drogen. Anna zog ihren Haufen mit gespieltem Übermut weg und rieb sich die Nase von außen. Lars hielt den Schein für Viktor fest, als müsste diese Geste Viktors Skepsis beschwichtigen. Lars verzog das Gesicht, als er seine Portion einatmete. Paul zuckte mit den Schultern, schniefte und rollte mit den Augen. Tränen kullerten ihm über die Wange. Erik war der Letzte, er leerte die Reste auf dem Schein und musste sich beherrschen, nicht zu niesen.

Die Chemie in ihren Nasen knüpfte ein Band zwischen ihnen. Den Synapsenfick, den die Drogen in ihren Gehirnen anzettelten, standen sie nur gemeinsam durch. Niemand sonst im Club konnte ihren Rausch verstehen. Es brannte, es juckte, es zwickte im Gesicht. Das Gehirn schrie, die Rezeptoren liefen auf Hochtouren. Allen lag ein schelmisches Lächeln im Gesicht. Als hätten sie sich abgesprochen, gingen sie auf direktem Weg ins Hain. Niemand wollte sich jetzt im Tageslicht der Panorama Bar sehen lassen. Der düstere Rausch, der auf sie zurollte, er sollte von tiefen Bässen aufgefangen werden. Der Molotow-Cocktail kickte ein, als sie gemeinsam auf der Tanzfläche standen.

Kala schwebte auf ihrer rosa Ketamin-Wolke zu ihnen, schaute sich um und schloss die Augen. Die Masse war auf einem Level angekommen, das man nüchtern nicht mehr greifen konnte. Der kollektive Rausch schweißte sie zu einer Gemeinschaft zusammen, die gelobte, am siebten Tage nicht zu ruhen, sondern zu tanzen, als gäbe es kein Morgen, als gäbe es irgendwann keine Clubs mehr, als wäre irgendwann alles nur noch Freizeit, nicht mehr systemrelevant, nicht mehr Rausch, nicht mehr Ritual. Sie alle Kämpfer für eine Revolution, deren Ziel sie selbst nicht kannten. Alle Gedanken ebbten ab, Stille erfüllte ihren inneren Raum. Der Bass setzte wieder ein. Hände gingen in die Luft, Füße stampften auf.

Close your eyes. Forget the world. Forget the people.

Lars beugte sich zu Kala.

„Gecko", sagte er.

Sie lächelte und antwortete: „*Just close your eyes.*"

Kala hob die Arme in die Luft. Lars tat es ihr nach, drehte zu ihr auf. Sie schauten sich in die Augen und gaben einander ein High Five auf den Frankfurter Techno der späten 90er-Jahre. Niemals waren sie sich näher, als wenn sie komplett verballert über einen Rave-Track nerden konnten.

12.00 UHR

*Sie wischte sich den Schweiß von der Stirn. Direkt vor der Booth tanzten Menschen, die sie kannte, die sie Freund*innen nannte. Sie waren Fab Boys in viel zu hohen Schuhen für ein so langes Set, es waren cute Dykes in bequemen Sneakern, trans Mädels in neuen Kleidern und ihr Kumpel von der Bar, der endlich Schichtende hatte. Seine großen Ohrringe flogen ihm beim Tanzen fast von den Ohren. Alle hier wussten, wie wichtig dieses Set für sie war. Es war das erste Mal, dass sie offiziell als Frau spielte, dass sie ihren Körper so lebte, wie sie ihn leben wollte.*

Ihr Kumpel von der Bar riss die Hände in die Luft, als sie Rave-Track nach Rave-Track auf die Plattenteller schmiss. Seine Tattoos tanzten mit, als er sich bewegte. Er sah dabei so süß aus, sie wollte aus der Booth springen und mit ihm tanzen. Menschen wie er hatten ihr geholfen, Pronomen zu ändern, ihre Kleidung neu auszuwählen, nur ihr DJ-Name war fast der gleiche geblieben. Einen Vokal gönnte sie sich, machte ihren Namen so nicht zu einer neuen Geburt, sondern zu einer neuen Version von sich.

War jetzt Halbzeit? Sie wusste es nicht, aber nie kam sie sich hotter vor. Und nie war eine Nacht hotter. Keine Entschuldigungen mehr: Sie wollte empowern, eine uranische Revolution anzetteln, deren Marschgesänge noch nicht gesungen wurden, aber irgendwo zwischen den Zeilen und Basslines geschrieben standen.

Kala spürte Veränderung. Die Gruppe verband ein Habitus, der ihr zuflüsterte, dass sie sich alle auf dem gleichen Trip befinden mussten. Hatten die zusammen gezogen? Ihre

Geister kämpften gegen das gleiche Gift, während die Musik sie durch ein Tal zwischen zwei Höhepunkten schleuste. Aus dem Rave war Dub geworden, kurz davor, in House zu münden. Neben Kala tanzte ein Junge, dessen Ausstrahlung ihre Aufmerksamkeit auf sich zog. Seine Bewegungen waren tastend, ihnen wohnte eine Vorsicht inne, frei von jeder Willkür. Die Schüchternheit suchte sich ihren Weg in die Erhabenheit.

Tom dachte an Robert, von dort überkam ihn Unsicherheit. Das gefiel ihm nicht, denn der Gedanke an Robert führte ihn weiter zu Andreas. Ein Schmerz durchzuckte ihn, da war ein Knoten in ihm, an einer Stelle, die er zuvor nicht kannte. Er steckte tief in ihm drin, eitrige Reue suppte aus der Wunde. Er griff nach dem Knoten, und die Musik wurde eindringlicher, doch er musste sich dem Knoten widmen. Scham und Schuld überkamen ihn, überschwemmten, brachten seinen Körper bis an den Rand des Berstens. Er wollte sich öffnen, wollte eingestehen, wollte reuen, wollte sühnen, wollte seine Mutter anrufen und sich dafür entschuldigen, dass sie ihn gebären musste. Er wollte nicht mehr sein, wollte aufgeben, wollte gehen, wollte in ein Loch fallen, nur dass sich keins vor ihm auftat. Eine Ahnung überkam ihn von ganz tief unten, von ganz weit oben. Die Musik zeichnete ihm den Weg durch ein Labyrinth. Jeder Sound Einladung und Gefahr zugleich. Warum war es so einfach, sich selbst zu belügen – und so schmerzhaft, ehrlich zu sich zu sein?

Er war ein junger rasender Wolf, der bei jedem Beat eine andere Richtung einschlug. Sein Geist sprang hin und her, auf der Hatz nach etwas, das die Musik noch nicht zu enthüllen gewillt war. Er wusste nur, dass er der Spur folgen musste, den Tempel finden wollte, weitere Geheimnisse entlocken, immer weiterspüren, weiter die Zähne fletschen, darauf vertrauen, dass, solange es Musik gab, auch ein Weg vor ihm lag. Neben ihm schwebte eine Tänzerin mit einer Haarfarbe wie rosa Kaugummi, die so künstlich war, dass sie auch eine Halluzination hätte sein können. Emphatisch lächelte er ihr zu, wie einer Vertrauten. Sie erwiderte das Lächeln und wandte den Blick wieder ab, versunken in ihre eigene Hetzjagd durch das Unbewusste.

Sein Blick wanderte weiter. In der Ecke vor dem Darkroom sah er eine Frau in einem schwarzen Kleid, das ihren Körper einzuhüllen schien. Vom Kopf bis zu ihren Füßen war sie in den gleichen Stoff eingefasst. Unter dem durchsichtigen Material blitzten ihre Nippel hervor. Überall schlangen sich kleine Zeichnungen auf ihrem Körper. War sie tätowiert oder war das im Stoff? Ihren Bewegungen wohnten eine Eindringlichkeit, eine Stärke, eine Macht inne, die Tom faszinierte. Er versuchte, ihr Gesicht im Stroboskopgewitter auszumachen. Seine Ahnung bestätigte sich: Es war Laura, Roberts Freundin. Sie tanzte in ihrer Bärenecke einen Tanz, der die Bären nicht zähmen sollte, er beschwor sie wie astrale Biester. Mit vom Rausch geschlossenen Augen hielt sie die Arme in die Luft und ließ die Hüften kreisen, theatralisch unpassend für einen Club, aber sie konnte es bringen. Ihr Körper erzählte von Freiheit. Sie war sexy für sich und für die Bären, sie war selbstgenügsam und extrovertiert, war purer Ausdruck. Und doch korrespondierte er mit den Körpern um sie herum. Muskeln buhlten um sie. Mit Augenaufschlägen und zarten Berührungen in homöopathischen Dosen verteilte sie ihre Gunst an die Bärchen.

Eine Hand berührte seinen Rücken. Anna lächelte ihn an und zwinkerte ihm zu, als wollte sie ihm signalisieren, dass das gerade erst geborene Geheimnis seiner Freiheit bei ihr sicher war. Zusammen tanzten sie, eine stille Verschwörung zelebrierend. Alle Regungen waren erlaubt, die Moral zeigte ihre Fratze. Alles war heilig, nichts war mehr peinlich, jeder Beat ein Befreiungsschlag.

Die behände Leichtigkeit, mit der Lars seinen Rausch austanzte, faszinierte Viktor. Die kurze Intimität in der Toilette war wieder der Distanz gewichen. Viktor war, als tanzte Lars nur für ihn, als wäre jede seiner Bewegungen Teil eines Balzrituals. Die Erhabenheit seines Tanzes schien Viktor pure Absicht, kalte Berechnung, um ihn aus der Reserve zu locken. Der Rausch intensivierte sich ohne Viktors Zutun, und sein Gehirn schnappte nach Luft, doch jeder Atemzug sättigte es mit mehr Chemie. Sein Körpergefühl veränderte sich, der Schmerz wich dem Bewegungsdrang, die Müdigkeit der Lust aufs Tanzen. Lars segelte aus seinen Gedanken, das Konzept von Persönlichkeiten entschwand ihm komplett. Was passiert mit mir?, fragte er sich, und im gleichen Moment wurde die Frage unwichtig. Sein physischer Körper entglitt ihm, sank in sich zusammen, und übrig blieb ein Tanz, ein frommer Tanz, durch den Raum, durch die Zeit. Er spürte jede Faser seines Körpers, fühlte jede Faser seiner Existenz, von grob bis fein. Nichts war mehr wichtig außer ihm selbst, und in ihm war das ganze Universum. Ein kurzer Blitz schlug in seine Vision ein, ein Zucken, das ihm sagte: Das sind die Drogen. Hab keine Angst, das vergeht wieder. Du kennst das doch. Kannte er aber nicht. Woher denn bitte?

Viktor maß die Zeit im Takt der Musik, einen anderen Maßstab gab es nicht mehr. Alles war ein Meer aus Sound, bewohnt von Krokodilen und Neonmonden, sabbernden Tigern, grellen Ameisen. Die Unmittelbarkeit der Geräusche, die ihn einhüllten, versicherte seinem Bewusstsein, dass es noch funktionierte. Er spürte das süße Vergessen, das jede erlebte Sekunde in sich trug. Sobald etwas in der Musik passierte, war es vergangen. Er hatte keine Zeit zu verarbeiten, weil bereits der nächste Moment der Erkenntnis auf ihn zurannte. Unabwendbar war jeder Moment, sobald erfasst, bereits Vergangenheit und jede Antizipation eine Projektion in die Zukunft. Was blieb, waren Gefühle, die sich Ton um Ton zu einem Motiv verbanden, das sich wiederholte, veränderte, wiederholte und wieder veränderte. Er spürte sich nicht atmen, er spürte sein Herz nicht pochen, er war nur das, was die Musik von ihm übrig ließ. Seine Bewegungen richteten sich selbstbewusst auf und trotzten der Musik. Sie ließen sich auf das Ritual ein, das alles und jeden um ihn herum verband. Der Rausch, der Tanz, die Trommeln – der

Rave war mehr als die Summe seiner Egos. Viktor öffnete die Augen und schaute zu Kala, die neben Lars verträumt mit den Händen in der Luft tanzte. Sie lächelte ein Lächeln, so verschmitzt, als könnten ihr die Dämonen, die sie mit ihrem Tanz heraufbeschwor, nichts anhaben, als wären sie Freunde, alte Bekannte, Gäste in ihrer Seele.

Lars dagegen wirkte neben der Priesterin wie ein junger, wilder Wolf. Mit dionysischem Enthusiasmus nahm er am Ritual der Eingeweihten teil. Seine Rolle war die des Opfers, das sich bereitwillig auf den Altar zubewegte, den Kala ihm mit Ketamin schmackhaft tanzte. Viktor dachte an den Moment auf der Toilette, die Tätowierung glitzerte durch die Schweißperlen, die die blitzenden Lichter reflektierten. Wie die Weinreben wollte er Lars umschlingen, seinen Körper in jeder Faser spüren und so fest zudrücken, dass er sich sicher sein konnte, dass Lars wirklich atmete. Er wollte dessen Herzschlag spüren, dessen Körper schmecken und ihn blinzeln sehen. Seine Tränen schmecken und seinen Schweiß trinken. Er musste sich davon überzeugen, dass Lars fassbar war – und lebendig. Noch nie hatte Viktor so viel Schönheit in einem Menschen gesehen. Die Gefühle, die Lars in seinem Tanz bändigte, wollte Viktor ganz für sich. Er wollte Auslöser und Ziel jeder Regung sein, die Lars' Körper zum Beben brachte. Er wollte die Musik sein, die Lars anpeitschte, er wollte das Ziel jedes Fausthiebs sein, den Lars beim Tanzen in die Luft schickte. Er wollte Lars' Zähne so tief in seinem Fleisch spüren, dass er Wunden davontrug, sodass er nie wieder vergaß, sich immer erinnerte. Der wölfische Halbgott stachelte den Jäger an. Er lenkte ihn von der Angst ab und lockte ihn in den Rausch, in die Freiheit, versprach ihm Erkenntnis. Der Jäger wusste nicht, wie er den Halbgott erlegen konnte, ohne selbst dabei zu vergehen.

Die Heftigkeit des Trips übermannte Lars. Die Mischung war so explosiv, sie dehnte sein Bewusstsein in Richtungen, von denen er nicht wusste, ob er sie noch genoss oder ob er verrückt wurde. Er wusste, dass Viktor neben ihm tanzte, spürte noch immer Viktors Hände auf dem Rücken, als zeichneten sie noch immer die farbigen Narben nach, war da eine Regung in seinen Nerven. Alles, was Lars fühlte, übersetzte sein Körper in Bewegung, die Energie seiner Gefühle und Gedanken war unmittelbar manifestiert in Armbewegungen und Händen, die Sigille in die Luft zeichneten. Alles Wollen, alles Sehen, alles Begehren zerfiel. Ontologischer Totalschaden: Vergangenheit und Zukunft brachen zusammen, begeneten sich in einem einzigen rauschhaften Tanz. Und doch suchte er nach jemandem, der ihn verstand. Jemandem, der seinen Rausch anerkannte und mit ihm spielte, jemandem, der nicht nahm, ohne zu geben. Sein inneres Auge schloss sich nur langsam und machte mühselig Platz für seine visuelle Wahrnehmung.

So durchlebten alle ihren eigenen Trip.

Der Rausch überrollte Erik schneller als die Reflexion. Als hätte Simon gespürt, wie high er war, stieß er zu ihm auf die Tanzfläche. Sie sagten nichts, ihre Augen verrieten, dass sie beide dazu nicht mehr in der Lage waren. Kein Gespräch war möglich, sie hätten einander nur in die Ohrmuscheln genuschelt. Im jetzt alle umfassenden Rausch hielten sie Händchen, ein Anker in der Realität, ihre Herzen einander öffnend. Sie mussten ihren ganzen Körper benutzen, mussten tanzen, um nicht zu ernst zu werden und damit am Spaß zu zerschellen. Im Rausch zu sein war, sich heilig zu sprechen, war, sich zu heilen. Simon nahm Eriks Hände und tanzte vor ihm. Ihre Lippen berührten sich, ihre Seelen krachten aufeinander. Die Augen geschlossen, legte sich ihre ganze Existenz auf ihre Münder. Sie brachten ihre Hände zusammen, verschränkten die Finger, ihre Bewegungen waren rhythmisch und spendeten Stabilität, um das Chaos um sie herum auszuhalten. Erik war, als dauerte der Kuss Äonen. Langsam lösten sich ihre Lippen voneinander, noch immer die Erinnerung der Berührung des anderen atmend. Finger um Finger lösten sich ihre Hände voneinander, noch immer die Male der Berührung pochend auf ihnen. Erik schwebte in einem luftleeren Raum. Seine Augen öffneten sich. Simon öffnete im gleichen Moment seine Augen, und gemeinsam erwachten sie zu einem neuen Leben. Ineinander verschlungen, versuchten ihre Blicke, die Welt zu verstehen. Ihre Erkenntnis berauschte sich an der Verwunderung. Erik löste sich aus der Verbindung und drehte sich um, tanzte vor Kala, die ihn mit beschwingten, Symbole malenden Händen willkommen hieß. Sie lachten einander an und strahlten zu einer Musik, die von der Apokalypse erzählte, aber die Gegenwart meinte.

Die Priesterin sah um sich herum hungrige Wölfe, die einander umgarnten und umspielten. Sie waren hungrig auf das Leben, bereit, ihm das Fleisch von den Knochen zu reißen, bereit, die Angst zu zerfleischen und die Freiheit in geteilter Einsamkeit zu bejaulen. Aus der Bärenecke winkte ihr eine Gestalt zu. Es war Laura, die in einem schwarzen Kleid ihr eigenes Ritual feierte. Kala lächelte und winkte mit einer Bewegung zurück, die sie in das Ritual ihres Tanzes einflocht. Die Priesterinnen wussten um ihre Macht, um ihre Schönheit, um ihre Verschwörung. Sie kannten die großen Fragen, die keine Antworten brauchten. Kala beobachtete Lauras Tanzstil und versuchte, von ihr zu lernen. Sie sah die Bären, sah die Wölfe, sah die Priesterinnen, sah die Schönheit, wusste um den Rausch, wusste um die Illusion, wusste um das Versprechen der Erlösung, das mit jeder neuen Inkarnation einherging.

14.00 UHR

Gerne hätte sie jetzt eine Pille geschmissen, aber sie musste nüchtern bleiben. Sie war high vom Tanzen, vom Auflegen, vom Schweiß und vom Adrenalin. Sie wagte sich nach vorne und spielte einen House-Klassiker. Sie pushte die Höhen und versuchte, die Vocals klarer zu ziehen. Darunter legte sie einen anderen Track mit heftigem Bass, wollte, dass der Track auf die Tanzfläche vor ihr passte. Sie wollte der Geschlechterordnung das Genick brechen. I always want you by my side, baby. *Sie erlaubte sich einen kurzen Tanz, ließ die Platten vor sich hin laufen. Sie erinnerte sich daran, wie lange sie überlegt hatte, was sie heute tragen wollte. Jetzt kam es ihr lächerlich vor, war nicht mehr wichtig. Jemand kam aus dem Backstage und stellte ihr einen Schnaps hin. Es war ihr Kumpel von der Bar, verschwitzt und wunderschön. Sie küsste ihn auf die bartraue Wange. Er erwiderte mit geschlossenen Augen, die seine tätowierten Augenlider freilegten, und einem Kussmund, der seine dankbare Highness zur Schau stellte.*

You treat me right.
You treat me right.
You treat me right.

Der Rausch war verklungen, Tom noch immer überwältigt. Er wollte etwas Neues erleben, da ging noch mehr, das konnte es nicht gewesen sein. Das Tor zum Darkroom hatte er schon lange nicht mehr betreten. Er erinnerte sich an das erste Mal, als er dahinter mit Andreas verschwand. Sie hatten auf der Tanzfläche geknutscht, einander begrabbelt, denn immer wenn Andreas besoffen war, begann er, aufdringlich zu werden. All seine sonst so intakten Grenzen übertretend, fummelte er ohne Scham in Toms Hose herum. Einvernehmen war kein Thema, Andreas hatte dann einfach Bock und Tom keine Ahnung, wie er Nein sagen konnte. Irgendwann übermannte die Geilheit Tom, und er zog Andreas mit einem flauen Gefühl im Magen in den Darkroom. Dort hatte er zum ersten Mal zwei Zungen an seinem Schwanz gefühlt, zum ersten Mal hatte er mit einer anderen Zunge um einen Schwanz gerungen.

Jetzt stürzte er sich ohne Anhang in das Abenteuer. Der junge Wolf verschwand in der dunklen Höhle. Er ging geradeaus. Seine Hände tasteten sich am Holz entlang, vor ihm lag ein Raum, den nur kleine Lichtkegel in der Mitte und an den Seiten aufhellten. Der Geruch von Bakterien, die in Achselhöhlen Proteine und Hormone zersetzten, schwängerte die Luft. In der Mitte war eine Schaukel aufgehängt, darin lag ein stöhnender Körper, der von allen Seiten betastet wurde. Tom spürte in seiner Hose eine Erektion, die sich so schnell aufrichtete, dass sie seinen Kreislauf durcheinanderbrachte. Die Luft war schwer, es roch nach Sex, Schweiß und Sperma. Der Bass brachte die Holzwände zum Vibrieren. Visueller Reize fast ganz beraubt, vom Rausch getrieben, bot der Darkroom keine Rückzugsmöglichkeit. Tom traute sich nicht, geradeaus zu gehen, und bog nach rechts ab. Neben ihm saßen auf einer Bank zwei Typen, die sich küssten. Schmatzend und stöhnend bearbeiteten sie einander. Ihnen gegenüber, auf einer anderen Bank, saß ein weiterer Typ. Tom glaubte, ihre Blicke träfen sich im Halbdunkel. Eine Hand berührte seine Hose. Er leistete keinen Widerstand, als er sanft und zärtlich nach unten gezogen wurde. Ohne zu wissen, auf wen oder wie viele er sich gerade einließ, gab er sich dem Druck hin. Sein Mund öffnete sich und hieß die Zunge willkommen, die ihn gekonnt erforschte. Die Hände, die ihn betasteten, waren zu viele, als dass sie von einer Person stammen konnten. Die Berührungen vereinnahmten ihn, er konnte nicht dagegenhalten. Mit einer Hand zog er sein Shirt so über seinen Kopf, dass es nur noch auf seinen Schultern hing – ein Trick, den er bei seinen ersten Darkroom-Erfahrungen gelernt hatte. Seine Wahrnehmung war noch immer so drogenschwanger, dass er immer wieder vergaß, wo er gerade war.

Kurz lösten sich die Grenzen zwischen Tasten und Betastet-Werden auf, nur um wieder auf einen Moment zurückzufallen, der Tom gewahr werden ließ, dass er gerade Sex mit einer Gruppe fremder Männer hatte. Seine Haut umschloss ihn, war Barriere, zugleich aber auch das taktile Versprechen seiner Existenz. Er war berührt, er war von Fingern gesehen, von Zungen geweiht, von Schwänzen geheiligt. Noch nie hatte er sich so begehrenswert und begehrend gefühlt wie mit einem Schwanz in jeder Hand und im Mund. Die Körperwärme der Unbekannten um ihn herum ängstigte ihn nicht, sie stillte einen Durst, der mit jedem Tropfen Schweiß, den er leckte, nur größer wurde. Haarige Muskeln, weiche

Hände, schwitzige Eier, triefende Schwänze, speichelnasse Haut konnten nicht ankündigen, was Tom fühlte, als auf ihm das Sperma sich mit seinem vermischte. Die Entspannung nach dem Orgasmus landete auf einer Highness, die am Ausklingen war. Sie wischten sich mit Papier ab, das auf Rollen an den Seiten des Darkrooms hing. Die drei Bären nahmen Tom in ihrer Mitte auf und verließen zusammen mit ihm den Darkroom.

Das Stroboskop blendete ihn, die Befriedigung legte ihm ein wölfisches Siegerlächeln auf die Lippen. Auf der Tanzfläche sah er die hübschen, haarigen Unbekannten, mit denen er Sex gehabt hatte, im verzerrten Clublicht. Der künstliche Nebel lag wie ein Filter über seinem Blick. Als er abebbte, tanzte er neben Laura, die ihm einen verschwörerischen Blick zuwarf. Zu dritt tanzten sie, umgeben von den Bären, um den Pakt, den Tom eingegangen war, zu besiegeln. Tom wusste, dass ihm nicht vergeben werden musste. Er war, ohne sich dafür zu entschuldigen, seinem Begehren gefolgt. In ihm regten sich Widerstände, regten sich Stimmen, die ihn strafen wollten, die wollten, dass er sich das nicht antat. Doch er wusste: Sein Begehren war Empowerment, war Magie, war Realität.

Die Bären küssten einander. Ihre Berührungen waren von einer Zärtlichkeit, die jeden unter ihnen ohne Besitzanspruch einbezog. Tom sah Robert und meinte, in seinem Blick ein Bedauern zu erkennen. Der Boy richtete seine Kappe und tanzte weiter. Er war niemandem Rechenschaft schuldig – außer sich selbst.

Kala suchte nach ihrem Handy und hatte Mühe, nicht den Inhalt ihrer Handtasche auf der Tanzfläche auszuleeren. Laurence und Mick mussten mittlerweile angekommen sein, sie begann, sich Sorgen zu machen. Mühsam entzifferte sie eine Nachricht auf ihrem Handy. Das Display leuchtete zu stark, ihre Augen drifteten zu sehr ab, um den Buchstaben sofort ihren Sinn zu entlocken. Wie Legosteine reihten sie sich langsam aneinander und wurden zu Worten: *Sind da, Kala-Pups, warten unten auf dich. xx*

Kala packte ihr Handy zurück in ihre kleine lederne Handtasche und ging nach unten. Die Nachricht war schon eine Viertelstunde alt. Sie verließ den Bannkreis der Musik und musste sich daran erinnern, wie es war, einfach nur zu gehen und nicht zu tanzen, verließ das Rudel, drängelte sich durch die Tanzfläche und musste sich auf dem Weg nach unten am Geländer festhalten, denn sie war noch immer eingegroovten Schrittes. Kala fand die anderen auf einer Couch im Eingangsbereich sitzend. Laurence umarmte sie heftig, Mick begrüßte sie mit einem theatralischen Kuss auf die Wange.

„Du bist auch schon gut dabei, oder?", fragte er sie, nicht ohne Häme in der Stimme durchscheinen zu lassen. Dabei machte er seine langen Haare zu einem Zopf. Laurence ließ ihr keine Zeit zu antworten und küsste sie auf den Mund.

„Ich hab dich vermisst!", polterte sie los.

„Tut mir leid, Schatz." Kala schaute ihr tief in die Augen.

Ihre Entschuldigung war so gespielt, wie es das kokette Ritual mit Laurence erforderte. Wofür entschuldigte sie sich? Dafür, dass Laurence daheim versackt war? Sie streichelte Laurence' Wange. Ihre Augen waren weit aufgerissen. Kala untersuchte auch Micks Augen, die ebenfalls zu viel Weiß um die Pupillen herum zeigten.

„Habt ihr euch noch weiter verköstigt?", fragte sie in einem gespielt mütterlichen Tonfall. Sie konnte sehen, dass die beiden vor Kurzem Ketamin genommen haben mussten.

„Beim Fertigmachen hatten wir noch eine kleine Line, wollten nicht ganz nüchtern hier ankommen, wenn wir wissen, dass du schon auf dem richtigen Level bist."

Mick sprach so beiläufig von ihrem Konsum, dass Kala aufhorchte. O ja, sie sollten sich im Rausch verlieren, damit ihre vielen feinen Energien sich öffneten. Die WG war zusammengekommen, jetzt konnten sie sich gemeinsam in neue Umlaufbahnen schießen.

„Und ein Schlüsselchen auf dem Weg."

Laurence grinste zufrieden und hielt einen unsichtbaren Schlüssel unter ihre Nase.

„Und ein Schlüsselchen, genau …", sagte Mick und verdrehte die Augen, als ob dieses Detail nicht für Kalas Ohren bestimmt gewesen wäre.

„Und wir hatten ja eh Liste, da mussten wir uns auch keine Sorgen machen, dass wir jetzt wegen ein paar Lines nicht reinkommen."

Jeder Versuch, sich auf das Level von Kala zu schicken, konnte Laurence und Mick nur misslingen. Sie war seit Stunden im Club, ihre ganze Wahrnehmung beschränkte sich auf einen begrenzten Raum. Kala war traurig darüber, dass die Lust an der Sucht Laurence und Mick zum Ketamin-Konsum verführte, nicht die Heiligkeit des Rauschs, die sie darin sah. Sie wollte die Akklimatisierung beschleunigen.

„Fühlt ihr euch fit für eine kleine Einstiegsline?", fragte sie in die Runde. „Keine Große. Nur der Geste wegen. Der Regenbogen ist schließlich vereint."

„Let's do some magic."

Mick und Laurence standen auf. Kala folgte ihnen. Die Truppe war vereint, der Club für sie nun endlich vollständig. Kala atmete tief durch ihre verstopfte Nase ein und aus. Die Priesterin erweiterte die Schar ihrer Jünger.

Tom wollte mit Anna sprechen, wenn er sich mit ihr auseinandersetzte, ließ er das real werden, was niemand hier wusste, was ihn bedrückte: dass er seinen Freund in einer Nacht mehr als einmal betrogen hatte, dass er sich die Freiheit nahm, obwohl ihn noch immer ein Versprechen band. Auch wenn er Monogamie in seinem Kopf anzweifelte, sie für sich selbst nicht mehr als die einzige Möglichkeit ansah, wusste er, dass die Bindung zu Andreas noch immer da war, egal, wie weit er sich über sie hinwegsetzte. Er hatte sich nicht an die Regeln gehalten. Was, wenn Andreas so gehandelt hätte? Tom wollte sich das nicht ausmalen.

Er suchte Anna auf der Tanzfläche, doch er fand nur Viktor und Lars, wie sie einander stoisch umkreisten, wie zwei Gladiatoren, die jeden Moment aufeinander losgingen, um einander zu zerfleischen oder zu küssen wie in einem Mishima-Roman. Wenn Anna nicht bei Viktor tanzte, war sie gerade im Raucherraum. Tom machte sich auf den Weg durch den Club. Die verschiedenen Rauschzustände hatten Spuren in seiner Wahrnehmung hinterlassen. Die Abwesenheit, die Kälte, die er seiner Umgebung entgegenbrachte, ließ ihn verstehen, warum er die Leute, die er sah, wenn er nüchterner hier war, immer als so unendlich distanziert wahrgenommen hatte, denn er hatte für Arroganz gehalten, was drogeninduzierte Überforderung war.

Im Raucherraum saßen nur Gruppen, die ihn aus dem Augenwinkel musterten, als er sie mit seinen Blicken abtastete. Arrogante Verschwörungen, konspirative Sitzungen, die jeden, den sie nicht kannten, mit geübter Skepsis taxierten. Sein Weg führte ihn nach oben auf die Panorama-Bar-Toilette. Kabine um Kabine kotzte Druffi um Druffi. Tom lief Simon über den Weg, der ihn anlächelte und ihm unbeholfen kumpelhaft auf die Schulter klopfte, bevor er mit zwei Mädchen im Schlepptau, die sich angeregt auf Italienisch unterhielten, in einer Toilette verschwand. Auch in der Panorama Bar fand er Anna nicht, als er sich in einer halb tanzenden, halb suchenden Bewegung durch die Bar hindurchbewegte. Die Art, wie er den Club durchquerte, hatte sich geändert. Die Schüchternheit war verflogen. Er konnte den Leuten, der Musik, der Umgebung, den Drogen, der ganzen Atmosphäre hier endlich auf Augenhöhe begegnen, war nicht mehr nur Zaungast, sondern Teil des Ökosystems. Oben keine Anna, vielleicht war sie weiter unten. Sie mussten sprechen, daran wollte Tom jetzt nicht vorbei.

Er fand sie in der großen Halle im Erdgeschoss auf einer der Sitzflächen. Sie kramte in ihrer Handtasche, konzentriert gegen die Verwirrung ankämpfend. Er setzte sich neben sie und atmete tief durch. Anna schaute auf.

„Oh, Tom, du bist's. Alles gut bei dir?"

„Ja …" Er zögerte. „Ja. Ein bisschen durch, wenn ich ehrlich bin. Sehr viele … neue Eindrücke."

„Die Line war mir auch zu viel. So viel Mischkonsum bin ich nicht gewöhnt. Aber so ist's halt, wenn man mit mehreren Leuten auf dem Klo ist. Mitgehangen, mitgefangen."

„Ja, war heftig."

Tom dachte an die Szene im Darkroom. Sein Schwanz erinnerte sich daran, in einer fremden, warmen Hand zu zucken. Seine Zunge schmeckte noch immer Schweiß.

„Ha, endlich!"

Anna jubelte und holte einen erstaunlich gut gedrehten Joint aus ihrer Tasche.

„Damit rauchen wir uns jetzt erst mal runter von den ganzen multitoxischen Orgasmen."

„Kleine Kräuterhexe", scherzte Tom.

Er suchte nach seinem Feuerzeug und zündete ihr den Joint an. Anna paffte, dann nahm sie einen großen Zug und setzte ein breites Grinsen auf. Tom nahm den Joint und zog daran. Er hatte lange nicht mehr gekifft. Der süße Geschmack von Gras erinnerte ihn an Teenager-Tage und Westdeutschland, schmeckte nach Gekicher und Gekotze. Obwohl ihm das Gras sonst nie gut bekam, beruhigte es jetzt seinen aufgeputschten Körper. Entspannt saßen sie rauchend beieinander.

„Da ist etwas, was ich loswerden wollte", begann Tom und schaute Anna an, als hätte er persönlich etwas in ihrem Leben verbockt.

„Andreas", sagte Anna trocken und zog am Joint. Sie lehnte sich zurück und schaute Tom herausfordernd an.

„Nun ja … Ja. Irgendwie Andreas."

„Was ist mit dem kleinen Mann?"

Tom musste kichern. Kleiner Mann, das war eine gute Vorlage.

„Ich weiß nicht, was mit ihm ist. Hätte mich schon längst bei ihm melden müssen. Sonst haben wir mehr Kontakt, und er ist gerade nicht in Berlin, weißt du."

„Dann melde dich doch. Schreib ihm einfach: Hey, Schatz, bin gerade im Club. Total druff und stoned. Liebe Grüße von Anna. Kuss, Tom."

„Das ..." Tom war baff. „Das ist vielleicht nicht ganz das, was ich im Kopf hatte."

„Das ist aber, was gerade los ist. Er macht sich bestimmt keine Sorgen. Warum soll er sich Sorgen machen? Ist doch nicht dein Vater."

„Wenn ich ihm das schreibe, macht er sich Sorgen." Tom kaute nervös auf seiner Unterlippe herum. Das Verhör ging weiter.

„Was hat dich denn in die Olfe getrieben?" Anna schaute ihn prüfend an. Ihre ohnehin schon kaum anwesende Reserviertheit gegenüber Tom war durch die Drogen komplett eingerissen.

„Oh, die Olfe. Ich weiß nicht. Ich war daheim, allein. Irgendwie dachte ich, es wäre an der Zeit, mal was anderes zu machen."

„Ganz allein in der Olfe?"

„Das war nicht mein ursprünglicher Plan. Die Vorgeschichte kennst du ja. Ich wollte einfach die Zeit nutzen, ein kleines Abenteuer zu erleben."

„Also hast du versucht, dir Drogen zu besorgen. Hast du keine Freunde, die dir dabei helfen können?"

Tom verzog das Gesicht. Anna merkte, dass sie ihn mit dieser Aussage verletzt haben musste, und reichte ihm den Joint rüber.

„Schon, aber das wäre zu einfach gewesen, wenn mich jemand an die Hand nehmen würde und mir alles zeigen würde ", sagte er.

Tom verschwieg, dass er tatsächlich niemanden kannte, der ihm hätte helfen können. Ein kleiner Anflug von Stolz überkam ihn, ganz alleine hatte er sich Drogen besorgt. Zugleich war er traurig, mit wem konnte er die dann nehmen?

„Du musst dich mir gegenüber nicht rechtfertigen. Ist auch vollkommen okay, wenn man keine Leute kennt. Glaub mir, einsam sind wir alle mal. Guck dich doch mal hier um."

„Was meinst du?"

„Ja, glaubst du, die Leute hängen hier aus Geselligkeit ab?"

„Ja, was hier passiert, das ist doch … was Krasses, oder?"

„Ja, krass ist es, aber ein bisschen Depression gehört auch dazu. Ist nicht schlimm. Du musst das Raven nicht glorifizieren."

„Das will ich gar nicht … Vielleicht doch, tut mir leid, sorry."

„Sei mal nicht so devot. Das steht dir nicht."

„Tut mir …", setzte Tom an. Er verschluckte den Rest des Satzes. „Du hast ja recht."

„Andreas ist bestimmt kein einfacher Umgang. Ihr habt glücklich gewirkt, als ich euch gesehen habe. Ich glaube, er liebt dich wirklich. Und aufrichtig. Auf seine eigene, krude Art und Weise."

Annas Empathie besänftigte Toms Selbsthass.

„Es ist nicht so, dass ich ihn verletzen will, aber ich glaube nicht, dass wir von der Zukunft das Gleiche wollen."

„Das war doch zu erwarten. Euch trennen ein paar Jahre. Ihr könnt doch nicht allen Ernstes gehofft haben, zusammen in die Großstadt zu ziehen und für immer hier glücklich zu werden. Du bist viel anfälliger für Veränderungen als jemand in seinem … keine Ahnung … in unserem Alter."

„Jetzt wirst du altklug. Und machst dich älter, als du bist."

„Wir sind halt nicht gleich alt."

„Das stimmt, aber wir sind auch nicht weit auseinander."

„Was ich sagen will, ist: Es steht dir zu, deine Erfahrungen zu sammeln. Du bist nun mal jung, du bist jetzt in Berlin. Vor dir liegt ein ganzes Universum aus Möglichkeiten. Du wärst dumm, wenn du nicht nach ihnen greifst. Mach halt, worauf du Bock hast, Junge. Wem schuldest du was?"

„Auch wenn Andreas dabei auf der Strecke bleibt?"

„Hör zu. Ich sag mir das gerade genauso wie dir. Das Leben geht weiter – für uns alle."

„Das klingt platt, aber richtig."

„Aber richtig", sagte Anna.

Tom atmete tief aus und reichte ihr den Joint zurück.

„Ich glaube nicht, dass ihr eine offene Beziehung habt, oder?"

Tom schüttelte den Kopf.

„Dachte ich mir. Sei ein Mann, kleiner Boy, und sei ehrlich zu Andreas. Nicht jetzt. Vergiss das mit der Nachricht von vorhin, auch wenn ich seine Antwort gerne gesehen hätte, aber hab einfach deinen Spaß, und am Montag, wenn du wieder runter bist, sieht die Welt anders aus. Du bist vielleicht für ein paar Tage fertig, aber du hast was erlebt, und bis zum nächsten Wochenende bist du wieder fit."

„Versprochen?", fragte Tom, als ob ein „Ja" von Anna eine Absolution wäre.

„Versprochen", sagte sie und drückte seine Hand. „Und wenn du Liebeskummer hast, kannst du immer vorbeikommen und einen Joint rauchen. Das ist mein Rezept, glaub mir."

Sie reichte ihm den Joint wieder, den sie gemeinsam auf das halb ausgesprochene Ende von Toms Beziehung rauchten.

Als ein paar Hände plötzlich Eriks Augen verdeckten, wusste er nicht, wie ihm geschah. Jemand drückte ihm einen dicken Kuss auf die Wange und sprang vor ihn. Es war seine Freundin Hanne. Sie tanzte vor ihm, aufgedreht und lachend tanzte sie. Erik fiel ihr um den Hals, hatte nicht damit gerechnet, sie im Club zu treffen.

„O mein Gott, wie gut, dich zu sehen!", brüllte er ihr gegen den Bass ins Ohr.

Sie machte mit den Fingern eine Bewegung, als ob sie rauchte. Erik nickte, nahm ihre Hand und verließ mit ihr die Tanzfläche. Sie gingen die Treppe hinunter, seine Hand hielt ihre fest, übermütig nahmen sie zwei Stufen auf einmal und liefen zusammen zu den Betonbänken. Es war ein guter Ort, um sich kurz zurückzuziehen. Erik wollte verschnaufen, sich mit Hanne austauschen. So viel war passiert, so viel hatte er zu sagen. Sie setzten sich hin und drehten zusammen Zigaretten. Erik erinnerte sich an den Joint, den sie vor der Blitz-Party geraucht hatten. Etwas an Hanne machte diese kleinen Momente magisch. Ihre Ausstrahlung war eine ausgesprochene Einladung zu einem intensiven Gespräch, mit ihr war immer die richtige Zeit, der richtige Ort, um einander die Welt zu erklären. Hanne ließ ihn alles um sich herum vergessen.

„Also, leg mal los. Wie steht's mit Simon? So hieß er doch, oder?"

„Wir sind zusammen zu ihm nach Hause."

Erik machte eine bedeutungsvolle Pause. Hanne zog an ihrer Zigarette und riss die Augen auf. Sie blies den Rauch zwischen ihren Lippen hervor, als wüsste sie genau, was danach passiert war. Erik schaute ihr verschwörerisch in die Augen.

„Ihr hattet Sex."

„Wir hatten Sex. Auf Keta."

Hannes Gesicht verzog sich zu einer skeptischen Grimasse.

Erik legte nach: „Ich wusste nicht mehr, wer ich bin, wo ich bin, was ich bin oder überhaupt was gerade passiert. Es war, als hätten wir nicht nur Sex miteinander, sondern ineinander. Glaub mir, das war das Heftigste, was mir jemals auf Drogen passiert ist. Ich hatte das Gefühl, eine richtig tiefe Verbindung zu Simon zu bekommen."

„Baby, das klingt wunderbar. Und krass."

„Ich wünschte, ich könnte dir sagen, wie sich das anfühlt. Aber die richtig krassen psychedelischen Erfahrungen kann man nicht in Worte fassen." Erik strahlte über das ganze Gesicht. Er wollte Hanne zu verstehen geben, was passiert war, doch er glaubte sich dabei selbst nicht.

„Wo ist er denn jetzt?"

„Ich denke, er verkauft irgendwo oben auf dem Panne-Klo."

„Ist wohl doch nicht so weit her mit der Verbindung."

Hanne legte den Finger in die Wunde, Erik keifte zurück: „Was meinst du?"

„Na, ihr geht zusammen nach Hause und offensichtlich zieht ihr weiter, und jetzt bist du hier im Club, und er? Verkauft."

„Das ist sein Job."

Erik fühlte sich, als müsste er sich und Simon verteidigen.

„Das meine ich gar nicht, Baby. Ich hatte nur gehofft, ihr beide würdet ein bisschen mehr Zeit miteinander verbringen können."

„Die hatten wir. Wir sind gestern Abend noch Pillen holen gegangen, ganz komische Aktion, ein Bekannter, Lars, kennst du den? Der hat sie ihm auf einer Vernissage zugeschoben. Der Weg war großartig, das war das erste Mal, das wir richtige Gespräche führen konnten."

Hanne warf ihre Zigarette auf den Boden und trat sie mit dem Stiefel aus. Mütterlich streichelte sie Erik über die Wange und lächelte.

„Oh, Baby", sagte sie.

„Spuck's aus", sagte Erik, der wusste, dass Hanne etwas sah, das ihm nicht gefallen würde.

„Hast du mal darüber nachgedacht, dass die ganzen Gefühle für Simon vielleicht mehr von den Drogen kommen könnten, als dir lieb ist?"

„Was willst du damit sagen?"

„Ihr kennt euch nicht richtig. Was habt ihr schon zusammen erlebt? An den Wochenenden zusammen gefeiert …"

„Was soll das denn jetzt bitte?" Erik wurde wütend. Er verstand nicht, worauf Hanne hinauswollte, und doch wusste er genau, was sie meinte. Er wollte nicht wahrhaben, worauf sie ihn so galant hinwies.

„MDMA-Crush."

Das Wort stand zwischen ihnen wie ein ausgesetzter, tollwütiger Hund, der jeden Moment ausrasten könnte.

„Das ist es einfach nicht. Nein. Simon ist kein verdammter MDMA-Crush."

„Oh, Baby, das glaub ich dir, wenn du mir das sagst. Ich mach mir doch nur Sorgen um dich."

„Und selbst wenn dem so wäre, wenn das alles nur auf Drogen basiert … Ein bisschen Wahrheit steckt doch in jedem Crush."

„Wo du recht hast. Aber das kannst du erst herausfinden, wenn du ihn nüchtern triffst. Wirklich, richtig, ehrlich nüchtern."

„Das klingt schwierig mit Simon."

„Und wenn es kein Crush ist, wenn du ihn wirklich magst, dann ist das auch okay. Und wenn du ihn magst und dann merkst, es geht für dich nicht weiter, dann ist auch das okay."

Erik lächelte wehmütig. Er dachte an die beiden brennenden Wölfe, die in seiner Vision aus den Flammen entstanden waren, während er und Simon zusammen auf der Tanzfläche tanzten. Er dachte an das Gefühl von Simons Haut auf seiner, an Simons Lippen auf seinen, an Simons verschlafene Augen, die in seine schauten. Die Verbindung, sie konnte ein großer Bluff sein. Das Ganze war vielleicht nichts mehr als ein chemisch induziertes Verliebtsein, so heftig, dass schwer zu sagen war, was davon übrig blieb, wenn die Drogen abebbten. Erik hatte Angst, Simon zu verlieren.

„Das ist wohl eine der Lektionen, die man lernen muss."

„Was meinst du?" Hanne massierte ihm das Ohr, strich ihm die weichen, blonden Haare nach hinten.

„Dass das alles hier eine verdammte Illusion ist. Die ganze Feierei. Auf der einen Seite kann hier alles passieren: Du kannst dich krass verlieben, unglaublichen Sex haben, wunderbare Freunde finden, und gleichzeitig kannst du dich voll auf die Fresse legen. Egal, was du willst, beinahe jeder Rauschzustand ist erreichbar. Glück: Wirf 'ne Pille. Sex: Nimm ein bisschen GHB. Nahtoderfahrung: Nimm 'ne fette Line Ketamin."

„Aber wir erleben diese Erfahrungen und machen sie durch. Nur weil wir sie herbeiführen, heißt das nicht, dass sie uns nicht verändern. Du darfst das alles nicht zu ernst nehmen. Gerade du nicht, Erik. Dafür bist du doch viel zu bodenständig."

Erik und Hanne tauschten die Positionen. Er führte ihren Angriff weiter, sie verteidigte.

„Wir wissen erst, was bleibt, wenn der Rausch vorbei ist."

„Es ist Sonntag. Der Rausch ist noch lange nicht vorbei, mein Schöner."

„Ja, es ist verdammt noch mal Sonntag, und wir denken alle, wir müssten uns im Kollektiv hier in der Ballerburg versammeln, um uns so hart abzuschießen, dass wir nicht mehr wissen, ob wir verliebt oder high sind. Nur weil wir jung sind, denken wir, nichts von dem, was wir hier treiben, hätte Konsequenzen."

„Es hat Konsequenzen, und wir sind alt genug, die auszuhalten."

„Aber manchmal tut es zu sehr weh."

„Du redest ja schon so, als wäre dir dein Herz gebrochen worden. Ich wollte dir nichts einreden."

„Ich glaub, ich will Simon sehen. Jetzt."

„Atme erst noch mal durch, okay? Sitz hier mit mir. Egal, was passiert, ich bin für dich da."

„Danke, Hanne."

Rausch, Musik, Kulisse: Die Reizüberflutung setzte ein. Lars schaute auf seine Uhr und merkte, dass er seit über acht Stunden tanzte. Er wollte etwas ändern, ein kurzes Verschnaufen, bevor er sich weiter verausgabte. Der Club war noch immer prall gefüllt, das Set endete sicherlich nicht innerhalb der nächsten Stunde. Das war das Schlimmste: Wenn man eine Pause machte und dann auf eine helle Tanzfläche zurückkam, der Vorhang gefallen. Kala nicht in Sicht, gab es niemanden, dem er Rechenschaft schuldig war. Nur Viktor tanzte noch neben ihm, bewegte sich den Ryhthmus haltend zur Musik, doch die Müdigkeit schrieb ihm Augenringe ins Gesicht, machte seine Bewegungen langsamer. Lars legte eine Hand um Viktors Hüfte. Er kam ihm ganz nah, damit er ihn gut verstehen konnte. Während er sprach, kitzelten seine Lippen Viktors Ohr.

„Willst du einen kurzen Break?“

Viktor nickte, noch bevor Lars zu Ende sprechen konnte. Die Müdigkeit wich einem erleichterten Lächeln. Vielleicht war er auch einfach nur ausgelaugt. Lars gefiel, dass Viktor sich die ganze Zeit bei ihm aufhielt, als wären sie zwei Matrosen, die Wache auf dem Deck eines Schiffs hielten, das durch eine raue See geradezu auf den Höllenschlund zusteuerte. Die Zeit war gekommen, den Posten zu verlassen. Viktor folgte Lars auf die Toilette, sie stellten sich in die Schlange. Vor ihnen stand eine Person mit langen Haaren, die Lars begrüßte. Viktor musterte sie. Sie trug die Haare offen, ihre Attitüde bestach durch ihre bittersüße Distanziertheit, ihre Zunge von den Drogen zu schnell. Viktor folgte dem Small Talk nicht weiter. Er beobachtete Lars und seine Gesprächspartnerin nur dabei, wie sie miteinander schäkerten. Ihre Körpersprache choreografierte sie perfekt durch. Lars verschränkte die Arme, beugte sich nach vorne, wenn er lachte. Sie rollte mit den Augen, und selbst wenn sie lachte, bildete ihr Mund nur eine schmale Linie. Ihre Arroganz war von einer Verve durchsetzt, die Viktor faszinierte. Er wollte ein wenig sein wie sie, so abgebrüht und dennoch bei sich.

Alles Charakterstudien hier, dachte er.

Eine Kabine öffnete sich, die Person winkte mit ihren kleinen Händen und verschwand in der Toilette. Lars stellte sich wieder neben Viktor. Er grinste, als hätte er ein Geheimnis gelüftet.

„Worüber habt ihr euch unterhalten?“, fragte Viktor.

„Ach, nur ein bisschen Gossip. Paul fickt jemanden aus ihrer WG.“

„Und das ist interessant, weil?“

„Weil Paul daher das Mephedron hat.“

Viktor wollte wieder fragen, warum das jetzt so interessant war, doch eine weitere Kabine öffnete sich, und zwei muskelbepackte Bären staksten breitbeinig und verschwitzt heraus. Schwankend passierten sie die beiden. Einer der Bären legte seine Pranke auf Lars’ Schulter. Der drehte sich elegant weg und ging in die Kabine. Als sie in der Toilette standen, waren sie zum ersten Mal miteinander alleine. Viktor wurde es mulmig. Es gab keinen Ausweg, er war hier mit der Beute gefangen, ein Jäger am Rande des Nervenzusammenbruchs.

Lars erzählte weiter: „Die ganze Clique um Anja, das Mädel von eben, ist – nett ausgedrückt – dem Mephedron nicht abgeneigt. Eine kleine Junkie-Clique, wenn ich ehrlich sein soll. Haben immer Stress miteinander in der WG, auch wenn die alle ganz sweet sind, und: Nirgendwo in der Stadt bekommst du das Zeug billiger. Jedenfalls hat Paul etwas mit einem aus ihrer WG. Ist wahrscheinlich nicht so spannend für dich."

Viktor zuckte mit den Schultern.

„Ist auch eigentlich gar nicht interessant."

Lars tippte ihm auf die Brust, als wollte er dem, was folgte, mehr Gewicht verleihen. Er legte einen Finger auf die Lippen und schaute Viktor verschwörerisch in die Augen.

„Was hältst du davon, jetzt eine Pille zu schmeißen? Jeder eine halbe, und dann gehen wir raus. Frische Luft. Ein Saft vorm Späti. Vielleicht ein Jägermeister. Und wenn das Teil kommt, gehen wir wieder rein."

„Warum nicht? Ist ewig her, dass ich eine Pille genommen habe."

Viktor erinnerte sich an ihre erste Begegnung. An Lars' angespanntes Gesicht, die knirschenden Zähne, die unterdrückten Spasmen, das blitzende Stroboskoplicht. Dieses Mal ritten sie auf dem gleichen High, dieses Mal war alles anders. Die Distanz zwischen ihnen sackte in sich zusammen auf das, was sie war: Illusion.

„Da ist noch was, was ich loswerden will."

Lars hielt inne und näherte sich Viktor. Ganz langsam bewegte er seinen Kopf auf Viktor zu. Er warf alle Hemmungen über Bord, jetzt, wo sie alleine waren, könnte er Viktor küssen. Er wollte wissen, wie dieser Mund schmeckte, dem sonst nur zynische Worte über die Lippen kamen. Als er ganz nah an Viktors Gesicht dran war, drehte der den Kopf zur Seite und hielt ihm das Ohr hin, als wartete er darauf, dass Lars ihm etwas zuflüsterte. Lars stoppte. Wehrte Viktor ihn ab? Die Situation machte ihn nervös. Er wusste nicht, was er tun sollte, denn die Bewegung kam unerwartet.

„Du, du hast ein schönes Profil."

Der Tonfall, in dem Lars das Kompliment auskotzte, war so ungelenk, es schwang so viel Enttäuschung mit, dass Viktor nicht wusste, was er damit anfangen sollte. Er lachte unsicher und schaute auf Lars' sanfte Brustmuskeln, die sich unter dem T-Shirt abzeichneten. Lars holte die Pille aus einem Baggie, das in seiner Hosentasche steckte. Er zerbiss sie in der Mitte, steckte die andere Hälfte in Viktors Mund und verließ die Toilette. Ein beißender Schmerz durchzuckte Viktors Zunge. Es schmeckte salzig, bitter und metallen zugleich. Er folgte Lars zum Waschbecken und spülte sich mit den Händen Wasser in den Mund, um die Pille herunterzuschlucken. Lars schlängelte sich durch die Menge, drehte sich nicht nach Viktor um, als hätte er Angst, Viktor verschwände für immer, wenn er sich nach ihm umsähe. Auf der Treppe nach unten holte Viktor ihn ein. Sie sprachen erst wieder, als sie im Tageslicht vor dem Club standen.

Die Idee, die Line auf den Treppen des Darkrooms im Erdgeschoss zu legen, gefiel Kala gar nicht, doch Mick hatte darauf bestanden.

„Ich habe keine Lust, mich in so ein schwitziges Kabuff zu quetschen oder durch die Druffisuppe im Panne-Klo zu schwimmen. Die sind doch alle so drüber, dass die ihren Namen nicht mehr wissen. Wir ziehen gemütlich, Mädels."

Auch wenn Kala Mick grundsätzlich zustimmte, sie wusste, dass immer wieder Türsteher patrouillierten. Sie hatte von einem Abkommen gehört, dass Berliner Clubs dafür Sorge zu tragen hätten, den öffentlichen Drogenkonsum zu unterbinden. Im Gegenzug verzichtete die Polizei auf Razzien. Sie wusste nicht, ob das auch für alle Clubs galt, sie wusste aber, dass sie sich lieber an die Regeln hielt. Außerdem war es einfach Teil des Feierns, sich auf eine Toilette zurückzuziehen und in aller Privatheit, so schwitzig sie auch war, Lines zu legen. Mick war nur ungeduldig. Sie setzten sich auf die Treppe, und Mick faltete einen Flyer, auf dem sie das Ketamin ausbreiten konnten. Laurence leuchtete mit ihrem Handy die Situation aus.

„Seht ihr, ist doch gemütlich hier." Micks Stimme vibrierte vor Übermut.

„Ich weiß nicht, bist du sicher, dass wir hier legen sollen? Wir können gerne ein bisschen chillen, aber alles andere ist mir auf dem Klo lieber."

Kala gefiel der Gedanke nicht, sie witterte Gefahr, denn niedere Mächte könnten ihr magisches Treiben jederzeit beenden. Es war eine dumme Idee, das falsche Risiko.

„So ein bisschen Adrenalin macht den Keta-Kick bestimmt nur noch intensiver."

Laurence verstellte ihre Stimme, verließ ihre gewohnte Tonlage und klang dabei wie ein Kind, das klingen wollte wie eine erwachsene Person. Kala lächelte sie an und tätschelte ihr das Gesicht. Sie wollte Laurence beschützen, also spielte sie beim Abenteuer mit, entgegen ihrer Intuition, entgegen dem, was sie vertreten wollte.

„Partners in crime", sagte Laurence und drückte Kala einen kleinen Kuss auf die Hand.

„Du dosierst am besten", sagte Mick und gab Kala sein Baggie. Laurence reichte ihres ebenfalls an Kala weiter, sie war die Hohepriesterin. Sie fühlte sich geehrt und bereitete die Reise sorgfältig vor, ließ ein wenig blaues, grünes und rosa Ketamin in die Ritze rieseln, die der gefaltete Flyer bildete. Die Kristalle lagen aufeinander, die blassen Farben mischten sich. So irreal ihnen die Kristalle schienen, so irreal war auch der Trip, den das Ketamin anstieß. Sie vergaßen, dass sie sich beeilen mussten, und starrten die bunte Line an. Mick nahm den Flyer, faltete ihn behutsam, sodass er geschlossen war, und gab ihn an Kala, als befände sich etwas unendlich Kostbares darin. Sie reichte den beiden ihre

Ketamin-Baggies rüber und steckte ihres in den BH. Ein Licht flackerte auf.

„Laurence, halt doch mal still. So druff kannst du nicht sein."

„Mann, das war ich nicht."

In dem Moment, als Laurence Mick anfuhr, tauchte ein Lichtkegel neben ihnen auf. Stiefel stiegen die Treppe hinauf, die Schritte wurden durch den Krach der Musik im Hintergrund hindurch immer deutlicher hörbar.

„Geh schnell weiter nach oben, schnell!", sagte Mick zu Kala und schubste sie die Treppe hinauf. Sie ging um die Biegung, halb benommen vom Schock, und hielt den Flyer fest in der Hand. Laurence und Mick folgten ihr nicht, sie verharrten auf der Höhe der Darkrooms.

Kala hörte, wie ein Türsteher Mick und Laurence ankeifte: „Na, wat ham wa denn hier, ihr zwei. Macht mal schön de Hände uff."

Stille. Sie mussten die Baggies noch in der Hand haben.

„Ihr wisst, dass im Club keine Drogen erlaubt sind, wa? Ich muss euch leider bitten, den Club zu verlassen."

Stille. Laurence zeterte nicht einmal. Kala kauerte sich auf der Treppe zusammen. Der Lichtkegel kam ganz nah an sie heran, doch sie saß hinter der nächsten Kurve der Treppe und zog ihr Kleid näher an sich heran. Sie schickte ein Gebet in alle Richtungen, alle Dimensionen, wollte weitertanzen. Der Lichtkegel entfernte sich wieder. Sie war wohl gerettet. Kala saß weiter wie angewurzelt da und hielt den Flyer zitternd in der Hand. Die Priesterin wurde ihrer Jünger mitten im Ritual beraubt. Die Hausdämonen hatten sie erlegt und aus dem Traum geweckt. Sie holte ihr Handy aus der Handtasche und schrieb Mick eine Nachricht: *Gib Laurence einen Kuss. Der Regenbogen hat sich nicht aufgelöst. Soll ich rauskommen? XXX K*

Sie verharrte auf der Treppe, das Handy in der einen, den Flyer in der anderen Hand. Quälend lange Minuten vergingen, bis das Display im Dunkeln wieder aufleuchtete. Der

Bass hämmerte in Kalas Gehirn, doch er verführte sie nicht mehr zum Tanzen. *Kein Hausverbot, aber heute kein Einlass mehr für uns. Du hast die Reste des Regenbogens gerettet. Nutze sie weise.*

Und Laurence schickte im Gruppenchat hinterher: *Vermiss uns nicht zu sehr!*

Die Stempel von Laurence und Mick wurden, so wollten es die Regeln, mit einem Edding durchgestrichen. Der erneute Einlass in den Tempel war ihnen für heute verwehrt.

Mit dem Flyer in der Hand stieg Kala die Treppe ganz langsam hinunter. Micks Leichtsinn wurde bestraft, denn auch im Club gab es Regeln. Kala atmete tief aus. Sie hatte recht behalten. Hätte sie sich durchsetzen sollen? Wenn Mick so viel Risiko eingehen wollte, war es vielleicht besser, wenn er heute den Club nur kurz von innen sah. Zu groß die Gefahr, dass sie eskalierten. Und Laurence, die machte ohnehin nur mit. Schade war es dennoch. Sie vermisste ihre kleine Truppe, wollte sie bemuttern und mit ihnen ziehen und ballern und feiern und tanzen und abschweifen.

Die Luft war so frisch, das Licht so grell, dass Lunge und Augen sich erst an die neue Umgebung gewöhnen mussten. Während das Atmen leichter fiel, waren ihre Augen länger überfordert. Die Nacheffekte des Ketamins machten das Licht noch greller. Viktor war nicht daran gewöhnt. Er fühlte sich schwindelig, in seinem Magen war ein großes Loch.

„Was hast du vor?", fragte er Lars.

„Keine Ahnung. Die Beine vertreten. So ein Break tut immer gut, man kann nicht ewig im Dunkeln stehen und tanzen."

„Und das aus deinem Mund." Viktor konnte sich die Spitze nicht verkneifen.

Lars sah müde aus, doch seine Müdigkeit trug er wie ein Abzeichen. Der Schweiß verklebte die Haare auf seiner Stirn, in seinem sanft-dunklen Bart hingen über der Oberlippe kleine weiße Brocken. Er sah aus, als hätte er eine Schlacht gewonnen, aber noch einen ganzen Krieg vor sich. Sie verließen den Club durch die im Vergleich zum Inneren irgendwie zu kleine Tür. Der Ruf aus dem Gebäude verfolgte sie, sein bassiges Herz schlug so laut, als wollte es sie dazu ermahnen, ihre Pause nicht zu lange auszudehnen. Die Party war noch nicht vorbei, es gab kein Entrinnen. Sie waren Teil des Rituals, konnten nur verschnaufen, nicht fliehen. Viktor hatte das Gefühl, auf Wolken zu laufen, seine Bewegungen zeigten eine widernatürliche Gleichgültigkeit gegenüber der Schwerkraft.

„Was war das eigentlich, was wir uns da vorhin in die Nase geschossen haben? Das war heftig."

„Oh, fuck. Ein richtiger Molotow-Cocktail. Hast du Erfahrung mit Ketamin?"

„Nicht wirklich. War, soweit ich das sagen kann, das erste Mal, dass ich das genommen habe."

„Keta ist ein Anästhetikum, wird vor allem in der Veterinärmedizin benutzt. Aber man findet es auch in Rettungswagen. Das Tier-Keta wird bei Menschen nicht mehr eingesetzt, weil man, wenn man aus der Narkose aufwacht, einen Trip hat. Und genau das haben wir eben provoziert. Einen heftigen Trip. Es gibt auch ein Ketamin, das nur für Menschen eingesetzt wird. Das hat ein anderes Molekül, frag mich nicht, warum und wie, ich weiß nur, dass es anders kristallisiert."

Viktor gefiel nicht, wie selbstgefällig Lars vor sich hin dozierte. Trotzdem versuchte er, mitzuhalten und etwas Schlaues über Drogen zu sagen.

„Das Methadon und das Koks haben's nicht einfacher gemacht."

Lars lachte laut auf.

„Methadon? Mephedron meinst du hoffentlich. Das ist ein Unterschied. Methadon ist ein Ersatz für Heroin, Mephedron hieß mal Badesalz und ist ein sogenanntes *research chemical.* Also eine Droge, die nicht zu den klassischen Drogen gehört. Ich glaube, dass man das auch als Dünger benutzen kann. Aber frag mich nicht. Ist auch nur gefährliches Halbwissen hier."

Viktor rieb sich die Nase. Das hatte er sich eben in den Körper gepumpt? Ihm wurde schlecht. Drogen waren eine Wissenschaft, die er nicht meistern wollte.

„Witzig, dass Paul das von Anjas Mitbewohner hat … Die Affäre hat er mir verschwiegen."

Als Lars ihren gemeinsamen Bekannten erwähnte, entstand eine kurze Pause zwischen ihnen. Keiner wusste, wie er das Gespräch fortführen sollte.

Viktor brach das Schweigen: „Ist Paul ein guter Freund von dir?"

„Kann man so sagen. Ist ein ganz Netter. Woher kennst du ihn?"

Viktor schluckte, aber weil sein Mund so trocken war, machte er ein unappetitliches Geräusch.

„Er macht bei einem Projekt mit, das demnächst anfängt. Er dokumentiert einen Film, in dem ich mitspiele."

„Dieses Arthouse-Ding? Oh, da war er ganz stolz drauf. Okay. Daher kennt ihr euch also."

Lars zeigte fast ein bisschen Eifersucht, wie Viktor zu hören glaubte. Der Kuppler sollte ruhig zum Zankapfel werden.

„Ja, genau. Der Regisseur findet ihn großartig."

„Du nicht?"

„Ich kenne seine Bilder nicht wirklich."

„Du warst auf seiner Ausstellung."

„Das heißt nichts."

„Er hat uns einander vorgestellt."

„Und das macht ihn zu einem interessanteren Künstler?"

„Nein, aber zu einem guten Kuppler."

Lars grinste frech und boxte Viktor in die Seite. Sie hatten mittlerweile die Brache neben dem Club hinter sich gelassen und waren in der Realität angekommen. Sie standen vor einem Spätkauf, der neben einem Kinderspielplatz lag. Sie waren mitten im Kiez mit schönen Ostwohnungen. Die Frankfurter Allee war nicht weit, die Warschauer direkt um die Ecke. Hier ließ es sich gut wohnen, dachte Viktor. Hier konnte man Kinder großziehen, hier war es schön und ein bisschen gemütlich. Was machten sie hier, in ihrem zerschossenen Zustand? Lars stolzierte in den Späti. Viktor stand draußen und zündete sich beiläufig eine Zigarette an. Die Situation überforderte ihn. Was er für Lars fühlte, verunsicherte ihn. So verballert im Tageslicht zu stehen, verunsicherte ihn. Zugleich machte es ihn glücklich. Er war alleine mit Lars, das zählte. Außerhalb des Clubs, in der Realität. Egal wie rest-high er war, sie hatten die Barriere um den Club durchbrochen.

Lars wusste nicht, was er im Spätkauf holen wollte. Er starrte auf die Getränke und dachte immer wieder an die Szene auf der Toilette. Hatte Viktor den Kopf bewusst weggedreht? Es konnte auch ein Missverständnis gewesen sein. Egal was es war, es dämpfte Lars' Angriffslust. Er hatte seinen Schachzug getan, jetzt lag es an Viktor, auf ihn zuzugehen. Lars kaufte zwei Pfefferminzschnaps. Mit den Flaschen in der Hand ging er zu Viktor.

„*Liquid lunch, check!*", sagte Lars und hielt die Einkäufe hoch. Viktor lächelte, ihm gefiel die Anspielung.

„Ein Mann, der *Absolutely Fabulous* zitieren kann … sexy."

„Das ist Teil schwuler Kultur auf Niveau A2", sagte Lars und wehrte das Kompliment ab.

Zusammen gingen sie auf den Spielplatz. Das Wetter war nicht kalt, aber der Himmel war verhangen. Nur ein paar Kinder spielten hier, Eltern waren nicht in Sichtweite. Lars und Viktor setzten sich auf die Bank, jeder einen Pfeffi in der Hand, und stießen an.

„Wie ein Klischee kommst du mir aber nicht vor", sagte Viktor und räusperte sich.

Der Alkohol kratzte in seinem Hals, der Minzgeschmack war wie Zähneputzen.

„Was willst du damit sagen? Dass ich nicht schwul wirke?"

„Tageslichttauglich bist du auch."

„Heterolike.“

„Ich muss kotzen.“

„Ich versteh die ganzen hypermaskulinen Kerle im Club schon. Schon hot, so Muskeln, aber die sind mir alle zu … aufgepumpt. Kein Ding, Leute, aber mir ist das zu heftig. Es gibt einfach keine gescheiten Narrative für Menschen wie mich.“

„Menschen, die Romantiker sind?“

Lars antwortete nicht. Er nahm einen Schluck Pfeffi. Etwas kitzelte seine Stimmung, neckte das, was er sagen wollte. Anstatt Viktor abzuwehren, spielerisch anzugreifen, sagte er einfach: „Romantiker. Ja, warum nicht?“

Das MDMA entfaltete seine Wirkung langsam. Lars' Stimmung wurde milder. Wie ein kleines Marshmallow fühlte er sich. Sein ganzer Körper atmete durch und befreite sich von aller Anspannung. Seine Beine kribbelten, aber noch mehr kribbelte sein Bauch. Auch Viktor atmete tief ein und aus und befreite sich von seinem Zynismus. Er spürte intensiv, wie ihre Knie sich durch die Jeans berührten. Seine ganze Konzentration lag auf diesem einen Punkt. Unwillkürlich zuckte sein Bein. Nervöse Spasmen kündigten das MDMA an. Lars nahm einen weiteren Schluck Pfeffi, streichelte sich den Oberlippenbart in einer Geste, die so sehr Übersprungshandlung war, dass Viktor ihn zum ersten Mal nicht nur schön, sondern auch niedlich fand.

Sie schauten in verschiedene Richtungen, ihre Pupillen wurden immer größer. Ihre Hände legten sie auf die Bank, wie zufällig berührten sie sich. Die Zärtlichkeiten, die sie austauschten, waren so unbeholfen und so unschuldig, als berührten sie zum ersten Mal einen anderen Menschen. Ihre Daumen verhakten sich, rangen miteinander. Fingerkuppen glitten über Adern, tasteten einander ab, so neugierig, als wäre jeder Zentimeter eine freudige Entdeckung. Noch immer schauten sie in verschiedene Richtungen. Viktors Hand fuhr Lars' Unterarm entlang. Lars' Haut war so weich, seine Muskeln so prall, dass Viktor sich fragte, ob dieser Widerspruch möglich war. Er fühlte, wie sich eine Verbindung aufbaute. Er genoss, wie die Härchen seine Fingerkuppen kitzelten. In kreisenden Bewegungen fuhr er Lars über den Bizeps. Er hörte ihn laut schlucken und nahm selbst einen weiteren Schluck Pfeffi. Seine Hand suchte sich den Weg über die Schulter, streifte kurz die Achselhaare und suchte sich den Weg zu Lars' Tätowierung. Da war sie wieder, die farbige Narbe. Er fuhr die Weinreben entlang, hoch und runter. Lars schluckte wieder. Viktor hörte, wie Glas zu Boden ging. Auch er leerte seine Flasche und stellte sie mit der freien Hand ab. Er drehte sich zu Lars, ihre Blicke trafen sich. Aufregung übermannte Viktors ganzen Körper, die Schmetterlinge in seinem Bauch machten Krawall. Er wollte sich nach vorne beugen, aber die Schmetterlinge meinten es ernst. Ihm wurde heiß, er konnte nicht mehr anders, musste sich wegdrehen und kotzte neben die Bank. Zärtlich streichelte Lars ihm den Rücken.

„Du, ich glaub, die Pille muss dir auf den Magen geschlagen haben. Ich geh dir schnell Wasser holen. Geht's dir gut?"

Viktor nickte stumm. Das Kotzen hatte ihm Tränen in die Augen getrieben. Mit dem Daumen wischte ihm Lars eine Träne aus dem Augenwinkel. Er nahm Viktors Hand und küsste sie. Dann ging er zum Spätkauf, um Wasser zu holen. Die grauen Wolken wurden dunkler. Es begann zu regnen. Viktor vergrub das Gesicht in den Händen und spuckte saure Galle auf den Boden.

„Fuck."

Er legte die Lippen auf seine Hand, als könnte er Lars' Kuss so erwidern.

16.00 UHR

Wer hier erinnerte sich noch an das Ostgut? Wer hier erinnerte sich noch an den alten Tresor? Wer hier war jemals im Planet, im E-Werk? In der Garage? Wer hier war schon damals in den Schöneberger Ballhäusern unter den Menschen, die ihr Begehren gegenseitig uranisch nannten? War es wichtig, wo du tanzt, wann du tanzt, wenn du die Augen geschlossen hast? Alle wa-

ren sich hier ihres Privilegs bewusst. Hatten es durch die Tür geschafft. Waren einander Zeuge. Hier, wo keine Bilder erlaubt waren, mussten alle sich selbst ein Bild von ihrer Gegenwart machen. Unvermittelt und erotisch. Niemand ging hier unverändert raus. Wer wollte das schon? Dafür waren sie hier. Um Quanten zu verschieben, sich miteinander zu verschränken, eine Welt nach einer uranischen Revolution erträumend. Um durch die Räume ihres kollektiven Bewusstseins zu tanzen. Der queeren Ahnen zu gedenken, die sich in anderen Zeitaltern der Befreiung ihrer Körper verschrieben hatten. Der Körper zu gedenken, die sich gegen die Gewalt stemmten. DerTanzenden zu gedenken, die sich auf Tanzflächen vor dieser Tanzfläche einander geweiht hatten.

Mommy, what's a record?

Erik saß nervös auf einer der Sitzgelegenheiten vor der Garderobe. Sobald jemand aus dem Durchgang neben ihm kam, schaute er auf. Dann wieder auf sein Handy. Simon hatte ihn per Nachricht gebeten, sich hier mit ihm zu treffen. Es war eine kurz angebundene Nachricht voller Tippfehler gewesen. Erik machte sich Sorgen. Als Simon neben ihm auftauchte, grinste er druff. Er küsste Erik sofort und kam ihm näher, als es sonst seine Art war. Die nervöse Vorfreude schlug in Unsicherheit um. Simon so high zu sehen, befremdete ihn.

„So, mein Schöner, ich brauch deine Schlüssel", sagte Simon in einem Tonfall, der an einen Befehl grenzte.

„Willst du was?"

„Still. Nicht hier. Du weißt, worum's geht." Simon unterbrach ihn barsch und legte die Hände ungeschickt auf seine Lippen.

„Wenn du willst, kann ich mitkommen."

„Quatsch, ist einfacher, wenn ich alleine gehe. Und unauffälliger."

„Wann bist du wieder hier?"

Erik war nicht wohl dabei, Simon so losziehen zu lassen. Auf der anderen Seite konnte er sich nicht vorstellen, wieder zurück in den Club zu gehen, wenn er einmal zu Hause war. Der Bann wäre gebrochen – und damit auch die Vereinbarung zwischen ihm und Simon.

„Ich brauch nicht lange. In einer Stunde bin ich wieder hier, okay? Ich mach noch einen kurzen Stopp bei jemandem und bring dir was zu essen mit."

„Das ist nett von dir."

Erik gefiel Simons Verhalten nicht, aber er musste ihm wohl oder übel vertrauen. Er hatte ihm erlaubt, die Drogen bei ihm zu lagern, und jetzt musste er ihn auch ziehen lassen. Hoffentlich passierte nichts. Hoffentlich verlor er die Schlüssel nicht. Hoffentlich … sein Hirn ratterte.

„Und wenn ich alles los bin, dann nehmen wir die Pappe." Simon grinste breit und legte seinen Kopf erschöpft auf Eriks Schulter.

Erik kraulte ihm den Nacken. Es war bereits Nachmittag, die Vorstellung, noch einen Abend, noch eine Nacht und einen Morgen im Club zu bleiben, drehte ihm den Magen um. Erik holte die Schlüssel aus seiner Hosentasche und drückte sie Simon in die Hand.

„Wo treffen wir uns?"

„Auf dem Berghain-Floor. Ich hab mir sagen lassen, dass sie unter zwölf Stunden das Set nicht beenden wird."

Simon gab Erik einen Kuss auf den Mund, streifte ihn kurz mit seiner Zunge und drehte sich um. Erik saß auf dem Hocker und beobachtete Simon dabei, wie er den Club verließ. Unschlüssig und wehmütig stand er auf und ging durch das Tor zurück in die Hölle. Die nächsten beiden Stunden wollte er einfach tanzen. Er vertraute Simon, hatte keine andere Wahl.

Kala stand auf der Tanzfläche und bewegte sich nur halbherzig zur Musik. Es war noch so viel Energie im Raum, aber sie selbst fühlte sich leer. Den Flyer mit der gemischten Ketamin-Line von Laurence und Mick hatte sie in der Handtasche und betastete ihn immer wieder. Sie wusste nicht, wohin mit sich und ihren Drogen. Es war zu viel, um es alleine zu nehmen. Der Regenbogen strahlte, aber keiner sah ihn. Sie musste etwas damit machen. Sie musste den Regenbogen jemandem zeigen. Sie schaute sich nach bekannten Gesichtern um, hoffte, jemanden zu sehen, der ihr spontan sympathisch war. Sie musste die Leere in sich auffüllen, wenn sie weiterfeiern wollte. Das Set ging nicht mehr ewig, auch wenn der untere Floor im Club noch voll genug für eine ewige Party war. Ihr Stolz diktierte ihr durchzuhalten. Mitten im längsten Set, das sie jemals gehört hatte, zu gehen, nur weil ein paar Freunde rausgeschmissen wurden, kam ihr vor wie Verrat an der Musik. Da war sie streng mit sich. Also biss sie die Zähne zusammen, auf der Suche nach Jüngern, die sie mit ihrer magischen Line locken konnte.

Lars nahm Viktor an die Hand, als sie die Treppe zur Tanzfläche wieder nach oben liefen. Er sagte nichts, streichelte ihm nur den Handrücken mit seinem Daumen. Viktor hatte noch immer kalten Schweiß auf dem ganzen Körper, sein Magen war vollkommen übersäuert. Ohne zu wissen, wohin Lars ihn führte, folgte er ihm. Sein Kopf war nicht mehr zu viel imstande, sein Herz umso aktiver. Das MDMA brachte es zum Schlagen, gab jetzt die Richtung vor. Neben der Bar lag eine kleine Treppe, die Viktor vom Sehen kannte, auf die Idee, sie auch zu benutzen, war er noch nie gekommen. Wieder kam er sich wie ein Anfänger vor. Ihre Hände lösten sich voneinander, und Viktor hielt sich am Geländer fest, Lars von hinten zu sehen, rang ihm ein Lächeln ab. Oben angekommen, staunte Viktor: Hier war also diese Eisbar. Nach Eis war ihm gerade wirklich nicht, aber er setzte sich auf einen Hocker und legte den Kopf zwischen den Armen ab. Etwas Kaltes stupste ihn in die Seite. Er nahm den Kopf hoch und sah Lars mit einer Banane und einem Espresso in der Hand vor ihm stehen.

„Die Banane ist für den Blutzucker und das Magnesium. Der Espresso für den Kreislauf."

Viktor atmete tief aus und griff nach der Banane. Lars hatte wohl auf alles eine Antwort.

„Und dann gehen wir wieder tanzen. Auch wenn du das Teil ausgekotzt hast, ist ein bisschen was von der Substanz in deinem Blut, also ist es besser, wir machen das Beste draus."

Mit geschlossenen Augen tanzte Kala über die Tanzfläche. Sie ergab sich ihrer Trauer, ergab sich dem Verlust. Am Ende fand sie sich, wie im Leben, auch im Club alleine. Jede Begleitung war temporär. Sie verlor sich in ihren Gefühlen, machte sich keine Vorwürfe, tanzte, bis sie sich bereit fühlte, die Augen wieder zu öffnen. Aus Schemen wurden Menschen. Etwas weiter weg sah sie eine Gruppe, die sie faszinierte. Sie konnte vier Silhouetten durch das blitzende Licht festmachen. Die Gruppe strahlte etwas aus, das sie nicht so recht greifen konnte. Es lag Sex in der Luft zwischen den vieren. Sie tanzten wie junge Wölfe, rauften einander das Nackenfell, waren so hungrig, dass sie wütend wirkten, so zärtlich, dass sie verliebt sein mussten. In vorsichtigen, kleinen Schritten bewegte sie sich auf die Gruppe zu, stellte schärfer, fand Halt. Den Typen mit der Mütze kannte sie von vorher. Die großen weißen Lettern BOY strahlten ihr durch das Schwarzlicht entgegen. Der Boy und sein Kumpan lächelten einander an, so befreit, als hätten sie nichts mehr zu verlieren. Die anderen beiden Gestalten waren weniger fatalistisch in ihrem Ausdruck. Ihre Bewegungen fielen breiter und langsamer aus. Der Fatalismus der einen war die Eleganz der anderen. Die ganze Assemblage aus Chemie, Fleisch und Krach: Sie war in all ihrem Chaos letztlich doch auf ihre eigene, leise Art und Weise schön. Die Priesterin erkannte ihre Wölfe.

Galant bewegte sie sich in die Mitte des Rudels. Lars streichelte sie zur Begrüßung, die anderen begrüßte sie mit einem Augenaufschlag. Alle Anspannung fiel von ihr ab. Ihr Körper gab sich dem Ritual hin. Sie ergossen sich ineinander, übereinander, und wenn sie die Augen schloss, war sie nicht alleine, sondern wusste, dass um sie herum die Trance alle ergriffen hatte, die mit ihr tanzten. Wenn die Welt draußen jetzt unterginge, wäre der Tanz hier noch lange nicht zu Ende. Sie war unter ihresgleichen und doch zu Höherem bestimmt.

Reflexartig griff sie zu ihrer kleinen Handtasche. Sie schickte einen Blick in die Runde, winkte mit den Fingern, als wollte sie das Rudel zu einem Leckerli verführen. Die vier Jungs folgten der Priesterin. Kala fühlte sich mächtig – und geborgen. Sie fanden eine Kabine, ohne anstehen zu müssen. Zu fünft standen sie auf engstem Raum, endlich vereint.

„Kennen sich alle?", fragte Lars in die Runde und schaute Kala an.

„Ich bin Kala", sagte sie und reichte Tom und Erik förmlich die Hand.

„Und das ist Viktor", sagte Lars und deutete auf seinen Begleiter.

Viktor zwinkerte Kala zu.

„Wir kennen uns schon", sagte sie, als wollte sie Lars abstrafen. Als wäre die kurze Begegnung vor vielen Stunden auf den Toiletten eine Etage tiefer ein Kennenlernen gewesen. Als wäre hier jemand irgendwem was schuldig.

„Wo sind Laurence und Mick?", fragte Lars. Mit der Hand wischte er sich über die Stirn.

„Denen ist was dazwischengekommen, das erzähl ich dir später. Aber sie haben was dagelassen."

„Was wird das jetzt schon wieder?", fragte Viktor, halb ungläubig, halb amüsiert.

Die Banane hatte ihn wieder auf die Beine gebracht, der Espresso die Pille gekitzelt. Vor den neugierigen Augen der vier faltete Kala den Flyer auf und entblößte seinen bunten Inhalt. Viktor hakte nicht weiter nach. Tom schaute Kala skeptisch an. Erik sagte nichts. Tom lehnte sich an ihm an. Vor ihnen lag ein bunter, langer Haufen Kristalle. Sie schimmerten verzerrt blau, grün und rosa im gelben Licht. Sie sahen aus wie verzauberte Diamanten.

„Jemand Lust auf Keta?", fragte Lars und kam der Priesterin zuvor.

„Hausgemachtes, selbst gefärbtes K“, fügte sie hinzu, das K lange aushauchend.

„Hast du Lust?“, fragte Viktor Lars skeptisch, als hoffte er, Lars würde ablehnen.

„Schon. Wenn Kala uns einlädt …“, sagte er.

Sie schauten einander ins Gesicht. Viktors Mimik war starr, die Spasmen hatten es schwer, seine Kontrolle zu durchbrechen. Er lächelte Lars an, sein Kiefer zuckte.

„Ich leg noch ein bisschen Koks drauf, wenn das euch beruhigt“, sagte Tom und suchte nach seinem Geldbeutel.

Kala zuckte mit den Schultern, als wäre ihr gleich, womit die Line gewürzt werden würde. Viktor nickte wild. Lars wiegte mit dem Kopf.

„MDMA und Kokain sind eigentlich keine gute Idee, das geht stark auf die Rezeptoren …“, sagte Lars. „Ach, scheiß drauf. Tu Koks rein. Ist jetzt halt so.“

Der Fatalismus hatte alle angesichts der großen Line überkommen. Die Menge Ketamin war auch auf fünf Leute aufgeteilt immer noch groß genug für einen neuen Trip, in einer Nacht, die an Trips nicht mangelte, jeder eine Kurzgeschichte, mit der anderen verflochten.

„Geht's deinem Magen besser?“, fragte Lars Viktor in einem Tonfall, der alle in der Kabine rührte.

Viktor antwortete abgehackt. „Ja. Ich bin dabei.“

„Ich pass auf dich auf“, raunte Lars ihm leise ins Ohr, sodass nur Kala es hören konnte. Sie lächelte, als wäre nichts passiert, und schaute in die Runde, als wollte sie das Einverständnis aller einholen. Tom kramte das Tütchen mit dem Kokain hervor und öffnete es behutsam. Er streute den Rest des halben Gramms hinein und überlegte. Er hatte keine Ahnung, ob es genug war, also warf er das Tütchen auf den Boden und holte ein anderes aus seinem Geldbeutel. Er tat mehr Kokain in den Flyer und schloss das Tütchen wieder.

Als hätte das Koks ihn an etwas Wichtiges erinnert, schaute er Viktor an und sagte: „Oh, Anna lässt übrigens ganz lieb grüßen. Sie ist gegangen, wir haben eben noch einen Joint geraucht. Sie lässt ausrichten, dass sie hofft, du hast noch viel Spaß beim Ballett."

Viktor zog die Augenbrauen nach oben. Niemand verstand die Anspielung, auch Viktor musste kurz nachdenken, lachte dann trocken.

„Danke, Boy", sagte er und tätschelte ihm die Kappe.

Kala crushte das Gemisch im geschlossenen Flyer an der Wand.

„Alles gut bei dir?", fragte Tom Erik.

Er wirkte angespannt. Bevor er antworten konnte, hakte auch Lars nach: „Wenn wir schon die Runde machen. Was ist mit Simon? Ist er noch hier?"

Erik atmete tief ein und aus. „Er ist kurz noch mal was holen gegangen, wir treffen uns wieder hier im Hain. Er wollte bald zurück sein."

Tom machte ein nachdenkliches Gesicht. „Läuft da was zwischen euch beiden?", fragte er und klang dabei forscher, als er wollte.

Erik lächelte ihn an und sagte: „Irgendwie schon, ja."

„Ging's ihm gut, als er gegangen ist?", fragte Lars nach.

„Ja, hat ein bisschen durch gewirkt. Überdreht durch, weißt du, was ich meine? Konnte ich gar nicht einordnen. Aber er hat fit gewirkt. Warum?"

„Pass auf ihn auf, Erik. Ich glaube, er hat mit G angefangen. Geht mich eigentlich nichts an, aber hab lieber ein Auge auf ihn. Ist schwer zu dosieren …"

Tom folgte dem Gespräch interessiert. Er hatte keine Ahnung, was G war. Das Wunderland, in das es ihn schickte, würde sich bald wieder vor ihm auftun.

Geduldig bereite Kala die Line weiter zu und summte dabei leise. Pflichtbewusst hatte Viktor bereits einen Geldschein zu einem Ziehröhrchen gerollt. Er reichte ihn Kala, die ihn dankend ablehnte und ihm den Flyer mit der bunten Drogenmische hinhielt. Darauf waren fünf abgetrennte kleine Lines, üppig angerichtet. Er zögerte, bevor er die Line in die Nase zog.

Lars neckte ihn: „Na los, zeig, was du aushältst."

Viktor nahm die Line und reichte Lars das Röhrchen. Nach und nach nahmen alle ihr kleines Dessert zu sich. Kala war die Letzte. Theatralisch zog sie das restliche Pulver vom Flyer und beugte den Kopf nach hinten. Sie zerknüllte das Blatt, reichte Viktor den Geldschein und rollte die Schultern zurück.

„Gute Reise, meine schönen Wölfe", sagte sie mit kehliger Stimme.

Sie verließen die Kabine und stellten sich in der Mitte der Tanzfläche auf. Das Set nahm den letzten Anlauf. Punkiger Acid bellte die Tanzwütigen an. Kala spürte eine tiefe Befriedigung, denn sie hatten die letzte Line perfekt abgepasst. Sie schloss die Augen und tanzte durch neue Wellen in alten Tempeln. Jedes Zwischentief, alle Zweifel waren überwunden. Jetzt gerade wollte sie nur hier sein, nirgendwo anders. Sie war betäubt und geschärft zugleich. Der Bass verschwand, um wenige Sekunden später noch härter loszuhämmern. Alle warfen die Arme in die Luft.

Aciid!, dachte sie und lächelte ketamintrunken vor sich hin. Alles, was jetzt kam, war bereits nach der Klimax.

We are the creator of acid music and we're back.

3

„It's sort of like my past is an unfinished painting, and as the artist of that painting, I must fill in all the ugly holes and make it beautiful again."
– Lady Gaga

TOM

Die Musik ebbte langsam ab, das Licht war grell und stechend, blendete seine noch immer benebelten Augen so stark, als wollte es ihn dafür bestrafen, so lange im Dunkeln verharrt zu haben. Tom schaute sich um und sah die vom Licht gezeichneten Gesichter der anderen. Viktor sah müde und abgekämpft aus, der Gesichtsausdruck war der gleiche wie in der Olfe, doch seine Körpersprache hatte sich weiterentwickelt. Er stand nah an Lars, als ob eine Gravitation von ihm ausginge. Er bewunderte die beiden schönen Männer ohne jede Eifersucht, denn etwas lag zwischen ihnen in der Luft, das ihn beklemmte und zugleich faszinierte. Lars und Viktor verabschiedeten sich, mussten oder konnten wohl auch nicht mehr viel sagen. Sie verließen den Club über die Treppe wie zwei Krieger, die das Schlachtfeld räumen.

Tom hatte den unteren Floor des Clubs noch nie in diesem leer getanzten Zustand gesehen. So hell und ausgeleuchtet kam er ihm vor wie ein Ort, so banal wie jeder andere auf der Welt. Kala und Erik waren nicht mehr zu sehen. Wahrscheinlich war Simon gekommen, um Erik einzusammeln. Kala wirkte auf ihn wie ein Geist, der nur Bestand hatte, wenn die Musik lief. Vielleicht hatte sie sich nach der Verabschiedung von Lars und Viktor einfach aufgelöst.

Laura und ihre Bären kamen auf Tom zu. Sie trug einen schwarzen, durchsichtigen Schleier vor dem Gesicht, jetzt ganz in weich fallenden Stoff gehüllt. Sie nahmen ihn flapsig in ihrer Mitte auf und drängten ihn nach oben in die Panne Bar. Zwei der Bären legten ihre Pranken auf Toms Schulter. Laura lief vor ihnen und führte sie. Sie stiegen die Treppe hinauf und begaben sich in ein neues energetisches Feld, hier war wieder Musik, gingen gleich zum DJ-Pult, gleich zu Robert an seinem Stammplatz. Er begrüßte Tom mit einem Kuss auf die Wange. Laura war wie eine entrückte Tänzerin aus einer anderen Dimension. Ihre Bewegungen die einer Hexe, die zugleich Bezirzte und Bezirzende war. Die Bären, so groß und stark sie auch wirkten, unterlagen ihrem Befehl, und Tom fühlte sich in ihrer Mitte wohl.

Während er versuchte, sich in den Groove der inzwischen einzigen Tanzfläche des Clubs einzufinden, beobachtete er die drei Bären. Von ihnen vernascht zu werden, gab ihm das Gefühl, etwas Kostbares zu sein. Eine ganz leckere Praline. Sein Selbstbewusstsein schnellte nach oben auf einen Pegel, den keine Droge ihm einflößen konnte. Er fühlte sich gut. Er fühlte sich sexy. Er fühlte sich begehrt. Sein eingetanzter Körper gewöhnte sich schnell an die neue Umgebung. Die Panorama-Bar-Fenster gaben den Blick auf den Abendhimmel frei. Es dämmerte bereits.

Er hatte gehört, die Panorama Bar sei am Sonntagabend ein magischer Ort. Das war eine dieser Legenden, von denen er träumte, sie selbst einmal zu erleben. Er tanzte und konnte nicht aufhören zu grinsen. Er biss sich auf die Lippe, um das Grinsen zu unterdrücken, blutete dabei fast. Robert knabberte ihm spielerisch an den Ohren. Daraufhin nahm Laura ihn in Beschlag und tanzte vor ihm, als wollte sie ihn ganz für sich vereinnahmen. Sie drehte sich vor ihm, schaute ihn durch den schwarzen Stoff hindurch an und schürzte die rot geschminkten Lippen. Ihre Tätowierungen bewegten sich wie von selbst unter ihrem Kleid. Da waren Schlangen, Symbole, Ornamente, er konnte sie nicht alle verstehen, wusste nur, dass sie mehr als Dekoration waren. So viele Eindrücke, Tom wusste nicht, wohin mit sich, also ging er darauf ein. Er passte sich ihren Bewegungen an, forderte sie auf und heraus. Sein Spaß tanzte einen Reigen mit der Euphorie, die die Drogen ihm ermöglichten. Erst jetzt, nach so vielen Stunden im Club, verliebte er sich in den Rausch, und das Gefühl, etwas zu verpassen, dem Zeitgeist immer einen Schritt hinterher zu sein, fiel von ihm ab.

Die Musik regnete von ganz oben auf sie herab. Trance-House, so elysisch, als wäre die Tanzfläche selbst ein Vorhof des Himmels. Die Zeit der Abenteuer war vorbei, die Zeit der Überraschungen und Labyrinthe zu Ende. Es gab hier keinen Darkroom mehr, in den man sich zurückziehen konnte. Wenn man Sex haben wollte, musste man ihn auf der Tanzfläche haben, vor allen. Es gab keine Geheimnistuerei mehr, hier lag alles offen. Licht und Sound mischten sich zu einem synästhetischen Konzert, das Toms Gedanken lahmlegte und ihn nur noch sein ließ, ontologisches Totalaufgebot.

Robert flüsterte ihm ins Ohr: „Komm mit."

Er öffnete die Augen und sah, wie Robert vor ihm die Panne verließ. Er ging hinterher, in leiser Aufregung. Die Verbindung zwischen ihnen kam ihm immer beliebiger vor. Robert war nicht seine nächste große Liebe, ersetzte Andreas nicht. Niemand sollte Andreas einfach so ersetzen. Wenn Tom wirklich frei sein wollte, musste er sich von allen anderen lossagen und ihnen auf Augenhöhe begegnen, anstatt ihnen sein Leben anzuvertrauen. Das Vertrauen zu Andreas hatte er mutwillig gebrochen. Die Scherben würde er bald aufsammeln müssen. Doch jetzt lag noch so viel Party vor ihm. Er fand Robert auf der Toilette wieder, der stand neben Laura in der Schlange.

„Kennt ihr euch eigentlich schon?", fragte Robert Tom.

„Ich glaube, noch nicht", sagte Tom und lächelte Laura mit einem Augenzwinkern an.

„Laura", sagte sie bestimmt und charmant. „Gefällt dir mein Aufzug?", fragte sie Tom und legte dabei einen Finger auf Roberts Mund. „Der junge Mann hier findet mich nämlich übertrieben. Aber mal im Ernst: Wer interessiert sich hier schon für Übertreibung?"

„Großartiges Outfit", sagte Tom. „Ernsthaft."

„Danke schön. Er hat ‚ernsthaft' gesagt, hörst du, Robi?", sagte Laura und kniff Roberts Lippen für einen Moment so fest zusammen, dass es wehtun musste. „Gar nicht so leicht, Leute hier im Club zu beeindrucken."

Robert wiegte mit dem Kopf. Tom schaute an sich herunter. Robert und er trugen die gleichen Klamotten wie in der Olfe. Neben Laura kam er sich underdressed vor.

„Jetzt mustere dich mal nicht so kritisch, Boy. Sweete Kappe, übrigens. Gefällt mir."

„Danke schön", sagte Tom und ahmte unbewusst Lauras Tonfall nach.

„Ihr seht gut aus, Jungs. Keine Angst. Als Mann ist man im Club doch sowieso mit freiem Oberkörper schon komplett angezogen."

„Die Bärenmutti spricht", sagte Robert und zwinkerte Tom zu.

Der lächelte peinlich berührt über ihren kleinen Insiderwitz aus der Olfe.

„Kennst du meine Bärchen eigentlich schon? Beste Bären. Selbst ausgesucht."

„Ich glaube, die hat er schon getroffen, Laura", sagte Robert, bevor Tom antworten konnte. Er knuffte ihn in die Seite. Die Person, die neben ihnen in der Schlange stand, fing an, auf die Türen einzudreschen.

„I need to pee, you fucking junkies!", schrie sie und hielt sich den Schritt fest, tänzelte im Kreis, als würde sie sich jeden Moment vollpinkeln. Sie wurde immer schriller. *„Open the door!"*

Eine der Kabinen öffnete sich direkt vor Laura. Sie machte einen großen Schritt und tänzelte hinein. Laura wurde angeschrien: *„You can't do this, you fucking junkies! I need to pee!"*

Doch Laura winkte Tom und Robert in die Kabine, wehrte die schreiende Person ab und legte einen Finger auf ihren Mund. Leise zischte sie ein „Pssst!" durch ihre roten Lippen und verschwand selbst in der Kabine, die sie eilig schloss. Robert lachte schallend, draußen schrie sie weiter und trommelte gegen die Kabine. Tom wusste nicht, wie er reagieren sollte, und schaute amüsiert auf die vibrierende Tür. Er hatte Angst, die pipirasende Raverin würde sie eintreten und ihre Blase vor ihnen entleeren – mit Recht, wie er fand.

„Wer nicht halten kann, ist hier falsch. Die kann doch eh nicht pissen, so druff, wie die ist", resümierte Laura ihren Move selbstgerecht.

„So, ihr zwei Hübschen, der Abend ist angebrochen: Ist an der Zeit, die harten Geschütze aufzufahren."

Laura bückte sich und fummelte in ihren Stiefeln herum. Robert verdrehte die Augen und schaute auf die Uhr, als müsste er sich die Zeit genau einprägen.

„Ist einer von euch betrunken?", fragte sie wie eine Lehrerin, die ihre Schüler fragt, ob sie ihre Hausaufgaben gemacht haben.

„Nein", sagte Robert.

„Ich auch nicht", sagte Tom und hob beim letzten Wort seine Stimme an, als stellte er eine Frage.

„Artig. Dann gibt's eine Runde G auf mich."

Tom wurde hellhörig. Da war es wieder, dieses ominöse G. Noch ein Buchstabe im Drogenalphabet. Ein neues Element im Periodensystem der Tanzchemie. Laura stand auf und hielt eine kleine braune Flasche mit einer Pipette in der Hand. Sie hob ihren schwarzen Schleier und legte ihn nach hinten. Ihre großen braunen Augen schauten Tom prüfend an.

„Schon mal genommen?" Lauras Stimme klang geschäftsmäßig. Sie drehte den Verschluss der Flasche auf und leerte die Pipette.

„Nein", erwiderte Tom. „Noch nie."

„Okay, hier die Regeln. Ich zeig dir, wie du's nimmst, da müssen wir ein bisschen vorsichtig sein. Keiner von uns hier wiegt viel, also dosieren wir schön niedrig. Eine Stunde lang, mindestens, keinen Alkohol von jetzt an. Verstanden? Kein

Schnaps. Nichts. Ganz wichtig. Und kein, ich wiederhole, kein Ketamin." Sie schaute mit zusammengekniffenen Augen zu Robert. „Das verträgt sich nicht immer ganz so gut."

Als Tom das Wort Ketamin hörte, regte sich etwas in ihm. Das Wort hatte einen so schönen Klang, es kitzelte, ganz unschuldig kratzte es.

„Und nicht nachlegen, bevor die Stunde um ist. Verstanden? Wir haben noch ein bisschen was da, die Bärchen und ich. Ihr könnt also gerne später mehr haben."

„Ich glaube, wir wissen alle, was wir hier machen", sagte Robert und klang genervt.

Tom fühlte sich davon gekränkt. Nicht jeder konnte das Herrschaftswissen über Drogen einfach so aus einem Fläschlein schütteln.

„Willst du, dass dem hübschen Boy was passiert? Ich nicht", fuhr Laura Robert an.

„Ich auch nicht", sagte Robert und zwinkerte Tom zu. „Der ist in guter Gesellschaft. Fühlst du dich sicher?"

Tom reagierte nicht, noch immer gekränkt. Fasziniert schaute er zu Laura, die die zu drei Vierteln gefüllte Pipette in ihren Mund hielt und spritzte. Sie griff nach einer Wasserflasche, die Robert ihr hinhielt, und verzog das Gesicht zu einer angeekelten Grimasse. Laura spülte nach und schluckte schwer. Robert war der Nächste. Er nahm einen Schluck Wasser, ließ sich von Laura die Pipette geben und spritzte sich die ätzende Flüssigkeit in den Rachen. Er schluckte und spülte nach. Sein Gesicht verzog er dabei nicht. Seine Gefasstheit wirkte gespielt, doch ihm war anzusehen, dass er sich zusammenreißen musste, seinen Ekel nicht zu zeigen.

„Bist du bereit, Tom?"

„Klar." Er nahm einen großen Schluck Wasser und griff zur Pipette.

„Ah, nein, ich mach das für dich", sagte Laura. „Mach den Mund weit auf."

Tom folgte ihrem Befehl. Er schluckte und versuchte, das Gesicht nicht zu verziehen. Er nahm einen großen Schluck

Wasser, doch der Geschmack von GHB, von ätzender Säure, von Gift, er war immer noch in seinem Rachen. Er nahm einen weiteren großen Schluck und gurgelte.

„Jaja, keiner hat gesagt, dass wir hier Zimtschnecken vernaschen."

Laura schloss ihren Vorhang wieder, ein verschwörerisches Grinsen zeichnete sich rot unter dem Stoff ab, und verstaute die kleine Flasche in ihrem Stiefel. Gemeinsam verließen sie die Toilette, wühlten sich durch die wankenden, plappernden Menschen und zogen wie eine kleine Parade auf der Tanzfläche ein. Sie tanzten an ihrem Stammplatz vor dem DJ-Pult, und Tom spürte eine Euphorie aufkommen, die er so noch nicht kannte. Es war eine ernste, feierliche Euphorie, die ihm einflüsterte, alles tun zu können, worauf er Lust hatte. Dopamin rauschte durch seine Synapsen, enthemmt und enthemmend machte es ihn zu einem anderen Menschen, zeigte ihm sein Potenzial, schickte ihn über seine eigenen Grenzen. Er drehte sich zur Menge um und checkte die Leute. Er wollte küssen. Jetzt. Die Euphorie wurde immer eindringlicher. Er wurde rattig, und je länger er die Menge absuchte, desto ungeduldiger wurde er.

Etwas weiter weg sah er Kala tanzen. Verträumt lächelnd stand sie mit geschlossenen Augen da. Ihre Haare, deren Farbe ein unnatürliches Rosa war, wirkten im Licht des Clubs echt. Dass den Haaren diese Pigmente erst durch einen chemischen Prozess eingefärbt werden mussten, unterschied sie in nichts von Haaren, deren Pigmente aus dem Körper heraus entstanden. Kala öffnete die Augen und sah Tom. Lächelnd kam sie auf ihn zu. Neben ihr stand Erik, der angefressen aussah, aber Tom süß anlächelte. Sie tanzten zusammen und umarmten sich wie alte Freunde. Tom schaute Erik an, er war ihm nie attraktiver vorgekommen. Die blonden Haare, die ihm jetzt in die Stirn fielen. Der leichte Bart. Die schönen Wangenknochen. Die Nase, rundlich, aber schön geschwungen. Sein Haar war so glatt, sein Bart so golden, dass Tom nicht anders konnte, als seine Lippen auf die von Erik zu legen. Er wollte schon die ganze Zeit wissen, wie sie schmeckten. Sie waren weich und saftig, mutige Lippen wie die eines Löwen, der ganz Pfirsich war. Erik reagierte zuerst nicht, doch dann öffnete er seinen Mund und ihre Zungen trafen sich. Sie kämpften um die Vorherrschaft im Mund des anderen, umkreisten einander, und Tom vergrub seine Hände in Eriks Haaren. Mit geschlossenen Augen tanzten sie, ihre Hände suchten sich den Weg von den Haaren über den Körper des anderen. Erik hatte den süßesten Arsch, den Tom jemals zu fassen bekommen hatte. Die Geilheit übernahm seine Motorik. Der Kuss war nicht mehr zärtlich, er imitierte Penetration. Von der Eleganz der Verführung befreit, stand für Tom nicht mehr zur Debatte, ob Erik überhaupt mit ihm knutschen wollte. Die Welt gehörte ihm, und er nahm sich, was er wollte.

Als sie sich voneinander lösten, wischte sich Erik über den Mund und drehte sich um. Mit dem Rücken zu Tom tanzte er, zu nah an ihm dran, um auf Abstand gegangen zu sein. Kala stand lächelnd neben ihnen. Tom biss Erik in den Nacken, in Haut, die so weich war, dass er aufpassen musste, nicht zu fest zuzubeißen. Der Rausch intensivierte sich. Die Geilheit überkam ihn immer stärker, beherrschte seine Gedanken. Sie flirteten nicht miteinander, sie kokettierten nicht mit einer Idee. Sie lieferten sich einander aus. Der Rausch war nur ihr Mittler. Am liebsten hätte Tom Erik die Hose vom Arsch gezogen.

VIKTOR

Seine Ohren rauschten, ein Tinnitus hatte sich festgesetzt, ein Summen, die Reminiszenz der lauten Frequenzen aus dem Club, hässlich und störend. Seine Wahrnehmung war verschoben, die Realität wirkte auf ihn wie ein Ort, den er noch nie besucht hatte. Alles war neu, als wären die Erinnerungen in ihm eine bloße Simulation, eine Software, die auf veränderter Hardware lief. Jede Faser seines Körpers brannte, die Energie in seinem Körper war nicht seine. Aufgeputscht und verwirrt setzte er einen Fuß vor den anderen.

Er hätte in einer beschissenen Verfassung sein müssen, doch das Flanieren gefiel ihm. Sie unterquerten die Brücke, auf der die S-Bahn zum Ostbahnhof fuhr. Sie konnten zu Viktor laufen, konnten jetzt alles erreichen, an diesem angebrochenen Sonntagabend, der bald Nacht wurde, nicht mehr eingesperrt im Club, lag die Stadt ihnen zu Füßen. Er war in guter Begleitung, wenn er sich darauf einließ und die übermüdeten Warnsignale seines Körpers ignorierte. Schweigend trottete Lars neben ihm her, noch immer ein Tänzeln im stolzierenden Gang. Trotz aller offensichtlichen Erschöpfung war er ungebrochen, das gesenkte Haupt heroisch, voller Pathos. Er wirkte beflügelt, hatte die Ausstrahlung eines Kriegers, der siegreich aus einer Schlacht zurückkehrte. Viktor gefiel es, Lars mit seinen Gedanken nachzuziehen, ihn zu verherrlichen und zu beobachten, ihn ein wenig zu übertreiben. So schmeckte also das Verknalltsein.

„Hattest du eine gute Nacht?", fragte Lars mit rauer Stimme.

Die Frage war so simpel, dass Viktor nicht anders konnte, als eine Spitze rauszuhauen: „Das ist ziemlich klischiert, oder?"

„Dass du so druff noch klischiert sagen kannst, ist ziemlich bescheuert. War nur eine Frage."

Dem hatte Viktor nichts entgegenzusetzen. Er fühlte sich ertappt, denn ihm wurde schmerzlich bewusst, wie gehemmt er trotz aller chemischen Einflüsse in seinem Körper rüberkommen musste. Am liebsten hätte er sich hinter einer Kamera verkrochen und Lars beim Heimgehen gefilmt. Unbemerkt und dadurch unverletzlich. Aber er war im Dialog, es gab kein Entkommen. Was, wenn Lars einfach ging? Er wollte ihn in seinen Armen halten und seinen Geruch auswendig lernen.

„Um deine Frage zu beantworten …", setzte er an. „Ja, schon."

„Ist dir vielleicht nicht aufgefallen, aber was da heute passiert ist, war episch. Dass jemand so ein geiles Set hinlegt, so viele Platten mitbringt und so lange so gut spielt. Das ist was ziemlich Besonderes. Und sie hat gerade erst ihren Namen geändert. Davor hat sie als Mann aufgelegt."

„Wer sagt, dass mir das alles nicht aufgefallen ist?"

„Das kam falsch rüber. Ich meine damit: Vielleicht gehst du einfach nur in den Club, um zu tanzen oder jemanden kennenzulernen. Und nicht wegen der Musik. Vollkommen legitim. Keine Kritik."

Viktor mochte nicht, wie Lars ihn in eine Ecke stellte. Was wusste Viktor wirklich über elektronische Musik? Wahrscheinlich genauso viel wie über zeitgenössischen Tanz. Aber er nahm sie als Kultur ernst. Er konnte sich dem aussetzen, ging gerne mit. Aber Expertise … da war nicht viel bei ihm zu holen. Was war ein Rave-Klassiker? Was war ein House-Klassiker? Hätte er googeln müssen.

„Hast du immer so einen harten Mischkonsum drauf?", fragte er Lars, bemüht, nicht zu wertend zu klingen. „Das soll jetzt kein Vorwurf sein."

Lars schaute ihn von der Seite an. Er schien abzuwägen, ob er sich auf die Frage einlassen wollte.

„Das mit der Pille tut mir leid."

„Das meinte ich gar nicht."

„Ich habe mich um dich gekümmert."

Viktor schwieg. Er lächelte. „Stimmt. Sehr lieb sogar."

„Ja, harter Drogenkonsum ist ein krasser Lifestyle", feixte Lars und fixierte Viktor mit seinen wölfischen Augen.

„Ist es das für dich? Ein Lifestyle?", fragte Viktor amüsiert.

„Was sollen wir denn sonst machen? Wir jungen Dinger, die nichts anderes zu tun haben, als sich in der Nachtwelt zu verlieren?"

„Im Rausch auf der Suche nach anderen Dimensionen des Bewusstseins", sagte Viktor und klang dabei kitschiger, als er wollte.

„Hast du mal darüber nachgedacht, wie faszinierend es ist, dass alles Vibrationen sind?", fragte Lars, der das Thema halten wollte.

Viktor brummte. Es wäre zu einfach, ihm jetzt vorzuwerfen, dass er esoterisch klang. Trotzdem lag ihm die Spitze auf der Zunge. Er schluckte sie hinunter und fing stattdessen an, laut nachzudenken: „Im Grunde genommen geht es bei elektronischer Musik, wie bei jeder Ausdrucksform, um Emotionen. Auf eine sehr laute und manchmal brachiale Art geht es doch letztlich um ästhetische Entgrenzung."

„Dass Techno immer laut und brachial sein soll, zeigt, wie eingeschränkt dein Bild ist. Aber im Grunde gebe ich dir recht. Die Musik ist abstrakt und hat eine ganz andere Klangpalette. Welche andere Musik kann das? Manchmal klingt das wie Beerdigung, aber sehr oft hat das für mich einfach auch krass was von Zukunft. Es gibt eine Musikgeschichte und verschiedene Agierende, es gibt Trends, es gibt … ach, es ist so ein großes Feld."

„Klassische Musik kann das auch", sagte Viktor und zog die Augenbrauen nach oben. Sie verloren einander wieder. Die zarte Verbindung, das Begehren, es war vielleicht doch nicht mehr als eine Fantasie. Auf Pille waren sie zärtlicher gewesen. Lars lachte auf und rieb sich mit dem Zeigefinger hinter dem Ohr. Viktor las das als Zeichen der Verlegenheit und ließ es unkommentiert.

„Wenn ich in den Club gehe, will ich im Grunde genommen nur meine Augen schließen und fühlen. Mein Alltag fordert mich ästhetisch und emotional nicht genug heraus, weil ich weiß, dass da mehr ist, im Leben, weißt du? Ich will ins Staunen kommen dürfen. Andere gehen ins Kino, aber für mich ist das so: Ich weiß, dass ich selbst einen Film im Kopf haben kann, wenn ich zu der Musik im Club tanze. Was ist denn Kunst wert, wenn sie nicht transzendent ist. Uns an unsere Menschlichkeit erinnert und zugleich darüber hinausblicken lässt."

Im Gehen berührte Viktors Hand zufällig die von Lars. Sie war weich und warm, sanft behaart, sie schmeckte auf seiner Zunge, machte ihn neugierig, und zugleich wusste er: Das ist es, was ich will. Nach und nach kamen sie sich wieder näher.

„Die Welt, in der wir leben, ist keine Herausforderung mehr. Gleichzeitig überfordert sie mich", legte Lars nach.

Viktor schluckte. Ihm kam die Welt nicht vor, als wäre sie ein von Ennui überzogener Stein, der durch das Weltall flog. Zum ersten Mal, seit dieser Abend begonnen hatte, gestand er sich ehrlich ein, dass er aufgeregt war. Er war aufgeregt darüber, mit Lars durch die Straßen Berlins zu laufen. Sie waren jetzt hinter dem Ostbahnhof; die Autos rauschten an ihnen vorbei. Helle Lichter, sie liefen einfach weiter in Richtung Kreuzberg, überquerten bald die Spree. Wo Lars wohl wohnte? Viktor wollte nicht fragen, hoffte, sie hätten die gleiche Richtung.

„Die Welt, in der wir leben, will uns einreden, eine Herausforderung zu sein, aber sie ist es nicht. Wir suchen nach Gefahr, aber uns geht es so gut. Die ganze Idee von Sicherheit ist überkommen", redete Lars vor sich hin, und Viktor schritt nicht ein. Er ließ Lars laut denken und gab sich einzig der Frequenz seiner Stimme hin. Es lag so viel Schönheit in den Klängen der Stimmbänder, die vom Amphetamin und vom Rauch angegriffen, angeraut klangen. Viktor wollte Lars küssen, doch er traute sich nicht, schon wieder nicht.

„Da ist etwas Mythisches im Techno, finde ich. Er erzählt von einer kommenden Revolution. Er dekonditioniert uns. Er bereitet uns auf die Zukunft vor. Er erzieht uns zu kleinen Revolutionären, die wissen, dass es kein Paradies geben wird. Weder dies- noch jenseits der Revolution."

„Gehst du damit nicht zu weit?", fragte Viktor, der den Anschluss an Lars' druffen Gedankengang schon lange verloren hatte.

„Der Club ist eine Erziehungsmaschine. Ein diskursives Produkt, das niemand entworfen hat, das einfach passiert ist. Es ist da. Und es funktioniert für so unheimlich viele Menschen. Gleichzeitig ist es ein mythischer Ort. Es ist eine Aberziehungsmaschine. Es ist ein Ort, an dem wir unserer Erotik ausgesetzt sind. Hedonismus, das ist so abgedroschen, weil es so viel Schlechtes in der Welt gibt, und es ist so ein krasses Privileg, sich abzuschießen, aber es ist auch so viel mehr als das. Im Club bist du einfach Körper, bist du einfach da, klar geht es da auch um Habitus, es geht um Abgrenzungsmechanismen. Und die Tür, ja, das ist superproblematisch. Zu viele Machtspiele, aber gleichzeitig brauchen wir sie auch, wie eine Fähre, mit der wir einen Fluss überqueren."

Viktor erinnerte sich an die Szene vor der Tür, als er Lars und seine Freunde dabei beobachtet hatte, wie sie die Schlange einfach übersprangen und von den Türstehern hereingewinkt wurden. Er wurde ganz still. Er wollte Lars Raum geben, denn da war mehr, da war etwas, das er nicht wusste, aber ahnte.

„Der Rave ist eine Frage der Wiederholung. Wie die Musik wiederholt sich der Rave, und je stärker das Hain an dich gewöhnt ist, desto zugänglicher wird es für dich. Und je mehr du dich an den Rave gewöhnst, desto stärker passt sich dein Denken an. Die Party selbst ist leer, aber die Menschen, ihre Gefühle, ihre Gedanken – von denen, die auflegen, über die Barleute bis zu den letzten Touristen, die sich in einem Darkroom durchnehmen lassen –, sie alle erschaffen diesen Ort erst durch ihre Wahrnehmung. So ist das doch, oder? Ich meine, wir gehen dahin, um uns zu spüren."

Viktor störte sich an Lars' Pathos, aber er interessierte sich dafür auch.

Muss der Junge diesen Club so verherrlichen, ging es ihm durch den Kopf, aber etwas Wahres, etwas Schönes lag in seinen Worten.

„Und damit ist der Club nichts anderes als eine Metapher für die Welt, in der wir leben. Er zeigt uns die Möglichkeiten, die wir haben, er gibt uns Agency. In einer Versuchsanordnung, die komplett irre ist, aber er ist dadurch auch ein Labor."

Scheinbar unbeabsichtigt streifte Lars wieder Viktors Hand. Schweigend liefen sie nebeneinander her. Lars schien von seinem eigenen Monolog ausgelaugt. Er hatte sich wohl in Rage und müde geredet, und die aufputschenden Chemikalien verloren langsam ihre Wirkung, Viktor ging es nicht anders, mit jedem Schritt wurde er träger und müder. Er genoss die Stille und fand sogar Gefallen am Tinnitus. Immer wieder berührten ihre Hände sich absichtlich. Immer wieder räusperten sich ihre trockenen Hälse, aber keiner der beiden sagte mehr etwas. Viktor ging ein paar Schritte weiter, erst dann merkte er, dass Lars mitten auf dem Gehweg stand. Sie waren in der Kurve am Engeldamm. Neben ihnen war eine Allee, die früher mal ein Kanal gewesen war. Seit den 20ern lief da kein Wasser mehr durch. Irgendwann war hier mal die Mauer nicht fern gewesen. So viel Geschichte auf der Straße. Viktor drehte sich zu ihm um, Lars stand im Licht einer Laterne, als wäre er im Rampenlicht.

Ohne Viktor anzuschauen, setzte er an: „Ich muss dich was fragen."

„Ja, klar."

„Wo gehen wir gerade hin?", fragte Lars mit bebender Stimme.

„Keine Ahnung. Sag du's mir. Wir sind fast in Kreuzberg. Ich glaube, wir sind sogar technisch gesehen schon in Kreuzberg."

„Das meine ich nicht."

„Was dann?"

„Ich gehe so nicht weiter."

„Stimmt was nicht?"

Viktor hatte keine Ahnung, was mit Lars los war. Hatte er gerade einen Nervenzusammenbruch? Nach dem ganzen Zeug kein Wunder. Sie hatten sich so viele Chemikalien reingefahren, dass Viktor sich fühlte, als müsste da was schieflaufen. Er war Drogen nicht abgeneigt, aber das war mit Abstand die krasseste Nacht seines Lebens. Er konnte sich gehen lassen, aber hart feiern, das war wirklich hart.

„Das Gespräch, das wir gerade führen. Die Situation, in der wir gerade sind. Die Nacht, die wir zusammen verbracht haben. Das fühlt sich gut an. Du fühlst dich gut an. Auf deine eigene, unbeholfene Art und Weise buhlst du um mich, und im nächsten Moment bist du wieder abweisend. Wahrscheinlich bin ich einfach nur müde und zerschossen, aber du machst was mit mir. Du bist nicht wie die anderen Männer, denen man über den Weg läuft. Dir muss klar sein, was du willst, wenn wir weitergehen. Ich habe keine Lust darauf, morgen neben dir aufzuwachen und rausgeschmissen zu werden oder wegrennen zu wollen. Ich bin kein verdammter Fick."

Viktor fand keine Worte für das, was Lars ihm an den Kopf warf. Das waren ihm zu viele Gefühle gleichzeitig. Zaghaft ging er auf Lars zu. Er spürte Angst. Lars ballte seine Fäuste, er zitterte vor Wut. Viktor kam ihm langsam näher, seinen Atem bewusst verlängernd, damit er der Angst keinen Raum gab. Er wollte Lars jetzt nicht so dramatisch mitten auf der Straße verlieren. Er wollte ihn erlegen und sich an ihn herankuscheln, er wollte sich von ihm zähmen lassen und ihn zugleich zerreißen. Da war so viel, und es war mit Lars. Viktor griff nach Lars' Schultern und tastete sich mit den Fingern zu einer Umarmung vor. Seine Arme lagen auf der nackten, angespannten Haut. Er umarmte ihn so fest, dass es Lars schwerfiel zu atmen. Zaghaft küsste er Lars neben dem Ohr auf den Hals. Seine Lippen schmeckten das Salz seines Schweißes. Die Anspannung verließ Lars' Körper, doch Viktor löste die Umarmung nicht. Er küsste ihn wieder, in der Hoffnung, Lars damit die Spannung weiter zu nehmen. Viktor spürte, wie Lars die Hände um seinen Körper legte. Die Tränen versiegten unter einem letzten wütenden Schluchzen, das Lars' ganzen Körper sich aufbäumen ließ. Er küsste Viktor auf die gleiche Stelle hinter dem Ohr. Sie bekamen eine Gänsehaut, die ihrer beider Körper bedeckte. Fest umarmten sie einander, als ständen sie in einem Sturm, den sie nur überstehen könnten, wenn sie sich nicht losließen. Viktor wusste nicht, was da bei Lars gerade hochkam, aber ihm war klar: Sie mussten dringend nach Hause.

ERIK

Mit der Musik verstummte auch Eriks Hoffnung darauf, dass Simon noch auftauchen würde. Die Enttäuschung war zu groß, als dass er sich Sorgen machen konnte. Halbherzig verabschiedete er sich von Lars und Viktor. Den beiden dabei zuzusehen, wie sie gemeinsam nach Hause gingen und die Party gegen eine gemeinsame Nacht eintauschten, das machte ihn wehmütig. Das hatte er letzte Nacht schon gehabt, und es war zerronnen, in eine neue Nacht, in ein neues Sich-Aufbäumen.

Kala stand leise klatschend neben ihm und folgte seinem Blick in Lars' und Viktors Richtung. Sie zollte dem Set den letzten Respekt, löste das Ritual auf, denn wie jedes Ritual brauchte es ein markiertes Ende.

„Willst du eine Zigarette rauchen?", fragte sie.

„Ja, bitte", sagte er und folgte ihr in den Raucherbereich.

Draußen war die Dämmerung bereits angebrochen.

Er drehte sich eine Zigarette von Kalas Tabak und wartete, bis sie auch mit ihrer Kippe fertig war. Schwermütig schaute er aus dem Fenster und atmete tief aus. Kleine Tränen bildeten sich in seinen Augen. Er wischte sie mit einer trotzigen Geste weg.

„Weißt du, was zwischen Lars und diesem Typen läuft?", fragte sie ganz beiläufig.

„Keine Ahnung. Haben die sich heute kennengelernt?"

„Ich weiß nicht, Lars hält sich bei so was immer bedeckt. Viktor ist schon heiß, aber irgendwie auch ein bisschen creepy. Ich will nicht sagen, er sei arrogant, aber er hat so was … Dunkles."

„Kennst du ihn? Klingt fast so."

„Ja, schon, aber eher so flüchtig. Ist auch nicht weiter wild."

„Lars wird schon nichts passieren. Wie ein Vergewaltiger sieht Viktor nicht aus."

„Das meine ich gar nicht. Ist nur so ein Gefühl. Lars hat viel Scheiße durchgemacht mit Männern, aber er weiß schon, auf wen er sich einlässt. Ich mach mir einfach nur Sorgen, weil er sonst nie mit jemandem nach Hause geht."

„Schöne Männer haben in Berlin nicht lange ein gutes Herz", sagte Erik.

„Da hast du wahrscheinlich recht. Schöne Mädchen aber auch nicht", erwiderte Kala.

„Und ganz ehrlich, ist doch gut, wenn er sich mal was traut."

„Was meinst du?"

„Na, dass er mit jemandem nach Hause geht. Sich verwundbar machen, das ist wichtig. Hab ich gehört. Kann aber auch nach hinten losgehen. Was weiß ich schon?"

„Bist du nicht der Freund von Simon?", fragte Kala.

Erik wusste nicht, wie er antworten sollte. „Bist du eine Freundin von ihm?", erwiderte er.

„Na ja, wir kennen uns seit dem Abi. Ich war eine Stufe über ihm. Wir waren die einzigen aus unserer Schule, die in den Club gingen. Wir waren nie dicke, aber wir kennen uns. Aber die Art von Freund meinte ich nicht."

„Ach, das wusste ich gar nicht", unterbrach Erik sie.

„Hab euch öfter auf Partys zusammen gesehen."

„Ja, das kann sein. Kann sehr gut sein. Da sind wir, auf Partys."

„Alles gut bei dir?", fragte sie und legte einen Arm um ihn. Erik konnte die Tränen nicht so schnell wegwischen, wie sie aus seinen Augen quollen. Sie rollten ihm über die Wange, und er zog an der Zigarette, als könnte er seine Gefühle damit ausräuchern.

„Simon ist … Keine Ahnung, was er für mich ist. Gerade eine große Enttäuschung. Wir waren im Hain verabredet. Er ist zu mir gegangen um … na ja, er hat noch was bei mir liegen. Das wollte er abholen."

Kala nickte.

„Er ist gegen sechzehn Uhr losgezogen und wollte schnell wieder zurückkommen. Seitdem: nichts von ihm gehört. Er reagiert nicht auf Nachrichten, nichts."

„Oje, das tut mir leid. Aber mal ehrlich, Dealer haben immer irgendwelchen Stress an der Backe. Mach dir da nichts draus."

„Er hat meinen verdammten Schlüssel."

„Hat jemand den Zweitschlüssel?"

„Ja, Hanne … die ist auch hier. Aber wieso ist er so unerreichbar?"

„Wie gesagt, Dealer? Wir ballern uns hier voll, und irgendwo muss das Zeug ja herkommen. Die ganze Logistik dahinter, wir wollen das nur nicht sehen."

„Aber genau das ist es. Immer wenn wir uns sehen, sind wir total druff. Wir haben Sex auf Drogen, wir sehen uns auf Drogen. Ich glaube, ich habe ihn noch nie wirklich nüchtern erlebt. Ich weiß gar nicht, ob ich das alles überhaupt wirklich empfinde oder mir einfach nur einbilde."

„Hast du Angst, du hast dir einen Crush eingefangen?"

Erik schluchzte, Kala kraulte ihm den Nacken.

„Das ist nicht gut." Sie hielt an. „Das meinte ich nicht so, aber … Wie gut kennt ihr euch denn?"

„Wenn ich ehrlich bin, nicht so richtig gut. Wir sehen uns immer nur beim Feiern. Das erste Mal, dass wir Zeit miteinander verbracht haben, war die Nacht vor dem Club. Also vorgestern. Und das war schön …"

„Simon ist nicht einfach. Ich kenne ihn auch nicht gut, aber ich kenne seine Geschichte ein bisschen."

„Was meinst du mit Geschichte?", fragte Erik. Kalas Andeutung ließ ihn hellhörig werden. Vielleicht wusste sie etwas, das ihn besänftigen könnte.

„Ich weiß nicht, wie stark dich das jetzt dämpft, aber Simon war mal heftig in Lars verliebt. Sehr heftig sogar. Lars weiß nichts davon, aber ich habe gehört, dass Lars der erste Mann war, mit dem Simon etwas hatte. Die kurze Sache mit Lars hat Simon komplett umgehauen."

Erik war überrascht, er hatte eher an dramatische Familiengeschichten gedacht, weniger an verflossene Lover.

„Damals hat Lars noch mehr verkauft“, fuhr Kala fort. „Er würde niemals sagen, er war ein Dealer, aber im Grunde genommen war er das. Irgendwie hat’s Simon erwischt, und sie hatten was am Laufen. Dann hat Simon auch angefangen mit dem Dealen. Das war direkt nach dem Abi. Ist eine schwierige Phase. Das ganze Feiern gibt ihm irgendwie Halt, glaube ich. Wir brauchen alle gerade Halt. Oder?“

Erik war baff, wusste nicht, was er sagen sollte. Klar brauchte auch er Halt. Aber sollte er eifersüchtig sein? Das wäre dumm. Simon wirkte so galant, so selbstsicher, doch die ganze Zeit war da etwas an ihm, das Erik nicht verstand. Hatte Simon ein spätes Coming-out? So weit wollte er nicht gehen, wollte ihn nicht für sein Begehren abwerten. Der Sex mit Simon war nicht unbeholfen, aber etwas war da, das Erik hätte sehen müssen: eine forsche Neugierde, die versuchte, die fehlenden Erfahrungen zu verdecken. Simon war einfach unsicherer, als er sich zugestehen wollte.

„Erzähl weiter“, sagte er. Er warf die Zigarette auf den Boden und nahm sich das Drehzeug wieder, um sich gleich noch eine zu drehen.

„Na ja, was soll ich sagen? Das ist alles noch nicht lange her. Ich meine, er hat das Abi gerade ein paar Monate hinter sich. Wenn du mich fragst, hilft ihm das Dealen, eine Distanz zu bewahren, weißt du, was ich meine?“

Erik schüttelte den Kopf.

„Wir waren immer hier, aber er war nie wirklich Teil davon. Als straighter Kerl kommt man nicht ganz ran an den Club. Und als Dealer bist du auch irgendwie raus. Du bist hier nicht als Gast. Du hast ein bisschen mehr Verantwortung. Vielleicht schützt er sich so davor, sich dem ganzen Treiben hier auszuliefern. Er hat Angst davor, dass er jetzt einer von den Schwulis ist. Platt gesagt.“

„Angst?“, sagte Erik ungläubig. „Das glaube ich nicht. Er rennt vielleicht vor etwas weg, aber er hat keine Angst. Ich glaube, er hat einfach keine Lust auf Realität.“

„So kann man's auch sagen."

„Er hat mir gesagt, er hätte ein Ziel. Er würde auf etwas hinsparen. Dass er deswegen dealt."

„Haben wir nicht alle Ziele?", sagte Kala lachend und warf ihre Zigarette weg. „Irgendwie mach ich schon seit einer Weile mein Portfolio für eine Bewerbung an einer Kunst-Uni fertig, aber ich will auch weg. Mich schockt in Berlin nichts mehr. Wenn man schon so früh im Club war, muss man hier einfach irgendwann raus. Sonst bleibt man hängen. Was inspiriert mich hier noch? Vielleicht geht's Simon ja genauso. Vielleicht sind wir einfach zu jung in diese Maschine geraten, und jetzt brauchen wir neue Erfahrungen. Wir wissen so viel und doch so wenig von der Welt."

Erik schwieg, war nachdenklich. Der Simon, von dem Kala ihm erzählte, ergab Sinn, aber er war so viel fragiler als der Simon, in den er sich verliebt hatte. Etwas Unstetes war um Simon herum, das Erik die ganze Zeit ignorierte. Es ging Simon zu sehr um Drogen, zu sehr um das Feiern an sich, und das war etwas, das Erik nicht verstand. Die Drogen bauten die Bindung auf, aber sie trennten sie auch. Er dachte an das Acid, das sie zusammen nehmen sollten. Simons Drogenromantik erschien ihm so verdammt weit weg. Mehr als alles andere wollte er mit Simon nüchtern sein.

Er wollte Simon. Einfach nur Simon. Und den kannte er so viel weniger, als sein Crush ihm suggerierte. Wie viel Illusion war hier am Start?

„Ich hoffe, ich hab dich jetzt nicht irgendwie rausgebracht oder dir Scheiße eingeredet. Das mit Lars ist kein Ding mehr, soweit ich weiß. Und ich kenne Simon jetzt auch nicht so gut."

„Du meinst, weil du ihm internalisierte Homophobie unterstellst?", fragte Erik.

Kala dachte kurz nach, als müsste sie die Worte nachrechnen. „Genau, das meine ich. Er war schon immer eher jemand, der … ich weiß nicht, er ist so süß, aber ich glaube, er ist schon sehr mask sozialisiert. Ich kenne seine Familie auch nicht. Das ist bestimmt noch mal ein anderes Thema."

„Das ist es nicht. Mir wird einfach klar, dass ich ihn nicht kenne. Und je näher ich ihm zu kommen glaube, desto fremder wirkt er auf mich.“

„Ja, so ist das, wenn man einen Crush hat. Zu viele Erwartungen auf eine Person zu projizieren, kann nur nach hinten losgehen.“ Kala sprach es so lapidar aus, aber es bewegte etwas in Erik. Es waren schlichtweg seine Erwartungen, mit denen er Simon übermalte. Er hatte Simons Auftreten auf den Partys für Simon selbst gehalten und war letztlich einem Trugschluss erlegen. Zuneigung wich Resignation.

„Ich muss kurz eine Nachricht schreiben, wenn's dich nicht stört“, sagte Erik und holte sein Handy raus.

„Mach nur“, sagte Kala und lächelte ihn mitfühlend an.

Er hatte das Bedürfnis, Hanne zu schreiben. Seit ihrem Gespräch hatte er sie nicht mehr gesehen, vielleicht war sie gar nicht mehr im Club. So überschaubar der Laden war, so einfach war es, sich hier zu verlieren.

Ich glaube, du hattest recht. Es war ein verdammter Crush. Jetzt ist es ein Crash.

Der Wortwitz konnte ihn nicht über die Enttäuschung hinwegtrösten. Während er schrieb, kam eine neue Nachricht rein. Sie war von Simon.

Bin unten an der Garderobe. Wo bist du?

Erik konnte nicht mehr schreiben als: *Raucherraum.*

„Simon kommt her“, sagte er halb zu sich, halb zu Kala.

„Willst du, dass ich gehe? Ich kann aber auch mit dir auf ihn warten.“

„Das wäre lieb“, sagte Erik. Stumm saßen sie nebeneinander, während druffe Gestalten an ihnen vorbeihuschten. Sie ignorierten sie. Da waren Truppen, zusammengewürfelt aus Fashion Show und Gruselkabinett. Es war spät im Club, die Stimmung kippte in mehrere Richtungen zugleich. Jetzt war alles möglich: elysische Höhen und kompletter Abfuck in den Wahnsinn. Simon kam, und Kala drückte Eriks Schulter. Sie begrüßte Simon mit einer kurzen Umarmung und Küssen, dann verschwand sie aus dem Aquarium in den Club, als wäre sie nie da gewesen, wehte einfach weg.

Simon strahlte. „Alles gut bei dir, Kleiner?", fragte er, als wäre nichts vorgefallen.

„Ja, schon", sagte Erik und lächelte halbherzig.

„Jetzt hab ich das Ende des Sets verpasst", sagte er. Seine Stimme war klarer. Er wirkte nüchterner als vor ein paar Stunden, als sie sich verabschiedet hatten. „Hier ist dein Schlüssel."

Erik nahm den Schlüsselbund und bedankte sich. Er stand auf und wollte gehen, doch Simon hielt ihn fest.

„Was soll das?", fragte er und versuchte, Erik zu küssen.

„Was soll was? Das könnte ich dich auch fragen. Du bist zu spät. Du wolltest zurück sein, wenn das Set zu Ende ist."

„Tut mir leid, hat einfach ein bisschen länger gedauert", sagte er, als wäre Erik zu Unrecht verärgert.

„Das ist alles, was du zu sagen hast?"

„Ich war nur kurz weg. Was ist denn los?"

„Nichts."

„Sag's halt. Bist du nicht froh, mich zu sehen?"

„Ich glaube, das hier funktioniert nicht. Wir harmonieren nicht. Wir wollen nicht das Gleiche."

„Was willst du denn?"

„Eine gute Zeit mit dir."

„Die haben wir doch immer, oder?", fragte Simon, als könnte er nicht verstehen, warum Erik so pissig war.

„Mit Drogen, ja."

„Was soll das denn jetzt heißen? Stimmt was mit den Drogen nicht?"

„Hast du keine Angst, dass alles, was wir hier auftürmen, vielleicht am Ende nur ein Gebäude ist, das wir aufbauen, indem wir uns die ganze Zeit irgendwas durch die Nase ziehen? Dass das fake ist? Alles nur Illusion?"

„Ich glaube, jetzt gehst du zu weit. Ich weiß, dass ich dich mag. Sehr gerne sogar. Und ich glaube, dass du mich auch magst."

„Warum bist du zu spät?"
„Du lenkst vom Thema ab."
„Nein, ich muss das wissen. Sag mir: Warum bist du zu spät?"
„Das tut doch gar nichts zur Sache."
„Wenn das hier ehrlich ist, dann sei du auch ehrlich."
„Wenn ich ehrlich bin … Ich musste auf jemanden warten. Jemand hat mich angerufen und gefragt, ob ich was klarmachen kann. Ein Bekannter, der im Kater verkauft. Ich habe ihm gesagt, was ich noch habe, und ihm alles verkauft. So mach ich zwar weniger Gewinn, aber bin frei. Für dich."
„Wo habt ihr euch denn getroffen? Du warst ewig weg."
Erik hatte eigentlich keine Lust mehr auf Dealer-Geschichten. Er hatte keine Lust darauf, dass seine Freizeit die Arbeitszeit von Simon war.
„Bei dir, das war das Einfachste. Ich bin auf deinem Bett eingepennt. Das hat alles ein bisschen verzögert. Glaube, das G ist mir nicht bekommen. Bin erst aufgewacht, als der Typ Sturm geklingelt hat."
„Bitte was?" Auch wenn er sich zunächst kurz Sorgen um Simon machte, war er dennoch fassungslos. Er erinnerte sich an Lars' Warnung, und sie versetzte ihm sofort heftige Seitenhiebe. Simon solle aufpassen mit dem G, hatte Lars gesagt.
„So viele Drogen kann man nicht auf der Straße hin und her schieben. Nicht an der Warschauer, das wäre zu auffällig."
„Du sagst mir also, als wäre es das Normalste auf der Welt, dass du auf GHB in meiner Wohnung eingeschlafen bist und danach einen dicken Deal gemacht hast? Hast du mal auf den Tacho geschaut, Alter?"
„Wenn du das so sagst, klingt das alles ziemlich dramatisch. Aber ja, ich hab mich halt kurz ausgeruht, und dann habe ich – um Zeit mit dir verbringen zu können – das Zeug weggeschafft. In deiner Wohnung, ja, aber wäre es dir lieber, ich wäre jetzt gar nicht hier, weil die Polizei mich hochgenommen hat? Wer verschiebt denn eine dicke Tüte mit mengenweise Drogen auf der Warschauer?"

Erik schüttelte den Kopf. Simons Tonfall, seine ganze Attitüde ging ihm kräftig auf den Sack. Seine Welt schien Erik nicht real, weil er die ganze Dealer-Sache nicht ernst nehmen konnte. Überhaupt hatte er das Gefühl, Simon nicht mehr ernst nehmen zu können. Dass er auch noch Drogen in seiner Wohnung vertickte, das war zu viel. Sollte Simon doch Drogen verkaufen, aber er sollte wenigstens ehrlich mit sich sein.

„Willst du mich verdammt noch mal verarschen? Ich hab keine Lust auf das hier. Erst bist du zu spät, dann entschuldigst du dich noch nicht mal und verlangst von mir, mich darüber zu freuen, dass du irgendwelche Deals in meiner Wohnung abschließt. Ich weiß nicht, das geht mir zu weit. Ernsthaft, das geht mir zu weit."

„Was soll das denn jetzt? Ich versteh dein Problem nicht. Sei mal nicht so zickig. Wir sind jetzt hier, wir können zusammen Spaß haben."

„Zickig? Ich habe keine Lust mehr auf Spaß mit dir."

„Ja, Spaß habe ich definitiv gerade keinen mehr. Ich habe, um das noch mal zu betonen, extra das Zeug weggeschafft, damit wir einen guten Abend haben können."

„Aber ich will keinen guten Abend, ich will einen schönen Abend. Ich will wissen, wer du bist und was du vom Leben willst. Aber das weißt du ja selbst nicht mal. Die Pappe kannst du alleine schmeißen."

Simon verzog das Gesicht. Der letzte Satz traf ihn hart.

„Keine Ahnung, was die Szene jetzt soll. Ganz ehrlich. Wir hatten beide nicht viel Schlaf, unsere Nerven liegen blank. Vollkommen klar. Wir haben viele Drogen genommen, kein Ding."

„Das kann nicht alles an den Drogen liegen. Die verdammten Scheißdrogen gehen mir auf den Sack. Ich will einfach nie mehr irgendwelche Drogen nehmen."

„Okay, vielleicht war es nicht cool, dass ich nicht ganz pünktlich war, aber unsere Verabredung war auch verdammt schwammig. Das ist Teil des Spiels, oder?"

„Das ist kein verdammtes Spiel."

„Fick dich, okay? Ich geh in den Kater, hab noch was zum Verticken dabei."

Erik entglitt das Gesicht. Simon hatte noch mehr Drogen dabei? Er hatte einfach immer einen doppelten Boden. Und in den Kater gehen? Da war nicht mal gute Musik. Das war eine straighte Drogenhölle.

„Die Pappe kannst du behalten", legte Simon nach, voller Häme in der Stimme, als rotzte er Erik vor die Füße.

Der sagte nichts. Simon stand auf und verließ den Raucherraum. Erik saß weiter da, die Hände zu Fäusten geballt. Kalter Schweiß lief ihm über den Rücken.

„Was tu ich mir hier bitte an?", sagte er laut zu sich.

Erik stand auf und ging um die Ecke, direkt zur Toilette. Dort stand er in einer Traube aus Leuten, die sich durch eine kleine Tür quetschen wollten. Er könnte Simon hinterherlaufen, ihn darum bitten, die Nacht mit ihm zu verbringen, oder er könnte zur Toilette gehen und eine der Pillen schmeißen, die er noch von Simon hatte. Sein Stolz war gekränkt. Er spürte das Gewicht der Wohnungsschlüssel in seiner Tasche. Simon einzuholen war möglich, doch wie real war das schon, was er mit ihm erlebte, wie realistisch eine Aussöhnung? Am Ende würden sie wieder in seiner Wohnung sein, umgeben von Drogen, und hätten Sex auf irgendeiner Chemikalie, die ihr Bewusstsein so veränderte, dass Erik nicht wusste, wo oben und unten war. Blieb er dagegen im Club, wäre wahrscheinlich auch alles nur ein Trugschluss, aber an einem Ort, der nichts als Illusion sein wollte. Egal wie er sich entschied, er kam nicht umhin, dass er verletzt war. Nichts war real, alles war beliebig. Und diese ganze Bewerterei, damit nervte er sich selbst.

Er flüchtete in die Toilette, drängte sich durch die organische Masse. Er schaute sich um und sah nichts als zugedrogte und überhighe Gestalten. Sie schnatterten und ratterten in ihren überdrehten Stimmen, schauten so ernst und arrogant, als wäre das, was sie hier trieben, die ganze verdrogte Geschäftigkeit, das Wichtigste, was gerade auf diesem Planeten passierte. Erik sah nicht darauf herab, er trennte sich nicht davon. Er war Teil dieser verdrogten Avantgarde, die sich einredete, den Zeitgeist durch die Nase ziehen zu können. Bei aller Melancholie verstand er, dass er, ohne es zu wollen, ein genauso oberflächlicher und arroganter Arsch war wie alle anderen im Raum.

Er warf alle Traurigkeit über Bord und setzte sich auf die Heizung am Ende der Toilette. Hier hoffte er auf ein wenig Wärme. Wollte sich hier schmollend parken, bis ihn jemand abholte. Er schaute nervös auf sein Handy, wollte Simon schreiben und gleichzeitig seine Nummer löschen. Also lieber nichts tun mit dem Handy, nur davon ziehen konnte er noch.

Kala setzte sich neben ihn, kam im richtigen Moment angeweht. Sie legte ihre schmalen Hände auf sein Bein und schaute ihm in die Augen.

„Alles gut bei dir?“, fragte sie.

„Simon hat … Er hat’s verkackt. Ich hab’s verkackt. Keine Ahnung, was das alles soll. Keine Ahnung, was ich mir da ausgemalt hab.“

Kala streichelte ihm über die Wange. Erik dachte an Hanne. In diesem Moment vermisste er sie.

„Wir sind jung. Das gehört dazu. Die Panne ist an einem Sonntagabend kein guter Ort für Melancholie. Schau dich doch mal um, so abgefuckt wie wir alle sind, so glücklich sind wir doch eigentlich. Das hier hat keinen Bestand. Nur weil wir immer, die ganze Zeit, den Moment leben wollen, können wir ihn nicht konservieren. Das Einzige, was wir machen können, ist, ihn zu genießen. Das, was bleibt, wenn wir runterkommen, das ist auch nur ein neuer Moment. Jetzt sind wir hier.“

Erik war beeindruckt. Da kam dieses zarte Wesen mit den bunten Haaren mit so einer Weisheit um die Ecke. Sie gab ihm das Gefühl, sein Problem wäre kein singuläres, kleines gebrochenes Herz, sondern einfach Teil des Lebens.

„Warst du schon auf dem Klo?“, fragte er.

Sie schüttelte den Kopf.
„Wollen wir zusammen gehen?“
Kala stand auf und reihte sich wieder ein. Sie warteten geduldig, und Erik atmete tief ein und aus. Beim Gedanken an Simon war er noch immer wütend. Wütend auf sich, wütend auf seine Naivität. Er redete sich ein, nicht eifersüchtig auf Lars zu sein. Auch wenn er sich nicht in Konkurrenz zu Lars stellen wollte, der schöne, elegante junge Mann, der zu Techno tanzte, als wäre er darin geboren worden, war eine andere Kategorie. Das war einfach eine ganz andere Wellenlänge. Der hatte selber einen Stock in seinem schönen Arsch. Erik konnte sich Simon und Lars nicht zusammen vorstellen, aber er verstand Simons Bewunderung für ihn. Er war jemand, in den man sich leicht verliebte. Beliebig machte das Lars. Hot, aber beliebig. Das Letzte, was Erik wollte, war, ein gebrochenes Herz zu trösten. Er war mehr wert als ein Trostfick, und vor allem hatte er mehr zu bieten, als der Sidekick eines Dealers zu sein. Er wollte sich gesehen fühlen und sehen dürfen. Eine Raverin kam auf sie zu und schaute sie mit wirren Augen an. Die Haare klatschnass, ein bisschen Drogenreste aus der Nase baumelnd.
„Ey, sagt mal, is hier irgendwo noch ein Dealer? Ich hätt so gern 'ne Pille!“ Sie legte die Hand auf Kalas Arm und kam ihr damit zu nah. Erik dachte an die beiden Pillen von Simon. Wenn er eine selbst nahm, konnte er die andere einfach verkaufen.
„Ich kann dir helfen“, sagte Erik ganz beiläufig.
„Ja? O mein Gott, du bist ein Engel! Hier ist einfach kein Dealer mehr, alle sitzen auf dem Trockenen. Keiner hat mehr irgendwas. Dich mag ich, du bist super. Und *schön* bist du. Wo kommst du denn her?“
Erik hasste den Druffi-Small-Talk, aber er stieg ein.
„Schweden. Meine Mutter kommt aus dem Libanon und ist in Deutschland aufgewachsen.“
„Wow, schön bist du, ein schöner Mann. Und du bist auch schön. Ihr seid beide *schön*!“

Kala kicherte in gespielter Verlegenheit. Scheinbar konnte auch sie sich nicht zu einem Gegenkompliment für die abgefuckte Raverin durchringen. Ihre Schminke war verlaufen, der Kajal bildete dicke Ringe unter ihren Augen. Ihr Haar war wirr, ihre Augen weit aufgerissen. Zusammen betraten sie die nächste freie Kabine. Für zwanzig Euro trat Erik das Speed und eine der Pillen ab, die Simon ihm hinterlassen hatte. Erik wollte sie aus der Toilette bitten, doch die Raverin blieb hartnäckig.

„Ihr seid beide wirklich schön. Seid ihr ein Paar?"

„Ja", sagte Erik.

Kala schwieg. Sie legte den Arm um ihn, mehr Butch als Freundin.

„Nee, ihr verarscht mich doch jetzt. Du bist so schön, du musst schwul sein. Alle schönen Männer sind schwul!"

Als wären sie dazu aufgefordert worden, küssten sich Kala und Erik. Ihre Zungen trafen sich außerhalb ihrer Münder, damit die verwirrte Raverin auch sehen konnte, dass sie sich küssten.

„Nee, wie schön ihr seid! Sagt mal, wisst ihr, wo noch was geht? Ich find die Leute hier alle so arrogant. Schön, aber arrogant. Das ist nicht meine Crowd hier, aber ich würde so gerne so richtig, so richtig schön abfeiern. So richtig, wisst ihr, abfeiern halt."

„Ich hab gehört, im Kater geht noch was", sagte Erik. „Da sind auch Dealer, wie man sich erzählt."

„Kater? Schöne Idee, ich glaub, da geh ich jetzt hin. Danke noch mal. Ich lass euch lieber alleine."

Sie öffnete die Tür und huschte hinaus, ihre flötende Stimme und Drogen im Gepäck, um im Kater nach schönen unarroganten Menschen zu suchen. Erik schloss die Tür schnell wieder und lehnte sich dagegen.

„Komische Person", sagte er und atmete tief aus.

„Ist besser im Kater aufgehoben."

„Ich küss lieber Jungs. Aber das war's wert."

„Ich küss lieber Mädchen. Aber recht hast du."

Beide mussten kurz lachen, so absurd war das druffe Schauspiel.

Kala holte das rosa Ketamin aus ihrem Geldbeutel und hielt es Erik hin.

„Hast du Lust?“

„Ich mag kein Keta, wenn ich ehrlich bin. Das wird mir jetzt zu heftig. Aber ich hab eine Pille, die können wir uns teilen.“

Er holte das Baggie mit der Pille hervor und hielt es Kala hin. Die rosa Pille und das rosa Keta hingen in der Luft wie zwei offene Fragen.

„Ich mag eigentlich kein MDMA.“

„Aber sie passen farblich zusammen.“

„Vielleicht … kann ich mich auf eine halbe Pille einlassen.“

„Und eine kleine Line Keta klingt zusammen mit der Pille eigentlich ganz lustig.“

„Deal.“

„*Match made in heaven.*“

Das Ketamin kickte schneller ein als die Pille, die ihre euphorischen Fühler schon nach Eriks Bewusstsein ausstreckte. Rausch umgarnte Rausch. Die Musik war besser als tagsüber. Das typische Sonntagabendflair lag in der Luft. Wenn das Hain unten geschlossen war, die Sonne langsam unterging, dann wurde die Panne Bar magisch. 90er-House kam aus der Anlage und brachte den zum Bersten gefüllten Raum zum Schwingen. Der Gedanke an Simon ließ sich nur schwer abschütteln. Ihm blieb nichts anderes übrig, als die Wut und die Trauer hochkommen zu lassen. Als Kala ihn antippte und mit ihm zum DJ-Pult ging, war er glücklich, Tom dort zu sehen. Der wirkte ausgelassen, seine Stimmung hellte seine auf. Er tanzte mit diesem Mädchen, das er kannte. Eine Freundin von Robert. Kala und Laura nebeneinander zu sehen, amüsierte ihn. Sie waren vom gleichen Schlag. Die Herrinnen der Wilden, die Priesterinnen der Ekstase, aufgedonnert, aber nie peinlich.

Die Zeit machte einen großen Sprung nach vorne. Toms Lippen auf seinen überforderten ihn. Es war ein plötzlicher, unerwarteter und heftiger Kuss. Er öffnete seinen Mund, und Toms Zunge schnellte nach vorne. Das MDMA dämpfte den Aufprall ab. Es fühlte sich gut an, mit Tom zu knutschen. Der schüchterne Boy, den Erik vor Stunden kennengelernt hatte, war gelöster. Erik genoss die Aufmerksamkeit, er rieb sein Gesicht an Toms, ihre kurzen Bärte kratzten einander. Sie kitzelten sich gegenseitig. Dann roch er Toms Schweiß: so intensiv, so gut, so männlich und so zart wie ein Moosboden auf einer Lichtung. Erik hatte keine Erinnerung an Simons Geruch. Die Hände an seinem Arsch fühlten sich gut an. Sein Arsch fühlte sich gut an. Sein Becken entspannte sich. Erik parierte, drehte sich um und schmiegte sich an Tom. Erik glaubte, eine Erektion durch die enge Jeans spüren zu können. Die Pille machte ihn immer higher, das Ketamin sedierte seine Wahrnehmung. Die Musik wechselte zu schnellem Garage-House. Der Rhythmus schweißte sie aneinander, trotz ihrer Kleidung waren sie nackt. Trotz des Stoffes zwischen ihnen drangen sie ineinander ein. Disco-Vocals trafen auf frühe 90er-Beats. Das war der geile Garage aus New York, der ein bisschen nach Diva – und leider irgendwie auch nach AIDS-Krise klang.

KALA

Auf anderen Partys verließ sie den Club, wenn der untere Floor nicht mehr offen war. Selten blieb sie oben, nur an besonderen Abenden hielt sie es hier aus. Doch jetzt war sie high, und was gab es sonst zu tun. Die Pille schenkte ihr eine Lebensfreude, die so weit weg von der bassigen Tiefe des Techno war, dass sie nicht anders konnte, als in diesen ungewohnten und warmen Rhythmus einzustimmen. Sie hatte Spaß dabei, den beiden Jungs bei ihrem Balzgehabe zuzuschauen. Erik versank in Tom und ihrem gemeinsamen frommen Tanz, frei von jeder Epik, nichts als purer, unschuldiger Eros. Es passte nicht zu ihrer gut gehüteten Depression, aber für diesen Abend wollte sie Priesterin der neuen Töne sein. So fügte Kala sich in die Oberflächlichkeit der Panne ein und passte ihren Ritus dem der Tanzenden um sie herum an. Sie versagte sich das esoterische Gehabe und stimmte ein in den Rhythmus, freundete sich mit den Energien an. Sie interpretierte House auf ihre eigene, überlieferte Art, entlockte ihm das Heilige, wo kein Ernst war. Sie verlor sich in einer Musik, die sie sonst nur duldete. Hier durfte sie die Augen offen halten, es gab so viel Licht, so viel zu sehen. Selbst ein Jubeln kam ihr hier nicht peinlich vor.

Laura tanzte auf sie zu und umgarnte sie. Obwohl die Tanzfläche prall gefüllt war, schaffte sie es, elegant um Kala herumzutanzen, einen Bannkreis zu schlagen. Die Priesterinnen flirteten miteinander, auch sie konnten balzen. Lauras verschleiertes Gesicht ließ Kala Fragen stellen. Ihre Bewegungen waren von einer ausgesuchten Motorik, so viel graziler als das, was Laurence mit ihrem Körper anstellte. Sie wollte nicht vergleichen, wollte erkunden, also ging Kala auf den Flirt ein. Sie war einen Kopf größer als Laura und beugte sich beim Tanzen nach vorne. Sie sah Lauras Brüste durch den durchsichtigen Stoff. Die Priesterinnen waren keine frommen Wölfe, sie tanzten nach anderen Regeln, hatten ihre eigene Chronologie. Die Taktik eine andere, das Ziel das gleiche.

Kala war versucht, Laura zu küssen, der Schleier vor deren roten Lippen verhinderte es. Ihre Gesichter kamen sich nahe, dennoch: Ihre Lippen trafen sich nicht. Laura tanzte mit den Händen über dem Kopf, drehte sich um sich selbst und rieb sich an Kala. Ihre Körperbeherrschung schien perfekt austariert. Lust brach sich leise Bahn, wollte gesehen werden. Berührungen nur ein schnelles Aufblitzen, das für einen kurzen Moment ihren Tanz erhellte wie Blitze, schon wieder Illusion. Der durchsichtige Stoff rieb sich an Kalas Gesicht, er kitzelte ihre Sinne. Das MDMA machte sie empfindlicher für Berührungen. Ihr Körper erschauerte vor Gänsehaut, die sie genoss und nach der sie sich sehnte, sobald sie verebbte.

Das Ketamin in ihrem Körper ließ sie frieren, doch Lauras Tanz erhitzte sie.

Die Tanzfläche hörte auf zu existieren, die halb nackten Bären waren bloß muskelbepackte Statisten für ein Schauspiel. Kala war wie im Bann. Laura entzog sich und gab sich wieder preis, während Kala nicht anders konnte, als Laura zu beobachten. Ihre Fingernägel kratzten ihr Gesicht, und Kala fiel kurz aus der Rolle, als sie ihre Haut betastete. Kein Blut klebte an ihren Händen, doch es fühlte sich an, als hätte Laura sie gekratzt, so kokett, dass süße Narben blieben. Ihre Hände trafen sich in der Luft nur beinahe, sanken wieder herab und gingen zu Boden. Sie präsentierten sich einander und offenbarten doch nicht mehr als ihre Hülle. Und so tanzten sie umeinander, umgarnten, was fremd und doch vertraut war, als erzählten sie eine Geschichte, älter als die Zeit.

Die Bären tanzten hinter Laura und flankierten ihre Priesterin. Sie schwärmten um sie herum, als müssten sie sie bestärken, sie fixierten Kala mit ihren Blicken und hießen sie willkommen. Tom und Erik tollten miteinander wie zwei Welpen. So erfüllten alle ihre Rollen in diesem Ritus, der keine niedergeschriebenen Regeln hatte, doch Kala wusste, alles lief nach Plan. Der House wurde tiefer, eine Stimme setzte ein, die elektronisch so verzerrt war, als käme sie aus einer anderen Sphäre. Die Dämonin erwachte, das Ritual zeigte seine Wirkung. Die Priesterinnen wandten sich wieder ihren Stämmen zu und schlossen ein stilles Abkommen, das den Krieg als Haltung und den Frieden als Geste entlarvte. Ihre Legenden waren Fiktion ohne Tradition, doch im Zeitlosen hatten sie Bestand.

Die Bären und ihre Priesterin verabschiedeten sich auf die Toilette. Kala wandte sich ihren tobenden Wölfen zu. Sie rangen und rauften, küssten und keilten. Sie lösten sich voneinander. Erik flüsterte Tom etwas ins Ohr. Der nickte zaghaft. Dann nahm Erik Kalas Hand und ging mit ihnen zur Bar. Er holte einen zerfledderten Zwanziger aus seiner Tasche und wartete auf eine der Bedienungen. Sie schienen sich zu kennen, begrüßten sich mit einem Kuss auf jede Wange. Der Barkeeper war groß und in jede Richtung tätowiert. So schnell bedient zu werden, gefiel Kala. Es gab ihr das Gefühl, sich vom Rest der Masse abzuheben. Erik bestellte drei Shots. Der Pfeffi lag schwer und dickflüssig in den kleinen Plastikbechern. Sie stießen zusammen an, schauten einander tief in die trüben Augen und kippten den Shot weg. Der Alkohol brannte in Kalas Kehle, traf auf einen leeren Magen und spülte die harten Drogen hoch. Der Schnaps gesellte sich zum wohligen Rausch.

Sie wechselten kaum ein Wort, alle zu high, nur Augen gereichten ihnen zur Geste. Sie tanzten zusammen in der Mitte der Tanzfläche, umgeben von einer Masse, für die sie sich nicht interessierten, füreinander und miteinander zelebrierten sie ihre junge Gemeinschaft, waren einander Priesterin und Wölfe, waren einander Gesellschaft und Wagnis. Kala sah, wie Tom die Augen immer wieder zufielen. Er begann zu schwanken. Mitten in einer Bewegung blieb er stehen, als schliefe er ein. Erik schien es nicht zu bemerken, bis Tom gegen ihn rempelte und auf ihm zusammensackte. Erik schaltete sofort. Kala legte einen von Toms Armen um ihre Schulter, Erik nahm die andere Seite. Tom konnte zwar noch laufen, nur geradeaus, das schaffte er nicht mehr. Sie führten ihn zur überfüllten Toilette. Erik stellte sich mit ihm in die Reihe, Kala holte eine Flasche unter dem Waschbecken hervor und spülte sie aus. Der Notfall war eingetreten. Der Alkohol musste mit etwas in Toms Körper reagieren, was sich nicht vertrug.

Hoffentlich hat er kein G genommen, schoss es Kala durch den Kopf.

Als sie mit dem Wasser zu den beiden zurückgeeilt kam, hing Tom auf Erik und wankte. Er machte würgende Geräusche und brabbelte vor sich hin. Kala konnte seine Übelkeit in ihrem eigenen Körper spüren. Sein Nervensystem bäumte sich auf gegen die Droge, wehrte sich dagegen einzuschlafen. Eine Kabine öffnete sich, und sie huschten hinein. Tom lehnte sich gegen die Wand und würgte weiter.

Erik schaute Kala fragend an: „Glaubst du, er hat G genommen?"
„Keine Ahnung. Sieht so aus."
„Sieht ganz so aus."
„Macht er das öfter?"
„Das hätte er mir sagen sollen."
„Vielleicht wusste er nicht, was er macht."
„Oh, Boy."
Erik streichelte ihm den Rücken. Tom beugte sich über die Kloschüssel und würgte. Erik hielt seine Kappe fest und schwankte dabei selbst. Der Drogencocktail in seinem Körper machte es auch für ihn schwer, sich zu konzentrieren. Doch er musste jetzt für Tom da sein, den er nicht verantwortlich machen wollte – noch nicht, alle hatten ein Recht auf Fehler.
„Was machen wir jetzt?", fragte Kala.
„Mein Speed ist weg."
„Ich hab nur Ketamin."
Tom würgte weiter, doch er kotzte nicht mehr. Er würgte wie ein blubberndes Grollen aus seinem Magen. Kala gab ihm das Wasser. Ungeschickt griff er danach und spülte sich den Mund aus.
„Tom? Kannst du mich verstehen?"
Kalas Stimme überschlug sich. Sie hatte Angst um ihn, den neuen Freund, den kleinen Wolf, solange er noch stand, war alles gut, solange er nicht an seiner eigenen Kotze erstickte, war es noch lange nicht zu spät. Wenn sie ihn aber nicht auf die Beine brachten, dann mussten sie ihn aus dem Club schaffen, und wenn sie dabei jemand sah, dann gab es Hausverbot.
„Mir geht's gut. Geht schon. Geht schon. Danke."
Tom wankte weiter über der Kloschüssel. Hätte Erik ihn nicht festgehalten, wäre er hineingefallen.
„Was hast du genommen?", fragte Erik ihn, bemüht darum, sanft zu klingen, doch auch seine Stimme brach nur unkontrolliert durch die Highness, die ihn im Griff hatte.

„Dieses GHB oder so … keinen Schnaps, hat sie noch gesagt. Ja, keinen Schnaps. Scheiße."

Kala und Erik schauten sich an. Sie waren ratlos. Tom nahm einen weiteren Schluck Wasser.

„Was machen wir jetzt?", fragte er, als betrachtete er die Situation von außen, als wäre er eine dritte Partei, die Hilfe anbot.

„Hast du Speed dabei? Oder Koks? Irgendeinen Upper? Irgendwas, was dich aufputscht?", fragte Erik.

„In meinem Geldbeutel ist noch Koks. Hosentasche."

Tom stieß auf und spuckte in die Kloschüssel, es schäumte. Kala war erleichtert und atmete hörbar aus. Erik betastete Toms Hose und suchte seinen Geldbeutel. Er fand das Koks schnell und holte sein Handy heraus, um eine Line zu legen.

„Ich mach das schon", sagte Kala und nahm Erik die Sachen aus der Hand. „Du passt auf unseren kleinen Patienten auf."

Erik nickte und streichelte Toms Wange. Er nahm ihm die Flasche aus der Hand und hielt sie ihm in den Nacken. Kala tat eine große Menge des Pulvers auf das Telefon und zerdrückte es mit einer Karte.

„Ich hab eine Idee", sagte Erik und tippte mit einem Finger in das Pulver.

„Schau mich mal an, Großer", sagte er zu Tom.

Tom schaute ihm in die Augen, sichtlich beschämt.

„Mach mal den Mund auf. Lächeln. Genau!"

Tom lächelte.

Kala war gerührt von der Szene. Erik rieb Tom das Pulver ins Zahnfleisch. Sie sah so viel Zärtlichkeit in dieser Situation, so viel Sorge und Fürsorge. Das Risiko beim Ballern war groß, aber gute Freunde, die passen auf dich auf, wenn mal was schiefgeht.

„So geht's direkt ins Blut. Schmeckt scheiße, aber das hilft dir gleich. In Ordnung? Das wird jetzt taub, aber bevor du uns wegklappst, bevor wir die Line fertig haben …"

Kala beeilte sich, eine fette Line zu legen. Mit einer Hand hatte Erik schon geschickt einen Geldschein zu einem Röhrchen gerollt. Tom war noch immer grobmotorisch. Vorsichtig hielt Kala ihm die Line unter die Nase, er setzte mit dem Röhrchen an und zog die Hälfte weg.

„Das ist ordentlich viel", sagte Erik. „Ich glaube, das reicht. Wir müssen ihn ja nicht von einer Überdosis in die nächste jagen."

„Soll ich den Rest in die Tüte tun?", fragte Kala in den Raum.

Tom antwortete: „Nehmt euch davon, bitte. Ihr habt mir geholfen."

Sein Kopf lag auf Eriks Schulter. Kala fand, es war ein schöner Anblick. Die Priesterin und ihre Wölfe standen füreinander ein, egal, was sie sich antaten. Zusammen gab es keine Gefahr, denn jedes Mittel hatte ein Gegenmittel, man musste es nur kennen: Es war die Gemeinschaft des Kults.

„Wie ironisch, dass gegen Drogen manchmal nur noch mehr Drogen helfen", sagte Erik und zog ein wenig Koks. Kala nahm den Rest. Sie sagte nichts, sich der Ironie bewusst, ohne einen anderen Ausweg zu kennen.

Nachdem sie die Toilette verlassen hatten, suchten sie sich eine dunkle Ecke, um Tom in Ruhe auf das Koks kommen zu lassen. Kala drehte Zigaretten für alle, während Erik eine Club-Mate kaufen ging. Der Zucker und das Koffein stießen Kalas Stoffwechsel an. Sie hatte schon lange keine Rettungsaktion mehr starten müssen. Das war ihre erste eigene G-Erfahrung. Sonst war es immer um Ketamin-Überdosen gegangen.

Das Rezept war immer das gleiche: zu viele Downer, einfach einen Upper und eine Mate draufschütten. Wenn man wieder hochkommt, ist man fast frisch. Nur dass von Keta keiner stirbt, höchstens einen schlechten Trip hat. Sie mochte es, dieses K-Hole, das komplette Wegspacen. Aber GHB, das war eine andere Nummer. Es unterdrückte das zentrale Nervensystem, der Atem konnte aussetzen. Wer nimmt so was?, dachte sie sich. Drogen nehmen, okay, Risiko, okay, aber muss man gleich so weit gehen, dass der Tod mit auf der Tanzfläche steht? Den Effekt von GHB dagegen verstand sie. Es gab ihr ein Gefühl von Allmacht, dopamingepeitscht, aber das brauchte sie nicht. Es stand ihr nicht, wie ein schlecht sitzendes Kleid. Tom saß auf der ledernen Unterlage und lehnte sich gegen den Beton ihres kleinen Unterschlupfs.

„Danke", sagte er. „Ihr habt mir geholfen, obwohl ihr mich gar nicht kennt. Obwohl ich Scheiße gebaut hab."

Kala streichelte ihm den Kopf. „Oh, Baby, so ist das im Club. Wir sind eine Verantwortungsgemeinschaft hier. Wenn sich jemand abschießt, hilft man ihm. Schimpfen kann man hinterher. Und es ist dir ja nicht bewusst passiert."

„Ich dachte, ich muss sterben. Wirklich. Mir war noch nie so schlecht, das ging richtig tief. Ich war noch nie so müde."

Seine Stimme wurde schärfer, das Kokain kickte bei allen subtil ein, denn die Droge schirmte den Schock ab.

„War das dein erstes Mal G?", fragte Kala fast mütterlich.

„Ja, und ich glaube, auch mein letztes Mal."

„Ja, GHB ist nicht so meins."

„Wirklich. Der Rausch war schön." Er legte seine Hand zaghaft auf Eriks Bein und wartete auf eine Reaktion. Erik reagierte zunächst nicht, legte dann seinen Arm um Tom. Er war jetzt zwischen Wolf und Priesterin, die ihm Wärme spendeten. Sie waren eine kleine, verkokste Gemeinschaft, die der Ohnmacht von der Schippe gesprungen war.

„Aber …" Tom zögerte. „Das ist mir irgendwie zu riskant."

„Kein G, niemals", sagte Kala. Sie schaute zu Erik, der verbissen nach vorne starrte. „Oder?", hakte sie nach.

„Niemals. Kein G", sagte Erik mit zartem Nachdruck.

Stumm saßen sie beieinander, Mate trinkend, rumgereicht wie ein Wanderpokal, zum Zeichen ihres Triumphs über Toms fahrlässigen Konsum. Kala hatte kaum noch Bock darauf, sich noch einmal in die Schlacht zu stürzen. Sie fühlte sich ausgelaugt. Seit sie das Keta geholt hatte, war genug passiert. Mehr Ritual, was wollte sie noch beschwören? Sie spürte, dass der Abend nur immer und immer abgefuckter wurde, wenn sie weiter blieb. Die Party kippte vom Spaß in exzessiven Konsum. Sie gab Tom nicht die Schuld, aber sein Absturz war ein Symptom für einen Moment, dem sie nur ungerne beiwohnte.

Die Grenze zwischen magischer Heterotopie und real gewordener Dystopie war im Club sehr schmal. Irgendwann gegen Abend kippte die Party, wurde eine Drogenschlacht, bei der Reste zusammengekratzt und -gemischt wurden, Dealer und Drogen, statt im Überfluss einfach da zu sein, zur bitter umkämpften Mangelware verdarben. Das Spielerische ging verloren und wurde zum entblößenden Ernst von Sucht und Eskapismus. Die Gesichter, die sie vorher auf der Toilette gesehen hatte, waren schon so zerschossen gewesen, dass sie in ein Bett gehört hätten, aber anstatt runterzukommen, sperrten sie sich kollektiv in Anti-Ausnüchterungszellen und zogen immer fettere Lines, um die Gesellschaft der anderen verdrufften Kreaturen auszuhalten. Die Musik mochte noch eine Weile gut sein, doch auch sie würde irgendwann in einen dystopisch-repetitiven Tech-House umstürzen, den nur mochte, wer so weggeballert war, dass der Bass die einzig hörbare Frequenz blieb. Die Ästhetik legte sich schlafen, die Party nahm die Maske ab und zeigte ihre Fratze.

Kala zog es vor, die Vorstellung zu verlassen.

„Jungs, ich glaube, ich will gehen. Was macht ihr?"

Tom zuckte mit den Schultern. Erik schaute ihn an.

„Was hältst du von einem Break?", fragte er ihn. „Ein kleiner Spaziergang. Danach sehen wir weiter."

„Ich bin dabei. Frische Luft klingt gut. Ich glaube, ich war noch nie so lange hier."

Kala und Erik wiegten den Kopf. Sie wusste, dass sie schon mal länger hier gewesen war. Mehr als vierundzwanzig Stunden hatte sie es mal ausgehalten. Der Reiz jener Nächte war inzwischen verloren. Der Reiz dieser Nacht ebenso. Eine leise Melancholie überkam Kala, als sie aufstanden. Tief in sich drin war sie befriedigt von dieser Party, diesem Rave, dieser Erfahrung, dieser Nacht, dem Ritual. Sie dachte an Lars, der jetzt wohl bei Viktor war. Sie dachte an die Dramen, die sie miterlebt hatte. Sie dachte an Laurence und Mick, die wahrscheinlich zu Hause saßen, drogenbeschwipst. Ihr Bewusstsein sehnte sich nach Schlaf, um sich vom Ballast des Erlebten zu befreien. Diese Nacht hatte etwas in ihr verändert. Sie war ein Höhepunkt gewesen, den sie sich so nicht wieder vorstellen konnte. Sie fragte sich, ob das Feiern vielleicht vorbei war. Ob es sich selbst nicht mehr toppen könne. Ob sie es auf Dauer gestellt hatte, zu sehr, ob sie sich davon lossagen solle.

Auch der Club musste irgendwann seinen Zenit überschreiten. Sie hatte ihn viele Jahre von innen gesehen, beobachtet, wie sich das Publikum veränderte. Die Mischung, die den Club gerade füllte, war so explosiv und tendenziös, dass Kala erkannte: Es kann nicht mehr lange gut gehen. Das schwule Herz des Clubs würde wohl immer weiterschlagen, aber die Subkultur war von einem Parasiten befallen. Die Aufmerksamkeit und die Legendenbildung um den Club taten dem System nicht gut, es wurde überfrachtet mit Erwartungen, anstatt von Sehnsüchten gespeist zu werden. Kala fragte sich, wann sie wieder herkommen wollte. Und zum ersten Mal war die Antwort: Ich weiß es nicht.

Mit den beiden Jungs in ihrem Hofstaat verabschiedete sie sich von den Türstehern, die sich über das nette „Tschüssi" zu freuen schienen. Sie gingen den Weg zurück, den sie gekommen waren, über die sandige Brache neben dem Club. Irgendwo in der Ferne hörte sie die S-Bahn über die Schienen rasen. Tom und Erik neckten einander, das Koks putschte sie auf. Auch Kala wusste, dass sie zu Hause nicht würde schlafen können. Die Luft, die sie atmete, energetisierte ihren Körper. Überhaupt war sie eigentlich nicht müde, sie brauchte einfach eine neue Umgebung, wollte nicht mehr im Club sein. Noch immer beeinflusst vom Ketamin in ihrem Körper, nahm sie die Welt auf eine Art und Weise wahr, die sie befremdete. Sie fühlte sich wie ein Fremdkörper in einem System, das sie verstand, aber zu dem sie sich selbst nicht zählte. Von weit weg hörte sie die Durchsagen am Ostbahnhof, als wäre sie direkt dort – und doch ganz woanders.

Kala blieb stehen, die Jungs überholten sie. Sie hatte das Gefühl zu spüren, wie die Erde sich durch das Sonnensystem, wie sich das Sonnensystem durch die Galaxie und die Galaxie durch das Universum bewegte. Egal wie sehr sie versuchte stillzustehen, sie bewegte sich immerzu. Es gab keinen Stillstand. Nur Transformation.

„Kala, kommst du?", rief Tom ihr entgegen.

Und sie begann zu laufen, auf der Brache, auf der Erde, durch das Sonnensystem, durch die Galaxie und durch das Universum, dem sie Priesterin war, um zu dem kleinen Rudel aufzuschließen.

TOM

Langsam beruhigte sich sein Magen, seine Nerven folgten in ihrem eigenen Tempo. Erik besorgte im Spätkauf Bananensaft und Zigaretten. Für sich selbst brachte er eine kleine Flasche Sekt und einen Plastikbecher mit. Neugierig schaute Tom Erik dabei zu, wie er den sprudelnden Wein mit dickflüssigem Bananensaft auffüllte.

„Schmeckt das?", fragte Tom.

„Sieht total ekelhaft aus, aber es schmeckt tatsächlich ziemlich gut. Bleib du lieber beim Bananensaft, der füllt die Mineralstoffe auf, die du ausgeschwitzt hast."

„Keine Angst, ich will erst mal keinen Alkohol." Tom rieb sich den Magen und verzog dabei das Gesicht. „Wo ist Kala?", fragte er und drehte sich um. Im hinteren Teil des Spätkaufs war eine Ecke mit Computern. Rosa Haare blitzten hinter einer der hölzernen Trennwände auf.

„Sie wollte irgendwas im Internet nachschauen und gleich wiederkommen. Sie meinte irgendwas mit: Auf dem Handy kann sie das nicht, keine Ahnung, was sie da macht."

Tom wusste nicht, was er darauf antworten sollte, konnte nicht folgen. Unbewusst holte er sein Handy aus der Hosentasche, doch der Akku hatte sich bereits verabschiedet. Der schwarze Bildschirm reflektierte sein Spiegelbild: Dunkle Ringe zeichneten sich unter seinen Augen ab. Die Pupillen waren tief schwarz, kaum Iris zu sehen. Die Haut wirkte aufgedunsen. Tom hatte sich selbst noch nie so abgewrackt gesehen. Unwillkürlich musste er über sich und seinen Abend lachen. Er war wirklich nicht besser als die ganzen Druffis. Andreas hatte recht. Die chemisch induzierte Elite hatte ihn in ihre Riege aufgenommen.

Erik nippte an seiner Saftmischung. Tom nahm einen großen Schluck aus der Flasche. Der dickflüssige, sämige Saft gluckerte langsam in seinen leeren Magen, und die Rezeptoren seiner Zunge meldeten den Fruchtzucker an das Gehirn weiter. Erst jetzt merkte er, wie ausgelaugt sein ganzes System war. Der Körper konnte Energie aus vielem ziehen, aber leistungsfähig war er nur, wenn man ihn mit natürlichen Zutaten fütterte, die Chemie war nichts mehr als ein Substitut, angepeitscht vom Adrenalin war der Speedrausch mehr ein Auf-der-Party-Überleben.

„Danke noch mal für die Rettungsaktion", sagte Tom. Er schämte sich. Die Grenze zwischen verspielt kalkuliertem Risiko und tatsächlicher Gefahr dämpfte seinen Wagemut. Im Gegenzug bekam er warmes Vertrauen zurück. Obwohl Kala und Erik ihn nicht kannten, hatten sie ihm, ohne zu zögern, geholfen. Warum? Das verstand Tom nicht.

„Wieso danke? Natürlich helfen wir dir. Wir können dich doch nicht auf der Tanzfläche verrecken lassen. Solange dir das nicht noch mal passiert, ist alles okay."

„Passiert das öfter? Dass Leute mit G überdosieren?"

„Klar. Du hast ja gesehen, wie schnell man raus ist. Es gibt Leute, die sterben an GHB. Manchmal hört man Gerüchte von irgendwelchen Leuten, bei denen wieder jemand auf einer After-Hour oder zu Hause einfach eingepennt ist. Das Schlimmste ist, wenn jemand sagt, er habe das unter Kontrolle. Wieso soll ich mich auf eine Droge einlassen, die ich so stark kontrollieren muss?"

„Der Kontrollverlust ist doch der Reiz. Da hast du recht."

Verstohlen schaute Tom Erik immer wieder an. Das Licht der Straßenlaterne, die angezogenen Knie, das Sitzen auf der Bordsteinkante. Tom gefiel die Szene. Er mochte die roten Wangen, das koksige Gehabe von Erik, das so gar nicht zu seinem schön geschnittenen Gesicht passen wollte. Der blonde Bart umspielte seine ebenmäßigen Gesichtszüge, er war gerade so lang, dass er ein wenig unordentlich aussah. Dennoch wirkte Erik wie ein Prinz, ein stolzer, schöner Prinz. Toms Lippen erinnerten sich an die wild gewordenen Küsse, von Drogen entflammt, aber nicht getrieben.

„Manche verlieren leider die Kontrolle", sagte Erik und mischte sich mehr Sekt in seinen Bananensaft. Er trank in einer ausladenden Geste, als wollte er sich noch betrunkener machen, indem er sich betrunkener verhielt.

„Andere üben zu viel Kontrolle aus", gab Tom zu bedenken. Sie verhandelten ihre eigenen Probleme in einem kryptischen Code, der für den anderen nur schwer zu entziffern war, aber sie hörten einander zu. Tom schmatzte, um den Geschmack des Bananensafts zu intensivieren, der Zucker tat ihm gut, er fühlte, wie sein Körper sich wieder mit Leben füllte. Erik wischte ihm mit dem Finger über den Oberlippenbart.

„Du bist ganz verschmiert von dem Saft", sagte er, gerade so sehr tadelnd, dass es liebevoll klang. Tom fuhr sich mit dem Handrücken über den Bart und lächelte verschmitzt. Dann zog er seine Hand durch Eriks Gesicht.

„Du jetzt auch, Prinzessin."

Kala kam mit einem Zettel in der Hand aus dem Spätkauf zurück. Sie faltete ihn und steckte ihn in ihre Handtasche, als wäre er etwas Wertvolles, dabei behandelte sie das Stück Papier mit der zaghaften Unachtsamkeit, die man einem Ticket oder einer Eintrittskarte zukommen lässt.

„Hey, Boys", sagte sie und setzte sich neben Tom auf den Bordstein. Sie strahlte eine Ruhe aus, die Tom bewunderte. Er hatte einen riesigen Respekt vor dieser Frau, die manchmal weise und dann doch wieder teenagerhaft wirkte. Erik reichte Kala seinen Becher. Sie nippte daran. Tom wartete auf ihre Reaktion, er erwartete Ekel, doch sie nickte anerkennend.

„Lasst uns anstoßen“, sagte Tom. Die Gruppe euphorisierte ihn. Er wollte diesen Moment in ihre Erinnerungen eingraben, sie alle sollten sich ihrer temporären Gemeinschaft für immer erinnern. Erik gab Kala die Sektflasche, Tom hielt den Bananensaft hoch, und Erik reckte den Arm mit dem Plastikbecher in die Luft.

„Auf das Leben!“, sagte Tom.

„In Freiheit!“, sagte Kala.

„In Ehrlichkeit!“, fügte Erik hinzu.

Sie stießen an, aufeinander, auf ihre eigenen Bedürfnisse, auf die Gruppe und das Rudel. Für einen Moment saßen sie im Schweigen vor dem Späti. Leise Musik dudelte im Hintergrund. Der Club war nicht weit, das Leben aber auch nicht mehr. Die Getränke waren bald geleert, und Kala verabschiedete sich wehmütig von den beiden.

„Kommst du am Donnerstag zu Pauls Finissage?“, fragte Erik sie, halb zu Tom gewandt. Die Frage richtete er an beide. Es war die Bitte um ein Versprechen, der vorsichtige Versuch, den neuen Menschen in seinem Leben ein Wiedersehen abzuringen.

„Ich denke schon, mal sehen. Aber wenn ich in der Stadt bin, definitiv.“

Tom wusste nicht, was er darauf antworten sollte. Wusste nicht, welche Finissage das war, kannte diesen Paul nicht wirklich, war hier neu, aber wollte nicht wieder weg. Er umarmte sie fest; die Berührung war ihm Versprechen genug. Er hoffte inständig, ihre Wege würden sich wieder kreuzen.

Erik umarmte Kala galant. Als sie sich lösten, hielt er kurz inne. „Ich hab noch etwas, das ich loswerden will“, sagte er. Er drehte sich um und suchte etwas in seinen Hosentaschen. Als er sich wieder zu Kala wandte, legte er ihr etwas in die Hand.

„Ich glaube, du weißt, was damit zu tun ist“, sagte er.

Kala schien nicht zu verstehen, doch sie war zu höflich, um nachzuhaken. Sie verstaute Eriks Geschenk in ihrer Tasche, ohne dass Tom sehen konnte, was sie da austauschten. Da gab es noch mehr Geheimnisse, doch auch die würde er lüften. Kala, diese Priesterin eines Tom noch unergründlichen Kults, hatte einen Plan, den er nicht verstand. Er sah davon ab, weiter darüber nachzudenken. Erik wandte sich ohne Kommentar in Richtung Club und marschierte los. Tom zögerte zunächst: Er hatte jetzt die Wahl, doch Erik nahm sie ihm forsch ab. Er konnte es wie Kala machen und gehen, oder er konnte einfach mit Erik losziehen, den er von hinten auch schön fand, den er jetzt nicht aus den Augen lassen wollte. Er lief neben Erik und dachte an den Kuss auf der Tanzfläche. Er kam ihm so weit weg vor, der Mut hatte ihn verlassen, übrig war nur er, mit neuem Selbstbewusstsein, aber noch immer eingeschüchtert. So weit konnten ihn die Drogen dann doch nicht peitschen. Sie trotteten nebeneinander her. Je näher sie dem Club kamen, desto lauter wurde der Bass aus dem Inneren des Gebäudes.

„Woran denkst du gerade?“, fragte Erik.

Tom wusste nicht, was er antworten sollte. Die Frage wischte alle Gedanken weg. Was blieb, war der innige Wunsch, Eriks Lippen wieder zu spüren.

„Du darfst ganz ehrlich sein“, fügte Erik hinzu. „Das macht mir nichts aus.“

Tom blieb stehen und schaute Erik an. Er kaute auf seiner Unterlippe herum. „Das ist für mich schwer auszusprechen, aber ich kann es dir zeigen“, sagte er, ein wenig überrascht von seiner eigenen Courage. Es kribbelte in ihm, sein Unterbauch kribbelte. „Schließ die Augen“, sagte er zu Erik.

Eriks Lider mit den schön geschwungenen Wimpern senkten sich.

Tom schluckte.

Ohne von Erik angeschaut zu werden, fühlte er sich mutiger. Er stellte sich ganz nah an Erik und legte die Hände auf seine Hüften. Dann neigte er den Kopf zur Seite und drückte seine Lippen sanft auf Eriks. Der Kuss wurde unumwunden erwidert. Tom konnte den bitteren Geschmack des Alkohols auf Eriks Lippen schmecken, doch er machte ihm keine Angst, denn er wusste, er war sicher und frei.

ERIK

Wenn der untere Floor bereits geschlossen war, blieb als einziger Zugang zur Panorama Bar ein großes Treppenhaus im vorderen Teil des Gebäudes. Stufe um Stufe schlängelte es sich durch das ehemalige Heizkraftwerk. Der Sound wurde mit jedem Schritt konkreter, doch der Effekt war nicht zu vergleichen mit dem Aufstieg ins Hain. Die Atmosphäre auf der Tanzfläche hatte inzwischen einen Höhepunkt erreicht. Die Menge war gereinigt, die Spreu hatte sich vom Weizen getrennt. Wer jetzt hier tanzte, der zählte sich zum harten Kern der Ravewütigen. Wer jetzt hier tanzte, meinte es ernst. Wer jetzt hier tanzte, schrieb sich ein in die kollektive Verschwörung gegen die bürgerliche Realität.

Hanne lief Erik in die Arme, gerade, als er mit Tom die Treppe hinaufkam. Sie umarmte ihn heftig. Kein Wort verlor sie über seine Nachricht. Kein Wort über Simon. Stattdessen stellte sie sich Tom sofort vor.

„Ich mag deine Kappe", sagte sie.

Ihr Deutsch hatte einen stärkeren Akzent als das von Erik. Tom zwinkerte ihr zu und schnippte sich gegen die Kappe. Zusammen gingen sie zur Toilette, als ob das die einzige logische Richtung war. Die Luft atmete sich stickig und schmeckte nach Schweiß. Erik sah, wie Tom sich in der Atmosphäre suhlte. Er schien das ganze ranzige Ende der Partynacht zu genießen, als wäre er im VIP-Bereich angekommen.

„Bist du zum ersten Mal Sonntagabend hier?", fragte Erik ihn.

Tom nickte. Die Frage brachte ihn in Verlegenheit. „Ist ein lustiger Anblick. Etwas liegt in der Luft, finde ich."

Sie setzten sich auf die Heizungen am Ende der Toilette, Hanne reichte ihre Wasserflasche hin und her.

„Was wollt ihr machen? Ich habe noch Pillen dabei", sagte sie.

Erik schürzte skeptisch die Lippen. Das Koks gefiel ihm, passte besser zur Stimmung. Er wollte nicht wie warme Butter in der Menge zerlaufen, lieber wollte er ein Eisblock sein, der langsam beim Tanzen verdampft.

Tom beugte sich zu den beiden hinüber und sagte: „Wenn ihr wollt, können wir mein Koks abarbeiten. Ist noch viel übrig, ich will das nicht mit nach Hause nehmen. Ich hab's gekauft, um es dieses Wochenende plattzumachen. Ich würde mich freuen, wenn ihr mir dabei helft."

Toms Enthusiasmus rührte Erik. Niemand teilte gerne sein Koks. Es war die Droge, auf die die Leute am meisten Acht gaben.

„Sind das die Pillen von Freitag?", fragte Erik Hanne.

Sie nickte. Sein Magen erinnerte sich an das MDMA. Er hatte keine Lust mehr auf künstliche Liebe. Er wollte sich lieber abgrenzen und einmauern.

„Warum verticken wir die nicht einfach? Irgendjemand hier sucht bestimmt gerade händeringend nach Pillen. Mit dem, was wir verdienen, schmeißen wir eine Runde Cocktails."

Tom schaute Erik fragend an, als wollte er sich versichern, dass es in Ordnung war, wieder Alkohol zu trinken.

Leise flüsterte er ihm ins Ohr: „Das G ist inzwischen abgeklungen, keine Panik. Ich pass auf dich auf."

Tom lächelte so süß und breit, dass es sein ganzes Gesicht ausfüllte. Es war ein Lächeln, so ehrlich, dass Erik wehmütig wurde. Ein schöner Junge hatte ihm gerade ein ehrliches Gefühl gezeigt, an einem Ort, an dem alles so künstlich und verdrogt war, dass man es nicht ernst nehmen durfte. Doch hier war ein kleiner Funken Ehrlichkeit, der ein ganzes Gesicht einnahm und ihn anstrahlte. Erik wurde flau im Magen. In konzentrischen Kreisen pochten kleine Wellen durch seinen Körper. Tom war so naiv, so unbescholten, dass Erik merkte, wie abgebrüht er selbst war. Er wollte auf Tom aufpassen, ihm die echte Party zeigen, ohne ihn zu zerbrechen. Es war neu für ihn, jemanden beschützen zu wollen, anstatt beschützt zu werden. Zugleich fühlte er sich bei Tom aufgehoben. Sie schauten sich in die Augen, einen Moment zu lange, um nicht Absicht zu sein.

„Gut", sagte Hanne. „Wie machen wir's? Einfach warten oder eine Runde drehen?"

„Wenn wir Dealer spielen, dann richtig. Lasst uns eine Mission daraus machen", sagte Erik. Er wollte sich beweisen, dass das mit Simon nicht so wild war. Dass das mit Simon nur eine Illusion sein konnte, dass das ganze Geticke und Gedeale nur eine schützende Rüstung war.

„Ich geh später noch in den Kater", beschloss Hanne. Der letzte Ort, den Erik an einem Sonntagabend besuchen wollte. Die Party konnte ihre abgefuckten Momente haben, aber der Kater war ein so großer Abfuck, dass man – egal, wie drüber man sich hier vorkam – im Kater noch als nüchtern gegolten hätte. Erik war zu arrogant dafür. Die House-Aristokratie machte keine Ausflüge in den Kater.

„Wir ziehen eine Line, und dann, wenn wir aufgeputscht sind, bitchen wir die Druffis weg?", fragte Tom vorsichtig.

Seine Augen leuchteten. Erik merkte, dass sie in Stimmung kamen. Hanne widersprach nicht. Auf der Toilette machte Tom die Lines mit geschickten Handgriffen.

Er bestand darauf: „Ihr seid meine Gäste."

Erik und Hanne unterhielten sich auf Schwedisch, während Tom mit den Drogen zugange war.

Simon war weiter Thema. Erik musste das mit Hanne wieder durchkauen. Sie war geschockt von Simons Reaktion: „Ganz ehrlich, wenn er der Konfrontation ausweicht und in den Kater geht, um weiterzudealen, dann ist er's echt nicht wert. Hat er nicht gesagt, er hätte alles verkauft, um bei dir zu sein?"

Erik schluckte. Der Logikfehler in Simons Argumentation stieß ihm sauer auf.

„Siehst du. Bullshit. Einfach vergessen", meinte Hanne.

„Jaja, du hast recht, aber trotzdem halt eine Scheißaktion."

„Was ist mit ihm?" Hannes Augen zeigten kurz auf Tom, der gebeugt über seinem Handy stand. Das BOY strahlte die beiden an.

„Oh …"

Erik wurde verlegen. Der Kuss, in den Tom ihn auf dem Weg zurück in den Club verwickelt hatte, lag noch auf seinen Lippen. Unbewusst leckte er sich über den Mund.

Hanne grinste. „Keine Eile, mein Schöner. Ich glaube, ich kenne ihn aber von hier. Ist eher nachts und tagsüber hier, ganz unauffällig. Aber cute schon."

Erik dachte nach. Hanne hatte recht. Auch er kannte Tom. Auch er hatte ihn hier gesehen. Unbewusst wahrgenommen, aber ja, da war etwas. Die Signatur seines Tanzstils war mit Erinnerungen verknüpft. Er hatte ihn oft gesehen, aber Tom hatte immer unerreichbar gewirkt, war nie Teil der Blickökonomie. Die Oberflächlichkeit der Panne ließ niemandes Blick lange auf jemandem verweilen. Tom war aufgefallen, ohne auffällig zu sein.

„*Oh, damn*, du hast recht. Er ist mit Robert hier gewesen. Hat mit Kala abgehangen und mit Lars. Dieser Paul war auch hier."

Hanne nickte. Ihre Bekannten kamen aus dem gleichen Kreis.

„Worüber sprecht ihr eigentlich die ganze Zeit?", fragte Tom. Er musste die Namen verstanden haben. Inzwischen war er fertig mit den Lines und hielt sie hoch.

„Wir haben nur gerade festgestellt, dass wir dich vom Sehen kennen."

„Wirklich?", fragte Tom, seine Stimme überschlug sich dabei.

„Ja, wirklich", sagte Hanne und lachte. „Schöne Menschen fallen auch in der Panne auf. Du hast was."

Tom wurde verlegen. Toms schlecht versteckte soziale Jungfräulichkeit beeindrucke Erik, und seine Sehnsucht nach Anerkennung erinnerte Erik an seine erste Zeit im Club. Als jede neue Bekanntschaft wie eine Trophäe auf Facebook geaddet wurde, jeder neue Kontakt sofort das Versprechen einer neuen Freundschaft enthielt. Doch das war lange her. Das gehörte an den Beginn eines neuen Lebens in einer neuen Stadt, die jetzt zu seinem Zuhause geworden war. Eine andere Ära, ein anderer Abschnitt, andere Regeln und andere Wahrnehmung. Sein Job bei einem coolen Concept Store, Stammgast in einem der bekanntesten Clubs der Welt, der Zugang zu Drogen: die Statussymbole alle eingeheimst. Er sehnte sich nach neuen Herausforderungen. Er wollte Neues empfinden, er wollte mehr Couch und weniger Chaos. Der Sommer ging vorbei, die Zeit zu toben zu Ende. Dieses Wochenende zeigte ihm: Auch er wurde älter. Er hatte keine Lust mehr auf einen ständigen Transit, ein unstetes Hoch und Runter. Er sehnte sich nach einem Quäntchen Stabilität. Er sehnte sich danach, für jemand Bestimmten besonders zu sein.

Das Koks verdrängte seine Sehnsucht und legte einen Bannspruch um die drei. Eine ganze Stunde voller Überheblichkeit lag vor ihnen. Hanne hatte noch drei Pillen. Jeder von ihnen musste eine verticken, um einen Cocktail für die Gruppe zu besorgen. Während sie tanzten, hielt Erik Ausschau nach bekannten Gesichtern, denen er seine Pille andrehen konnte. Sie tanzten zwischen den beiden Säulen der Panorama Bar, waren jung, waren hip, waren gay. Von hier konnten sie die ganze Bar im Auge behalten. Hanne beschloss, eine Runde zu drehen. Sie wollte ihre Pille auf eigene Faust loswerden. Tom tanzte neben Erik. Er beobachtete, wie Tom immer wieder seine Hosentasche befühlte, als wollte er sich versichern, dass die Pille noch da war. Zusammen mit der Musik peitschte das Koks ihr Selbstbewusstsein in elysische Höhen. Sie war der Soundtrack der frisch gepflückten Ekstase, als rennten sie durch einen Tempel, den betreten zu haben sie sich nicht mehr erinnern konnten. Der Fluss der Menge trennte Tom und Erik voneinander, doch Tom drehte sich entgegen der Tanzrichtung mit dem Rücken zum DJ und schaute zu Erik. Sie hielten den Augenkontakt über die nackten Oberkörper der Bärchen hinweg und fixierten einander. Tom streckte die Hand nach Erik aus. Sie berührten sich in der Luft. Toms Hände fassten sich weich und seltsam vertraut an.

Kokain war für Erik ein guter Gradmesser für seine Gefühle. Wenn er jemanden nur oberflächlich mochte, rammte ihm das Kokain in einer hektischen Umgebung sonst einen Stock so weit in den Arsch, dass er nur noch mit sich selbst beschäftigt war. Fühlte er sich ehrlich und aus tiefstem Herzen bei jemandem wohl, dann hatte es einen euphorisierenden Effekt, der beinahe dem von MDMA gleichkam.

Der House mäanderte auf den Spuren seiner eigenen Geschichte in Disco. Debbie Jacobs' Stimme ertönte durch die Lautsprecher, die jedem Track ein typisches Brummen mit auf den Weg gaben. Erik und Tom tanzten eng aneinander, sie klatschten in die Hände und umkreisten sich. Ihre Lippen sangen stumm mit. Sie spielten mit den Zeilen, als wären sie Handgranaten, die jeden Moment explodieren könnten. Ihre Lippen trafen zusammen, bewegten sich aufeinander, und ihre Zungen verhakten sich, als formten sie die Worte im Mund des anderen. Offene Hi-Hats brachten ihre Hüften in Bewegung, im Vier-Viertel-Rhythmus pulsierten sie aufeinander zu und wieder voneinander weg.

Don't you want my love? Don't you need, need, need my love? Don't you want my love from me?

Die Stimme der Disco-Diva wurde zum Sprachrohr der aufkeimenden Gefühle zwischen Tom und Erik. Sie goss Benzin in ein Feuer, das gerade erst aufflammte. Die Handgranate explodierte zwischen ihnen, und Erik spürte eine Gänsehaut auf Toms Armen, die ihn ansteckte. Synchronisiert und aufgeputscht gaben sie sich einander hin. Die Unbeschwertheit, die Lebensfreude, die er in Tom spürte, besänftigte seine Wut und ließ ihn die Melancholie vergessen. Verkokst und selbstvergessen wollte er, dass dieser Moment niemals verging. Er wollte ewig mit Tom weitertanzen, nichts anderes, als ihn küssen. Es war, als hätte er den Gefährten gefunden, nach dem er sich so gesehnt hatte. Wenn das alles auch nur Illusion war, dann war dem so, es war jetzt und es war schön, mehr wollte er nicht.

Don't you care inside? Don't you want my love alight?

Hanne stand nippend mit einem Cocktail hinter Tom und lächelte Erik an, als er seine Augen öffnete. Die beiden Männer lösten den Kuss und umarmten Hanne zusammen. Sie reichte den Cocktail herum, und gemeinsam nippten sie an der ersten Trophäe ihrer Jagd. Der Ginfizz sickerte in ihre leeren Mägen, der orchestrierte Geschmack der Zutaten befriedigte ihren Durst. Erik genoss den Rausch. Er fühlte sich erwachsen mit dem Cocktail in der Hand und dem Koks in der Nase. Alle anderen Drogen schienen ihm plötzlich zu hart, zu psychedelisch, zu künstlich. Mit jedem Schluck wurde er überheblicher. Jedes druffe Gesicht weckte Mitleid in ihm. Das koksige Grinsen auf Toms und Hannes Gesichtern gab ihm das Gefühl, auf einer Insel zu tanzen, die nur den dreien gehörte. Sie waren erhaben über die Zeit, die immer weiter vorrückte. Sie ließen den Abend ohne einen letzten verzweifelten Exzess ausklingen, der erste Teil der Mission war erfüllt.

Erik schaute sich um und hatte das Gefühl, beinahe jeden zu kennen. Es war wie eine große Familie. Zu fast jedem wusste er eine Geschichte; er kannte ihr Konsumverhalten, wusste über Eskapaden, Affären und Abstürze Bescheid. Doch wer blieb übrig, wenn er nicht mehr Teil dieser Familie sein wollte? Tom legte die Hand auf Eriks Schulter und küsste ihn vorsichtig auf den Hals. Es war eine Geste von so zarter Zuneigung, dass er den Gedanken an die Leute im Raum wieder fallen ließ. Er könnte sich jetzt im Kokainrausch alles schlechtreden oder einfach die Zeit mit seinen Freunden genießen; genießen, einen Boy gefunden zu haben, der so süß schmeckte, wie er lächelte.

Don't you want my love? Don't you need, need, need my love? Don't you want my love from me?

LARS

Den Weg vom Club bis zu Viktors Wohnung im Graefekiez hatten sie zu Fuß zurückgelegt. Ihre Gespräche drehten sich weiter um Ästhetik, Männer und Lebenserfahrung. Lars wusste, dass ihre Offenheit auch der Highness geschuldet war. Sie entblößten sich voreinander als Intellektuelle, ihre Körper waren einander aber noch fremd.

„Macht es dir was aus, wenn ich kurz duschen gehe?", fragte Viktor, nachdem sie ihre Schuhe ausgezogen hatten.

„Gar nicht. Nimm dir Zeit. War eine harte Nacht."

„Irgendwie rieche ich komisch, das ist mir unangenehm."

„Das kommt vom Mephedron, nach ein paar Lines riecht man schon danach. Das Zeug verlässt dich über die Poren."

Lars beugte sich zu Viktor vor und roch an dessen T-Shirt. Vorsichtig bewegte er sich nach oben zu Viktors Gesicht, ihre Bärte streiften sich. Dunkles, krauses Haar traf aufeinander.

Viktor umarmte ihn plötzlich, fest drückte er Lars an sich. Seine Hände streichelten ihm über den Rücken. Die Geste vereinnahmte ihn so sehr, dass Lars sanft lachen musste, doch Viktor schreckte zurück.

„Ja, Mephedron. Altes, vergorenes Sperma."

Lars hörte, wie Viktor schnüffelte.

„Widerlich", sagte er und lachte unbeholfen.

Sie lösten die Umarmung nicht. Vorsichtig küssten sie einander an den Hälsen. Forsche, fordernde Küsse bedeckten die verschwitzte Haut. Lars' Lippen schmeckten das Mephedron, als wollte die Droge ihn daran erinnern, was sie seinem und Viktors Körper angetan hatte.

Viktors Einrichtung, die ganze Atmosphäre in der Wohnung, war nicht spießig, aber sie strahlte eine Klarheit aus, die Lars wertschätzte. Wenn er in WGs war, störte er sich immer an der zusammengewürfelten Einrichtung, den Flohmarkttellern und den hässlichen Bildern an den Wänden. Wenn mehrere Menschen einen Ort teilten, löste sich ihr Geschmack immer zugunsten einer kitschigen Wahllosigkeit auf. Alleine zu leben wirkte dagegen konsequenter. Lars wurde bewusst, dass Viktor einen Schritt weiter im Leben war als er. Gefühlstechnisch verhielt er sich allerdings so unbeholfen wie ein Teenager.

Er setzte sich in Viktors Schlafzimmer auf das große Bett. Aus dem Badezimmer hörte er die Dusche. Seine Wahrnehmung war durch den Drogencocktail noch immer verzerrt. Die Gemütlichkeit der Wohnung umgarnte seinen müden Körper. Die verschwitzten Socken streifte er sich von den Füßen und nahm sich eine Zigarette aus der Packung, die auf dem Nachttisch lag. Auf nackten Füßen tigerte er durch die Wohnung, um einen Aschenbecher zu suchen, der Dielenboden fühlte sich barfuß warm an. In der Küche holte er sich ein Glas Wasser, dann ging er zurück ins Schlafzimmer, der Dielenboden beruhigte seine ausgetanzten Fußsohlen. Er fühlte sich wohl in Viktors Höhle.

Auf dem Boden vor dem Bett fand er einen Aschenbecher, setzte sich auf das Holz und massierte sich die Füße. Er freute sich darauf, selbst eine Dusche zu nehmen. Neugierig schaute er sich um. Er fühlte sich wie ein Gast in einer fremden Welt. Sein eigenes Leben kam ihm so unfertig vor, im Gegensatz zu dem, was die Wohnung über Viktor preisgab. Hier war alles geordnet, wenn auch nicht ordentlich. Die Dinge schienen ihren Platz zu haben, zugewiesen von einem strengen Hausherrn. Nichts war unnötig, alles wirkte auf Lars, als hätte es einen festen Platz in Viktors Leben. Nur wenig sah nach Ikea aus. Die Möbel waren nicht alle alt, die Regale an den Wänden wie Klassiker, die man googeln konnte. Die Lampe war eine übergroße Glühbirne, die das Zimmer in ein helles, aber warmes Licht tauchte.

Mit dem Fuß stieß er gegen etwas, das unter dem Bett lag. Er bückte sich neugierig und schaute nach. Da war eine Box darunter verstaut. Aus dem Bad hörte Lars noch immer das Plätschern der Dusche. Übermutig griff er zur Box und öffnete ihren Deckel. Darin waren Bilder, Polaroids, die durch das Schütteln durcheinandergerieten. Lars erinnerte sich daran, was Paul ihm erzählt hatte. Von einem Typen, der sich durch Berlin fickte und danach Bilder von jungen Kerlen machte. Die Bilder waren alle in Viktors Wohnung aufgenommen worden, soweit er es beurteilen konnte. Lars erkannte Viktors Bett, die Küche, das Wohnzimmer. Der Hintergrund war unordentlicher. Wer macht so was? Jede Aufnahme war ein Moment, entrissen einer Geschichte, die nur Viktor kannte, wenn er sich erinnern konnte. Einige der Typen meinte Lars zu kennen. Sie alle hatten die schönen Gesichter junger Berliner. Lars fragte sich, was Viktor mit diesen Bildern wollte. War es eine Trophäensammlung?

Die Vergänglichkeit dieser Momente, gebannt auf Fotopapier, beeindruckte Lars. Es waren Szenen, die den melancholischen Aufbruch dokumentierten, sie erzählten von einer kurzen Begegnung, wie er sie selbst oft durchgemacht hatte. Jemand wirkte in einer Bar, als wäre er der schönste Mann im ganzen Raum. Sobald man einander die Gunst bekundete, ging man zusammen nach Hause und spielte einander Verliebtsein vor, das im Grunde genommen pures Begehren war, schlecht kaschierte Traumata im Hintergrund lauernd. Bestätigung und Körperflüssigkeiten ausgetauscht, lösten sich die projizierten Gefühle meist wieder auf, war das Begehren nicht mehr Brücke, sondern Mauer. Körperlich befriedigt ging man nach Hause. Wenn man sich das nächste Mal sah, war man kumpelhaft zueinander. Der Sex schaffte eine Verbindung, die man niemals auflösen konnte.

Die Fotos waren schön. Doch Lars wollte keine flüchtige Erinnerung, nicht noch ein Bild in Viktors Sammlung sein. Das, was er für Viktor zu empfinden begann, ging tiefer als der kurze Crush, der zwei Männer zusammen ins Bett brachte. Lars zweifelte nicht daran, dass Viktor es ernst meinte. Seine unbeholfenen Umarmungen passten nicht dazu. Ihre erste Begegnung im Club war trotz aller arroganten Distanz tief in sein Gedächtnis eingebrannt. Dieser kindliche Enthusiasmus kam ihm so viel ehrlicher vor als seine eigene Verbohrtheit. Berlin hatte ihn immer zynischer werden lassen. Der Wunsch, jemanden zu finden, der ihn herausforderte und komplettierte, war niemals versiegt, aber immer weiter verdrängt worden. Entweder er hatte vollkommen irre Vorstellungen von der Liebe, oder er hatte jetzt Glück.

Viktor weckte in ihm den Beschützerinstinkt und befriedigte gleichzeitig sein Sicherheitsbedürfnis. Unter all der Härte lag eine Zartheit, die nach einem Ventil suchte. Anstatt Eifersucht empfand er Mitgefühl für die Verflossenen, die Viktor zwar gefickt, aber nicht verstanden hatten. Er fühlte sich ihnen nicht überlegen, aber er wusste, dass das, was Viktor und er hatten, mehr sein konnte. Er schloss die Box und schob sie unter das Bett zurück. Viktor sollten seine Erinnerungen vergönnt sein, Lars war seine Gegenwart.

Mit einem Handtuch über der Schulter kam Viktor aus dem Badezimmer. Er war nackt, doch das Handtuch hing ihm vor dem Schritt. Lars sah nur, wie links und rechts die Hüftknochen herausstachen. Er konnte einen Bauch ausmachen, der flach, aber nicht hart war; ein kleiner Schatten erzählte von den Brustmuskeln. Viktor wirkte nackt noch viriler als angezogen. Das kurze Haar war von perlendem Wasser bedeckt, sein Bart tropfte auf den Boden.

„Wenn du willst, kannst du auch duschen."

Viktors Körperhaltung hatte sich gestrafft. Die Schüchternheit war verschwunden, übrig blieb der Herr des Hauses, der seinen Gast nackt willkommen hieß. Lars stand auf und streckte sich. Ohne ein Wort zu sagen, ging er ins Badezimmer und fand ein Handtuch auf der Toilette liegen. Er setzte sich in die Badewanne und genoss das warme Wasser auf seinem Körper. Eine Nacht im Club ohne seelische Blessuren war keine Nacht im Club. Der harte Konsum, die vielen Trips, die Konfrontation mit den eigenen Ängsten und Bedürfnissen mussten die Seele aufrütteln. Während er sich den Schaum des Duschgels abspülte, spürte er, wie auch sein Hunger auf Drogen davongespült wurde. Seine Lust auf Raven war fürs Erste befriedigt. Jedes Set im Club musste sich in der Zukunft mit dem Set der letzten Nacht messen. Und da war mehr: Er wollte immer jemanden kennenlernen. Wo sonst sollte er jemand seinesgleichen finden, wenn nicht an einem Ort, an dem er sich wohlfühlte? Auf einer App mit Sicherheit nicht. Das war nichts für ihn. Und mit dieser Einstellung kam er sich oft alleine vor. Ohne Viktor je geküsst oder mit ihm geschlafen zu haben, merkte Lars, dass sich da etwas aufbaute. Beim Gedanken an Viktors Körper bekam er eine Erektion. Er stand auf und trocknete sich ab. Die Erektion erschlaffte halb. Das Handtuch ließ er im Bad liegen und ging ins Schlafzimmer. Viktor lag mit dem Handtuch über den Hüften auf dem Bett und rauchte eine Zigarette. Neben dem Bett standen zwei Gläser mit Whiskey auf Eis. Als Lars den Raum betrat, schaute Viktor auf. Er ignorierte die Einladung, die Lars' halbsteifer Schwanz aussprach, nahm den Whiskey vom Boden und hielt ihn Lars hin.

„Lass uns trinken, bevor das Eis schmilzt."

Lars nahm das Glas und legte sich zu Viktor ins Bett. Schweigend und rauchend lagen sie mit halb harten Schwänzen nebeneinander, ließen den anderen nicht aus dem Blick. Viktor grinste verschmitzt und nahm einen großen Schluck Whiskey. Lars zog das Handtuch von Viktors Hüften. Seine Hand streifte Viktors Schwanz, seine Finger waren vom Whiskeyglas abgekühlt. Sie betrachteten einander stumm. In Viktors Augen wich die kühle Berechnung einem immer stärker werdenden Begehren. Lars legte den Kopf auf das Kissen und stellte das ausgeleerte Glas weg. Die Zigarette drückte er im Aschenbecher aus, drehte sich auf den Bauch und winkelte eines seiner Beine an. Die Geste war eine Einladung an Viktor. Der leerte seinen Whiskey in einem Zug und legte eine Hand auf Lars' Rücken. Er zog sich zu ihm heran und küsste seinen Nacken. Lars entspannte sich und schloss die Augen. Viktor küsste jeden einzelnen seiner Wirbel. Zunge und Lippen arbeiteten sich den Rücken entlang zu seinem Arsch vor. Große Hände umfassten beide Backen und griffen fest zu. Lars unterdrückte ein heftiges Stöhnen. Er wollte seine Erregtheit um des Spiels willen verdecken. Die Lust überkam ihn, und er stemmte seinen Hintern nach oben. Viktors Zunge arbeitete sich zu seiner Rosette vor. Lars spürte jede kleine Falte seines Anus. Viktors Zunge liebkoste sie, als blätterte sie langsam die Seiten eines Buches um. Sie umkreiste die Rosette langsam, um dann plötzlich in Lars einzudringen. Der leistete keinen Widerstand. Viktor kitzelte ihn von innen, immer heftiger. Auch wenn Lars dort keine Zunge hatte, um den Kuss zu erwidern, war ihm, als küssten sie einander zum ersten Mal. Die Grenze zwischen ihren Körpern war eingerissen. Finger lösten die Zunge ab. Lars spürte, dass sie gepflegt waren. Langsam drangen sie in ihn ein. Lars stöhnte laut auf, als Viktor den Punkt fand, nach dem er gesucht hatte. Rhythmisch kreiste Lars mit seinen Hüften. Er hörte, wie Viktor etwas unter dem Bett hervorholte. Ein pumpendes Geräusch verriet ihm, dass Viktor Gleitgel gesucht haben musste. Lars hörte, wie Viktor sich ein Kondom überstreifte. Das Geräusch von Latex, das über die Haut gestreift wurde, ließ seinen Magen flau werden.

„Ich muss dir was sagen", setzte Lars an.

„Ja?"

„Du kannst mich nicht mit dem Gummi ficken. Ich habe eine Latexallergie."

„Fuck." Herbe Enttäuschung schwang in Viktors Stimme mit.

„Scheiß drauf. Nimm den Gummi runter und fick mich ohne."

„Das können wir nicht machen."

Lars drehte sich um und schaute Viktor in die Augen. Er griff zu dessen Schwanz und zog den halb aufgerollten Schutz herunter. Achtlos warf er ihn beiseite.

„Ich bin auf PrEP."

Er lehnte sich zurück und führte Viktors Schwanz an seinen Arsch. Die Berührung benebelte Viktors Sinne, er versuchte, sich zu wehren, doch Lars griff fester zu. Mit der Spitze von Viktors Schwanz drückte er gegen seinen Anus. Viktor stöhnte laut auf, doch er wehrte sich immer noch. Lars rutschte nach vorne und zwang Viktor dazu, langsam in ihn einzudringen. Dabei ließ er nicht von Viktor ab. Die geschlossenen Augen öffneten sich. Lars machte Viktor klar, was er wollte. Er griff nach Viktors Hüften und zog ihn zu sich heran. Sie stöhnten beide laut auf. Nach und nach verlor Viktor die Hemmungen. Immer heftiger wurden seine Stöße, immer lauter Lars' Stöhnen. Sie bissen einander in die Hälse und umarmten sich fest. Lars genoss die Angst davor, sie könnten einander die Rippen brechen. Kein Risiko war zu groß, keine Sicherheit es wert, ihre Vereinigung zu verhindern. Frei von Angst, frei von Hemmung fickten sie, als könnten sie so einander in ihre Seelen vordringen.

TOM

Der Typ, der ihm vor Jahren den Eintritt in die Welt der Hipster versagt hatte, erkannte ihn auf der Tanzfläche. Tom lächelte Chris an, mit dem er damals fast eine After-Hour hätte haben können. Es hatte seine eigene Schönheit, dass Chris ihm die Nummer des Koksdealers gegeben hatte, ohne den sein Abenteuer niemals in Bewegung gekommen wäre. Chris fragte, ob Tom wüsste, wo man noch Pillen auftreiben könne. Zusammen mit Erik waren Tom, Chris und seine Begleitung Gothic-Juli zur Toilette gegangen. Da verkauften Erik und Tom ihnen die Pillen in einem schnellen Geschäft, tauschten Geldscheine gegen Drogen. Tom bedankte sich für die Nummer des Koks-Taxis, während er das Baggie leer machte. Chris hatte ihm auf die Schulter geklopft, was Tom nicht gefiel, auch wenn seine Minderwertigkeitskomplexe verschwunden waren. Chris sah aus wie immer, in seiner Bluejeans und dem T-Shirt. Juli hatte wie immer ein Outfit an, das sie einem Teenage-Goth auf Kleiderkreisel abgekauft haben musste.

Mit dem Geld, das sie mit den letzten beiden Pillen gemacht hatten, gingen Tom und Erik an die Bar, ihre Station. Letzte Runde, das Koks hatten sie geleert. Hanne hatte sich nach dem ersten Cocktail verabschiedet, jetzt waren nur noch er und Erik übrig. Die Letzten aus dem Rudel. Ihren finalen Cocktail tranken sie am Tresen, nebeneinandersitzend wie in einer Theaterloge. Tom betrachtete die Panne wie ein Aquarium. Die Fische tanzten und zuckten, doch ihre Bewegungen wurden immer ungelenker. Die Magie befand sich auf dem Rückzug. Die Luft im Raum verbraucht, als wäre sie schon zu müde, den Schall zu übertragen, geatmet zu werden, als wollte die Luft schlafen. Mit dem letzten Schluck Alkohol war auch ihre Partystimmung aufgebraucht.

Ohne ein Wort zu sagen, gingen sie einvernehmlich auf die Treppe zu. Tom drehte sich ein letztes Mal um und sah, wie Laura mit ihren Bären tanzte. Robert stand neben ihr. Mit geschlossenen Augen, verträumt tanzte er in die Nacht, die fast schon Montag war. So war jeder auf seiner eigenen Party.

Erik rief von der Treppe: „Komm, Boy. Oder willst du weitertanzen?"

Tom holte ihn ein und stolzierte mit dem schönen Jungen die Treppe hinunter, als wäre die Party offiziell vorbei, jetzt, wo auch sie gingen. Sie verabschiedeten sich von den Türstehern, die ihnen mit routinierter Freundlichkeit einen schönen Abend wünschten.

„Wo musst du hin?", fragte Tom.

Erik zeigte nach links in Richtung Warschauer Straße. „Ich wohne um die Ecke." Seine Stimme klang erschöpft. Obwohl er müde aussah, war er noch immer schön.

Tom zeigte geradeaus. „Ich muss nach Neukölln."

In Eriks Augen blitzte eine kurze Enttäuschung auf. „Gehst du am Donnerstag zu Pauls Finissage? Die ist irgendwo am Alex", sagte er.

„Klar, warum nicht?", antwortete Tom.

Sie tänzelten voreinander, hielten eine kleine Distanz aufrecht, als wäre ein Luftballon zwischen ihnen, der zerplatzte, kämen sie sich zu nahe.

„Cool. Was hast du morgen vor?"

„Aufräumen", sagte Tom. „Übers Wochenende ist ein bisschen was liegen geblieben." Er verschwieg Andreas, tat so, als gäbe es ihn nicht.

„Ich arbeite. In einem Laden, in Kreuzberg. Ein Concept Store. Falls du Lust hast, komm doch vorbei. Ich arbeite die ganze Woche da."

„Gerne", sagte Tom.

Die Spannung zwischen ihnen wurde unangenehm. Tom hatte das Bedürfnis, die Nacht mit Erik zu verbringen, ihn mitzunehmen oder sich mitnehmen zu lassen. Er wollte fortsetzen, was sie im Club begonnen hatten. Doch er wusste auch, dass er so den Eskapismus überstrapazierte. Er hatte zu viel zu klären, wollte schlafen, wollte alleine sein. Andreas war noch bis Dienstag weg. Bis dahin hatte er noch Zeit, sich an dieses neue Leben zu gewöhnen, das keine Widerrede mehr duldete.

„Dann bis bald, schöner Boy", sagte Erik und beugte sich nach vorne.

Seine Lippen trafen Toms. Er zog ihn fest an sich heran, hielt Toms Arsch in seinen Händen und wollte ihn nicht mehr loslassen. Tom erwiderte den Kuss und verlor sich in Erik. Er war kaum noch high, aber die Schmetterlinge in seinem Bauch, die waren am Raven.

VIKTOR

„Küss mich", sagte Lars.

Viktor fickte weiter.

„Verdammt noch mal, küss mich", sagte Lars.

Viktor spürte, wie etwas in ihm aufbegehrte, das er schon längst besiegt zu haben glaubte. Lars' schönes Gesicht verzog sich bei jedem Stoß, als hätte er Schmerzen auszuhalten. Doch er war ein Halbgott. Wie konnte er Schmerzen kennen? Lars nahm Viktors Gesicht zwischen seine Hände und zog ihn zu sich heran. Viktor legte die Finger um Lars' Hals. Er stöhnte auf. Viktor drückte fester zu, und Lars stöhnte weiter. Immer eindringlicher fickte Viktor ihn. Der Orgasmus, den er in weiter Ferne glaubte, kam langsam näher. Er wollte sich auf Lars legen, um ihn ganz zu spüren, doch er hielt sein Gesicht fest und zog es näher an sich heran. Viktor drückte immer fester zu. Angst packte ihn. Er fickte fester. Er drückte fester.

„Küss mich", röchelte Lars.

Doch er wehrte sich dagegen, Lars' Lippen näher zu kommen. Die Angst hielt ihn davon ab.

Stoß um Stoß wurde er eindringlicher, drückte immer fester zu. Lars stöhnte, doch der Laut glich mehr einem Husten. Die Angst wurde pochender. Viktor wurde schwindelig. Er schloss die Augen, spannte seinen ganzen Körper an und beugte sich langsam nach vorne. Die Hände um Lars' Hals, bewegte er sich mit geschlossenen Augen auf seine Lippen zu. Er konnte seinen Atem riechen. Der Whiskeygeruch kitzelte seine Nase. Der Orgasmus kam immer näher, er lieferte sich ein Wettrennen mit der Angst.

Ihre Lippen trafen sich. Viktors Körper bäumte sich auf, jeder Muskel spannte sich an. Warmes Fleisch prallte aufeinander. Viktor hatte das Gefühl zu zerbersten. Er hielt die Spannung nicht mehr aus. Ihre Zungen trafen sich. Viktor spürte Lars' Lippen auf seinen. Er biss ihn leicht, wie um ihn zu necken. Die Angst schrie auf, sie war besiegt. Viktor küsste Lars fordernder, verlor die Kontrolle und stieß ein letztes Mal fest zu. Alle Hemmungen lösten sich in einem Feuerwerk aus Hormonen und Gefühlen. Sein heißes Sperma ergoss sich in Lars' bebenden Körper.

Seine Lippen reagierten zaghaft.

Regungslos lag er da, den Blick starr nach oben gerichtet.

Viktor löste die Hände von Lars' Hals und sackte erschöpft zusammen.

Jetzt, da er gekommen war, war er sich nicht sicher, ob er Lars jemals lieben könnte. Nach dem Orgasmus kam ihm die ganze Welt leer vor, sinnlos, wie ein seinem Bewusstsein unnötig aufgezwungenes Leiden. Er ging seinen Gedanken nach und atmete hastig, als könnte er so den Schlaf hinauszögern. Zaghaft legte Lars seinen Arm um Viktors Brustkorb und rutschte an ihn heran. Sein warmer Körper beruhigte Viktors Atem. Mit einer Hand fasste er Lars an den Bauch, warmes Sperma verriet ihm, dass auch Lars gekommen war. Er leckte sich über den Finger und schmeckte Pfirsiche, schmeckte Mut, schmeckte Großherzigkeit. Ihm war egal, ob er Lars liebte. Ihm war egal, was morgen war. Jetzt wollte er nur schlafen, und das Einzige, was zählte, war die warme Hand auf seiner Hüfte und der zarte Atem in seinem Nacken, dessen Rhythmus ihm sagte, dass auch Lars bereits eingeschlafen war.

KALA

Kala beugte sich nach vorne und drehte sich leicht zur Seite, damit ihr Sitznachbar nicht merkte, wie sie sich in den BH griff und ein Tütchen herausholte. Sie öffnete den Druckverschluss, und ein kleines Stück Pappe fiel auf ihre Hand. Ein Smiley lächelte ihr von ihrem Handteller entgegen. Mit dem Finger nahm sie die Pappe auf und legte sie unter ihre Zunge.

Sie schaute aus dem kleinen Fenster auf Berlin, das immer kleiner wurde. Sie sah die markanten Punkte in der Struktur, die Straßenlaternen leuchteten noch. Die Sonne ging bereits auf. Dort unten hatten sich die bisher intensivsten Jahre ihres jungen Lebens abgespielt. Der Stadt, in der sie geboren wurde, kehrte sie zum ersten Mal den Rücken. Die Stadt veränderte sich, doch auch sie hatte sich verändert, schneller als die Stadt selbst. Der Rhythmus, der Klang, die Atmosphäre – alles stand vor einem Umbruch. Sie lehnte sich zurück und zog den Gurt fester.

Sie hatte noch eine Stunde, bis das LSD einkickte.

Noch ein paar Stunden mehr, bis sie landete.

Sie hatte alle Zeit der Welt.

TOM

„Hast du Angst vor nächster Woche?“, fragte Erik.

„Was meinst du?“, fragte Tom.

„Schon gut. Wir kommen bestimmt okay wieder runter.“

„Davon habe ich nur gehört“, sagte Tom. „Vom Runterkommen. Ist es wirklich so schlimm?“

„Es kommt darauf an, manchmal steckt man das besser weg. Manchmal trifft es dich richtig hart. Aber in guter Gesellschaft …"

„Ja?", fragte Tom.

„… in guter Gesellschaft, da ist es gleich viel aushaltbarer."

Mit der Nase neckte Tom die kleinen Haare in Eriks Achselhöhle. Sie kitzelten ihn sanft, waren schon vertraut, dabei kannten sie sich nicht lange. Mit der Zunge erkundete er die Achselhöhle, schmeckte Moos, schmeckte Hormone, schmeckte Geschichten.

„Dafür, dass du die ganze Nacht getanzt hast, riechst du verdammt gut", sagte er und küsste den aprikosenweichen Oberarm. Seine Lippen waren trocken wie auch sein Hals. Er leckte sich über die Lippen, doch das brachte kaum was.

„Dafür, dass du so süß bist, bist du ziemlich schön", sagte Erik, schlaftrunken nuschelnd.

Tom lachte und legte den Kopf schief wie ein Welpe. „Hast du jetzt einfach zwei Komplimente in eins gepackt?"

„Ja, dachte, das geht schneller."

„Ich finde dich auch süß. Und schön", erwiderte Tom. „Aber sonst wäre ich auch nicht hier."

„Du musst auch nicht gehen."

„Ich kann auch gar nicht mehr laufen."

„Gut, dann bleibst du halt."

Sie schwiegen weiter. Unter der weichen Bettdecke suchte Tom mit seinem Fußrücken Eriks Fußsohle. Die Füße waren warm, passten zu seinen, schmiegten sich an.

„Machst du das eigentlich jedes Wochenende?", fragte Tom und hatte Angst vor der Antwort, zugleich wollte er nicht zurückhalten. Er war zu neugierig auf diesen Erik, der ihn in den Armen hielt, wie noch nie ihn jemand in den Armen gehalten hatte: ebenbürtig und doch beschützt.

„Nicht jedes, aber auch nicht … selten. Keine Ahnung, ich gehe schon öfter mal feiern. Das gehört irgendwie dazu, oder nicht?"

„Wozu?", fragte Tom schnell und scharf.

„Na, zu uns, zu Berlin, keine Ahnung“, sagte Erik. „Das ist doch das Ding: Wir wissen es nicht, aber dennoch wissen wir, dass die Feierei was Besonderes ist. Stell dir mal vor, wir könnten das nicht mehr, raven gehen.“

„Dass es besonders ist, da stimme ich dir zu.“

„Und wo widersprichst du mir?“

„Ich widerspreche dir nicht. Ich … war einfach noch nie so hart feiern. So verdrogt, meine ich. So viel geballert, sagt man das so? Keine Ahnung, ich bin müde. Ich weiß nicht, ob ich das jedes Wochenende könnte.“

Erik nahm Toms Kopf zwischen seine Hände und küsste ihn. Sie waren beide nackt, schon gekommen, schon müde, noch nicht bereit zu schlafen. Es dämmerte draußen, wollte schon ein neuer Tag werden.

„Und das erzählst du mir, weil?“

„Weil ich mich fühle, als müsste ich dir das sagen. Damit du das weißt.“

„Damit ich weiß, dass du nicht Teil von diesem Zirkus bist?“

„Ja, aber für mich ist das kein Zirkus. Da ist was, was ich nicht verstehe.“

„Was gibt es denn da zu verstehen?“

„Wahrscheinlich nichts. Nur zu erleben.“

„Ich glaube, du denkst zu viel nach.“

„Das kann sein. Ich denke Sachen gerne mal kaputt.“

„Ich finde gut, dass du nicht immer feiern gehst. Das schlaucht doch auf Dauer. Sagt man das so?“

„Ja, das schlaucht. Ich bin so durch.“

„Ich auch.“

„Willst du einfach bleiben?“

„Habe ich doch schon gesagt. Ich kann eh nicht mehr laufen. Du müsstest mich ins Taxi tragen.“

„Ich wollte nur noch mal sichergehen, dass du nicht gehst.“

Tom fuhr mit der Hand über Eriks Brust, streichelte die krausen Haare; ein kleiner Flaum, gerade genug, um Toms

Händen sanften Widerstand zu leisten. Er spürte Eriks weichen Bauch entlang, fasste in das noch warme Sperma.

„Ich gehe nicht", sagte er. „Wohin auch?"

Er schloss die Augen, ließ sich von Eriks Atem wiegen. Erik löste den Arm von Tom, drehte sich zur Seite und schmiegte sich an ihn, seinen Hintern an Toms Schwanz reibend. Tom wurde wieder geil, aber er konnte nur noch seine Arme um Erik legen, ihn halten, seine Nase in Eriks Nacken vergraben.

„Ich will mit dir frühstücken", sagte Tom.

Er erinnerte sich an den Rucksack, den er gepackt hatte, als er seine Wohnung Samstagabend verließ, um in die lange Nacht zu ziehen. Das frische weiße T-Shirt und die frische Unterwäsche. Die wollte er morgen tragen, mit Erik einen Kaffee holen gehen, mit ihm durch den Kiez schlendern. Erik antwortete nicht mehr, war wohl schon eingeschlafen. Tom küsste ihn in den Nacken und wusste, dass das alles war, was er an diesem Wochenende noch sagen wollte. Alles andere, das konnten sie auch morgen noch bereden, das war ein neues Leben, war jetzt nicht mehr wichtig.

Die Gegenwart war für heute auserzählt.

Danksagung

Danke Maike, Lara, Rafi, Johanne, Mona, Jenni, Anna, Hati, Caro, Stephi, Caro und Lisa. Ihr seid Weggefährt*innen, habt Mut gemacht und immer zugehört. Danke allen Raver*innen, allen Crushes, allen Tanzenden, allen Musiker*innen, allen queeren Körpern, auf Tanzflächen bald und damals.

Großer Dank an den Querverlag für das verlegerische Zuhause.

Und nicht zuletzt: Danke an euch, die ihr das hier gerade lest.